世界文學
經典名作

傲慢與偏見

PRIDE AND PREJUDICE

JANE AUSTEN

珍・奧斯汀 著
孫致禮 譯

譯序

美國著名文藝評論家艾德蒙・威爾遜認爲：「最近一百多年以來，英國文學史上出現過幾次趣味革命，文學口味的翻新，影響了幾乎所有作家的聲譽，唯獨莎士比亞和珍・奧斯汀經久不衰。」

威爾遜此言決非過甚其辭。奧斯汀所著六部小說，經過一百七十多年的檢驗，受到一代代讀者的交口稱讚，部部堪稱上乘之作。尤其是這部膾炙人口的《傲慢與偏見》，實屬世界文庫中不可多得的珍品，難怪毛姆將其列爲世界十大小說名著之一。

珍・奧斯汀生於一七七五年，卒於一八一七年。其間，英國小說正處於一個青黃不接的過渡時期。十八世紀上半葉，英國文壇湧現了菲爾丁、理查森、斯特恩、斯摩萊特四位現實主義小說大師，但是到了七十年代，這些小說大師都已離世，接踵而起的是以范妮・伯尼爲代表的感傷派小說，和以拉德克利夫夫人爲代表的哥特傳奇小說。這些作品雖然風靡一時，但終因帶有明顯的感傷、神奇色彩，而顯得有些蒼白無力。由於有這種作品充斥市場，英國小說自十八世紀七十年代至十九世紀頭十年，四十年間沒有產生任何重要作品。

一八一一年至一八一八年，奧斯汀先後發表了《理智與情感》、《傲慢與偏見》、《曼斯菲爾德莊園》、《愛瑪》、《諾桑覺寺》、《勸導》六部小說，這些小說以其理性的光輝照出了感傷、哥特小說的矯揉造作，使之失去容身之地，從而爲英國十八世紀三十年代現實主義小說高潮的到來，掃清了道路。

《傲慢與偏見》屬於作者的前期作品。初稿寫於一七九六年十月至一七九七年八月，取

名《初次印象》。一七九七年十一月，作者的父親喬治・奧斯汀寫信給倫敦出版人卡德爾，

說他手頭上有「一部小說手稿，共三卷，與伯尼小姐的《埃維莉娜》篇幅相近」，不知對方

能否考慮出版，並問，如果作者自費出版，需付多少錢！遺憾的是，卡德爾正熱中於出版拉

德克利夫夫人的小說，因而回絕了喬治・奧斯汀。

時隔十餘年之後，作者對小說作了修改，以一一○鎊的酬金將版權賣給了出版人艾傑

頓。一八一三年一月三十日，《傲慢與偏見》終於問世。

與作者的其他五部小說一樣，《傲慢與偏見》以男女青年的戀愛婚姻為題材，然而，和

其他作品不同的是，這部小說以男女主人公的愛情糾葛為主線，共描寫了四起姻緣，是作者

最富於喜劇色彩，也最引人入勝的一部作品。

英國文藝批評家安・塞・布雷德利指出：「珍・奧斯汀有兩個明顯的傾向！她是一個道

德家和一個幽默家，這兩個傾向經常攪混在一起，甚至是完全融合的。」

顯然，奧斯汀在本書中透過四起婚事的對照描寫，提出了道德和行為的規範問題。首

先，作者明確劃定了婚姻的「好壞」標準。照奧斯汀看來，不幸的婚姻大致有兩種情況：一

是像夏綠蒂和柯林斯那樣，完全建立在經濟基礎上；二是像莉迪亞和威克姆那樣，純粹建立

在美貌和情歌的基礎上。夏綠蒂本是個聰明女子，只因家裡沒錢，人又長得不漂亮，到了二

十七歲還是個「老處女」。她所以答應嫁給柯林斯，只是為了能有個「歸宿」，有個能確保

她不致挨凍受飢的「長期飯票」，婚後嘗不到任何天倫之樂，她倒也「無所謂」。這在一定

程度上，反映了婦女的可悲命運。莉迪亞則是個輕狂女子，因為貪戀美貌和感情衝動的緣

故，跟著威克姆私奔，後經達西搭救，兩人才苟合成親，但婚後不久即「情淡愛弛」，男的

常去城裡尋歡作樂，女的躲到姊姊家裡尋求慰藉。

與夏綠蒂、莉迪亞相反，伊麗莎白和珍的婚事，則是建立在愛情的基礎上，這是眞正的美滿姻緣。誠然，伊麗莎白與達西也好，珍與賓利也好，他們的結合雖不排除經濟和相貌方面的考慮，但是他們更注重對方的麗質美德，因而結婚以後，儘管在門第上還存在著一定的差異，夫妻卻能情意融洽、恩愛彌篤。尤其是伊麗莎白，她對達西先拒絕後接受，這充分說明：「沒有愛情可千萬不能結婚。」

其次，作者認爲，戀愛婚姻既然是關係到終身幸福的大事，那就一定要嚴肅謹愼，切不可讓表面現象矇住眼睛。伊麗莎白因爲受到達西的怠慢，便對他產生了偏見，而當「風度翩翩」的威克姆向她獻殷勤時，她便對他萌發了好感，直至聽信他的無恥讕言，進一步加深了她對達西的偏見和憎惡。後來她自我責備說，她所以會做出這種蠢事必完全是虛榮心在作怪。事實證明：「初次印象」是不可靠的，而偏見又比無知更可怕。

另外，作者還向我們表明，戀愛婚姻不僅是個人問題，而且也是社會問題。莉迪亞的私奔，引起了全家人乃至所有親友的驚恐，因爲大家都明白，這件醜事假若釀成醜聞，不但會害得莉迪亞身敗名裂，還會連累親友們，特別是她的幾個姊姊，將因此而很難找到理想的歸宿。後來，多虧達西挽救，莉迪亞才沒有「一失足成千古恨」。與此相反，伊麗莎白和珍的圓滿出嫁之後，自然給另外兩個妹妹帶來了希望和機會。這就告訴我們：人們考慮婚姻大事，不能光顧自己，還要對親友負責、對社會負責。

英國學者H．沃爾波爾有句名言：「這個世界，憑理智來領會是個喜劇，憑感情來領會是個悲劇。」奧斯汀憑藉理智來領會世界，創作了一部部描寫世態人情的喜劇作品，這些喜劇猶如生活的一面鏡子，照出了人們的愚蠢、盲目和自負。

書中有兩個滑稽人物。貝內特太太是個「智力貧乏、孤陋寡聞、喜怒無常」的女人，因爲嫁女心切，完全生活在一廂情願的幻覺之中，每遇到一個「有錢的單身漢」，她便要將其視爲自己某位女兒的「合法財產」。與貝內特太太不同，柯林斯牧師是個集自負和謙卑於一身的蠢漢，他一方面對貴族德布爾夫人自卑自賤，另一方面又對他人自命不凡，經常生活在妄自尊大的幻覺中。他到朗伯恩，準備施恩式地娶貝內特家一個女兒爲妻，藉以「彌補」將來繼承財產對其一家造成的損失。貝內特太太一聽大喜，於是兩位愚人導演了一齣笑劇！小說把兩個蠢人刻畫得維妙維肖。類似這種滑稽場面，在小說中俯拾皆是。

奧斯汀的諷刺藝術，不僅表現在某些人物的喜劇性格及衆多情節的喜劇性處理上，而且還融匯在整個故事的反諷構思中，讓現實對人們的主觀臆想進行嘲諷。男主角達西最初斷定，貝內特家有那麼多不利的因素，幾個女兒很難找到有地位的男人，可是後來恰恰是他娶了伊麗莎白。而伊麗莎白呢，她曾發誓決不嫁給達西，但最後還是做了達西夫人。再看看那個不可一世的凱薩琳·德布爾夫人，爲了阻止伊麗莎白與她外甥達西攀親，她不辭辛勞，親自出馬，先是跑來威嚇伊麗莎白，繼而跑去訓誡達西，殊不知正是她這次奔走，爲兩位默默相戀的青年通了信息，促成了他們的美滿結合。更令人啼笑皆非的是，就在這幾位「智者」受到現實嘲弄的同時，書中那位最可笑的「愚人」貝內特太太，最後卻被證明是最正確的。她認爲「有錢的單身漢總要娶位太太，這是一條舉世公認的眞理。」這種荒謬與「眞理」的滑稽轉化，儘管超越了一般意義上的是非觀念，但卻體現了作者對生活的深刻思索。

對話，是文學創作塑造人物形象的基本材料和基本手段。奧斯汀在創造人物對話時，一方面注意運用對話來刻畫人物形象，另一方面又善於利用說話人、聽話人及讀者在動機和理解上的差異，製造多層次語調，致使她的對話具有既鮮明生動、富有個性又含意豐富、耐人尋味的兩大特色。例如，第一卷第十章，達西趁賓利小姐彈起一支蘇格蘭小曲的時候，邀請伊麗莎白跳舞：「貝內特小姐，你是不是很想抓住這個機會跳一場蘇格蘭舞？」達西這話說得雖然有些傲慢（「很想抓住」四個字足以表明這一點），但他主觀上還是想討好伊麗莎白。可是伊麗莎白聽起來卻不以爲然。她認爲蘇格蘭舞是一種鄉土舞；達西請她跳這種舞，是想蔑視她的「低級趣味」，於是正顏厲色地說道：「我壓根兒不想跳蘇格蘭舞——現在，你有種的話再輕視我吧。」達西回答了一聲：「實在不敢。」這句答話可能做出多層解釋：伊麗莎白僅僅看作對方是在獻殷勤，賓利小姐可能理解成想結「良緣」的表示，而讀者只要多讀幾段便會發現，達西心裡可能在想：「這位迷人的小姐著實厲害，我這次只得認輸，以後可得謹慎從事。」類似這種微妙的對話，在小說裡還有很多。

奧斯汀在《諾桑覺寺》第五章，曾用飽含激情的語言讚揚了新小說：「……總而言之，只是這樣一些作品，在這些作品中，智慧的偉力得到了最充分的施展，因而，對人性的最透徹的理解，對其千姿百態的恰如其分的描述，四處洋溢的機智幽默，所有這一切，都用最精湛的語言展現出來。」

其實，若用這段話來概括《傲慢與偏見》，倒是再恰當不過，因爲該書的確運用了「最精湛的語言」，展現了作者「對人性最透徹的理解」，四處洋溢著「機智幽默」，令人感到「光彩奪目」情趣盎然！

第一卷

D. Maclise, R.A. T.La

第一章

有錢的單身漢總要娶位太太，這是一條舉世公認的眞理。

這條眞理還眞夠深入人心的，每逢這樣的單身漢搬到一個新地方，左鄰右舍的人家儘管對他的性情見解一無所知，卻仍把他視爲自己某一個女兒的合法財產。

「親愛的貝內特先生，」一天，貝內特太太對先生說道，「你有沒有聽說內瑟菲爾德莊園終於租出去了？」

貝內特先生回答說，沒有聽過。

「的確租出去了，」太太說道。「朗太太剛剛來過，她把這事全都告訴我了。」

貝內特先生沒有答話。

「難道你不想知道是誰租去的嗎？」太太不耐煩地嚷道。

「既然你想告訴我，我聽聽也無妨。」

這句話，足以逗引他太太繼續講下去了。

「哦，親愛的，你應該知道，朗太太說，內瑟菲爾德讓英格蘭北部的一個闊少爺租去了；他星期一那天乘坐一輛駟馬馬車來看房子，看得非常中意，當下就和莫里斯先生講妥了；他打算趕在米迦勒節❶以前搬進新居，下週末以前打發幾個傭人先住進來。」

「他姓什麼？」

「賓利。」

「結婚了還是單身？」

「哦！單身，親愛的，千眞萬確！一個有錢的單身漢，每年有四、五千鎊的收入。眞是女兒們的好福氣！」

「這怎麼說？跟女兒們有什麼關係？」

「親愛的貝內特先生，」太太答道，「你怎麼這麼令人討厭！告訴你吧，我正在謀略他娶她們中的一個做太太呢。」

「他搬到這裡就是爲了這個打算？」

「打算？胡扯，你怎能這麼說話！他或許會看中她們之中的哪一個？因此，他一來你就得去拜訪他。」

「我看沒那個必要。你帶著女兒們去就行啦，要不你索性打發她們自己去，這樣或許更好些，因爲你的姿色並不亞於她們中的任何一個，你一去，賓利先生或許倒看上你呢。」

「親愛的，你太抬舉我啦。我以前確實有過美貌的時候，不過現在卻不敢硬充有什麼出衆的地方了。一個女人家有了五個成年的女兒，就不該對自己的美貌再轉什麼念頭了。」

「這麼說來，女人家對自己的美貌，也轉不了多久的念頭啦。」

「不過，親愛的，賓利先生一搬到這裡，你可眞得去見見他。」

「告訴你吧，這事我可不能答應。」

「但你要爲女兒們著想呀！你想一想，她們誰要是嫁給他，那會是多好的一門親事。威廉爵士夫婦打定主意要去，還不就是爲了這個緣故，因爲你知道，他們通常是不去拜訪新搬來的鄰居的。你眞應該去一次，要不然，我們母女就沒法去見他了。」❷

「你實在太多慮了。賓利先生一定會很高興見到你的。我可以寫封信讓你帶去，就說他隨便想娶我哪位女兒，我都會欣然同意。不過，我要為小莉琪❸美言兩句。」

「我希望你別做這種事。莉琪絲毫不比別的女兒強，我敢說，論漂亮，她比不上珍；論性情，她也比不上莉迪亞。但你總是偏愛她。」

「她們哪一個也沒有多少好稱道的，」貝內特先生答道。「她們像別人家的姑娘一樣，一個個又傻又蠢，倒是莉琪比幾個姊妹伶俐些。」

「你怎麼能這樣糟蹋自己的孩子？你就喜歡氣我，壓根兒不體諒我那脆弱的神經。」

「你錯怪我了，親愛的，我非常尊重你的神經，它們是我的老朋友啦，至少在這二十年裡，我總是聽見你鄭重其事地說起它們。」

「唉！你不知道我受多大的罪。」

「我希望你會好起來，親眼看見好多每年有四千鎊收入的闊少爺搬來這一帶。」

「既然你不肯去拜訪，即使搬來二十個，對我們又有什麼用。」

「放心吧，親愛的，等到搬來二十個，我一定會一個個拜訪。」

貝內特先生是個古怪的人，一方面機敏詼諧、好挖苦人，另一方面又不苟言笑、變幻莫測，他太太積累二十三年之經驗，還摸不透他的性格。而這位太太的腦子就不那麼難捉摸了，她是個智力貧乏、孤陋寡聞、喜怒無常的女人。一碰到不稱心的時候，就自以為神經招架不住。她平生的大事，就是把女兒們嫁出去；她平生的慰藉，就是訪親拜友和打聽消息。

註

❶ 米迦勒節：九月二十九日，英國四個結帳日之一，雇用人或租約大都以此日為界。

❷ 按當時的習俗，拜訪新遷來的鄰居，先得由家中男主人登門拜訪之後，女眷才可以去走訪。

❸ 莉琪為二女兒伊麗莎白的昵稱，伊蕾莎也是她的昵稱。

第二章

貝內特先生是最先拜訪賓利先生的人之一。本來，他早就打算去拜見他，但在太太面前卻始終咬定不想去。直到拜訪後的當天晚上，貝內特太太才知道實情。當時，事情是這樣透露出來的。

貝內特先生看著二女兒在裝飾帽子，突然對她說了一聲，「我希望賓利先生會喜歡這頂帽子，莉琪。」

「既然我們不打算去拜訪賓利先生，」做母親的憤然地說道，「我們怎麼會知道人家喜歡什麼。」

「你忘啦，媽媽，」伊麗莎白說道，「我們要在舞會上遇見他的，朗太太還答應把他介紹給我們。」

「我不相信朗太太會這樣做。她自己有兩個姪女。她是個自私自利、假仁假義的女人，我一點也瞧不起她。」

「我也瞧不起她，」貝內特先生說道，「我很高興，你不指望她來幫忙。」

貝內特太太不屑搭理他，可是忍不住氣，便罵起女兒來。

「別老是咳個不停，吉蒂❶，看在老天爺份上！稍微體諒一下我的神經吧。你咳得我的神經快脹裂啦！」

「吉蒂眞不知趣，」父親說道，「咳嗽也不挑個時候。」

「我又不是咳著玩的。」吉蒂氣沖沖地答道。

「你們下次的舞會定在哪一天，莉琪？」

「從明天算起，還有兩個星期。」

「啊，原來如此，」母親嚷道，「朗太太要等到舞會的前一天才回來，那她就不可能向你們介紹賓利先生啦，因爲她自己還不認識他呢！」

「那麼，親愛的，你就可以占朋友的上風，反過來向她介紹賓利先生啦！」

「辦不到，貝內特先生，辦不到，我自己還不認識他呢。你怎麼能這樣取笑人？」

「我眞佩服你的審愼，結識兩週當然微不足道，你不可能在兩週裏眞正了解一個人。不過，這件事我們不搶先一步，別人可就不客氣了。不管怎麼說，朗太太和她姪女總要結識賓利先生的。因此，你要是不肯介紹，我來介紹好了，反正朗太太會覺得我們是一片好意。」

姑娘們都瞪著眼睛望著父親。

貝內特太太只說了聲：「無聊！無聊！」

「你亂嚷嚷什麼？」貝內特先生大聲說道。「你以爲替人家作作介紹講點禮儀是無聊嗎？我可不大同意你這個看法。你說呢，瑪麗？我知道，你是個富有眞知灼見的小姐，讀的都是鴻篇巨著，還要做做筆記。」

瑪麗很想發表點高見，但又不知道怎麼說才好。

「趁瑪麗深思熟慮的時候，」貝內特先生接著說道，「我們再回頭談談賓利先生。」

「我討厭賓利先生。」太太嚷道。

「眞遺憾，聽見你說這話。但你爲何不早告訴我呢？假使我今天早上了解這個情況，我肯定不會去拜訪他。非常不幸，既然我已經拜訪過了，我們免不了要結識他啦。」

正如他期望的那樣，太太小姐們一聽大為驚訝，尤其是貝內特太太，也許比別人更為驚訝。不過，大家歡呼雀躍了一陣之後，她又聲稱：這件事她早就料到了。

「親愛的貝內特先生，你心腸太好啦！不過我早就知道，我終究會說服你的。你那麼疼愛自己的女兒，決不會輕慢這樣一位朋友？啊，我太高興啦！你這個玩笑開得真有意思，早上就去過了，直到剛才還隻字不提。」

「好啦，吉蒂，你可以盡情地咳嗽啦！」貝內特先生說道。他邊說邊走出房去，眼見著太太那樣欣喜若狂，他真有些厭倦。

「孩子們，你們有個多好的爸爸啊，」門一關上，貝內特太太便說道。「我不知道你們怎樣才能報答他的恩情，也不知道你們怎樣才能報答我的恩情。我可以告訴你們，到了我們這個年紀，誰也沒興致天天去結交朋友。但是為了你們，我們什麼事情都樂意去做。莉迪亞，我的寶貝，雖說你年紀最小，可是開起舞會來，賓利先生肯定會跟你跳的。」

「哦！」莉迪亞滿不在乎地說，「我才不擔心呢。我儘管年紀最小，個子卻最高。」

當晚餘下的時間裡，太太小姐們猜測著賓利先生什麼時候會回拜貝內特先生，盤算著什麼時候請他來吃飯。

註

❶ 吉蒂為四女兒凱薩琳的昵稱。

第三章

貝內特太太儘管有五個女兒幫腔，賓利先生長賓利先生短地問來問去，但丈夫總不能給她個滿意的回答。母女們採取種種方式對付他——露骨的盤問、奇異的假想、不著邊際的猜測；但是，任憑她們手段多麼高明，貝內特先生都會一一敷衍過去，最後她們給搞得無可奈何，只能聽聽鄰居盧卡斯太太的間接消息。盧卡斯太太對他讚不絕口說威廉爵士十分喜歡他。他年紀輕輕相貌堂堂，爲人極其隨和，最令人欣慰的是，他打算拉一大幫人來參加下次舞會。眞是再好不過啦！喜歡跳舞是談情說愛的可靠步驟，大家都熱切希望去博取賓利先生的歡心。

「我要是能看到一個女兒美滿地住進內瑟菲爾德莊園，」貝內特太太對丈夫說道。「看到其他幾個女兒也能嫁給這樣的好人家，我就心滿意足了。」

幾天以後，賓利先生前來回訪貝內特先生，跟他在書房裡坐了大約十分鐘。他對幾位小姐的美貌早有耳聞，希望能夠乘機見見她們，不想只見到她們的父親。倒是小姐們比較幸運，她們圍在樓上的窗口，看見他穿著一件藍外套，騎著一匹黑馬。

過了不久，貝內特先生便發出請帖，請賓利先生來家裡吃飯。貝內特太太早已計劃了幾道菜，好藉機炫耀一下她的當家本領，不料一封回信把事情給推遲了。原來，賓利先生第二天要進城，因此無法接受他們的盛意邀請。貝內特太太心裡大爲惶惑。她想，賓利先生剛來到赫特福德郡，怎麼又有事要進城。於是她心裡頭顧慮了：莫非他總要這樣東漂西泊、來去匆匆，而不會正經八百地住在內瑟菲爾德。幸虧盧卡斯太太興起一個念頭，說他可能是到倫敦去多拉些人來參加舞會，這才使貝內特太太打消了幾分憂慮。頓時，外面紛紛傳說，賓利先生要帶來十二位女賓和七位男賓參加舞會。小姐們聽說這麼多女士要來，不禁有些擔憂。

但是到了舞會的頭一天，又聽說賓利先生沒從倫敦帶來十二位女賓，而只帶來六位——他自己的五個姊妹和一個表姊妹，小姐們這才放了心。後來等賓客走進舞廳時，卻總共只有五個人——賓利先生、他的兩個姊妹、他姐夫、還有一個青年。

賓利先生儀表堂堂，很有紳士派頭，而且和顏悅色，大大落落，絲毫沒有矯揉造作的架勢。他的姊妹都是些窈窕淑女，儀態雍容大方。他姊夫赫斯特先生只不過像個紳士，但是他的朋友達西先生卻立即引起了全場的注意，因爲他身材魁偉，眉清目秀，舉止高雅，進場不到五分鐘，人們便紛紛傳說，他每年有一萬鎊收入。男賓們稱讚他一表人材，女賓們聲稱他比賓利先生漂亮得多。差不多有半個晚上，人們都艷羨不已地望著他。後來，他的舉止引起了衆人的厭惡，他在人們心目中的形象也就一落千丈，因爲大家發現他自高自大、目中無人、不好逢迎。這樣一來，縱使他在德比郡的財產再多，也無濟於事，他那副面孔總是那樣討人嫌，那樣惹人厭，他壓根兒比不上他的朋友。

賓利先生很快就結識了全場所有的主要人物。他生氣勃勃、無拘無束，每支舞都跳，只恨舞會散得太早，說他自己要在內瑟菲爾德莊園再開一次。如此的好性情，自然會贏得衆人的好感。他跟他的朋友形成多麼鮮明的對比！達西先生只跟赫斯特夫人跳了一次，跟賓利小姐跳了一次，有人想向他引薦別的小姐，他卻一概拒絕，整個晚上只在廳裡逛來逛去，偶爾跟自己人交談幾句。他的個性太強了，他是世界上最驕傲、最討人嫌的人，人人都希望他以後別再來了。其中對他最反感的，要算貝內特太太，她本來就討厭他的整個舉止，後來他又得罪了她的一個女兒，她便由討厭變成了深惡痛絕。

由於男賓人數少，有兩支曲子伊麗莎白．貝內特只得乾坐著。這時候，達西先生一度站在離她不遠的地方，賓利先生走出舞池幾分鐘，硬要達西跟著一起跳，兩人的談話，都讓她聽到了——

「來吧，達西，」賓利先生說，「我一定要你跳，我不願看你一個人傻乎乎地站來站去，還是去跳吧。」

「我絕對不跳。你知道我有多討厭跳舞，除非有個特別熟悉的舞伴。這樣的舞會簡直讓人無法忍受。你的姊妹在跟別人跳，這舞廳裡除了她倆之外，讓我跟誰跳都是活受罪。」

「我可不像你那麼挑剔，」賓利嚷道，「決不會！說實話，我生平從沒像今天晚上這樣，遇見這麼多可愛的姑娘。你瞧！有幾個非常漂亮。」

「你當然啦，客廳裡僅有的一位漂亮姑娘，就在跟你跳舞嘛！」達西說道，一面望向貝內特家大小姐。

「哦，我從沒見過她這麼美麗的尤物！不過她有個妹妹，就坐在你的後面，人很漂亮，而且我要說，也很討人喜歡。讓我請我的舞伴給你倆介紹介紹吧。」

「你說的是哪一位？」他說著轉過身，朝伊麗莎白望了一會，等伊麗莎白也望見了他，他才收回自己的目光，冷冷地說道：「她還過得去，但是還沒漂亮到能夠打動我的心。眼前，我可沒有興致去抬舉那些受到別人冷落的小姐。你最好回到你的舞伴身邊，去欣賞她的笑臉，別把時光浪費在我身上。」

賓利先生聽他的話跳舞去了，達西隨即也走開了，伊麗莎白仍舊坐在那裏，對他著實沒有什麼好感。不過，她還是興致勃勃地把這件事講給朋友們聽了，因爲她生性活潑、愛開玩笑，遇到什麼可笑的事都會感到有趣。

總的說來，貝內特一家這個晚上過得相當愉快。貝內特太太發現，內瑟菲爾德那幫人非常喜愛她的大女兒。賓利先生和她跳了兩次舞，他的姊妹們也很器重她。珍和她母親一樣，覺得非常得意，只是不像母親那樣嘰嘰喳喳。伊麗莎白也為珍感到高興。瑪麗聽見有人向賓利小姐誇獎自己，說她是附近一帶最有才華的姑娘。凱薩琳和莉迪亞也很走運，每支曲子都有舞伴，這是她們參加舞會最看重的一件事。

因此，母女們興高采烈地回到了朗伯恩，她們就住在這個村上，可說是村子裏的望族。她們發現，貝內特先生還沒睡覺。他這個人，平素只要有本書，就會忘記時間。但眼前他倒是出於好奇，很想知道母女們寄予厚望的這個晚上，究竟過得怎樣。他滿以為太太會對那位貴鄰感到失望，但他立刻發覺，事情並非如此。

「哦！親愛的貝內特先生，」太太一進房便說道，「我們這一晚過得太快活了，舞會棒極了，你沒去真可惜，珍成了大紅人，紅得無法形容，人人都說她長得漂亮，賓利先生認為她相當美，跟她跳了兩次舞！你就想想這一點吧，親愛的，他確確實實跟她跳了兩次！整個舞廳裡，只有她一個人受到了他第二次邀請。他最先邀請盧卡斯小姐。我看他跟盧卡斯小姐跳舞，心裡真不是滋味！不過，賓利先生對她絲毫沒有意思。其實，你也知道，誰也不會對她有意思。珍走下舞池的時候，賓利先生好像完全給迷住了。他打聽她是誰，讓人作了介紹，然後請她跳下兩支曲子❶。第三次的兩支曲子他是跟金小姐跳的，第四次的兩支曲子是跟瑪麗亞·盧卡斯，第五次的兩支曲子又跟珍，第六次的兩支曲子跟莉琪，還有那布朗赫舞❷——」

「他要是多少體諒體諒我，」貝內特先生不耐煩地嚷道，「他就不會跳那麼多，一半也不會！看在上帝份上，別再提他的舞伴啦。他要是先把腳脖子扭傷了就好啦！」

「哦，親愛的，」貝內特太太接著說道，「我倒非常喜歡他，他漂亮極啦！他的姊妹們也很討人喜歡。看看人家的衣著，我一輩子也沒見過比她們更講究的。我敢說，赫斯特夫人衣服上的花邊——」

她說到這裡又給打斷了。貝內特先生不願聽她絮叨華裝麗服。因此她不得不另找個話題，非常尖刻而又有些誇張的說起了達西先生令人震驚的粗暴態度。

「不過，我可以告訴你，」她又說道，「莉琪不中他的意倒沒什麼可惜的。他是個最討厭、最可惡的人，壓根兒不值得去巴結他。那麼高傲，那麼自大，叫人無法忍受！他一會兒走到這，一會走兒到那，自以爲非常了不起，還嫌人家不漂亮，不配跟他跳舞！親愛的，你要是在場就好了，狠狠教訓他一頓。我厭惡透了這個人。」

註

❶ 按美國當時的風俗，男女之間相邀跳舞，總是連跳兩曲。

❷ 布朗赫：法國的一種鄉間舞，跳舞者排成兩排對舞。

第四章

珍本來並不輕易讚揚賓利先生的，但是當她和伊麗莎白單獨在一起的時候，她卻向妹妹表白了自己多麼愛慕他。

「他是個典型的好青年，」她說道，「有見識，脾氣好，人又活潑，我從沒見過這麼討人喜歡的舉止——那麼端莊，那麼富有教養！」

「他還很漂亮，」伊麗莎白答道。「年輕人嘛，只要可能，也應該漂亮些。他眞的是才貌雙全啊！」

「他第二次請我跳舞的時候，我高興極了，我沒想到他會這樣抬舉我。」

「你沒想到？我可替你想到了。不過，這正是你我之間大不相同的地方。你一受到抬舉總是受寵若驚，我可不這樣。他再次請你跳舞，這不是再自然不過的事情嗎？他不會看不出，你比舞廳裡哪個女人都要漂亮好多倍。他爲此向你獻殷勤，你犯不著感激他。他的確很可愛，我也不反對你喜歡他。你以前可喜歡過不少蠢貨呀！」

「親愛的莉琪！」

「哦，你知道，你通常太容易對人產生好感了。你從來看不出別人的短處。在你眼裡，天下人都是好的，都很可愛。我生平從沒聽見你說過別人的壞話。」

「我不願輕易責難任何人，不過我總是講心裡話。」

「我知道你講心裡話，而你讓人奇怪的也正是這一點。你這樣聰明的人，竟然眞會看不出別人的愚蠢與無聊！假裝胸懷坦蕩是個普遍現象——真是比比皆是，但是，坦蕩得毫無炫耀之意，更無算計之心——承認別人的優點，並且加以誇耀，而對其缺點則絕口不提！這只有你才做得到。這麼說，你也喜歡那位先生的姊妹啦！她們的風度可比不上他呀。」

「的確，初看是比不上。不過，你跟她們攀談起來，她們也都很討人喜歡。賓利小姐要與她哥哥住在一起，替他料理家務。我敢肯定，她會成為我們的好鄰居的。」

伊麗莎白一聲不響地聽著，但是心裡並不信服。那姊妹倆在舞廳裡的舉動，並非想要討好眾人。伊麗莎白觀察力比姊姊來得敏銳，脾性也不像姊姊那麼柔順。凡事自有主見，不會因為人家待她好而隨意改變，因此她決不會對那兩人產生好感。其實，她們都是很出色的女性，高興起來也會談笑風生，適意的時候還很討人喜歡，但是為人驕傲自大。她們長得十分標緻，曾在城裡一家一流私立學校受過教育❶，擁有二萬鎊的財產，花起錢來總是出手大方，喜好結交有地位的人，因而才得以在各方面自視甚高，瞧不起別人。她們出生於英格蘭北部一個體面的家族，這件事她們總是銘記在心，相形之下，她們兄弟和她們自己的財產全是靠做生意賺來的這件事❷，給她們的印象卻比較淡薄。

賓利先生從父親那裡繼承了將近十萬鎊的遺產。父親本來打算購置一份房地產，不想心願未了就與世長辭，賓利先生也有這個打算，有時還擇定了在哪個郡購置。不過，眼前他已經有了一幢好房子，還有一座莊園供他打獵，了解他性情的人都知道他是個隨遇而安的人，說不定他以後就在內瑟菲爾德度過一生，購置房地產的事留給下一代去操辦。他的兩個姊妹熱切希望他能有一份自己的房地產。不過，儘管他現在僅僅是以房客的身分在這裡住下來，但賓利小姐還是很願意替他掌管家務，而那位赫斯特夫人嫁了個家財不足、派頭有餘的紳士，因而一旦得便，也很情願把弟弟的家當作自己的家。當時賓利先生成年還不滿兩年，因爲偶然聽人推薦，便情不由己地要來看看內瑟菲爾德家宅。他裡裡外外看了半個鐘頭，房子的位置和主房間都很中他的意，加上房東又把房子讚美了一番，他聽了越發滿意，於是便當即租了下來。

他與達西雖然性情截然不同，彼此之間卻有著始終不渝的交情。達西之所以喜歡賓利，是因爲賓利爲人隨和、坦率、溫順，儘管這與他自己的性情大相逕庭，而他也從不覺得自己的性情有什麼不好的地方。賓利對達西的友情堅信不移，對他的見解也推崇備至。從智力上看，達西更強一些。雖說賓利先生一點也不愚笨，但是達西著實聰明。達西同時還有些趾高氣揚、不苟言笑、愛挑剔人，雖然受過良好的教育，舉止卻不受人歡迎，在這方面，他的朋友倒佔有很大優勢。賓利無論走到哪裡，都會招人喜愛，達西卻總是惹人討厭。

兩人談論梅里頓舞會的方式，就很能表明他們不同的性格。賓利從沒遇見過這麼可愛的人們、這麼漂亮的姑娘；每個人對他都極其和善、極其關心；大家既不拘謹、也不刻板；他很快便與全場的人混熟了；至於說到貝內特小姐❸，他無法想像還會有比她更美麗的天使。與他相反，達西發現這些人既不漂亮、又無風度，誰也沒有使他產生絲毫的興趣，誰也沒有對他表示關注，或是博得他的歡心。他承認貝內特小姐長得漂亮，但她太愛笑了。

赫斯特夫人姊妹倆同意這種看法——但她們仍然羨慕她、喜歡她，說她是個甜姊兒，不妨與她結個深交。於是，貝內特小姐被認定是一位甜姊兒，她們的兄弟聽了這番讚美，覺得以後可以隨心所欲地去思念她了。

註

❶私立學校：尤指私立女子學校，青年女子在這裡讀書寫字，彈琴唱歌，學習縫紉之類。

❷在當時的英國社會，靠做生意維生的人受到上流社會的蔑視。

❸按英國當時的習慣，姓加「小姐」是對大小姐的正式稱呼，二小姐以下或稱教名；或稱教名加姓。所以本書中的「貝內特小姐」，一般都是指大小姐珍·貝內特。

第五章

離朗伯恩不遠住著一戶人家，與貝內特家關係特別密切。威廉・盧卡斯爵士先前在梅里頓做生意，發了不小一筆財，任鎮長期間上書國王，被授予爵士稱號❶。也許他把這榮譽看得過重，心裏便討厭做買賣了，討厭住在這小集鎮上。他放棄買賣離開了小鎮，全家搬到了離梅里頓大約一英里遠的一座房子裏。從那時候起，這裏便取名盧卡斯小屋。在這裏，他可以樂滋滋地尋思一下自己的顯赫地位，並且能擺脫事務的羈絆，一心一意地從事社交活動。他雖然為自己的爵位感到高興，但卻沒有變得忘乎所以。相反的，他對人人都很關心。他生來就是個老實人，待人和善誠懇，自從覲見國王之後，便越發溫文爾雅了。

盧卡斯太太是個很和善的女人，因為不太機靈，倒不失為貝內特太太的一個寶貴的鄰居。這夫婦倆有好幾個孩子。老大是位聰明伶俐的小姐，年紀大約二十七歲，是伊麗莎白的密友。舞會之後，盧卡斯家與貝內特家的小姐們，非得湊到一起談談不可。就在舞會後的第二天早晨，盧卡斯家的幾位小姐便趕到朗伯恩，好聽聽朋友的見解，講講自己的看法。

「昨晚你可開了個好起頭啊，夏綠蒂，」貝內特太太很有克制地、客客氣氣地說道。「你可是賓利先生的頭一個舞伴呀。」

「不錯。但他似乎更喜歡他的第二個舞伴。」

「哦！我想你是指珍吧，因為他跟珍跳了兩次。當然，他的確像是很喜歡珍——我的確認為他喜歡珍——我聽到點傳聞——但不知道是怎麼回事——關於魯賓遜先生的傳聞。」

「也許你是指我無意中聽到的他和魯賓遜先生的談話吧？難道我沒向你提起過？魯賓遜先生問他喜不喜歡梅里頓的舞會，問他是否認為舞廳裏有許多漂亮的姑娘，以及他認為哪一位最漂亮？賓利當即回答了最後一個問題：『貝內特大小姐，毫無疑問。在這一點上不會有什麼異議。』」

「真沒想到——態度的確很明朗——的確像是——不過，你知道也許會化為泡影。」

「伊蕾莎，我聽到的話比你聽到的更能說明問題，」夏綠蒂說。「達西先生說話不像他的朋友那樣中聽，是吧？可憐的伊蕾莎！僅僅是過得去。」

「我求你不要提醒莉琪，讓她因達西的無禮舉動而生氣。達西是個令人討厭的傢伙，討他喜歡才倒楣。朗太太昨晚告訴我，達西在她身邊坐了半個鐘頭，卻沒開過一次口。」

「你這話靠得住嗎？媽媽？——一點出入也沒有嗎？」珍說道。「我分明看見達西先生跟她說話了。」

「嗐！那是因為朗太太後來問他喜不喜歡內瑟菲爾德，他不得不敷衍一下。朗太太說，他氣呼呼的，好像怪朗太太不該跟他說話似的。」

「賓利小姐告訴我，」珍說道，「他一向話不多，除非跟親朋好友在一起，他對親朋好友就很和藹可親。」

「這話我一點也不信，親愛的，他要是真正和藹可親，就該跟朗太太說說話。不過，我猜得出是怎麼回事。人人都說他傲慢透了，他準是聽說朗太太家裏沒有馬車，臨時雇了輛車來參加舞會的。」

「他沒跟朗太太說話，倒無妨，」盧卡斯小姐說，「但他不該不跟伊蕾莎跳舞。」

「假如我是你，莉琪，」做母親的說道，「下一次我還不跟他跳呢！」

「我想，媽媽，我可以萬無一失地向你擔保，我決不會跟他跳舞。」

「他驕傲，」盧卡斯小姐說，「不像一般人驕傲得讓我氣不過，因爲他驕傲得情有可原。這麼出色的一個小伙子，門第好，又有錢，具備種種優越條件，也難怪會自以爲了不起。依我說呀，他有權利驕傲。」

「那倒一點不假，」伊麗莎白答道，「假使他沒有傷害我的自尊心，我會很容易原諒他的驕傲。」

「我認爲，」瑪麗一向自恃見解高明，因而說道，「驕傲是一般人的通病。從我讀過的許多書來看，我相信驕傲確實很普遍，人性特別容易犯這個毛病。因爲有了某種品質，無論是眞實的還是假想的，就爲之沾沾自喜，這在我們當中很少有人例外。虛榮與驕傲是兩人不同的概念，雖然兩個字眼經常給當作同義詞混用。一個人可以驕傲而不虛榮。驕傲多指我們對自己的看法，虛榮多指我們想要別人對我們抱有什麼看法。」

「要是我像達西先生那麼有錢，」盧卡斯家一個跟姊姊們一道來的小兄弟大聲嚷道，「我才不在乎自己有多驕傲呢。我要養一群獵狗，每天喝一瓶酒。」

「那你就喝得太過了，」貝內特太太說。「我要是看見你喝，馬上就奪掉你的酒瓶。」

孩子抗議說，她不能奪；貝內特太太再次揚言，她一定要奪。

這場爭論直到客人告別時才結束。

註

❶ 爵士：英國國王授予的榮譽稱號，其地位低於男爵！不能世襲。

第六章

朗伯恩的女士們不久就去拜訪了內瑟菲爾德的女士們，內瑟菲爾德的女士們也照例作了回訪。貝內特小姐的可愛風度，越來越博得赫斯特夫人和賓利小姐的好感。儘管那位母親讓人無法忍受，幾個小妹妹也不值得攀談，但內瑟菲爾德的姊妹倆還是表示，願意與貝內特家兩位大小姐做個深交。珍萬分喜悅地領受了這番盛情；可是伊麗莎白仍然認爲她們對衆人態度傲慢，甚至對她姊姊也不例外，因而無法喜歡她們。雖說她們待珍還比較客氣，但那多半是由於她們兄弟愛慕她的緣故。他們倆一碰到一起，人們都看得出來，賓利先生的確愛慕她。伊麗莎白還看得出來，珍從一開始就喜歡上了賓利先生，現在眞有些不能自拔了，可說已深深愛上他了。不過，她想起來感到高興的是，這事一般不會讓外人察覺，因爲珍儘管感情熱烈，但是性情嫻靜，外表上始終是愉愉快快的，不會引起魯莽之輩的猜疑。伊麗莎白向自己的朋友盧卡斯小姐談起了這件事。

「這件事要能瞞過衆人也許挺有意思，」夏綠蒂回答道。「但是，遮遮掩掩的有時也划不來。要是一個女人採用這種技巧向心上人隱瞞了自己的愛慕之情，那就可能沒有機會博得他的歡心。這樣一來，即使她自以爲同樣瞞過了天下所有人，也沒有什麼好欣慰的。男女戀愛都含有感恩圖報和愛慕虛榮的成分，因此聽其自然是不保險的。開頭可能都很隨便——略有好感本是很自然的事，但是很少有人能在沒有受到對方鼓勵的情況下，而敢於傾心相愛的。十之八九，女人流露出來的情意，還得比心裏感受的多一些。毫無疑問，賓利喜歡你姊姊，可是你姊姊不幫他一把，他也許充其量只是喜歡喜歡她而已。」

「珍在自己性情許可的範圍內，確實幫他忙了。她對他的情意連我都看得出來，而他卻看不出來，那他未免太傻了。」

「別忘了，伊蕾莎，他可不像你那樣了解珍的性情。」

「一個女人愛上一個男人，只要女方不刻意隱瞞，男方準能看得出來。」

「要是見面多的話，也許他準能看得出來。賓利和珍雖然經常見面，但是從沒在一起連續待上幾個鐘頭。他們每次見面總是跟一些雜七雜八的人混在一起，不可能允許他們談個不休。因此，珍就得時刻留神，一有可乘之機，就要爭分奪秒地加以利用。一旦能把他抓到手，再盡情地談情說愛也不遲。」

「假如一心只想嫁個有錢的男人，」伊麗莎白說，「你這個辦法倒挺不錯。倘若我決心找個闊丈夫，或者隨意找個什麼丈夫，那我一定採取你的辦法。可惜珍沒有這樣的思想，她可不在使心計。如今她還拿不準究竟對賓利鍾情到什麼程度，鍾情得是否得體。她認識他只不過兩個星期。在梅里頓跟他跳了四支舞，有天上午去他府上跟他見過一面，後來又跟他一起吃過四次飯。就憑著這點交往，叫她怎麼能了解他的性格呢。」

「事情並不像你說的那樣，假如僅僅跟他吃吃飯，珍或許只會發現他胃口好不好，但你別忘了，他們還在一起待了四個晚上呢——四個晚上的作用可就大啦！」

「是呀！這四個晚上使他們摸透了彼此都喜歡玩二十一點，不喜歡玩康默斯❶。至於其他主要性格特徵，我看他們彼此之間還了解得不多。」

「唔，」夏綠蒂說，「我衷心希望珍能成功。即使她明天就嫁給賓利先生，我也認為她會幸福，其可能性並不亞於先花上一年工夫去研究他的性格。婚姻幸福完全是個機遇問題。

雙方的脾氣即使彼此非常熟悉，或者非常相似，也不會給雙方增添絲毫的幸福。他們的脾氣總是越來越不對勁，後來就引起了煩惱。你既然要和一個人過一輩子，最好盡量少了解他的缺點。」

「你這話說得眞逗人，夏綠蒂。不過，這種說法不合情理。你也知道不合情理，你自己就決不會那麼做。」

伊麗莎白光顧得注意賓利先生向姊姊獻殷勤的事，卻萬萬沒有料到，賓利先生的那位朋友卻漸漸對她自己留起神來。達西先生起初並不認爲她怎麼漂亮：他在舞會上望見她的時候，心裏並不帶有愛慕之意；第二次見面的時候，他也是以吹毛求疵的眼光去打量她。但是，他剛向自己和朋友表明她的容貌一無可取，轉眼之間，他又發現她那雙黑眼睛透著美麗的神氣，使整個臉蛋顯得極其聰慧。繼這個發現之後，他又從她身上發現了幾個同樣令他氣餒的地方。雖說他帶著挑剔的目光，發覺她身材這兒不勻稱那兒不完美，但他卻也不得不承認她體態輕盈、惹人喜愛。儘管他一口咬定她缺乏上流社會的風度，但他又被她那落落大方的調皮勁兒所吸引。伊麗莎白全然不明白這些情況，在她看來，達西只是個到處不討人喜歡的男子，他還認爲她不夠漂亮，不配和他跳舞。

達西開始希望多與她交往。爲了爭取與她攀談，他總是留神傾聽她與別人的談話。他這般舉動引起了她的注意。那是在威廉·盧卡斯爵士家，當時他府上賓客滿堂。

「達西先生這是什麼意思，」伊麗莎白對夏綠蒂說道，「我跟福斯特上校談話，還要他來聽？」

「這個問題只有達西先生能夠回答。」

「他要是再這樣，我一定要讓他明白，他那一套瞞不過我的。他一心就想挖苦人，我要是不先給他點厲害瞧瞧，馬上就會懼怕他的。」

過了不久，達西又朝她們走來。雖然他看上去不像是要說話的樣子，盧卡斯小姐還是誘引朋友把這個問題向他提出來。伊麗莎白經她這麼一激，立刻轉過臉對達西說道：

「達西先生，我剛才跟福斯特先生開玩笑，要他在梅里頓開一次舞會，難道你不覺得我的話說得非常得體嗎？」

「說得非常帶勁。不過，這件事總是使得小姐們勁頭十足。」

「你對我們太尖刻了。」

「這下子反而你要受人譏笑了，」盧卡斯小姐說道。「我去打開琴，伊蕾莎，你知道下面該怎麼辦。」

「你這個朋友眞不可思議！——不管當著什麼人的面，總是要我彈琴唱歌！假使我存心要在音樂上出風頭，那我眞要對你感激不盡。而事實上，諸位來賓都聽慣了第一流演奏家，我實在不敢坐下來獻醜。」然而，經不住盧卡斯小姐再三請求，她只好又說道：「好吧，既然非得獻醜，那就獻獻吧。」接著她又板著臉瞥了瞥達西，「有句老話說得好，在場的人當然也都很熟悉這句話：『留口氣吹涼粥』❷，我就留口氣唱唱歌吧。」

她的表演雖稱不上絕妙，卻也頗爲動聽。唱了一、兩支歌之後，大家要求她再唱幾支，誰想她還沒來得及回答，她的妹妹瑪麗急巴巴地早就坐到了鋼琴跟前。原來，貝內特家五姊妹中只有瑪麗長得不好看，因此她便發奮鑽研學問、增長才華，總是迫不及待地想要賣弄賣弄。

瑪麗既沒有天賦，又缺乏情趣，雖然虛榮心促使她勤學苦練，但也造就了她的迂腐氣息和自負派頭。有了這種氣息和派頭，即使她取得再高的造詣，也無濟於事。伊麗莎白雖說琴彈得遠遠不如她，但她儀態大方、毫不造作，因此大家聽起來有趣得多。再說瑪麗，她彈完一支長協奏曲之後，她的兩個妹妹要求她演奏幾支蘇格蘭和愛爾蘭小調。瑪麗正想博得衆人的誇獎和感激，便高高興興地照辦了。這時她那兩個妹妹和盧卡斯家的幾位小姐以及兩、三個軍官，急匆匆地跑到房那頭跳舞去了。

達西先生就站在他們附近。他悶聲不響，眼看著他們就這樣度過一個晚上，相互也不攀談攀談，心裏不免有些氣忿。他光顧得想心事，竟然沒有察覺威廉．盧卡斯爵士就站在他旁邊，最後還是威廉爵士先開了口：

「達西先生，這是年輕人多麼開心的一種娛樂啊！說來說去，什麼也比不上跳舞。我認爲這是上流社會最高雅的一種娛樂方式。」

「當然，先生，跳舞是不錯，即使在下等社會裏也很風行，每個野蠻人都會跳舞。」

威廉爵士只是笑了笑。「你的朋友跳得相當出色，」過了一會，他看見賓利也來跳舞，便接著說道。「毫無疑問，你也是舞技精湛啦，達西先生。」

「我想你看見我在梅里頓跳過舞吧，先生。」

「的確看見過。看你跳舞眞令人賞心悅目。你常到宮裏去跳舞嗎？」

「從沒去過，先生。」

「難道你不肯到宮裏去賞賞臉？」

「但凡能避免的，我哪裏也不去賞這個臉。」

「我想你在城裏一定有房子吧？」

達西先生點了點頭。

「我曾一度想在城裏定居——因爲我喜歡上流社會。不過，我不大敢說倫敦的空氣是否適宜盧卡斯太太。」威廉爵士停了停，指望對方回答。可是達西卻無意回答。恰在這時，伊麗莎白朝他們走來，威廉爵士靈機一動，想乘機獻一下殷勤，便對她叫道：

「親愛的伊蕾莎小姐，你怎麼不跳舞呀？達西先生，請允許我把這位小姐介紹給你，這是位十分理想的舞伴。面對這樣一位姣麗的舞伴，我想你總不至於不肯跳吧。」說著拉起伊麗莎白的手，準備交給達西先生，而達西先生儘管萬分驚奇，卻也並非不願接住那隻玉手，不料伊麗莎白急忙將手縮了回去，有些神色倉皇地對威廉爵士說道：

「先生，我確實一點也不想跳舞，你千萬別以爲我是跑來這邊找舞伴的。」

達西先生恭恭敬敬地請她賞臉跟他跳舞，可是徒費口舌。伊麗莎白決心已定，任憑威廉爵士怎麼勸說，她也不肯動搖。

「伊蕾莎小姐，你舞跳得那麼出色，不讓我飽飽眼福，未免有些冷酷吧。再說，這位先生雖然平常並不喜歡跳舞，可是賞半個小時的臉，總不會有問題吧。」

「達西先生太客氣了。」伊麗莎白含笑說道。

「他的確太客氣了，不過，親愛的伊蕾莎小姐，鑒於有這麼大的誘惑，也難怪他多禮。誰不想找你這樣的舞伴？」

伊麗莎白狡黠地瞟了他們一眼，然後扭身走開了。她的拒絕並沒使達西記恨她，相反，他倒有些甜滋滋地想著她。這時賓利小姐走過來招呼他：「我猜得出來你在沉思什麼。」

「我看不見得。」

「你在想：就這樣跟這種人一起度過一個晚上，眞叫人無法忍受。我跟你頗有同感。我從沒這麼惱火過！這些人，枯燥乏味，卻又吵鬧不堪；無足輕重，卻又自命不凡！我多想聽你指責他們幾句啊！」

「告訴你吧，你完全猜錯了，我想的是些美好的東西。我在琢磨：一個漂亮女人臉上長著一雙美麗的眼睛，能給人帶來多大的快樂。」

賓利小姐頓時拿眼睛盯住他的臉，希望他能告訴她，哪位小姐能有這般魅力，逗得他如此想入非非。達西先生毫不畏懼地回答說：「伊麗莎白．貝內特小姐。」

「伊麗莎白．貝內特小姐！」賓利小姐重覆了一聲。「我眞感到驚奇。你看上她多久啦？請問，我什麼時候可以向你道喜啊！」

「我早就料到你會問出這種話。女人的想像力眞夠敏捷的，一眨眼工夫，就能從愛慕跳到戀愛，再從戀愛跳到結婚。我早知道你會向我道喜的。」

「唔，你這麼一本正經，我看這件事百分之百定啦。你一定會有一位可愛的岳母大人，當然，她會始終跟你住在彭伯利。」

賓利小姐如此恣意打趣的時候，達西先生完全似聽非聽。她見他如此泰然自若，便覺得萬無一失，喋喋不休地戲謔了他半天。

註

❶ 康默斯：一種牌戲，玩牌者可以互相換牌。

❷ 此處係字面直譯，其真正含義為：「省點力氣別開口，才不白費口舌。」

第七章

貝內特先生的財產幾乎全包含在一宗房地產上，每年可以得到兩千鎊的進帳。也該他的女兒們倒楣，他因爲沒有兒子，這宗房地產得由一個遠房親戚來繼承。至於她們母親的家私，雖說對於她這樣的家境也足夠了，但卻很難彌補貝內特先生的短缺。她父親曾在梅里頓當過律師，給了她四千鎊遺產。她有個妹妹嫁給了菲利普斯先生，此人原是她們父親的秘書，後來就繼承了他的事務。她還有個兄弟住在倫敦，從事一項體面的生意。

朗伯恩村距離梅里頓只有一英里路，這對幾位年輕小姐來說，是再便利不過了。她們每週通常要去那裏三、四次，看看姨媽，順路逛逛一家女帽店。兩個小妹妹凱薩琳和莉迪亞，往那裏跑得特別勤。她們的心事比姊姊們的還少，每逢找不到有趣的消遣時，就往梅里頓跑一趟，既爲早晨的時光增添點樂趣，也爲晚上提供點談資。儘管鄉下地方一般沒有什麼新聞，她們也總能設法從姨媽那裏打聽到一些。就說眼前吧，附近一帶新開來了一個民兵團，她們的消息來源當然也就豐富了，心裏感到異常高興。這個團整個冬天都要駐紮在這裏，團部就設在梅里頓。

現在，她們每次去拜訪菲利普斯太太，都能獲得一些最有趣的消息。她們每天都能打聽到幾個軍官的名字和社會關係。軍官們的住所不久就成了公開的秘密，後來小姐們也陸續認識了他們。菲利普斯先生拜訪了所有的軍官，這就爲外甥女們開闢了一道前所未有的幸福源泉。她們開口閉口都離不了那些軍官。賓利先生儘管很有錢，一提起他來貝內特太太就會眉飛色舞，但在小姐們眼裏卻一文不值，壓根兒不能與軍官的制服相比。

一天早晨，貝內特先生聽見她們滔滔不絕地談論這個話題，便冷言冷語地說道：

「我從你們說話的神情看得出來，你們確實是兩個再蠢不過的傻丫頭，我以前還有些半信半疑，現在可是深信不疑了。」

凱薩琳一聽慌了神，也就沒有回答。莉迪亞卻完全無動於衷，繼續訴說她如何愛慕卡特上尉，希望當天能見到他，因為他明天上午就要去倫敦了。

「我感到驚奇，親愛的，」貝內特太太說道，「你怎麼動不動就說自己的孩子蠢呢！我即使真想看不起誰家的孩子，那也決不會是我自己的孩子。」

「要是我的孩子愚蠢，我總得有個自知之明。」

「你說得不錯，但事實上，她們一個個都很聰明。」

「我很高興，這是我們唯一的一點意見分歧。我本來希望，我們的意見在每一點上都能融洽一致，可是說起我們的兩個小女兒，我卻決不能贊同你的看法，我認為她們都極其愚蠢。」

「親愛的貝內特先生，你不能指望這些女孩子像她們的父母一樣富有理智。等她們長到我們這個年紀，她們準會像我們一樣，不再去想什麼軍官了。我記得有一度我也很喜歡紅制服（指英國軍人服）——而且說真的，現在心理還很喜歡。要是有一位年輕漂亮的上校，每年有五、六千鎊的收入，想娶我的一個女兒，我決不會拒絕他的。那天晚上在威廉爵士家裏，福斯特上校穿著軍服，我看真是一表人材。」

「媽媽，」莉迪亞嚷道，「姨媽說，福斯特上校和卡特上尉不像剛來時那麼常去沃森小姐家啦。她近來常常看見他們站在克拉克圖書館裏。」

貝內特太太剛要回答，不料一個男僕走了進來，給貝內特小姐拿來一封信。信是從內瑟菲爾德送來的，僕人等著取回信。貝內特太太喜得兩眼閃亮，女兒讀信的時候，她急得直叫：「珍，誰來的信？什麼事？怎麼說的？珍，快告訴我們，快點，寶貝！」

「是賓利小姐寫來的。」珍說，然後把信讀了出來——

親愛的朋友：

如果你今天不發發慈悲，來與露薏莎和我一道吃晚飯，我們倆就要結下終生怨仇了。兩個女人整天在一塊談心，到頭來沒有不吵架的。接信後請盡快趕來。我哥哥及其朋友要上軍官們那裏吃飯。

永遠是你的朋友　卡洛琳·賓利

「上軍官們那裏吃飯！」莉迪亞嚷道。「奇怪，姨媽怎麼沒告訴我們這件事。」

「上別人家去吃飯，」貝內特太太說，「眞不幸。」

「我可以乘車子去嗎？」珍問。

「不行，親愛的，你還是騎馬去，天像是要下雨，這麼一來，你就要在那兒過夜了。」

「你要是肯定他們不會送她回來的話，」伊麗莎白說，「那倒是個好主意。」

「哦！男賓們要乘賓利先生的馬車去梅里頓，赫斯特夫婦光有車沒有馬。」

「我還是願意乘馬車去。」

「乖孩子，我敢說你爸爸騰不出馬來。農場上要用馬，貝內特先生，是這樣吧？」

「農場上常常要用馬，可惜讓我撈到手（派上用場）的時候並不多。」

「如果今天讓你撈到手，」伊麗莎白說，「就會了卻媽媽的心願。」

最後，她終於敦促父親承認，幾匹馬都已派上用場。因此，珍只得騎著另外一匹馬去，母親把她送到門口，面帶喜色地連聲預祝天氣變壞。果然如她願了。不久，天就下起了大雨，妹妹們都替她擔憂，母親反倒爲她高興。大雨整個晚上都下個不停，珍當然也沒法回來。

「我這個主意出得眞妙！」貝內特太太一次次說道，好像能讓老天下雨全是她的功勞。不過，她的神機妙算究竟造成多大幸福，直到第二天早晨她才知道。剛吃完早飯，內瑟菲爾德那裏就打發僕人，給伊麗莎白送來一封信，內容如下：

最親愛的莉琪：

今天早晨我覺得很不舒服，我想這是昨天淋了雨的緣故。好心的朋友要我等身體好些再回家。他們還非要讓瓊斯先生來給我看看——因此，你們要是聽說他來給我看過病，請不要驚訝——我只不過有點喉痛，並沒有什麼大不了的毛病。

姊字

「親愛的太太，」等伊麗莎白念完信，貝內特先生說道，「假如你女兒得了重病，假如她送了命，我們心裏倒也有個安慰，因爲那是奉了你的命令，去追求賓利先生而引起的。」

「哦！我才不擔心她會送了命呢。人哪有稍微傷點風就送命的，人家會好好照料她的。只要她待在那兒，保管沒事，要是有車子的話，我倒想去看看她。」

伊麗莎白卻眞焦急了，儘管沒有車子，還決定非去看看姊姊不可。她不會騎馬，唯一的辦法只有步行。她把自己的決定告訴了家裡。

「你怎麼能這麼傻，」母親嚷道，「路上這麼泥濘，虧你想得出來！等你到了那裏，你那副樣子就見不了人啦。」

「我只要見得了珍就行。」

「莉琪，」父親說道，「你的意思是不是要我派馬套車？」

「當然不是。我不怕走路。只要有心去，這點路算什麼，只不過三英里嘛。我晚飯前會趕回來。」

「我敬佩你的仁厚舉動，」瑪麗說道，「但是千萬不能感情用事，感情應該受到智理的約束。依我看，做事總得有個分寸。」

「我倆陪你走到梅里頓，」凱薩琳和莉迪亞說道。伊麗莎白表示贊成。於是，三位年輕小姐便一道出發了。

「我們要是趕得快，」三人上路後，莉迪亞說道，「或許還能趕在卡特上尉臨走前見上他一面。」

三姊妹到了梅里頓便分手了。兩個妹妹朝一位軍官太太家裏走去，剩下伊麗莎白獨自往前趕。只見她急急忙忙，腳步匆匆，穿過一塊塊田地，跨過一道道欄柵，跳過一個個水窪，最後終於看見了那幢房子。這時，她已經兩腳酸軟，襪子上沾滿了泥漿，臉上也累得通紅。

她被領進了早餐廳，只見眾人都在那裏，唯獨珍不在場。她一走進來，眾人都大吃一驚。照赫斯特夫人和賓利小姐看來，這麼一大早，路上這麼泥濘，她竟獨自步行了三英里，簡直讓人不可思議。伊麗莎白料想，他們準會因此而瞧不起她。然而，他們卻十分客氣地接待了她。那位做兄弟的表現得不僅客客氣氣，而且非常熱情友好。達西先生少言寡語，赫斯特先生索性一言不發地吃早餐。達西先生心裏有些矛盾，一方面愛慕她那因爲奔波而泛起的嬌豔面色，另一方面又懷疑她是否有必要獨自打那老遠趕來。

伊麗莎白問起了姊姊的病情，得到的回答卻不大妙。貝內特小姐夜裏沒睡好覺，現在雖然起床了，但身上還燒得厲害，不能出房門。讓伊麗莎白高興的是，他們立刻把她領到了姊姊那裏。珍原先只是擔心引起家人的驚恐或不便，才沒在信裏表示她多麼盼望有個親人來看看她，眼前一見妹妹來了，心裏感到非常欣喜。不過，她沒有力氣多說話，等賓利小姐走出去，屋裏只剩下她們姊妹倆的時候，她只能說幾句感激主人的話，因爲他們待她實在太好了。伊麗莎白靜悄悄地侍候著她。

早飯吃過之後，賓利家的姊妹倆也來陪伴她們。伊麗莎白看到她們對姊姊那麼親切、那麼關懷，也對她們產生了好感。醫生趕來了，檢查了病人的症狀，說她患了重感冒（其實這也是可想而知的），必須盡力調治好。他還囑咐珍上床休息，並且給她開了幾樣藥。醫生的囑咐立即照辦了，因爲病人的熱度又升高了，而且頭痛得十分厲害。伊麗莎白片刻也離不開姊姊的房間，另外兩位女士也不大走開，因爲男士們都不在家，她們到別處也是無所事事。

時鐘打了三點的時候，伊麗莎白覺得應該走了，便勉勉強強地說了一聲。賓利小姐提出派馬車送她，伊麗莎白打算稍許推謝一下就接受主人的盛意，不料珍表示捨不得讓她走，於是賓利小姐只得改變派馬車的主意，請她在內瑟菲爾德暫且住下。伊麗莎白感激不盡地答應了。隨即差遣僕人去朗伯恩，把她留下的消息告訴她家人，同時帶回些衣服來。

第八章

五點鐘的時候，主人家兩姊妹出去更衣。到了六點半，伊麗莎白被請去吃晚飯。大家都很講究禮貌，紛紛探問珍的病情，其中賓利先生表現得尤爲關切，伊麗莎白見了十分歡喜，只可惜她作不出令人鼓舞的回答。珍一點也沒見好轉。那姊妹倆聽到這話，便三番兩次地說她們多麼擔憂，患重感冒多麼可怕，她們自己多麼討厭生病，然後就把這事拋到了腦後。原來，珍不在面前她們就對她漠不關心，這就使伊麗莎白重新滋生了對她們的厭惡之情。

的確，這夥人裡只有她們的兄弟能使她感到滿意。他顯然是在爲珍擔憂，對伊麗莎白也關懷備至。本來，伊麗莎白覺得別人將她視爲不速之客，但是受到這般關懷之後，她心裡也就不那麼介意了。除了賓利先生之外，別人都不大理睬她。賓利小姐一心都在達西身上，她姊姊差不多也是如此。再說赫斯特先生，他就坐在伊麗莎白身旁，但他天生一副懶骨頭，活在世上就是爲了吃喝和玩牌，後來見伊麗莎白放著美味的蔬菜燉肉片不吃，卻去吃一盤家常菜，便不再搭理她了。

伊麗莎白一吃過晚飯，就立即回到珍那裡。她一走出飯廳，賓利小姐就開始誹謗她，說她太沒規矩，眞是既傲慢又無禮；說她寡言少語，儀態粗俗，模樣難看。赫斯特夫人也有同感，而且還補充了兩句：「總而言之，她除了擅長跑路之外，沒有別的長處。我永遠忘不了她今天早晨那副樣子，簡直像個瘋子，」

「她眞像個瘋子，露薏莎，我簡直忍不住要笑。她這一趟跑得無聊透了！姊姊傷了點風，犯得著她在野地裡跑跑顛顛嗎？她的頭髮給弄得多麼蓬亂、多麼邋遢！」

「是呀！還有她的襯裙，你們要是看見她的襯裙就好了。我絕對不是瞎說，那下面六英寸全沾滿了爛泥，她把外面的裙子往下拉了拉，想遮住襯裙，可惜沒遮住。」

「你形容得也許非常逼眞，露薏莎，」賓利說道，「但我卻不以爲然。我覺得，伊麗莎白·貝內特小姐今天早晨走進屋的時候，樣子極其動人。我可沒看見她那沾滿泥漿的襯裙呢。」

「你一定看見了，達西先生，」賓利小姐說。「我想，你總不會願看見你自己的妹妹出這種洋相吧。」

「當然不願意。」

「踏著齊踝的泥漿，孤零零一個人跑了三英里、四英里、五英里，誰知道多少英里！她這究竟是什麼意思？依我看，這表明她狂妄放肆到令人作嘔的地步，一點體面也不顧，鄉巴佬氣十足。」

「這正表明了她對姊姊的手足之情，非常感人。」賓利說。

「我很擔心，達西先生，」賓利小姐低聲怪氣地說道，「她的冒失行爲大大影響了你對她那雙美麗的眼睛的愛慕吧？」

「毫無影響，」達西答道。「經過一番奔波，她那雙眼睛越發明亮了。」說完這話，屋子裡沉默了一陣，隨即赫斯特夫人又開口了：「我非常器重珍·貝內特，她倒眞是個很可愛的姑娘，我衷心希望她能嫁個好人家。只可惜遇到那樣的父母，又有些那麼低賤的親戚，恐怕沒什麼指望了。」

「我好像聽你說過，她們有個姨父在梅里頓當律師。」

「是的。她們還有個舅舅，住在奇普賽德一帶❶。」

「那眞妙極了。」妹妹補充了一句，於是姊妹倆都縱情大笑。

「即使她們的舅舅多得能塞滿奇普賽德街，」賓利嚷道，「也絲毫無損她們的討人喜愛啊！」

「不過，要想嫁給有地位的男人，機會可就大大減少了。」達西回答說。

賓利沒回答這句話，可是他的兩個姊妹聽了卻非常得意，她們又拿貝內特小姐的低賤親戚盡情取笑了一番。不過她們一離開飯廳，便又重新裝出一副溫柔體貼的樣子，來到珍的房間，一直陪她坐到喝咖啡的時候。珍仍然病得厲害，伊麗莎白始終不肯離開她，直到傍晚，見她睡著了，她才放下心，覺著儘管有些不樂意，還是應該下樓去看看。

她走進客廳，發現大家正在玩「虜」牌❷，大家當即請她來玩，她怕他們玩大賭❸，便謝絕了，推說放心不下姊姊，只在樓下待了一會兒，還是找本書消遣消遣。赫斯特先生驚訝地望著她。

「你寧可看書也不玩牌？」他說道，「眞是奇怪。」

「伊蕾莎．貝內特小姐瞧不起玩牌，」賓利小姐說道。「她是個了不起的讀書人，對別的事情一概不感興趣。」

「我既領受不了這樣的誇獎，也擔當不得這樣的責備。我可不是什麼了不起的讀書人，我對很多事情都感興趣。」

「毫無疑問，你就很樂意照料你姊姊，」賓利說道。「但願你姊姊快些復原，那樣你就會覺得更快樂了。」

伊麗莎白由衷地謝了他，然後朝一張擺著幾本書的桌子走去。賓利立即表示要給她再拿些來，把他書房裡的書全拿來。

「我要是多藏些書就好了，既可供你閱讀，我面子上也光彩些。不過我是個懶蟲，雖說藏書不多，卻也讀不過來。」

伊麗莎白跟他說，房間裡這幾本書足夠她看的了。

「我感到很驚奇，」賓利小姐說，「父親怎麼只留下這麼一點點書。達西先生，你在彭伯利的那個書房多有氣派啊！」

「那有什麼好稀奇的，」達西答道。「那是好幾代人努力的結果。」

「但你也添置了不少啊。你總是一個勁地買書。」

「如今這個時代，我不好意思忽略家裡的書房。」

「忽略！但凡能爲那個壯觀的地方增添光彩的事情，你肯定一樁也沒有忽略！查爾斯，你給自己蓋房子的時候，但願能有彭伯利一半美觀就行了。」

「但願如此。」

「不過，我還眞要奉勸你就在那一帶買塊地，照彭伯利的模式蓋房子。英國沒有哪個郡比德比郡更美的了。」

「我十分樂意這麼辦。要是達西肯賣的話，我想索性把彭伯利買下來。」

「我是在談論可能辦到的事情，查爾斯。」

「我敢說，卡洛琳，買下彭伯利比仿照它另蓋一座房子，可能性更大一些。」

伊麗莎白被他們的談話吸引住了，沒有心思再看書了。不久，她索性把書放在一旁，走到牌桌跟前，坐在賓利先生和他姊姊之間，看他們玩牌。

「自從春天以來，達西小姐又長高了好些吧？」賓利小姐說道。「她會長到我這麼高嗎？」

「我想她會的。她現在大約有伊麗莎白．貝內特小姐那麼高，或許還要高一點。」

「我眞想再見見她！我從沒碰到過這麼討我喜歡的人。模樣那麼俊俏，舉止那麼優雅，小小年紀就那麼多才多藝！她的鋼琴彈得棒極了。」

「眞叫我感到驚奇，」賓利說道，「年輕小姐怎麼有那麼大的能耐，一個個全都那麼多才多藝。」

「年輕小姐全都多才多藝！親愛的查爾斯，你這是什麼意思？」

「是的，我認爲她們全是這樣。她們都會裝飾台桌、點綴屏風、編織錢袋。我簡直就沒見過哪一位不是樣樣都會，而且每逢聽人頭一次談起某位年輕小姐，總要說她多才多藝。」

「你列舉這些平凡的所謂的才藝，」達西說道，「眞是再恰當不過了。許多女人只不過會編織錢袋、點綴屏風，便也給掛上了多才多藝的美名。我決不能贊同你對一般婦女的評價。在我認識的所有女人中，眞正多才多藝的只有半打，再多就不敢說了。」

「當然，我也是如此。」賓利小姐說。

「那麼，」伊麗莎白說，「照你看來，一個多才多藝的婦女應該具備很多條件啦。」

「是的，我認爲應該具備很多條件。」

「哦，當然，」達西的忠實羽翼嚷了起來，「一個女人不能出類拔萃，就不能眞正算是多才多藝。一個女人必須精通音樂、唱歌、圖畫、舞蹈以及現代語言，才當得起這個稱號。除此之外，她的儀表步態、嗓音語調、談吐表情，都必須具備一種特質，否則她只獲得一半資格。」

「她必須具備這一切，」達西接著說道，「除了這一切之外，她還應該有點眞才實學，多讀些書，增長總明才智。」

「難怪你只認識六個才女呢，我倒懷疑你可能連一個也不認識吧！」

「你怎麼對你們女人這麼苛求，竟然懷疑她們不可能具備這些條件？」

「我可從沒見過這樣的女人，我可沒見過哪個女人像你說的那麼全面，既有才幹、又有情趣，既勤奮好學、又風儀優雅。」

赫斯特夫人和賓利小姐一齊叫了起來，抗議她不該懷疑一切，並且鄭重其事的說，她們就知道不少女人完全具備這些條件。話面未落，赫斯特先生便叫她們別吵了，厲聲抱怨說，她們對打牌太不專心了。就這樣，衆人都閉口不語了，沒多久，伊麗莎白便走出了客廳。

門關上之後，賓利小姐說道：「有些年輕女人爲了博得男人的青睞，不惜貶低自己的同胞，伊蕾莎．貝內特就是這樣一個女人。這種手段確實迷惑了不少男人。但是，我認爲這是一種拙劣的手腕、卑鄙的詭計。」

「毫無疑問，」達西聽出這話主要是說給他聽的，便只好回答道，「女人爲了勾引男人有時不惜玩弄種種詭計，這些詭計全都是卑鄙的。凡是帶有狡詐意味的舉動，都是令人鄙夷的。」

賓利小姐不大滿意他這個回答，因此也就沒有再談下去。

伊麗莎白又回到他們這裡來了一趟，只是想說一聲：她姊姊病得更重了，她不能離開她。賓利催著立即去請瓊斯先生，可是他的兩個姊妹認爲鄉下郎中不中用，主張趕快派人到城裡去請一位名醫來。伊麗莎白不贊成這麼做，但是又不願拒絕她們兄弟的建議，於是大家商定：如果貝內特小姐明天早晨還不見好轉，就立即派人去請瓊斯先生。

賓利心裡非常不安，他的姊妹也聲稱十分擔憂。不過，吃過晚飯之後，這姊妹倆演奏了幾支二重奏，終於消除了煩悶，而賓利卻找不到有效的辦法來解除焦慮，只有關照女管家盡力照料病人和她的妹妹。

註

❶ 奇普賽德，倫敦街名。此地以銷售珠寶、綢緞著名。

❷「虜」牌：係法國一種賭錢的牌戲，輸家要將賭金交入總賭注額裡。

❸ 當時英國賭風甚盛，無論男女，經常玩大賭，有時一次可輸掉數百鎊。

第九章

當晚，伊麗莎白大部分時間是在姊姊房裡度過的。第二天一大早，賓利先生就派女傭來問候。過了不久，他兩個姊妹也打發兩個文雅的侍女來探詢。伊麗莎白感到欣慰的是，她總算可以告訴他們：病人已經略有好轉。不過，儘管如此，她還是要求主人家差人替她往朗伯恩送封信，想讓母親來看看珍，親自判斷一下她的病情。信立即送出去了，信上說的事也很快照辦了。剛吃過早飯不久，貝內特太太便帶著兩個小女兒趕到了內瑟菲爾德。

假若貝內特太太發現珍眞有什麼危險，那她倒要傷心死了。但是一見女兒病得並不怎麼嚴重，她又有些得意了，反而希望女兒不要立即復原，因爲一復原，她就得離開內瑟菲爾德。所以，當女兒提出要她帶她回家時，她聽也不要聽。再說，差不多與她同時趕到的醫生，也認爲這不妥當。母親陪著珍坐了不一會，賓利小姐便來請客人吃早飯，於是她就帶著三個女兒一起走進早餐廳。賓利迎上前來，說是希望貝內特太太發覺，貝內特小姐並不像她想像中病得那麼嚴重。

「我眞沒想到會這麼嚴重，先生，」貝內特太太回答道。「她病得太厲害了，根本不能移動。瓊斯先生說，千萬不要讓她移動，我們只得多叨擾你們幾天啦。」

「移動！」賓利嚷道，「絕對不行。我相信，我妹妹決不肯讓她走的。」

「你放心好啦，太太，」賓利小姐冷漠而禮貌地說道，「貝內特小姐待在我們這兒，我們會盡心照顧她的。」

貝內特太太連聲道謝。

「要不是多虧了這些好朋友，」她又接著說道，「我眞不知道珍會變成什麼樣子。她病得太厲害了，遭了多大的罪，不過她最能忍耐啦，她一直都是這樣，我一輩子都沒見過像她這麼溫柔的性格。我常跟另外幾個女兒說，她們全都比不上她。賓利先生，你這間屋子眞討人喜歡，從那條石子路上望出去，景色也很宜人，我眞不知道鄉下有哪個地方能比得上內瑟菲爾德。雖說你的租期很短，也希望你不要急著搬走。」

「我幹什麼事都很急，」賓利答道。「假使我打定主意要離開內瑟菲爾德，我可能在五分鐘之內就搬走。不過，眼前我算是在這兒住定了。」

「我也正是這麼猜想的。」伊麗莎白說。

「你開始了解我啦，是嗎？」賓利轉身對她大聲說道。

「哦！是的——我完全了解你。」

「但願你說這句話是在恭維我。不過，這麼輕易讓人看透，未免有些可憐。」

「那就要看情況了。一個性格深沉複雜的人，很難說是否就比你這樣的人，會更值得受人敬重。」

「莉琪，」她母親嚷道，「別忘了，你是在做客。家裡讓你野慣了，在這兒可不許你瞎胡鬧。」

「我以前還不知道，」賓利馬上接著說道，「你對人的性格很有研究。這一定是門很有趣的學問吧。」

「是的。不過，還是複雜的性格最有意思，這種性格起碼具有這個優點。」

「一般說來，」達西說道，「鄉下可供進行這種研究的對象很少。在鄉下，你的活動範圍非常狹窄、非常單調。」

「但人還是有很多變化的，他們身上總有些新東西值得你去注意。」

「一點不假，」貝內特太太嚷道，達西剛才以那種口氣提到鄉下，眞讓她生氣。「告訴你吧，『那方面』的事情鄉下跟城裡一樣多。」

大家都吃了一驚。達西望了她一會，然後便悄悄走開了。貝內特太太自以爲徹底戰勝了達西，便乘勝追擊：「就我來說，我覺得倫敦除了商店和公共場所之外，沒有什麼比鄉下更優越的地方。鄉下舒服多了，不是嗎，賓利先生？」

「我到了鄉下就不想離開鄉下，」賓利回答說，「到了城裡又不想離開城裡。鄉下和城裡各有各的好處，我住哪兒都一樣快活。」

「啊——那是因爲你性情好。但那位先生，」她朝達西望了一眼，「似乎覺得鄉下……一文不值。」

「眞是的，媽媽，你搞錯了，」伊麗莎白爲母親害臊，便說。「你完全誤解了達西先生的意思。他只不過說，鄉下碰不到像城裡那麼些各式各樣的人，這你可得承認是事實。」

「當然啦，親愛的，誰也沒否認過。不過，要是說這個地方還碰不到多少人，我想也沒有幾個比這更大的地方了。我就知道，常跟我們一起吃飯的就有二十四家。」

若不是怕礙著伊麗莎白的面子，賓利眞忍不住要笑出來。他妹妹可不像他那麼體念，硬帶著神氣活現的笑容望著達西。伊麗莎白想拿話轉移一下母親的心思，便問她說：自她離家之後，夏綠蒂．盧卡斯有沒有到朗伯恩來過。

「來過。她是昨天跟她父親一道來的。威廉爵士是個多麼和藹的人啊，賓利先生——難道不是嗎？多時髦的一個人！那麼文雅，又那麼隨和！遇見誰都要交談幾句。這就是我想像中的良好教養。那些自命不凡、金口難開的人，他們完全是想錯了念頭。」
「夏綠蒂在我們家吃飯了嗎？」
「沒有，她硬要回家去。我猜想，家裡要她回去做餡餅。就我來說，賓利先生，我總是雇些能幹事的傭人。我的女兒就不是像他們那樣教養大的。不過，一切都要看各人自己，告訴你吧，盧卡斯家的姑娘全是些好姑娘，只可惜長得不漂亮！倒不是我認爲夏綠蒂『很難看』，她畢竟是我們特別要好的朋友。」
「她看來是位很可愛的姑娘。」賓利說道。
「哦！是的。不過你得承認，她長得很普通。盧卡斯本人也常這麼說，羨慕我們家的珍長得俊俏。我不喜歡吹捧自己的孩子，不過說實話，珍這孩子——比她好看的姑娘可不多見。誰都這麼說，我可不是偏心，還在她十五歲那年，在我城裡那位兄弟加德納家裡，有位先生愛上了她，我弟媳婦硬說，我們臨走前他會向珍求婚。不過，他沒有提出來。也許他覺得她太年輕了。不過他爲珍寫了幾首詩，寫得眞感動人。」
「他的愛情也就此完結了，」伊麗莎白不耐煩地說。「我想許多人就是採取這種方式，克制了自己的愛情。詩有驅除愛情的功能，這不知道是誰第一個發現的！」
「我一向認爲，詩是愛情的食糧。」達西說。
「那要是一種美好、堅貞、健康的愛情才行。凡是強健的東西，可以從萬物獲得滋補，如果只是一點微薄的情意，那麼我相信，一首出色的十四行詩就能把它徹底葬送掉。」
達西只笑了笑，接著大家都默不作聲了。這時伊麗莎白提心吊膽的，生怕母親又要出醜。她想攬話，可又想不出說什麼好。沉默了一陣之後，貝內特太太又一次感謝賓利先生對珍的悉心照料，同時還爲莉琪也來打擾他表示歉意。賓利先生回答得既客氣又眞摯，逼著妹妹也跟著客氣起來，說了些合乎時宜的話。賓利小姐說話的神態不是很自若，但貝內特太太已經夠滿意的了，過了不一會，她便叫預備馬車。一見這個信號，她小女兒便挺身而出。原來，自從她們母女來到此地，兩個姑娘一直在竊竊私議，最後說定，由小女兒提醒賓利先生不要忘記，他剛來鄉下時曾許諾要在內瑟菲爾德開一次舞會。

莉迪亞是個發育良好的健康姑娘，年方十五，細皮嫩肉，神態和悅。她是母親的掌上明珠，由於深受寵愛，很小就步入了社交界。她生性活潑，天生有些不知天高地厚。她姨父一次次拿好酒好菜款待那些軍官，軍官又見她輕佻風流，便向她大獻殷勤，從此她就越發有恃無恐了。因此，她無所顧忌地向賓利先生提出了開舞會的事，愣頭愣腦地提醒他別忘了自己的諾言，而且還說：他要是不履行諾言，那可是天底下最丟人的事。

賓利先生給突然將了一軍，他的回答卻叫貝內特太太覺得很悅耳：「我向你保證，我非常願意履行自己的諾言。等你姊姊康復以後，舞會的日期就請你來擇定，你總不會想在姊姊生病的時候跳舞吧。」

莉迪亞表示滿意。「哦！是的——等珍復原以後再跳，那敢情好。到那時候，卡特上尉很可能又回到了梅里頓。等你的舞會開完以後，」她接著又說，「我非要讓他們也開一次不可。我要跟福斯特上校說，他要是不開，那就太丟人啦。」

貝內特太太隨即便帶著兩個女兒離開了，伊麗莎白立刻回到了姊姊身邊，也顧不得主人家兩個姊妹和達西先生會對她和她家人如何說三道四了。不過，儘管賓利小姐一個勁地拿美麗的眼睛打趣，達西先生說什麼也不肯跟著她們去編派伊麗莎白的不是。

第十章

這一天過得和前一天差不多。上午❶，赫斯特夫人和賓利小姐陪了病人幾個鐘頭，病人儘管康復得很慢，卻在不斷康復中。到了晚上，伊麗莎白跟大夥一塊待在客廳裡。不過，這一回卻沒有人打「虜」牌。達西先生在寫信，賓利小姐坐在他旁邊，一面看他寫信，一面接二連三地打擾他，要他代問他妹妹好。赫斯特先生和賓利先生在打「皮克」牌❷，赫斯特夫人在一旁看他們打。

伊麗莎白拿起針線活，聽著達西跟賓利小姐談話，覺得十分有趣。只聽賓利小姐恭維個沒完沒了，不是誇獎他字寫得棒，就是讚美他一行行寫得勻稱，要不就是稱頌他信寫得長，不料對方卻冷冰冰地愛理不理。他們之間展開了一場奇妙的對話，這場對話與伊麗莎白對兩人的看法完全吻合。

「達西小姐收到這樣一封信該有多高興啊！」

達西沒有回答。

「你寫得快極了。」

「你這話可說錯了，我寫得相當慢。」

「你一年得寫多少信啊！還有事務上的信呢！我看這太讓人厭煩啦！」

「這麼說，事情幸虧落到了我身上，沒落到你身上。」

「請告訴令妹，我很想見到她。」

「我已經遵命告訴過她一次了。」

「恐怕你不大喜歡你那支筆。讓我給你修修吧。我修得好極啦。」

「多謝——我一向都是自己修理。」

「你怎麼能寫得這麼工整？」

達西沒有出聲。

「請告訴令妹，我聽說她的豎琴彈得有長進了，眞覺得高興。還請告訴她，她那張台桌小圖案設計得眞美，我喜歡極了，我覺得比起格蘭特利小姐的，不知要強多少倍。」

「你可否允許我在下次寫信時，再轉告你的喜悅之情？這次我可寫不下那麼多啦。」

「哦！不要緊。我一月份就會見到她的。不過，你總是給她寫這麼動人的長信嗎，達西先生？」

「我的信一般都很長，但是否每封信都很動人，就由不得我來說了。」

「我總覺得，凡是能洋洋灑灑寫長信的人，都不可能寫不好。」

「你可不能拿這話來恭維達西，卡洛琳，」她哥哥嚷道，「因爲他寫起信來並不洋洋灑灑。他總在琢磨四音節的字。難道不是嗎，達西？」

「我的寫信風格與你大不相同。」

「哦，」賓利小姐叫起來了，「查爾斯寫起信來可眞馬虎透頂。他要漏掉一半字，塗掉另一半。」

「我的念頭轉得太快，簡直來不及寫——因此，收信人有時會覺得我的信，言之無物。」

「賓利先生，」伊麗莎白說，「你這樣謙虛，別人本來想責備你也不忍心了。」

「假裝謙虛是再虛僞不過了，」達西說。「那樣做往往只是信口開河，有時只是轉彎抹角的自誇。」

「那你把我那句謙虛的話，歸於哪一類呢？」

「轉彎抹角的自誇。你實在是爲自己寫信方面的缺點感到自豪，你認爲這些缺點是思想敏捷和寫得馬虎引起的，你覺得這些表現即使不算可貴，至少也非常有趣。凡是辦事快當的人總是以快爲榮，很少考慮事情是否辦得完善。你今天早上跟貝內特太太說，假使你打定主意要離開內瑟菲爾德，你五分鐘之內就能搬走，你這話無非是想誇耀自己、恭維自己——然而，急躁的結果，只能使該做的事沒有做，無論對人或對己都沒有眞正的好處，這又有什麼值得誇耀的呢？」

「得啦，」賓利嚷道，「到了晚上還記得早上說的傻話，這太不值得啦。不過老實說，我當時和現在都相信，我對自己的看法並沒有錯。因此，我至少沒有爲了在女士們面前炫耀自己，而裝出一副無端的急性子。」

「也許你眞相信自己的話，我可決不相信你會那麼神速地搬走，你跟我認識的任何人一樣，都是見機行事。假如就在你上馬的時候，有個朋友跟你說：『賓利，你還是待到下週再走吧，』你可能聽到他的話就不走了——他要是再提個要求，你也許會待上一個月。」

「你說這番話只不過證明，」伊麗莎白嚷道，「賓利先生沒有由著自己的性子去辦。與他的自誇比起來，你把他誇耀得光彩多啦。」

「我感到不勝榮幸，」賓利說，「我的朋友說的話，經你這麼一解釋，反倒變成恭維我性情隨和了。不過，我只怕你這種解釋決不符合那位先生的原意，因爲遇到這種情況，我只有斷然拒絕那位朋友，趕快騎馬走掉，達西才會看得起我。」

「那麼，達西先生是否認爲，你原來的打算儘管很草率，但你只要堅持到底，也就情有可原了呢？」

「老實說，這件事我也解釋不清楚，得由達西自己來說明。」

「你想讓我來說明，但那些意見是你硬栽到我頭上的，我可從來沒有承認過。不過，貝內特小姐，假定情況眞像你所說的那樣，你也別忘記了這一點：那位朋友所以叫他回到屋裡，叫他延緩一下計劃，只不過是他的一個心願，他儘管提出了要求，但卻沒有堅持要他非那樣做不可。」

「爽快——輕易地——聽從朋友的勸告，在你看來並不是什麼優點。」

「盲目服從，是不尊重雙方理智的表現。」

「達西先生，你似乎完全否定了友情的作用。如果你尊重向你提要求的人，你往往會不等他來說服你，就爽爽快快地接受他的要求。我並不是在特指你所假設的賓利先生的那種情況。也許我們可以等到眞有這種事情發生的時候，再來討論他處理得是否愼重。不過，在一般情況下，朋友之間遇到一件無關緊要的事情，一個已經打定主意，另一個要他改變主意，如果被要求的人不等對方把他說通，就聽從了對方的意見，難道你會因此而瞧不起他嗎？」

「討論這個問題之前，我們是否可以先確定一下那個朋友提出的要求，究竟重要到什麼程度，以及他們兩人究竟親密到什麼程度？」

「當然可以，」賓利大聲說道。「那就讓我們聽你仔細講講吧，別忘了比較一下他們的高矮個頭，因爲，貝內特小姐，這一點會對我們的爭論產生你意想不到的影響。老實告訴你，假使達西不是因爲長得比我高大，我決不會那麼敬重他。我敢說，在有些時候、有些場合之中，達西是個再可惡不過的傢伙啦，特別是在他家裏，逢上星期天晚上，當他沒事可幹的時候。」

達西先生笑了笑，伊麗莎白覺得他好像很生氣，便連忙忍住了笑。賓利小姐見達西受到戲弄，心裡憤憤不平，責怪哥哥不該胡說八道。

「我明白你的用心，賓利，」達西說。「你不喜歡辯論，想把這場辯論壓下去。」

「我也許眞是這樣。辯論太像爭論了。假如你和貝內特小姐能等我走出屋以後再辯論，我將不勝感激。然後，你們便可以愛怎麼說我就怎麼說我。」

「你的這個要求，」伊麗莎白說，「對我並沒有損失。達西先生還是去把信寫好吧。」

達西先生聽了她的話，眞去把信寫好了。

這件事完了之後，達西請求賓利小姐和伊麗莎白賞賜他一點樂曲聽聽。賓利小姐欣然跑到鋼琴跟前，先是客氣了一番，請伊麗莎白帶頭先彈，伊麗莎白卻同樣客氣而備加誠懇地推辭了，隨後賓利小姐才坐了下來。赫斯特夫人替妹妹伴唱。就在她倆表演的時候，伊麗莎白一面翻閱著鋼琴上的幾本琴譜，一面情不由己地注意到，達西總不斷地盯著她。她簡直不敢設想，她居然會受到一個如此了不起的男人的愛慕，假如達西是因爲討厭她才那麼望著她，那就更奇怪了。最後她只能這樣想：她所以引起達西的注意，是因爲照他的標準衡量，她比在場的任何人都讓他看不順眼。她做出了這假想之後，並沒感到痛苦。她壓根兒不喜歡達西，因此也不稀罕他的垂青。

賓利小姐彈了幾支意大利歌曲之後，便想換換情調，彈起了一支歡快的蘇格蘭小曲。過了不久，達西先生走到了伊麗莎白跟前，對她說道：

「貝內特小姐，你是不是很想抓住這個機會跳一場蘇格蘭舞？」

伊麗莎白笑了笑，卻沒有回答。達西見她悶聲不響，覺得有些奇怪，便又問了她一次。

「哦！」伊麗莎白說，「我早就聽見了，只是一下子拿不準怎麼回答你。我知道，你是想讓我說一聲『想跳』，然後你就可以洋洋得意地蔑視我的低級趣味。但是，我一向就喜歡戳穿這種把戲，捉弄一下蓄意蔑視我的人。因此，我決定跟你說：我壓根兒不想跳蘇格蘭舞——現在，你有膽量的話，再輕視我吧。」

「實在不敢。」

伊麗莎白本來打算羞辱他一下，眼前見他那麼恭謹，不由得愣住了。不過，她天生一副既溫柔又狡黠的神態，使她很難羞辱任何人。達西眞讓她給迷住了，他以前還未對任何女人如此著迷過。他心裡正經在想，假若不是因爲她有幾個低賤的親戚，他還眞有點危險呢。

賓利小姐見此情景，也許是多疑的緣故，心裡很是嫉妒。她眞想把伊麗莎白攆走，因此也越發渴望她的好朋友珍能快些復原。爲了挑逗達西厭惡這位客人，她常常冷言冷語，假設他和伊麗莎白結爲伉儷，籌劃這門親事會給他帶來多大幸福。

「我希望，」第二天，她和達西一道在矮樹林裏散步的時候，她說，「喜事辦成之後，你得委婉地奉勸你那位岳母大人少說話爲妙。你要是有能耐的話，也把你那幾個小姨子追逐軍官的毛病給治一治。這有一件事，眞難以啓齒，不過還得提醒你一下：尊夫人有個小毛病，好像是自命不凡，又好像是出言不遜，你也得設法加以制止。」

「爲了我的家庭幸福，你還有什麼別的建議嗎？」

「哦！有的，務必把你內姨父內姨母菲利普斯夫婦的畫像掛在彭伯利的畫廊裡，就放在你那位當法官的伯祖父的遺像旁邊。你知道他們屬於同一職業，只是單位不同，至於尊夫人伊麗莎白，你就別找人給她畫像了，哪個畫家能把她那雙美麗的眼睛畫得維妙維肖呢？」

「那雙眼睛的神情的確不容易描繪，但是眼睛的顏色和形狀，以及那眼睫毛，都非常美妙，也許描繪得出來。」

就在這時候，赫斯特夫人和伊麗莎白從另一條道上走了過來。

「我不知道你們也想散散步。」賓利小姐說。她心裡有些惶惶不安，唯恐讓她倆聽見了他們剛才說的話。

「你們太不像話了，」赫斯特夫人答道，「也不跟我們說一聲就跑出來了。」說罷挽起達西那條空著的手臂，丟下伊麗莎白獨個兒走著。這條小道恰好正容得下三人並行。達西先生覺得她們太冒昧了，當即說道：

「這條路太窄了，我們大夥不能一起並行，我們還是到大道上去吧。」

其實，伊麗莎白並不想跟他們待在一起，只聽她笑嘻嘻地答道：

「不用啦，不用啦，你們就在這兒走走吧。你們三個人走在一起很好看，優雅極了。加上第四個，畫面就給破壞了。再見！」

她隨即喜氣洋洋地跑開了。她一面蹓躂，一面樂滋滋地在想：再過一兩天就可以回家了。珍已大有好轉，當天晚上就想走出屋去玩兩個鐘頭。

註

❶ 在當時的英國，從早飯到晚飯之間沒有固定的午餐，因此，「上午」係指早晨到下午四、五點鐘的這段時間，而「下午」這個字眼則很少見。

❷ 「皮克」牌：供兩人對玩的一種牌戲，一般只用七以上的三十二張牌。

第十一章

吃過晚飯後，夫人小姐們都離開了飯廳，伊麗莎白乘機上樓去看看姊姊，見她穿得暖暖和和的，便陪著她來到了客廳。主人家的兩個朋友看見珍來了，都連聲表示高興。男士們沒來之前的一個鐘頭裡，那姊妹倆的那個和藹可親勁兒，伊麗莎白從來不曾見到過。她們的健談本領眞是了不起，能繪聲繪影地描述一場舞會，妙趣橫生地講述一樁軼聞，活靈活現地譏笑一位朋友。

可是男士們一進來，珍就不怎麼引人注目了。賓利小姐的眼睛立即轉到達西身上，達西進門還沒走幾步，她就跟他說上了話。達西首先向貝內特小姐問好，客客氣氣地祝賀她病體復原。赫斯特先生也向她微微鞠了一躬，說是見到她「非常高興」。但是，問候得最熱切、最周到的，還要數賓利，他是那樣滿懷喜悅、關懷備至。開頭半個小時都花在添火上面，唯恐病人因爲換了屋子而受不了。珍遵照賓利的要求，移到火爐的另一邊去，以便離開門口遠一些。賓利隨即坐到她身邊，光顧著跟她說話，簡直不理睬別人，伊麗莎白正在對面角落做活計，見到這般情景，心裡不禁大爲高興。

喝過茶之後，赫斯特先生便醒小姨子快擺牌桌——可是徒勞無益。賓利小姐早就私下獲悉，達西先生不喜歡打牌。後來赫斯特先生公開提出要打牌，賓利小姐也拒絕了。賓利小姐對他說，沒有人想打牌，這時大夥對這件事都沈默不語，看來她的確沒說錯。因此，赫斯特先生無事可做，只好躺在沙發上打瞌睡，達西拿起一本書來，賓利小姐也跟著拿起一本。赫斯特夫人在埋頭玩弄手鐲和指環，偶爾也往弟弟和貝內特小姐的對話中插幾句嘴。

賓利小姐眞是一心二用，既要自己讀書，又要看達西讀書，沒完沒了地不是問他個問題，就是看看他讀到哪一頁。然而，她總是沒法逗他說話，他只是搪塞一下她的問話，然後又繼續看他的書。賓利小姐所以挑選那本書，僅僅因爲那是達西那本書的第二卷，她本想津津有味地讀一讀，不料最後給搞得精疲力竭，不由得打了個大哈欠，說道：「這樣度過一個晚上，有多愉快啊！我敢說，什麼事也不像讀書那麼富有樂趣！人幹什麼事都會厭倦，只有讀書例外！等我有了自己的家，要是沒有個很好的書房，那才眞可憐呢！」

誰也沒理睬她。她接著又打了個哈欠，拋開書本，眼睛環視了一下客廳，想找點東西消遣消遣。這時忽然聽哥哥跟貝內特小姐說起要開一次舞會，她便霍地扭過頭來對他說：

「這麼說，查爾斯，你眞打算在內瑟菲爾德開一次舞會啦？我想奉勸你，先徵求一下在座各位的意見，再作決定。我敢肯定，我們當中有人覺得跳舞是受罪，而不是娛樂。」

「如果你指的是達西，」她哥哥大聲說道，「他可以在舞會開始之前上床去睡覺，隨他的便好啦——舞會可是說定了非開不可的，只等尼科爾斯準備好足夠的熱湯❶，我就會立刻下請帖。」

「假如舞會能開得別出心裁一些，」賓利小姐回答道，「那我對舞會就會喜歡多了。可是按照老一套的開法，實在乏味透頂。要是只興談話不興跳舞，那就理智多了。」

「也許是理智得多，親愛的卡洛琳，不過那還像什麼舞會呀！」

賓利小姐沒有回答。不久便立起身來，在屋裡踱來踱去。她體態婀娜、步履輕盈，有意要向達西賣弄賣弄，怎奈達西仍在埋頭讀書，看也不看她一眼。她絕望之際，決定再作一次努力，於是便轉過身來對伊麗莎白說道：

「伊蕾莎．貝內特小姐，我勸你學學我的樣子，在屋裡蹓躂一圈。我告訴你，一個姿勢坐了那麼久，起來走走可以提提神。」

伊麗莎白有些詫異，但還是立刻答應了。賓利小姐如此客氣，她的眞正目的也同樣達到了：達西先生終於抬起了頭。原來達西也和伊麗莎白一樣，看出了賓利小姐無非是在耍弄花招，便不知不覺地合上書。兩位小姐當即請他來一起蹓躂，可他謝絕了，說她們所以要在屋裡一道走來走去，據他想像，無非有兩個動機，他若夾在裡面，哪個動機都會受到妨礙。「他這是什麼意思呢？」賓利小姐急著想知道他是什麼意思，便問伊麗莎白有沒有聽懂。

「一點也不懂，」伊麗莎白答道。「不過，他一定是存心刁難我們，煞他風景的最好辦法，就是不要理睬他。」

可惜賓利小姐說什麼也不忍心去煞達西先生的風景，因而再三要求他解釋一下他所謂的兩個動機。

「要我解釋一下完全可以，」等她一住口，達西便說。「你們之所以採取這個方式來消磨晚上的時光，不外乎出於這樣兩個動機：要嘛你們是心腹之交，有些私事要談論，要嘛你們認爲自己一散起步來，體態顯得無比優美。如果是出於第一種動機，我夾在裡面就會妨礙到你們；如果是出於第二個動機，我坐在火爐旁邊可以更好地欣賞你們。」

「哦！眞嚇人！」賓利小姐叫起來了。「我從沒聽見過這麼毒辣的話。他這樣說話，我們該怎麼罰他呀？」

「你只要存心罰他，那再容易不過了，」伊麗莎白說。「我們大家可以互相折磨、互相懲罰，捉弄他一下——譏笑他一番。你們既然這麼熟悉，你一定知道怎麼對付他。」

「天地良心，我眞的不知道。說實話，我們雖然很熟悉，但我還沒學會那一招。要捉弄一個性情平和遇事冷靜的人！不行，不行——我覺得我們鬥不過他。至於譏笑他，恕我直言，我們還是不要憑空譏笑人家，免得讓人家恥笑我們。讓達西先生自鳴得意吧。」

「達西先生居然譏笑不得呀！」伊麗莎白嚷道。「這種優越條件眞是少有，但願永遠少有下去，這樣的朋友多了，對我可是個莫大的損失。我最喜歡開玩笑了。」

「賓利小姐過獎我啦，」達西說。「如果有人把開玩笑當作人生的第一需要，那麼最聰明最出色的人——不！最聰明最出色的行爲——也會成爲笑柄。」

「當然，」伊麗莎白回答道——「那種人的確有，不過我想我可不在其內。我想我從不譏笑聰明恰當的行爲。我承認，愚蠢和無聊，心血來潮和反覆無常，這些的確讓我覺得好笑。我只要有機會，總是對之加以譏笑。不過我覺得，這些弱點正是你身上所沒有的。」

「也許誰也不可能沒有弱點，不過我一生都在研究如何避免這些弱點，因爲即使聰明絕頂的人，也會因爲有了這些弱點，而經常招人嘲笑。」

「比如虛榮和傲慢。」

「不錯，虛榮的確是個弱點，但是傲慢——只要你當眞聰明過人，你總會傲慢得比較適度。」

伊麗莎白別過臉去，免得讓人看見她在發笑。

「我想你把達西先生考問完了吧，」賓利小姐說。「請問結果如何？」

「我深信達西先生毫無弱點，他自己也不加掩飾地承認了這一點。」

「不，」達西說，「我沒有這樣自命不凡。我有不少毛病，不過我想不是頭腦上的毛病。我不敢擔保的是我的性情。我認爲，我的性情不能委曲求全——當然是指我在爲人處世上太不能委曲求全。我不能按理盡快忘掉別人的蠢行與過錯，也不能盡快忘掉別人對我的冒犯。我的情緒也不是隨意就能激發起來，我的脾氣可以說是不饒人的，我對人一旦失去好感，便永遠沒有好感。」

「這倒的確是個缺點！」伊麗莎白嚷道。「跟人怨恨不解倒的確是性格上的一個缺陷。不過你這個缺陷也眞夠絕的，我眞不敢再譏笑你了，你在我面前是保險的了。」

「我相信，誰的脾氣也難免會有某種短處，一種天生的缺陷，任你受到再好的教育，也還是克服不了。」

「你的缺陷是好怨恨人。」

「你的缺陷嘛，」達西笑著答道，「就是成心誤解別人。」

「我們還是聽點音樂吧，」賓利小姐眼見這場談話沒有她的份，不覺有些厭煩，便大聲嚷道。「露薏莎，你不怕我吵醒赫斯特先生吧？」

做姊姊的毫不介意，於是鋼琴便打開了。達西回想了一會，覺得沒有什麼好惋惜的。他開始感到，他對伊麗莎白有些過於親近了。

註

❶ 熱湯：係由肉汁、蛋黃、碎杏仁和奶油摻合而成的湯液。英國人舞會上常喝的熱湯，藉以熱身與提神。

第十二章

貝內特家姊妹倆商定之後，第二天早晨伊麗莎白便給母親寫信，請她當天就派車來接她們。可是，貝內特太太早就盤算著讓女兒們在內瑟菲爾德待到下星期二，以便讓珍正好住滿一個星期，因此說什麼也不樂意提前接她們回家。所以，她的回信寫得也不令人滿意，至少使伊麗莎白感到不中意，因爲她急著想回家。貝內特太太在信裡說，星期二以前不能派車去接她們。她在信後又補充了一句：如果賓利兄妹挽留她們多住幾天，她完全沒有意見。怎奈伊麗莎白堅決不肯再待下去——也不大指望主人家挽留她們，她只怕人家嫌她們賴在那裡不走，便催促珍馬上去向賓利先生借馬車。兩人最後決定向主人家表明，她們當天上午就想離開內瑟菲爾德，而且提出了想借馬車的想法。

主人家聽到這話，表示百般關切，一再希望她們至少待到明天，珍讓他們說服了。於是，姊妹倆便推遲到明天再走。這時，賓利小姐又後悔不該挽留她們，因爲她對伊麗莎白的嫉妒和厭惡，大大超過了對珍的喜愛。

賓利先生聽說這姊妹倆這麼快就要走，心裡感到非常遺憾，再三勸告貝內特小姐，說馬上走不大妥當——她還沒有痊癒。可是珍不管什麼事，只要覺得對，就總是堅定不移。

在達西先生看來，這倒是條喜訊——伊麗莎白在內瑟菲爾德待得夠久了。她太讓他著迷了，迷得有些過分——再說，賓利小姐對她也不禮貌，而且越來越拿他自己開心。爲了謹愼起見，他決定要特別當心，眼前決不要流露出任何愛慕之情，免得激起她的非份之想，以爲她能左右他達西的終生幸福。他意識到，假若她當眞存有這種念頭，那他最後一天的行爲就至關重要了，不是起了助長的作用，便是起了扼殺的作用。

他心裡打定了主意，行動上也就能夠堅持，星期六一整天簡直沒跟她說上幾句話，雖然他倆曾一度單獨在一起待了半個鐘頭，但他卻在聚精會神地看書，瞧也沒瞧她一眼。

星期日做過晨禱之後，貝內特家兩姊妹告辭了，大家幾乎個個都很高興。到了最後關頭，賓利小姐對伊麗莎白驟然越發客氣了，對珍也越發親熱了。分手的時候，她先跟珍說，希望以後能在朗伯恩或者內瑟菲爾德與她重逢，接著又十分親切地擁抱了她一番，最後甚至還與伊麗莎白握了握手。伊麗莎白興高采烈地告別了大家。

回到家裡，母親並不怎麼熱誠地歡迎她們。貝內特太太奇怪她們怎麼回來啦，埋怨她們不該惹那麼多麻煩，硬說珍一定又傷風了。

那位做父親的雖然沒說什麼歡天喜地的話，但是見到兩個女兒還眞感到高興。他體會到了她倆在家裡的分量。晚上一家人聚在一起聊天的時候，如果珍和伊麗莎白不在場，那就沒有勁兒，甚至毫無意思。

姊妹倆發覺瑪麗像以往一樣，還在埋頭鑽研和音學與人性問題，她拿出了一些新的札記給她們欣賞，還就迂腐的道德問題發表了一通議論。

凱薩琳和莉迪亞也告訴了她們一些新聞，只是性質截然不同。自上星期以來，民兵團裡又出現了好多事，添了好多傳說：有幾個軍官最近跟她們的姨父吃過飯，一個士兵挨了鞭打，還隱約聽說福斯特上校就要結婚了。

第十三章

「親愛的，」第二天吃早飯的時候，貝內特先生對太太說道，「我希望你吩咐管家把晚飯準備得好一些，因爲我料定家裡要來一位客人。」

「你指的是誰，親愛的？我眞不知道有誰要來，除非夏綠蒂·盧卡斯碰巧會來看看我們，我想我拿平常的飯菜招待她就夠好的了。我不相信她在家裡經常吃得這麼好。」

「我說的這位客人是位先生，又是個生客。」

貝內特太太兩眼閃爍著光芒。「一位先生，又是個生客！準是賓利先生。哦，珍——你從沒漏過一點口風，你這個狡猾的東西！啊，賓利先生要來，我眞是太高興啦。不過——天哪！眞不巧！今天一點魚也沒買到。莉迪亞，好寶貝，幫我按按鈴。我這就吩咐希爾。」

「不是賓利先生要來，」丈夫說道。「這位客人我從沒見過面。」

這句話讓全家人吃了一驚。

貝內特先生見太太和五個女兒急巴巴地一齊來追問他，不由得十分得意。

他拿她們的好奇心打趣了一陣之後，便解釋說：「大約一個月以前，我收到了那封信。大約兩個星期以前，我寫了回信，因爲我覺得這是件比較棘手的事，需要趁早處理。信是我的表姪柯林斯先生寫來的。我死了以後，他可以隨時隨地把你們攆出這座房子。」

「哦，天哪！」太太叫起來了，「聽你提起這件事我眞受不了，請你別談那個可惡的傢伙啦。你的財產不傳給自己的孩子，卻讓別人來繼承，這是天底下最冷酷的事。假如我是你，我早就設法採取點對策啦！」

珍和伊麗莎白試圖向母親解釋一下什麼叫限定繼承權。她們以前也曾多次向她解釋過，可惜這是貝內特太太不可理喻的一點。她還在繼續破口大罵，說自己的財產不能傳給五個親生女兒，卻要送給一個和他們毫不相干的外人，實在太殘酷了。

「這的確是一件很不公平的事，」貝內特先生說，「柯林斯先生要繼承朗伯恩的財產，這樁罪過他是無論如何也洗刷不清的。不過，你要是聽聽他這封信，了解一下他如何表明心跡，你就會消掉一點氣。」

「不，我肯定不會。我認為，他給你寫信本身就很不禮貌，又很虛偽。我就恨這種虛偽的朋友。他為什麼不學他爸爸那樣，跟你吵個不休呢？」

「哦，是呀，他在這點上似乎還有些顧全孝道，這你從他信裡可聽得出來。」

肯特郡韋斯特漢姆附近的亨斯福德

十月十五日

親愛的先生：

你與先父之間發生的齟齬，一直使我感到忐忑不安。自先父不幸棄世以來，我屢屢想要癒合這裂痕，但卻一度猶豫不決，心想：一個先父一向與之以仇為快的人，我卻來與其求和修好，這未免有辱先人。——「聽呀，貝內特太太。」——不過，我現在對此事已打定主意，因為我三生有幸，承蒙已故劉易士．德布爾爵士的遺孀凱薩琳．德布爾夫人的恩賜，我已在復活節那天受了聖職。凱薩琳夫人大慈大悲，恩重如山，提拔我擔任該教區的教士，今後我當竭誠努力，感恩戴德，恭侍夫人，隨時率備奉行英國教會所規定的一切禮儀。況且，我作爲一個教士，覺得有責任盡我力之所及，促進家家户户敦睦交好。在這方面，我自信我這番好意是值得高度讚許的，而我將繼承朗伯恩財產一事，請你不必介意，也不必導致你拒絕接受我獻上的橄欖枝❶。

我如此侵犯了諸位令嬡的利益，只能深感不安，請允許我爲此表示歉意，並請先生放心，我願向令嬡做出一切可能的補償——此事容待以後詳議。倘若你不反對我登門拜訪，我建議於十一月十八日星期一，四點鐘前來拜謁，抑或在府上叨擾至下星期六爲止。這對於我毫無不便之處，因爲凱薩琳夫人決不會反對我星期日偶爾離開教堂一下，只要另有教士主持當天的事情。謹向尊夫人及諸位令嬡表示敬意。

你的祝福者與朋友　威廉·柯林斯

「因此，我們四點鐘就要見到這位求和修好的先生啦，」貝內特先生一面疊信，一面說道。「我敢擔保他像是個極有良心、極有禮貌的青年。要是凱薩琳夫人能如此開恩，讓他再上我們這兒來，那他無疑會成爲一個可貴的朋友。」

「他講到女兒們的那幾句話，倒還說得不錯。要是他當眞想給她們補償補償，我決不會阻擋他。」

「雖說很難猜測他想如何補償我們，」珍說，「但他這番好意也眞是難得。」

伊麗莎白感到最有趣的是，柯林斯先生對凱薩琳夫人是那樣頂禮膜拜，而且好心好意地隨時準備給教民舉行洗禮、婚禮和葬禮。

「我想他一定是個怪人，」她說。「我眞摸不透他。他的文筆有些浮誇。他爲繼承財產表示歉意，到底是什麼意思？即使他可以放棄，也別以爲他肯那麼幹。他是個明白人不是嗎，爸爸？」

「不，親愛的，我想他不是的。我看他很可能恰恰相反。他信裏有一種既卑躬屈膝又自命不凡的口氣，這就很能說明問題了。我眞想見見他。」

「從寫作的角度來看，」瑪麗說，「他的信似乎找不出什麼毛病，橄欖枝這個概念雖然並不新穎，但我覺得用得倒很恰當。」

在凱薩琳和莉迪亞看來，那封信也好，寫信人也好，都沒有一點意思。反正她們的表兄絕不會穿著紅制服來，而好幾個星期以來，她們已經不樂意與穿其他顏色服裝的人結交了。至於她們的母親，她原先的怨憤倒讓柯林斯先生的那封信打消了不少，她準備心平氣和地會見他，這使丈夫和女兒們都感到驚訝。

柯林斯先生準時到達了，受到全家人非常客氣的接待。貝內特先生簡直沒說什麼話，但太太小姐們卻很樂意交談，而柯林斯先生似乎既不需別人慫恿，也不喜歡沉默寡言。他是個二十五歲的青年，身材高大，體態笨拙。他氣派端莊，舉止拘謹。剛一坐下，就恭維貝內特太太眞有福氣，養了這麼多好女兒。他說，他對她們的美貌早有耳聞，但是今天一見面，才知道她們比人們傳聞的還要姣美得多。

他還說，他相信，貝內特太太到時候會看著女兒們一個個結下美滿良緣。他這番奉承，有幾個人聽起來不大入耳，但是貝內特太太沒有聽不進的恭維話，於是便極其爽快地回答道：「你這個人心腸眞好，我眞心希望事情能像你說的那樣，否則她們要苦死了。有些事情辦得就是怪。」

「你大概是指這宗財產的繼承權吧。」

「唉！先生，我的確是這個意思。你得承認，這對我那些可憐的女兒是件傷心的事。我並不想責怪你，因爲我知道，如今在這世上，這種事完全靠運氣。財產一旦要限定繼承人，那就不知道會落到誰的手裡。」

「太太，我深知這件事苦了表妹們。我在這個問題上有不少話要說，但是又不敢孟浪造次。不過我可以向小姐們保證，我是來這裡向她們表示敬意的。現在我不想多說，或許我們處熟了以後……」

他的話讓招呼開飯的叫聲打斷了，小姐們都相視而笑。柯林斯先生愛慕的不僅僅是這些小姐，他還把客廳、飯廳以及屋裡的所有家具，全部審視了一遍，讚美了一番。聽了這一句句讚美之詞，貝內特太太本該開心才是，怎奈她看出對方已把這些東西視作自己未來的財產，因此又使她感到羞辱。

柯林斯先生還對晚餐讚賞不已，請求主人告訴他，究竟是哪位表妹燒得這一手好菜。這時，貝內特太太糾正了他的錯誤，聲嚴色厲地對他說：他們家還雇得起一個像樣的廚子，女兒們根本不沾手廚房裡的事。柯林斯先生請求原諒，不該惹太太生氣。貝內特太太馬上緩和了語調，說她絲毫沒有生氣，可是柯林斯先生又接連道歉了一刻鐘之久。

註

❶ 橄欖枝：意謂求和修好。橄欖枝是和平的象徵。典出聖經創世紀第八章第十一節：「到了晚上，鴿子回到他那裏；嘴裏銜著一個新擰下來的橄欖葉子，挪亞就知道地上的水退了。」

第十四章

吃飯的時候，貝內特先生幾乎沒吭一聲。可是等傭人走開以後，他心想該跟客人交談幾句了，於是便打開了一個想必會讓客人笑逐顏開的話題，說是柯林斯先生能有這樣一個女恩主，似乎非常幸運；看樣子，凱薩琳．德布爾夫人非常照顧他的意願，關心他的安適。貝內特先生這個話題選得再好不過了，柯林斯先生滔滔不絕地讚美起那位夫人來。他一談起這個問題，態度就變得異常嚴肅，只見他帶著極其自負的神氣說，他生平從沒看到過任何有地位的人，能像凱薩琳夫人那樣和藹可親，那樣體恤下情。他很榮幸，曾經當著夫人的面講過兩次道，承蒙夫人垂愛，對他那兩次佈道大為稱讚。夫人曾經請他到羅辛斯吃過兩次飯，上星期六晚上還差人來喊他去打「四十張」❶。他認識的人中，許多人都認為凱薩琳夫人為人驕傲，可他柯林斯只覺得她和藹可親。夫人跟他講起話來，總是拿他與其他有身分的人一樣看待。她絲毫不反對他與鄰居來往，也不反對他偶爾離開教區一、兩個星期，去拜訪拜訪親人。她甚至屈尊地勸說他及早結婚，只是要謹慎選擇對象。她有一次還光臨過他的寒舍，十分贊成他對住宅做出的種種修繕，甚至親自賜與指示——往樓上的壁櫥裡添置幾個架子。

「這一切的確是很得體，很客氣，」貝內特太太說，「我想她一定是個十分和藹可親的女人。可惜貴婦人一般都比不上她。她住的地方離你近嗎，先生？」

「寒舍所在的花園，與夫人住的羅辛斯莊園只隔著一條小路。」

「你好像說過她是個寡婦吧，先生？她有子女吧？」

「她只有一個女兒，是羅辛斯的繼承人，有很大一筆財產。」

「啊！」貝內特太太叫了起來，一面又搖了搖頭。「那她比許多姑娘都有錢啦。她是個什麼樣的小姐？長得漂亮嗎？」

「她眞是個極其可愛的小姐。凱薩琳夫人親口說過，講起眞正的美貌，德布爾小姐遠遠勝過天底下最漂亮的女性，因爲她容貌出衆，一看就知道出身顯貴。可惜她體質虛弱，妨礙了她朝多才多藝的方向發展，不然她一定琴棋書畫樣樣精通，這是她的女教師告訴我的，這位女教師現在還跟她們母女住在一起。德布爾小姐十分和藹，常常不拘名分，乘著她那輛小馬車路過寒舍。」

「她覲見過國王嗎？在進過宮的仕女中間，我不記得有她的名字。」

「不幸她身體羸弱，不能進京城去。我跟凱薩琳夫人說，英國王宮裡因此損失了一顆最絢麗的明珠。她老人家似乎很喜歡我這種說法。你們可以想像得到，在任何場合，我都樂於說幾句巧妙的恭維話，準能討太太小姐們高興。我不只一次跟凱薩琳夫人說過，她那位迷人的女兒，是一位天生的公爵夫人，將來不管嫁給地位多高的姑爺，都不會給小姐增加體面，反而要由小姐來爲姑爺增添光彩。她老人家就喜歡聽這類話，我覺得我應特別盡心竭力。」

「你判斷得很準確，」貝內特先生說，「而且你也很幸運，具有巧妙捧人的天賦。我是否可以請問：你這種討人喜歡的奉承話，是當場靈機一動想出來的，還是事先煞費苦心準備好的？」

「大多是即席而成的。雖然我有時也喜歡預先想好一些能適用於一般場合的小巧玲瓏的恭維話，但我總要盡量裝出一副信口而出的神氣。」

果然不出貝內特先生所料，他這位表姪就像他想像的那樣荒謬，他興致勃勃地聽他聒叨著，表面上又裝作萬分鎮靜，除了偶爾朝伊麗莎白瞥一眼以外，並不需要別人來分享他的這份樂趣。

不過，到吃茶點的時候，這場罪總算受完了。貝內特先生高高興興地把客人帶到客廳，等到喝完茶，又高高興興地邀請他給太太小姐們朗誦。柯林斯先生欣然答應，於是有人給他拿來一本書。柯林斯先生一見到那本書（看樣子顯然是從流通圖書館借來的），就嚇得往後一縮，連忙聲明他從來不讀小說❷，只有請大家原諒。吉蒂瞪眼望著他，莉迪亞驚叫起來。她們又拿來幾本書，柯林斯尋思了一會，選了一本福利斯的《佈道集》❸。莉迪亞目瞪口呆地瞅著他打開書，他一本正經、單調乏味地還沒唸完三頁。

她便打斷了他：「媽媽，你知不知道菲利普斯姨父說要解雇理查德？要是姨父眞想解雇他，福斯特上校倒想雇用他。這是星期六那天姨媽親口告訴我的。我想明天去梅里頓再打聽一下，順便問問丹尼先生什麼時候打城裡回來。」

大姊二姊忙叫莉迪亞快住嘴。柯林斯先生非常生氣，將書一擱說道：「我常發現年輕小姐對正經書不感興趣，儘管這些書純屬寫給她們看的。老實說，我感到驚訝，因爲對她們來說，最有益的事無疑是聆聽聖哲的教誨。不過，我也不再勉強我那年輕的表妹了。」

他說罷轉向貝內特先生，要求跟他玩十五子棋❹。貝內特先生答應了他的要求，說這倒是個聰明辦法，讓姑娘們去搞她們自己的小玩意兒。貝內特太太和幾位女兒恭恭敬敬地向他道歉，請他原諒莉迪亞打斷了他的朗誦，並且保證說，他若是重新再讀那本書，決不會再發生這類事。不料柯林斯先生對她們說，他一點也不記恨表妹，決不會怨她有意冒犯。隨後，他便與貝內特先生坐到另一張桌旁，準備玩十五子棋了。

註

❶「四十張」：十八世紀後半葉開始盛行的一種四人牌戲。

❷十八世紀末、十九世紀初，由於封建意識的影響，英國出現了一股反小說的邪風，特別是封建貴族階級，公然將小說視為一種無聊甚至有害的消遣，加以唾棄。柯林斯自稱「從來不讀小說」，進一步顯示了他的趨炎附勢、故作優雅之態。

❸詹姆斯．福利斯（一七二〇～一七九六）：英格蘭牧師兼詩人，著有《對青年婦女佈道集》（一七六五），內容大多是向青年婦女灌輸封建倫理道德。奧斯汀在此以詼諧的筆調，抨擊了那些舊道德。

❹十五子棋：二人對玩的一種棋，雙方各持十五子，擲骰子行棋。

第十五章

柯林斯先生並不是個聰明人，他雖然受過教育，踏進了社會，但先天的缺陷卻沒得到多少彌補。他長了這麼大，大部分歲月是在他那個愛錢如命的文盲父親的教導下度過的。他也算進過大學，但只是湊合著混了幾個學期，也沒交上一個有用的朋友。父親的嚴厲管教使他養成了唯唯諾諾的習氣，但是這種習氣，如今又給大大抵銷了，因爲他本來就是個蠢材，一下子過上了優渥生活，難免會飄飄然起來，何況年紀輕輕就發了意外之財，自然會越發自命不凡。當時亨斯福德教區有個牧師空缺，柯林斯鴻運亨通，得到了德布爾夫人的恩賜。

他一方面敬仰凱薩琳夫人的崇高地位，尊崇她爲自己的女恩主，另一方面又非常看重自己，珍惜自己作教士的權威、作教區長的權利，這一切造就了他一身兼有傲慢與恭順、自負與謙卑的雙重性格。

他現在有了一幢舒適的房子、一筆可觀的收入，便想結婚了。他所以要和朗伯恩這家人重新修好，就是想在他們府上找個太太。如果那幾位姑娘眞像大家傳聞的那樣美麗可愛，他打算從中挑選一個。這就是他爲繼承她們父親的財產所訂的補償計劃、贖罪計劃。他認爲這是個絕妙的計劃，既十分妥善得體，又充分顯示了他的慷慨豪爽。

他見到幾位姑娘之後，並沒有改變原來的計劃。貝內特小姐那張嫵媚的臉蛋，更加堅定了他的想法，也更加堅定了他那一切先盡老大的舊觀念。因而，頭一天晚上他便選中了珍。不過，第二天早上他又作了變更。原來，早飯前他和貝內特太太親密地交談了一刻鐘，先是談起了他的牧師住宅，然後自然而然地引到了他的心願，說是要在朗伯恩為那幢住宅找位女主人。貝內特太太一聽，樂得笑逐顏開，一再鼓勵小伙子，不過告誡他不要選擇珍。「講到我後四個女兒，我不能擔保說——我不敢打包票——不過我沒聽說她們有什麼對象。至於大女兒嘛，我倒要提一句——我覺得有責任提醒你一下，她可能很快就要訂婚了。」

柯林斯先生只得從珍轉向伊麗莎白——而且轉得很快——就在貝內特太太撥火的一剎那完成的。伊麗莎白無論年齡還是美貌，都僅次於珍，當然第二個就要輪到她。

貝內特太太得到這個暗示，如獲至寶，心想她很快就要嫁出去兩個女兒了。昨天她連說都不願說起的這個人，現在卻深得她的歡心。

莉迪亞沒有忘記打算去梅里頓走一趟，姊姊們除了瑪麗以外，個個都願意跟她一起去。貝內特先生一心想把柯林斯先生支開，好獨自待在書房裡清靜清靜，便請他陪女兒們一道去。原來，吃過早飯以後，柯林斯先生跟著他來到書房，一直賴在那裡不走，名義上是拿著書房裡最大的一本書在看，實際上卻在喋喋不休地跟貝內特先生談論他在亨斯福德的住宅和花園。他這般舉動，攪得貝內特心煩意亂。他一向可以在書房裡圖個優閑清靜。他跟伊麗莎白說過，他可以在其他房間裡遇見愚蠢自負的人，但他書房裡卻要杜絕這種人。於是，他立即恭請柯林斯先生陪女兒們一塊出去走走。其實，柯林斯先生本來就不是讀書的料，走走路倒還滿合適，因此他歡天喜地地合上書本走了。

一路上，柯林斯只管夸夸其談、廢話連篇，表妹們只得客客氣氣地隨聲附和，就這樣來到了梅里頓。這時，幾個小表妹可就不再理會他了。她們的眼睛立刻對著街頭骨碌來骨碌去，看看有沒有軍官，此外就只有商店櫥窗裡十分漂亮的女帽，或是委實新穎的細紗布，才能吸引住她們。

轉眼間，諸位小姐注意到了一位年輕人。此人她們以前從未見過，一副十足的紳士氣派，正跟一位軍官在街那邊散步。這位軍官就是丹尼先生，莉迪亞跑來這裏，是專門要打探他從倫敦回來了沒有。丹尼先生見她們經過的時候，向她們鞠了一躬。眾位小姐讓那位陌生人的風度吸引住了，都在納悶他是誰！吉蒂和莉迪亞決定去打聽一下，便藉口要到對面店裡去買點東西，領頭跑到街那邊去了。事情眞巧，她們剛剛走到人行道上，那兩個人也轉身來到同一地點。丹尼先生當即招呼她們，並請求她們允許他介紹他的朋友威克姆先生。

威克姆先生是前一天跟他一起從城裡回來的，說來眞讓人高興，他已被任命爲他們團裡的軍官。這是再好不過的了。因爲這位小伙子只要再穿上一身軍裝，便會變得十分迷人。他長得非常討人喜歡，容貌舉止樣樣都很出衆：眉目清秀，體態優雅，談吐又十分動人。一經介紹之後，他就高興而熱情地談起話來——既熱情，又顯得很謙虛、很有分寸。

大夥站在那裡談得正投機的時候，忽然聽到一陣達達的馬蹄聲，循聲望去，只見達西和賓利騎著馬從街上過來了。兩位先生認出人堆裡有幾位小姐，便連忙來到她們跟前，照常寒暄了一番。講話的主要是賓利，他的話又主要是對貝內特小姐講的。他說他正要去朗伯恩探望她。達西先生鞠了個躬，證明賓利說的是實話。達西剛打算把眼睛從伊麗莎白身上移開，卻突然瞧見了那個陌生人，伊麗莎白見到他們兩人面面相覷的那副神情，感到萬分驚奇。兩人都變了臉色，一個煞白，一個通紅。過了一會，威克姆先生觸了觸帽沿，達西先生也勉強還了個禮。這是什麼意思呢？既令人無法想像，又讓人忍不住想要弄個明白。

又過了一會兒，賓利先生似乎沒注意到這幕情景，便告別了衆人，又與朋友騎著馬往前走去。

丹尼先生和威克姆先生陪著幾位小姐走到菲利普斯先生家門口，儘管莉迪亞小姐再三懇請他們進去，甚至菲利普斯太太還打開了客廳的窗戶，大聲跟著一起邀請，兩人還是鞠了個躬告辭了。

菲利普斯太太一向喜歡見到外甥女。兩個大外甥女最近沒見面，因此格外受歡迎。她急切地說，聽說她倆突然回到家裡，她感到非常驚奇。因爲家裡沒有派車去接她們，若不是碰巧在街上遇見瓊斯先生藥店裡的伙計，告訴她貝內特家的兩位小姐已經回家，不用再往內瑟菲爾德送藥了，那她還不知道她們回來了呢。菲利普斯太太剛說到這裡，珍向她介紹了柯林斯先生。她客客氣氣地歡迎柯林斯先生，柯林斯先生也倍加客氣地答謝她，並且道歉說，他與太太素昧平生，不該貿然闖到府上，不過他畢竟還是感到很高興，因爲把他引薦給太太的幾位小姐與他有些親戚關係，因此他的冒昧打擾還是情有可原的。菲利普斯太太見到如此斯文風雅的舉止，不由得肅然起敬。然而，她望著這位生客沒有多久，卻讓幾個外甥女給打斷了，因爲她們感嘆不已地向她問起了另一位生客。可惜，她只能提供一些她們早已知道的情況，說是那位生客是丹尼先生剛從倫敦帶來的，他要在某郡民兵團做個中尉。菲利普斯太太還說，他剛才在街上逛來逛去的時候，她盯著他打量了一個鐘頭。這時，假若威克姆先生再次露面，吉蒂和莉迪亞一定還要繼續打量他一番，可惜除了幾個軍官以外，根本沒有人從窗口走過，而那些個軍官跟威克姆先生比起來，簡直成了些「愚蠢討厭的傢伙」。

有幾個軍官明天要來菲利普斯家裡吃飯，姨媽說，倘若她們一家人明天晚上能從朗伯恩趕來，她就讓丈夫去請威克姆先生。這個主意得到了大夥的贊同，菲利普斯太太鄭重其事地說，明天要來一場熱鬧有趣的抓彩牌遊戲❶，玩過之後再吃點熱餐。一想到如此歡樂的情景，眞令人興奮，因此大家興高采烈地分手了。柯林斯先生出門的時候，又再三表示歉意，主人帶著不厭其煩的客氣口吻說，這就大可不必啦。

回家的路上，伊麗莎白把先前看見兩位先生之間出現的那幕情景，講給珍聽。珍這個人，即使他們兩人眞有什麼差失，她也會爲其中一個或兩個進行辯護，可眼前她跟妹妹一樣，對於他們那番舉動，也說不出個所以然來。

柯林斯先生回來之後，把菲利普斯太太的殷勤好客讚了一番，貝內特太太聽了大爲得意。柯林斯先生鄭重說道，除了凱薩琳夫人母女之外，他從沒見過這麼風雅的女人，菲利普斯太太雖說和他素昧平生，卻百般客氣地接待了他，甚至還指明要請他明天晚上一道去吃飯。他想，這件事多少要歸功於他和貝內特府上的親戚關係，但是如此殷勤好客，他長了這麼大，還從未遇到過。

註

❶ 抓彩牌：一種牌戲，有些牌上帶有獎彩。

第十六章

年輕人跟姨媽的約會並沒遭到反對。柯林斯先生覺得來此做客，不好意思把貝內特夫婦整晚丟在家裏，但那夫婦倆叫他千萬不要這麼想。於是，他和五個表妹便乘著馬車，準時來到梅里頓。姑娘們一走進客廳，便欣喜地聽說威克姆先生接受姨父的邀請，現在已經光臨。大家聽到這個消息都坐下之後，柯林斯先生悠然自得地朝四下望望，想要讚賞一番。他十分驚羡屋子的面積和陳設，說他好像走進了羅辛斯那間消夏的小餐廳。這個對比開頭並不怎麼令人高興，後來菲利普斯太太聽明白了羅辛斯是個什麼地方，誰是它的主人，又聽對方說起凱薩琳夫人的一間客廳的情形，發覺光是那個壁爐架就花費了八百鎊，她這才體會到那個比較的全部分量。這時她想，即使把她這裏比作羅辛斯管家婆的住房，她也不會有意見。

柯林斯先生一面描繪凱薩琳夫人及其大廈的富麗堂皇，一面還要偶爾穿插幾句，來誇耀誇耀他自己的寒舍，以及他正在進行的種種修繕。他就這樣自得其樂地嘮叨到男賓們進來為止。他發覺菲利普斯太太聽得非常專心，而且越聽也就越把他看得了不起，決計把他的話盡快傳播給鄰居。再說幾位小姐，她們聽不進表兄嘮嘮叨叨，又沒事可做，想彈琴也彈不成，只能照著壁爐架上的瓷擺設描摹些彆腳的圖畫，端詳來端詳去。

等候的時間似乎太長了，不過最後還是結束了，男賓們終於出現了。威克姆先生一走進來，伊麗莎白便覺得，無論是上次見到他的時候，還是以後想起他的時候，她絲毫也沒有錯愛了他。某郡民兵團的軍官們都是些十分體面、頗有紳士氣派的人物，參加這次晚宴的這些人可謂他們之間的佼佼者，但是，威克姆先生在人品、相貌、風度和地位上，又遠遠超過了其他軍官，而其他軍官又遠遠超過了那肥頭胖耳、老氣橫秋的菲利普斯姨父，他帶著滿口的葡萄酒味，跟著衆人走進屋來。

威克姆先生是當晚最得意的男子，差不多每個女人都拿眼睛望著他。伊麗莎白則是當晚最得意的女子，威克姆先生最後在她旁邊坐了下來。他立即與她攀談起來，雖然談的只是當晚下雨和雨季可能到來之類的話題，但他那樣和顏悅色，使她不禁感到，即使最平凡、最無聊、最陳腐的話題，只要說話人卓有技巧，同樣可以說得很動聽。

面對著威克姆先生和其他軍官這樣的勁敵，再想博得女士們的青睞，柯林斯先生似乎落得微不足道了。在年輕小姐們看來，他確實無足輕重。不過，菲利普斯太太間或還好心好意地聽他說話，而且虧她留心關照，總是源源不斷地給他倒咖啡、添鬆餅。

一張張的牌桌擺好以後，柯林斯先生終於找到機會報答女主人的好意，便坐下來一道玩惠斯特❶。

「我對這玩意兒一竅不通，」他說。「不過我很願意學會它，因爲處於我這樣的地位——」菲利普斯太太很感激他願意跟著一起玩，卻沒耐心聽他陳述緣由。

威克姆先生沒有玩惠斯特，而是榮幸地被小姐們請到另一張牌桌上，坐在伊麗莎白和莉迪亞之間。開頭，莉迪亞似乎大有獨攬他的趨向，因爲她總是嘰嘰喳喳地說個不停。好在她也同樣酷愛摸彩牌，立刻對那玩意兒產生了極大的興趣，一心只爲下賭注，得彩之後大叫大嚷，壓根兒顧不上注意哪個人了。

威克姆先生一面應酬著大家摸彩，一面從容不迫地跟伊麗莎白交談。伊麗莎白非常願意聽他說話，但並不指望能聽到她最想了解的事情——他和達西先生過去的關係。她提也不敢提到那位先生。不過，她的好奇心卻出乎意料地得到了滿足。威克姆先生主動扯起了那個話題。他問起內瑟菲爾德距離梅里頓有多遠，伊麗莎白回答了他之後，他又吞吞吐吐地問起達西先生在那裏待多久了。

「大約一個月了，」伊麗莎白說。她不想放過這個話題，接著又說：「聽說他是德比郡的一個大財主。」

「是的，」威克姆答道。「他那裏的財產很可觀。每年有一萬鎊的淨收入。你若想了解這方面的消息，誰也沒有我知道的確切，因爲我從小就和他家裏有特殊的關係。」

伊麗莎白不禁露出驚異的神色。

「貝內特小姐，你昨天也許看到我們見面時那副冷冰冰的樣子了，難怪你聽到我的話會覺得驚異。你和達西先生很熟嗎？」

「但願熟到這個地步就夠了。」伊麗莎白氣沖沖地嚷道。

「他究竟討人喜歡還是討人厭，」威克姆說，「我是沒有權利發表意見的。我不便發表意見。我跟他認識得太久了，很難做出公正的判斷。我是不可能不帶偏見的。不過我相信，你對他的看法會使人們感到震驚！——也許你換個地方就不會說得這麼激動了。反正這裏都是你的自家人。」

「說眞的，除了內瑟菲爾德以外，我到了附近哪一家都會這麼說。赫特福德郡根本沒人喜歡他。他那副傲慢的樣子，誰見了誰討厭。你絕對聽不到有誰說他一句好話。」

「說句良心話，」停了一會，威克姆說，「無論他還是別人，都不該受到過高的抬舉。不過他這個人嘛，我相信倒常常被人過高抬舉。世人讓他的有財有勢給蒙蔽了，又讓他那目空一切、盛氣凌人的架勢給嚇唬住了，只好順著他的心意去看待他。」

「我儘管跟他不大熟，但我認爲他是個脾氣很壞的人。」威克姆只是搖了搖頭。等到有了說話的機會，他便說：「不知道他是否會在這裏住很久。」

「我壓根兒不知道。不過，我在內瑟菲爾德的時候，可沒聽說他要走。希望他待在附近不會影響你在某個郡民兵團的任職計劃。」

「哦！不會的——我可不會讓達西先生給趕走。要是他不想見我，那就讓他走開。我們兩人的關係不好，我一見到他就感到心酸，不過我犯不著要躲著他，但我要讓世人知道他是如何地肆虐無辜，他的爲人處世是如何令人痛心。貝內特小姐，他那位過世的父親老達西先生，可是天底下最善良的人，也是我生平最眞摯的朋友。每當我同現在這位達西先生在一起的時候，就免不了要勾起千絲萬縷溫馨的回憶，從心底裏感到痛楚。他對我的態度眞是惡劣透頂，不過說句眞心話，我一切都能原諒他，但就是不能容忍他辜負先人的期望，辱沒先人的名聲。」

伊麗莎白對這件事愈來愈感興趣，因此聽得非常起勁。不過，事情有些棘手，她不便進一步追問。

威克姆先生又談起一些一般性的話題，諸如梅里頓、左鄰右舍和社交之類的事情，看樣子對他見到的一切感到非常滿意，特別是說到社交問題的時候，談吐既溫雅，又明顯帶有獻殷勤的味道。

「我所以要參加某郡民兵團，」他接著說，「主要是因爲這裏的人們爲人和善，又講交情。我知道這是一支非常可敬可親的部隊，我的朋友丹尼還向我吊胃口，說他們的營房有多好，梅里頓的人們待他們有多親切，他們在那裏結交了多少好朋友。我承認我是少不了社交生活的。我是個失意的人，精神上受不了孤獨。我非得找點事幹，與人交往。我本來並不打算過行伍生活，但是由於環境所迫，現在覺得參軍倒也不錯。我本該做牧師的！——家裏也從小培養我做牧師，假若我們剛才談到的那位先生當初肯成全我的話，我現在就會有一份很可觀的牧師俸祿。」

「眞有這事！」

「是的——老達西先生在遺囑上說，那個最好的牧師職位一出現空缺，就會送給我。他是我的教父，極其疼愛我。他對我好得眞無法形容。他本想讓我日子過得富裕一些，並且滿以爲做到了這一點，沒想到等牧師職位有了空缺的時候，卻送給了別人。」

「天哪！」伊麗莎白嚷道。「怎麼會有這種事呢？怎麼能不按先人的遺囑辦事？你怎麼不依法起訴呢？」

「遺產的條款上有個地方措辭比較含糊，因此我起訴也未必能贏。一個體面的人，是不會懷疑先人的意圖的，可是達西先生卻偏偏要懷疑——或者說偏要把那視作只是有條件的提拔我，硬說我鋪張浪費、舉止魯莽——總之，欲加之罪，何患無辭，於是就剝奪了我應有的權益。兩年前，那個牧師職位還眞空出來了，我也剛好達到接受聖職的年齡，可惜卻給了另一個人。我實在無法責怪自己犯了什麼過錯，而活該失去那份俸祿。我性情急躁、心直口快，有時難免在別人面前直言不諱地議論他，甚至當面頂撞他。不過如此而已。事情明擺著，我們屬於截然不同的兩種人，他記恨我。」

「眞是駭人聽聞！應該叫他當衆丟丟臉。」

「遲早會有人這麼做的——但決不會是我。除非我忘掉他父親，否則我決不會敵視他、揭發他。」

伊麗莎白非常敬佩他這般情操，而且覺得，他表達這般情操時，顯得愈發英俊。

「不過，」停了一會，她又說，「他究竟居心何在？他爲什麼要這樣冷酷無情呢？」

「對我的深惡痛絕——我認爲，這種憎惡只能說是出於某種程度上的嫉妒。假若老達西先生不那麼喜歡我，他兒子也許能寬容我一些。我相信，正因爲他父親太疼愛我了，這就把達西先生從小給惹惱了。他心胸狹窄，容不得我跟他競爭——因爲受寵的往往是我。」

「我沒想到達西先生會這麼壞——雖說我一直不喜歡他，但是從沒想到他會這麼惡劣。我以爲他只是看不起人，卻沒料到他竟然墮落到這個地步，蓄意報復，蠻不講理，慘無人道。」她沉思了一會，接著又說：「我倒記得，他有一天在內瑟菲爾德吹噓說，他與人結下怨恨就無法消解，他的脾氣不饒人，他的性情一定很可怕。」

「在這個問題上，我的意見不一定靠得住，」威克姆回答道。「我對他難免有成見。」

伊麗莎白又陷入了沉思。過了一會，她又大聲說道：「如此對待他父親的教子、朋友和寵兒！」——她本來還可以再加一句：「還是像你這樣一個青年，光憑那副臉蛋，就能看出你是多麼和藹可親……」但她畢竟只能這樣說：「何況你從小就和他在一起，而且就像你說的，關係非常密切！」

「我們出生在同一個教區、同一座莊園裏，我們的青少年時代大部分是在一起度過的：同住一幢房子，同在一起玩耍，同受他先父的照料。我父親起先所幹的行業，就是你姨父菲利普斯先生所從事的那個行業——但是爲了替老達西先生效勞，先父放棄了自己的一切，將全部時間用來照料彭伯利的資產。老達西先生對先父極爲器重，把他視爲最親密、知心的朋友。老達西先生常說先父管家有方，使他受惠匪淺，因此，先父臨終時，老達西先生主動提出要供養我。我相信，他所以這樣做，既是對先父的感恩，也是對我的疼愛。」

「真奇怪！」伊麗莎白嚷道。「真可惡！我真不明白，這位達西先生既然這麼驕傲，怎麼又這樣虧待你！如果沒有更好的理由，而僅僅是因為驕傲，那他就應該不屑於這樣陰險——我不得不說這是陰險。他這種可惡的傲慢對他有什麼好處呢？」

「有的。他常常因此而變得慷慨豪爽、出手大方、殷勤好客、資助佃戶、接濟窮人。他所以這樣做，是出於家族的自尊、子女的自尊——他很為父親的為人引以自豪。不要有辱彭伯利的聲勢，這是他的巨大動力。他還有做哥哥的自尊，由於這種自尊，再加上幾分手足之情，使他成為妹妹親切而細心的保護人，你會聽見大家都稱讚他是個體貼入微的好哥哥。」

「達西小姐是個什麼樣的姑娘？」

威克姆搖搖頭：「但願我能說她一聲可愛。凡是達西家的人，我都不忍心說他們的壞話。不過她太像她哥哥了——非常傲慢。她小時候又親暱又可愛，還特別喜歡我。我經常幾個鐘頭幾個鐘頭地陪她玩，而她現在卻不把我放在心上了。她是個漂亮姑娘，大約十五、六歲，而且據我所知，也很多才多藝。他父親去世以後，她一直住在倫敦，有位婦人跟她住在一起，負責培養她。」

兩人斷斷續續地又談起好多的話題之後，伊麗莎白情不自禁地又扯到原來的話題上，她說：「我眞感到奇怪，他和賓利先生怎麼這樣親密？賓利先生脾氣那麼好，而且又確實那麼和藹可親，怎麼會和這號人交起朋友來？他們怎麼能合得來呢？你認識賓利先生嗎？」

「他這個人性情溫和、親切可愛，他不會知道達西先生是怎樣一個人的。」

「也許不知道。不過達西先生想討人喜歡的時候，也自有辦法，他有的是能耐。他只要認為值得跟誰攀談，也會談笑風生。他在地位跟他相等的人面前，與見到不及他走運的人相比，完全判若兩人。他總是那麼傲慢，可是和有錢人在一起的時候，他又顯得胸懷磊落、公正誠實、通情達理、講究體面，也許還會和和氣氣——這是看在財產和身價的份上。」

不久，惠斯特牌散場了，幾個玩牌的人都圍到另一張牌桌上，柯林斯先生站在表妹伊麗莎白和菲利普斯太太之間。菲利普斯太太按常例問他贏了沒有？結果不大妙，他輸光了。然而，當菲利普斯太太表示替他惋惜時，他又鄭重其事地對她說，區區小事不足掛齒，還說他把錢看得微不足道，請她不要感到不安。

「我很明白，太太，」他說，「人一坐上牌桌，這類事情就得碰運氣了，幸虧我家境還寬裕，不把五先令當一回事，當然有許多人就不能說這話啦。多虧了凱薩琳．德布爾夫人，我就大可不必計較一些區區小事。」

他們的談話引起了威克姆先生的注意。他看了柯林斯先生幾眼，然後低聲問伊麗莎白：她這位親戚是不是同德布爾家很熟。

「凱薩琳．德布爾夫人最近給了他個牧師職位，」她回答道。「我簡直不知道柯林斯先生最初是怎麼受到她賞識的，不過，他肯定沒認識她多久。」

「你想必知道凱薩琳．德布爾夫人和安妮．達西夫人是姊妹倆吧。因此，凱薩琳夫人是現在這位達西先生的姨媽。」

「不，我眞的不知道。我對凱薩琳夫人的親屬一無所知。我還是前天才聽人說起她的。」

「她女兒要繼承一大筆財產，他們都認爲，她和她表兄將來會把兩份家產合併起來。」

聽了這話，伊麗莎白不由得笑了，因爲她想起了可憐的賓利小姐，假如達西先生早就與別人許定了終身，賓利小姐的百般殷勤豈不全是徒勞，她對達西小姐的關懷和對達西先生本人的讚美，豈不全是白搭。

「柯林斯先生，」她說，「對凱薩琳夫人母女倆讚不絕口。可是，從他講起那位夫人的一些具體情況來看，我眞懷疑他讓感激之情迷住了心竅，凱薩琳夫人儘管是他的恩人，她仍是個高傲自負的女人。」

「我認爲她非常高傲自大，」威克姆回答道。「我有好多年沒見到她了，不過我記得清清楚楚，我一向不喜歡她，她爲人蠻橫無禮。她素以通情達理、總明過人而著稱，不過我倒認爲，她那些才智，一方面來自她的有錢有勢，一方面來自她的盛氣凌人，另一方面又來自她外甥的高傲自大，因爲這個外甥堅持認爲，但凡與他沾親帶故的人，個個都聰明過人。」

伊麗莎白認爲，他說得很有道理。兩人接著往下談，彼此十分投機，一直談到吃晚飯收牌爲止；這時，其他太太小姐才有機會分享威克姆先生的殷勤。菲利普斯太太的宴席上總是吵吵鬧鬧的，令人無法交談，不過威克姆的舉止，卻博得了衆人的歡心。他每句話都說得很得體，每個舉動都表現得很文雅。伊麗莎白臨走時，滿腦子只裝著他一個人。她在回家的路上，一心只想著威克姆先生，想著他對她說的話。可惜莉迪亞和柯林斯先生一路上就沒停過嘴，她連提提他名字的機會都沒有。

莉迪亞喋喋不休地談論抓彩牌，說她輸了多少押注，又贏了多少押注。柯林斯先生則滔滔不絕地述說菲利普斯夫婦多麼殷勤好客，說他毫不在乎玩惠斯特輸了幾個錢，把晚餐的菜肴一盤盤列數了一遍；幾次三番地表示恐怕擠了表妹們。他要說的話太多，沒等他說完，馬車停在了朗伯恩屋前。

註

❶ 惠斯特：類似橋牌的一種排戲。

第十七章

第二天，伊麗莎白把她和威克姆先生的談話全都告訴了珍。珍聽得既驚訝又關切。她簡直無法相信，達西先生居然會如此不値得賓利先生器重。可是，像威克姆這樣一個和顏悅色的小伙子，她自然又不會懷疑他說話不誠實。一想到他可能當眞受到這些虧待，心裡不禁激起了憐憫之情。於是，她無可奈何地只好把兩人都往好處想，爲雙方的行爲進行辯白，將一切無法解釋的事情，統統歸結爲意外與誤會。

「也許，」她說，「他們兩人不知怎麼受了別人的矇騙，或許是有關的人從中挑撥是非。總之，我們要是硬去猜測究竟是什麼原因、什麼情況造成了他們的不和，那就勢必要怪罪於某一方了。」

「你說得很對。不過，親愛的珍，你要替可能與這件事有關的人說些什麼呢？請你務必爲他們辯白一番，否則我們就不得不怪罪到某一個人身上了。」

「你愛怎麼取笑就怎麼取笑吧，反正我不會因爲你的取笑就改變自己的看法。親愛的莉琪，你想一想：達西先生的父親生前那麼疼愛這個人，還答應要供養他，達西先生卻這樣對待他，那他豈不是太不像話了。這不可能。一個人只要有點起碼的人道，只要多少還珍惜自己的人格，就不會幹出這種傻事。難道連他最知心的朋友也會錯看他嗎？哦！不會的。」

「我寧願相信賓利先生看錯了人，也不會認爲威克姆先生昨天晚上向我捏造了他的經歷。一個個人名，一樁樁事實，全都是不假思索、脫口而出。假若事實並非如此，那就讓達西先生自己來辯白吧。再說，從威克姆先生的神情也看得出來，他說的是實話。」

「事情的確很難說——也讓人很難受，眞叫人不知該怎麼想才好。」

「恕我直言，人們完全知道該怎麼想。」

可是，珍只有一點心裡是明確的——假如賓利先生當眞看錯了人，一旦眞相大白之後，他一定會萬分痛心。

兩位年輕小姐在矮樹林裡談得正起勁，忽然家裡派人來喊，說是家中來了客人，而且正是她們一直在談論的那幾位。原來，盼望已久的內瑟菲爾德舞會定於下星期二舉行，賓利先生和兩個姊妹特地趕來邀請她們光臨。那兩位女士與親愛的朋友重逢，感到非常高興，說是久別不見恍若隔世，一再問起珍分別以後在做些什麼。她們很少理睬主人家的其他人：對貝內特太太盡量躲避，跟伊麗莎白沒講幾句話，跟其他人壓根兒不講一句話。客人們一會就告辭了，兩位女士霍地從座位上站起來，嚇了她們兄弟一跳，只見她倆拔腿就走，好像急於要避開貝內特太太的繁文縟節似的。

內瑟菲爾德就要舉行舞會，這使貝內特家的太太小姐們感到極爲高興。貝內特太太硬要認爲，這次舞會是專門爲恭維她的大女兒才舉行的，而且這次是賓利先生親自登門邀請，而不是客套式地發張請帖，這叫她越發得意。珍心裡想像著這個夜晚該有多麼快活，既可以和兩位女友促膝談心，又可以受到她們兄弟的殷勤侍候。伊麗莎白樂滋滋地想到，她既可以跟威克姆先生縱情跳舞，又可以從達西先生的神情舉止中印證一下她所聽到的一切。至於凱薩琳和莉迪亞，她們可不把開心作樂寄託在一件事或某個人身上，因爲她們雖說也像伊麗莎白一樣，想和威克姆先生跳它半個晚上，但舞會上能滿足她們的決不只他一個舞伴。不管怎麼說，舞會畢竟是舞會。就連瑪麗也對家裡人說，她不妨也去湊湊熱鬧。

「我只要能充分利用上午的時間，」她說，「也就足夠了——我想偶爾參加幾次晚會，並不會損失什麼。我們大家都應該有社交生活。我像許多人一樣，也認為人人都少不了一定的消遣和娛樂。」

伊麗莎白眼前眞是太快活了，雖然她本來與柯林斯先生不大多話，但現在卻情不自禁地問他想不想接受賓利先生的邀請，如果想接受，覺得參加晚會是不是合適。出乎伊麗莎白的意料，柯林斯先生在這個問題上毫無顧慮，決不害怕大主教或凱薩琳．德布爾夫人指責他，他要大膽地跳跳舞。

「告訴你吧，這樣一個舞會，主人是有名望的青年，賓客又都是體面人，我決不認為會有什麼不良傾向。我非但不反對自己跳舞，而且希望當晚諸位漂亮的表妹都肯賞我個臉。伊麗莎白小姐，我就趁這個機會邀請你陪我跳頭兩支舞。我優先選擇你，希望珍表妹能歸結到正當的理由上，別怪我對她有所失敬。」

伊麗莎白覺得自己上了大當。她本來一心打算跟威克姆先生跳那頭兩支舞，不料卻冒出了柯林斯先生！她快活得太不是時候了。不過事情已經無可挽回了。威克姆先生的快樂和她自己的快樂，只得往後推一推了，她還是盡可能欣然地接受了柯林斯先生的邀請。但是，一想到他這番殷勤還帶有更深的含義，她也絲毫沒有為之高興。她現在第一次意識到，柯林斯先生已從她們姊妹間選中了她，認為她配做亨斯福德牧師家的主婦，而且當羅辛斯沒有更合適的賓客時，她也可以湊數跟著打打「四十張」。

她這個想法立刻得到了證實，因為她察覺柯林斯先生對她越來越殷勤，聽見他屢次三番地恭維她聰明活潑。雖然她對自己的嫵媚產生的這般效力只覺得驚奇，但並不感到得意，但是母親不久就跟她說，他們倆可能結為良緣，這叫她做母親的感到中意極了。伊麗莎白只能裝做不明白她的意思，因爲她非常明白，只要一搭理她，就免不了要大吵一場。柯林斯先生也許不會提出求婚，既然他沒提，又何必爲他去爭吵。

若不是幸虧有個內瑟菲爾德舞會可以準備準備、談論談論，貝內特家的幾個小女兒這時說不定有多可憐，因爲自從接受邀請那天到舉行舞會那天，雨一直下個不停，害得她們沒到梅里頓去過一次。看不成姨媽，看不成軍官，也打聽不到新聞——連舞鞋上的玫瑰結也是託人代買的。甚至伊麗莎白也對這天氣有點不耐煩了，攪得她和威克姆先生的友情毫無進展。總算下星期二有個舞會，這才使吉蒂和莉迪亞熬過了星期五、星期六、星期日和星期一。

第十八章

伊麗莎白走進內瑟菲爾德的客廳，在一群身著紅制服的男賓之中找尋威克姆先生，找來找去卻找不著，這時候才懷疑他也許不會來。本來，想起過去那些事，難免讓她有所擔心，但她仍然認爲一定會遇見他。她仔仔細細打扮了一番，興高采烈地準備徹底征服他那顆尚未被征服的心，相信有一個晚上的工夫，準能把那顆心完全虜獲過來。但是轉眼間，她心裡又萌生了一個可怕的念頭，懷疑賓利先生邀請軍官時，爲了討好達西先生，故意漏掉了威克姆先生。

事實並非如此，當莉迪亞迫不及待地詢問丹尼先生時，他鄭重說明了他的朋友所以缺席的眞情。他告訴她們說，威克姆剛好有事進城去了，還沒有回來，接著又意味深長地笑笑說：「我想，他若不是想要迴避這裡的某位先生，再有事也不會偏偏在這個時候走開。」

他這條消息雖然莉迪亞沒有聽見，卻給伊麗莎白聽見了。伊麗莎白由此斷定：威克姆先生因故缺席，儘管她起先沒猜對原委，卻依舊是達西他的責任。伊麗莎白當即覺得很掃興，對達西也就越發反感。隨後不久，當達西走上前來向她問安時，她簡直沒法好聲好氣地回答他。對達西的關注、寬容和忍耐，就是對威克姆的不仁。她決定理也不理他，悻然掉頭就走，甚至跟賓利先生說話時也耐不住氣，因爲他對達西的盲目偏愛，激起了她的憤懣。

不過，伊麗莎白天生不太會鬧情緒，雖說她今天晚上大爲掃興，但是她的情緒並沒低落多久。她把自己的傷心事告訴了一週沒見面的夏綠蒂．盧卡斯，隨即又主動談起了她表兄的一些咄咄怪事，一面又指出他來，讓她好好看看。不過，那頭兩支舞又給她帶來了煩惱，這眞是一場屈辱。柯林斯先生又笨拙又刻板，光會道歉，不會當心一些，常常邁錯了步還不知道，眞是個討厭至極的舞伴，只跳了兩支舞，就讓伊麗莎白丟盡了臉、受夠了罪。伊麗莎白從他手裡一解脫出來，便感到欣喜若狂。

她接著跟一位軍官跳舞，跟他談起了威克姆，聽說他到處都很討人喜歡，心裡覺得寬慰了許多。跳完這兩支舞以後，她又回到夏綠蒂·盧卡斯身邊，跟她正說著話，忽然聽見達西先生叫她，出乎意外地請她跳舞，她一時不知所措，竟然稀里糊塗地答應了他。達西先生隨即又走開了，伊麗莎白待在那裡責怪自己怎麼會亂了方寸。夏綠蒂盡力安慰她。

「你一定會發覺他很討人喜歡。」

「但願不要如此！那才是倒了天大的楣呢！你下定決心去痛恨一個人，卻又發覺他討人喜歡，別這樣咒我啦！」

當跳舞重新開始，達西先生前來請她時，夏綠蒂不禁跟她咬了咬耳朵，告誡她別做傻瓜，別光顧得迷戀威克姆，而得罪一個身價比他高十倍的人。伊麗莎白沒有回答，只管走下舞池，驚奇地發現自己受到這般禮遇，居然能和達西先生面對面跳舞，她還發現身旁的人們見此情景，臉上同樣露出驚訝的神情。他們倆一聲不響地站了一會，伊麗莎白以爲這兩支舞可能要沉默到底，起先決定不去打破這種沉默。後來她又突然異想天開，覺得逼著舞伴說說話，可能會更有效地懲罰他，於是她就跳舞稍許議論了幾句。達西先生回答了她的話，接著又悶聲不響了。

停了幾分鐘，伊麗莎白又第二次跟他搭話：「現在輪到你說話啦，達西先生。我既然談了跳舞，你就應該談談舞廳的大小和舞伴的多寡。」

達西笑了笑，告訴她說，她要他說什麼他就說什麼。

「很好。你這個回答目前還說得過去，也許我過一陣子會說，私人舞會比公共舞會有趣得多。不過，現在我們可以默不作聲了。」

「這麼說，你跳起舞來照例要說說話啦？」

「有時候要的。你知道，人總要說點話。一聲不響地在一起待上半個鐘頭，這看上去有多彆扭。不過，爲了爲某些人著想，應該把談話安排得讓他們說得越少越好。」

「在眼前這件事情上，你究竟是在照顧你的情緒，還是認爲在迎合我的情緒？」

「兼而有之，」伊麗莎白狡黠地答道，「因爲我總是感覺我們兩人的性格十分相似。你我生性都不好交際、沉默寡言、不願開口，除非想說幾句一鳴驚人的話，讓世人當作格言來流傳千古。」

「我看這不大像是你的性格，」達西說。「至於我的性格是否很像你說的這樣，我也不便姑妄論之。你一定認爲你形容得恰如其分啦。」

「我當然不能給自己下斷語。」

達西沒有作聲，兩人又陷入了沉默。直到又走下舞池時，達西這才問她是否常和姊妹們到梅里頓逛逛。伊麗莎白回答說常去。她說到這裡，實在按捺不住了，便又添了一句：「你那天在那裡碰見我們的時候，我們剛結識了一位新朋友。」

這話立即產生了效果。達西臉上頓時蒙上一道輕蔑的陰影，不過他一句話也沒說。伊麗莎白儘管責怪自己性情軟弱，還是說不下去了。最後，還是達西先開了口，只見他神態窘促地說道：「威克姆先生天生一副討人喜歡的模樣，當然也就容易交上朋友——至於能否和朋友長久相處，那就不太靠得住了。」

「他眞不幸，竟然失去了你的友誼，」伊麗莎白加重語氣說道，「而且弄得很可能要吃一輩子苦頭。」

達西沒有回答，似乎想要換個話題。就在這時候，威廉．盧卡斯爵士走到他們眼前，打算穿過舞池走到屋子另一邊。可是一見到達西先生，他便停住了腳，彬彬有禮地向他鞠了個躬，把他的舞姿和舞伴恭維了一番。

「眞讓我大飽眼福啊，親愛的先生。舞跳得這麼棒，眞是少見。你顯然屬於一流水平。不過，讓我再嘮叨一句，你這位漂亮的舞伴也沒有讓你丟臉，我眞希望能常有這種眼一福，特別是將來舉辦什麼大喜事的時候，親愛的伊蕾莎小姐。（說著朝她姊姊珍和賓利先生瞥了一眼）那時候，道喜的人會蜂擁而至！我要求達西先生——不過我還是別打擾你啦，先生。你和這位小姐談得心醉神迷，你是不會歡迎我來妨礙你們的，瞧小姐那雙明亮的眼睛也在責備我呢。」

這後幾句話達西先生幾乎沒有聽見。但是，威廉爵士暗指他朋友的事，卻似乎讓他大爲震驚，因此他便正顏厲色地朝正在一起跳舞的賓利和珍望去。過了不久，他又鎭定下來，轉臉對舞伴說：「威廉爵士打斷了我們的話，我忘了我們剛才說什麼來著。」

「我想我們剛才壓根兒沒在說話。威廉爵士隨便打斷屋裡的哪兩個人，他們也不會比我們更少言寡語。我們已經談過兩、三個話題，但總是不投機，我眞想不出下面該談什麼。」

「你看談談書怎麼樣？」達西含笑說。

「書——哦！不成。我們大概從不讀同樣的書，也沒有同樣的感受。」

「我很抱歉你會這樣想。假如眞是那樣，我們至少不會無話可說。我們可以比較一下不同的見解。」

「不成——我不能在舞廳裡談論書，我腦子裡總想著別的事。」

「在這種場合，你心裡總想著眼前，是嗎？」達西帶著疑惑的神情問道。

「是的，總是這樣。」伊麗莎白答道。其實她並不知道自己在說些什麼，她的思想早就跑得離題老遠了，這可從她隨後突然冒出的一席話看得出來：「達西先生，我記得有一次聽你說，你從不寬恕別人，你一旦跟人結了怨，就再也解除不掉。我想，你結怨的時候，一定很謹慎吧。」

「是的。」達西以堅定的口吻說道。

「從來不受偏見的蒙蔽？」

「我想不會。」

「從不改變主意的人要特別注意，一開始就要拿對主意。」

「能否請問你提這些問題用意何在？」

「只是想說明你的性格，」伊麗莎白竭力裝出滿不在乎的神情說。「我想把你的性格弄得清楚一些。」

「那你搞清楚了沒有呢？」

伊麗莎白搖搖頭：「根本搞不清楚。我聽見人們對你說法不一，搞得我無所適從。」

「這我完全相信，」達西正色答道，「人們對我的說法可能大相徑庭。貝內特小姐，我希望你暫時不要刻畫我的性格，因爲我有理由擔心，那樣做對你對我都沒有好處。」

「但我現在不好好了解你，以後就沒有機會了。」

「我決不會阻撓你的興頭。」達西冷漠地答道。

伊麗莎白沒有再作聲。他們倆又跳了一支舞，隨即便默然分手了。兩人都怏怏不樂，不過程度不同，因為達西心裡對她頗有幾分好感，因此很快原諒了她，並把一肚子氣轉到另一個人身上了。

他們倆剛分手不久，賓利小姐便朝伊麗莎白走來，帶著又輕蔑又客氣的神情，對她說：「哦！伊蕾莎小姐，我聽說你很喜歡喬治·威克姆！你姊姊剛才還跟我談到他，問了我一大堆問題。我發覺那個年輕人儘管跟你說三道四，卻偏偏忘了告訴你：他是老達西先生的管家老威克姆的兒子。讓我以朋友的身分奉勸你，不要輕信他的話。說什麼達西先生虧待了他，完全是無稽之談。儘管喬治·威克姆以極其卑鄙的手段對待達西先生，達西先生卻總是對他十分仁慈。我不了解詳情細節，不過有幾個情況我很清楚：這事一點也不能怪達西先生；達西先生一聽見別人提起喬治·威克姆，心裡就受不了；我哥哥這次請軍官們來參加舞會，覺得不好不請他，現在見他自己躲開了，不禁高興極了。他跑到我們這地方眞是太厚顏無恥了，我不懂他怎麼膽敢這麼做。伊麗莎白小姐，我對不起你，揭穿了你心上人的過錯。不過說眞的，就憑著他那個出身，你也不能指望他會幹出什麼好事來。」

「照你這麼說，他的過錯和他的出身，似乎成了一回事啦，」伊麗莎白氣憤地說道。「我聽你說來說去，你無非責怪他是老達西先生管家的兒子。我可以告訴你，這一點他早就跟我說過了。」

「請原諒，」賓利小姐答道，冷笑了一下，扭身就走。「我不該多嘴，不過，我可是一片好意哦！」

「無禮的丫頭！」伊麗莎白自言自語地說。「你以為這種卑鄙的人身攻擊能改變我的看法啊，那你完全看錯人了。你這樣做倒叫我看透了你的頑固無知和達西先生的陰險毒辣。」她接著便去找姊姊，因為姊姊答應過要向賓利問問這件事。珍見到妹妹時滿面春風、喜形於色，充分表明了她這一晚過得多麼愜意。伊麗莎白看出了姊姊的心情。這一來，她知道姊姊幸福在望了，於是她對威克姆的憂慮，對他仇人的忿恨，以及其他種種煩惱，便統統給拋到了九霄雲外了。

「我想知道，」她像姊姊一樣笑逐顏開地說，「你有沒有打聽到威克姆先生的情況。也許你玩得太快活了，根本想不到第三個人。不過即使這樣，我也會原諒你的。」

「沒有的事，」珍答道，「我並沒有忘記他。不過我可沒有什麼好消息告訴你。賓利先生並不了解他的全部底細，對於他主要在哪些地方得罪了達西先生，更是一無所知。不過他可以擔保他的朋友品行端正，爲人誠實坦率，並且深信達西先生對威克姆先生過於寬厚了。說來遺憾，照賓利先生和他妹妹的講法，威克姆先生決不是個正派的青年。恐怕他太魯莽了，活該達西看不起他。」

「莫非賓利先生不認識威克姆先生？」

「是不認識。他是那天上午才在梅里頓第一次見到他。」

「這麼說，他這番話是從達西先生那兒聽來的啦。我滿意極了。不過，賓利先生對牧師職位是怎麼說的？」

「他雖然聽達西先生說過幾次，但詳情細節卻記不太清了。不過他相信，那個牧師職位傳給威克姆先生是有條件的。」

「我毫不懷疑賓利先生爲人誠實，」伊麗莎白激越地說。「可是請你原諒，光憑幾句話不能叫我信服。賓利先生爲朋友作的辯護也許很有力，但他既然不了解事情的某些情節，其餘情節又是聽他那位朋友說的，那我不妨還是堅持我原來對那兩人的看法。」

她隨即換了個話題，這個話題不僅兩人都喜歡，而且也不會引起意見分歧。伊麗莎白欣喜地聽珍談起了賓利先生對她的情意，雖說不敢存有什麼奢望，卻也抱著幾份幸福的希冀，於是做妹妹的竭力拿話鼓勵她，增強她的信心。後來見賓利先生來了，伊麗莎白便跑到盧卡斯小姐那裡。盧卡斯小姐問她跟剛才那位舞伴跳得是否愉快，伊麗莎白還沒來得及回答，只見柯林斯先生來到她們跟前，欣喜若狂地對她說，他眞幸運，剛才有個極其重要的發現。

「眞是意想不到，」他說，「我發現這屋裡有女恩主的一位近親。我湊巧聽見這位先生向主人家小姐提起了他表妹德布爾小姐及其母親凱薩琳夫人。這種事眞是太奇妙了！誰能想到我竟會在這次舞會上遇見凱薩琳·德布爾夫人的外甥呢！謝天謝地，我發現得正是時候，還來得及去問候他，我這就準備去，相信他會原諒我沒有及早這麼做。我根本不知道有這門親戚，因此道歉也就情有可原了。」

「你眞準備去向達西先生作自我介紹啊？」

「我當然要去。我要請他原諒我沒有及早問候他。我相信他是凱薩琳夫人的外甥。我有權利告訴他，她老人家六天前身體還很好。」

伊麗莎白竭力勸他打消這個念頭，告訴他說，他不經人介紹就去跟達西先生搭腔，達西先生定會認爲他唐突冒昧，而不會認爲他在奉承他姨媽。伊麗莎白還說，他們雙方絲毫沒有必要多禮，即便有必要，也應該由地位較高的達西先生來找他。

柯林斯先生聽她這麼說，顯出一副矢志不移的神情，非照自己的意思去做不可，因而等伊麗莎白一說完，他便回答道：「親愛的伊麗莎白小姐，你在自己知識範圍內對一切問題都有卓越的見解，這使我不勝欽仰，不過，請允許我直言一句，俗人的禮儀與教士的禮儀大不相同。請允許我再說一句，我認爲就尊嚴而論，教士的職位可以比得上王國的君主——只要你能同時做到謙恭得體。因此，這一次你應該允許我接受良心的支配，去做我認爲義不容辭的事情。請原諒我沒有領受你的指教，在其他任何問題上，我都會把你的指教當作座右銘，不過在眼前這件事情上，我覺得自己受過教育，平素又喜歡鑽研，應該比你這樣一位年輕小姐更適合決定怎麼做恰當。」

說罷，他深深鞠個躬，便離開了伊麗莎白，跑去巴結達西先生。伊麗莎白急切地望著達西先生如何對待他的冒失行爲。顯而易見，達西先生受到這般禮遇感到非常驚訝。只見柯林斯先生先是必恭必敬地鞠了躬，然後再開口說話。伊麗莎白雖然一句也聽不見他說些什麼，卻彷彿又聽到了他所有的話。從他嘴唇的翕動看得出來，他無非說了些「道歉」、「亨斯福德」、「凱薩琳．德布爾夫人」之類的話。眼看著表兄在這樣一個人面前出醜，她心裡好不惱火。達西先生帶著絲毫不掩飾的驚奇目光望著他，等到柯林斯先生最後嘮叨夠了，他才帶著冷漠而不失客氣的神情，敷衍了他幾句。但是，柯林斯先生並沒有氣餒，他還照舊開口。當他第二次嘮嘮叨叨的時候，達西先生的鄙夷之情似乎也隨之劇增，等他一說完，對方只是微微躬了下身子，便扭頭走開了。柯林斯先生這才回到伊麗莎白跟前。

「我告訴你吧，」他說，「我受到那樣的接待，實在沒有理由感到不滿意。達西先生見我去拜見他，好像感到十分高興。他極端客氣地回答了我的問候，甚至還恭維我說，他十分佩服凱薩琳夫人的眼力，相信她決不會錯愛什麼人。他這樣想眞夠寬宏大度的。總的說來，我很喜歡他。」

伊麗莎白再也找不到自己感興趣的事情了，便把注意力幾乎全都轉移到姊姊和賓利先生身上。她把一幕幕情景看在眼裡，心裡冒出一連串愜意的念頭，變得幾乎像珍一樣快活。她頭腦裡想像著姊姊住進了這幢房子，小倆口恩愛彌篤、花好月圓。她覺得假若果眞到了這一步，她甚至可以盡量去喜歡賓利的兩個姊妹。她看得分明，母親心裡也轉著同樣的念頭，於是便打定主意不要貿然接近她，免得又要聽她嘮叨個沒完。

後來，大家坐下來吃飯的時候，她們兩人卻偏偏離著不遠，她覺得倒楣透了。更使她氣惱的是，母親總是在跟那個人（盧卡斯太太）肆無忌憚地信口亂講，而且講的恰恰是她期望珍馬上就會嫁給賓利先生這件事。這是個激動人心的話題，貝內特太太彷彿不會疲倦似的，一個勁地數說著這起姻緣有些什麼好處。賓利先生是那樣招人喜歡的一個青年，那樣有錢，住處離她家只有三英里路，這是令人滿意的頭幾點。其次，賓利家的兩姊妹非常喜歡珍，她們一定會像她一樣希望能結成這門親事，這一點也很令人欣慰。

另外，這件事給她後幾個女兒也帶來了希望，因為珍攀得這門闊親之後，就會給幾個妹妹帶來機緣，使她們遇上別的闊人。最後，到了她這個年紀，能把幾個沒出嫁的女兒託付給她們的姊姊，她自己也不用過多地陪著去應酬，這也是一件值得高興的事。我們有必要把這個情況視為一件值得高興的事，因為碰到這種時候，這是普遍的規矩。但是，貝內特太太在生平任何時候，你要讓她待在家裡，她會比任何人都覺得不好受。

貝內特太太最後一再祝願盧卡斯太太不久也會同樣走運，儘管明眼人一看就知道，她洋洋得意地料定那是根本不可能的。

伊麗莎白試圖打斷母親那滔滔不絕的話語，勸說她傾訴欣喜心情時得放小聲一些，因為使她氣惱不堪的是，達西先生就坐在她們對面，她覺得出來，大部分話都讓他聽到了。無奈她是枉費心機，母親反倒罵她傻里傻氣。

「請問：達西先生與我有什麼關係，我非要怕他？我看我們犯不著對他特別講究禮貌，好像他不愛聽的話就講不得。」

「看在老天的份上，媽媽，說話小聲點。你得罪了達西先生有什麼好處？你這樣做，他的朋友也不會看得起你。」

不過，任憑她怎麼說也不管用，母親偏要大聲發表議論。伊麗莎白又羞又惱，臉蛋紅了又紅。她禁不住向達西先生望來望去，每望一眼便越發證實了自己的疑慮，因爲雖說達西先生並不總是盯著母親，但她相信，他無時無刻不在留心聽她說話。他臉上先是顯出氣憤和鄙夷的神情，慢慢又變得冷靜持重、一本正經。

最後，貝內特太太終於把話說完了。本來，盧卡斯太太聽她翻來覆去地說得那麼洋洋得意，自己也沒個份，早已打起了呵欠，現在總算可安心享受一點冷肉冷雞了。伊麗莎白這時也來了興頭。可惜，可以清靜清靜的好景不長，因爲一吃完晚飯，大家就談起要唱歌，而且最使她覺得難堪的是，大家稍微一請求，瑪麗就欣然答應了。伊麗莎白頻頻向她使眼色，默默地懇求她，試圖阻止她不要這樣賣好，可是無濟於事。瑪麗根本不理會她。她就喜歡這種出風頭的機會，於是便張口唱起來了。伊麗莎白心裡痛苦不堪，眼睜睜地盯著妹妹，焦灼不安地聽她唱了幾段，好不容易等她唱完了，心裡卻仍然不能安寧。原來，瑪麗在接受同桌人表示謝意的同時，還聽見有人委婉地希望她能再賞一次臉，於是歇了半分鐘之後，她又唱起了另一支歌。按說，瑪麗是絕對沒有本事進行這種表演的：她嗓門小，表情做作。伊麗莎白憂心如焚。她望望珍，想看看她反應如何，只見她正泰然自若地跟賓利先生談天；她又瞧瞧賓利先生的兩個姊妹，只見她們在互相擠眉弄眼；她再啾啾達西先生，只見他依然鐵板著面孔。她只好看看父親，求他出面阻攔一下，免得瑪麗唱個通宵。

父親會意，等瑪麗唱完第二支歌，他便大聲說道：「你唱得足夠了，孩子，你讓我們開心得夠久的了，留點時間給其他小姐們表演表演吧。」

瑪麗儘管裝著沒聽見，心裡卻有些張皇。伊麗莎白爲她感到難過，也爲父親那番話感到難過，她擔心自己的一番苦心沒有招來什麼好結果。這時，大家又請別人來唱歌了。

「假如我有幸會唱歌的話，」柯林斯先生說，「我一定不勝榮幸地給大家唱一支。我認爲音樂是一種無害的娛樂，和牧師職業毫不抵觸。不過我並非說，我們可以把過多的時間耗費在音樂上，因爲確實還有其他事情要做。一個教區的主管牧師就有許多事情要做。首先，他必須制定一項什一稅條例❶，既有利於他自己，又不至於觸犯他的恩主。他必須自己撰寫佈道辭。這一來，剩下的時間就不多了，而他又要利用這點時間來處理教區裡的事務，照管和修繕自己的住宅，因爲他沒有理由不把自己的住宅收拾得舒舒服服的。還有一點我認爲也很重要，他應該殷勤和善地對待每一個人，特別是那些提拔他的人。我認爲這是他應盡的責任。即使遇到恩主家的親友，也應該不失時機地表示敬意，否則便太不像話。」說罷向達西先生鞠了一躬，算是結束了他這一席話。

他這話說得十分響亮，半屋子的人都聽見了。許多人看呆了——許多人笑了，但是誰也不像貝內特先生那樣聽得有趣，他太太卻一本正經地誇獎柯林斯先生說得句句在理，還小聲對盧卡斯太太說，他是個非常聰明、非常可愛的青年。

在伊麗莎白看來，她家裡人即便事先約定今晚要盡情出出醜，充其量也不過表現得如此起勁，取得這般成功。她覺得姊姊和賓利眞算幸運，有些出醜的場面賓利並沒有看見，有些洋相雖說肯定讓他看見了，但他性情寬厚，不會覺得很難受。然而，他兩個姊妹和達西先生竟有機會譏笑她的親屬，這已夠難堪的了。這三個人，男的在默默地蔑視，女的在輕慢地冷笑，究竟哪一個讓人更難以忍受，她也說不準。

晚上餘下的時間，也沒給她帶來什麼樂趣。柯林斯先生還是硬纏著她不放，跟她打趣。他雖然無法說動她再跟他跳舞，可也鬧得她不能跟別人跳。伊麗莎白央求他跟別人去跳，並且願意爲他介紹屋裡任何一位小姐，但他就是不肯。他告訴她說，他對跳舞絲毫不感興趣，他的主要用意就是悉心侍奉她，好博得她的歡心，因此整個晚上，都要與她形影不離。他打定這樣的主意，跟他怎麼爭辯也沒有用。伊麗莎白最感欣慰的是，她的朋友盧卡斯小姐常常來到他們跟前，和善可親地同柯林斯先生攀談。

至少達西先生不會來惹她生氣了。他雖然常常站在離她很近的地方，也不跟人交談，卻始終沒走過來跟她搭話。她覺得這可能是因爲她說起了威克姆先生的緣故，心裡不禁大爲慶幸。

所有賓客中，朗伯恩一家人是最後告辭的。貝內特太太耍了個花招，等大家都走完了，他們還又等了一刻鐘馬車，這就給了他們一個機會，看看主人家有些人多麼渴望他們快走。赫斯特夫人姊妹倆簡直不說話，只管叫睏，顯然是在下逐客令。貝內特太太幾次想跟她們搭腔，都碰了釘子，弄得大家一個個無精打采。柯林斯先生儘管一再發表長篇大論，恭維賓利先生及其姊妹，說舞會開得非常高雅，他們對待客人十分殷勤有禮，可惜他這些話也沒給大家帶來一點生氣。達西一聲不響。貝內特先生同樣沉默不語，站在那裡看熱鬧。賓利和珍站在一起，與衆人有點距離，只顧相互交談。伊麗莎白像赫斯特夫人和賓利小姐一樣，始終保持沉默。就連莉迪亞也覺得太睏乏了，沒有說話，只是偶爾叫一聲：「天哪，累死我啦！」接著便打了個大呵欠。

最後，他們終於起身告辭了，貝內特太太萬分客氣而懇切地說，希望不久在朗伯恩見到賓利一家，又特別對賓利先生說，不管哪一天，他要是能不經正式邀請而去她們家吃頓便飯，她們將不勝榮幸。賓利先生聽了極爲感激，又極爲高興，說他明天有事要去倫敦幾天，等他回來以後，一有機會就去拜望她。

貝內特太太滿意極了，離開客人家時，心裡打著如意算盤：只要準備好一定的嫁妝、新馬車和結婚禮服，不出三、四個月光景，她女兒肯定會在內瑟菲爾德找到歸宿。她還有一個女兒要嫁給柯林斯先生，對此她同樣置信不疑，也覺得相當高興，儘管不是同樣高興。在所有女兒中，她最不喜歡伊麗莎白。雖說對她來說，能找到這樣一個男人，攀上這樣一門親事，已經非常不錯了，但比起賓利先生和內瑟菲爾德來，可就黯然失色了。

註

❶ 什一稅：係指向教會繳納的農畜產品稅，其稅率約為年產值的十分之一，故名什一稅。

第十九章

第二天，朗伯恩發生了一樁新鮮事，柯林斯先生正式提出求婚了。他的假期到星期六就要結束，再說當時他絲毫也不覺得有什麼難為情的，因此便決定不再耽擱時間，有條不紊地開始行動了，而且一切都要循規蹈矩，他認爲這是求婚的慣例。剛一吃過早飯，他見貝內特太太、伊麗莎白和一個小妹妹待在一起，便對做母親的這樣說：

「太太，今天早上我要請令嬡伊麗莎白賞個臉，跟我單獨談一次話，您同意嗎？」

伊麗莎白一聽，驚訝得脹紅了臉，但是沒等她做出其他任何反應，貝內特太太連忙回答道：「哦，天哪！——同意——當然同意，莉琪一定也很樂意——她肯定不會有意見。來，吉蒂，跟我上樓去。」說罷收拾好活計，急匆匆地往外走。

不料，伊麗莎白大聲叫起來了：「好媽媽，別走，我求求你別走。柯林斯先生一定會原諒我的。他要跟我說的話，別人都可以聽，我也要走了。」

「別，別，別胡說，莉琪，我要你乖乖地待在這裏。」眼見伊麗莎白又惱又窘，好像眞要走開，便又添了一句：「莉琪，我非要你待在這裏聽柯林斯先生說話不可。」

伊麗莎白不便違抗母命，她考慮了一下，覺得能盡快悄悄把事情了結了也好，於是便重新坐下來，試圖藉助不停地做針線，來掩飾她那啼笑皆非的心情。貝內特太太和吉蒂走開了，等她們一出門，柯林斯先生便開口了。「請相信我，親愛的伊麗莎白小姐，你害羞怕臊，非但對你沒有絲毫損害，反而使你更加盡善盡美。假如你不稍許推諉一下，我反倒不會覺得你這麼可愛了。不過，請允許我告訴你一聲，我這次找你談話，是得到令堂大人許可的。儘管你天性羞怯、假痴假呆，你一定會明白我說話的意圖。我百般殷勤表現得夠明顯的了，你不會看不出來。我差不多一來到府上，就選中了你做我的終身伴侶。不過說起這個問題，也許我最好趁現在還控制得住感情的時候，先講講我爲什麼要結婚——以及爲什麼要來赫特福德選擇配偶，因爲我確實是這麼做的。」

柯林斯先生這麼一本正經、安然若素的樣子，居然還會控制不住感情，眞叫伊麗莎白忍俊不禁，因此，對方雖然頓了頓，她卻沒能去阻止他。於是，他又接著說道：

「我所以要結婚，有這樣幾條理由：第一、我認爲每個生活寬裕的牧師（像我本人），理當給教區在婚姻方面樹立一個榜樣；第二、我相信結婚會大大增進我的幸福；第三——這一點或許應該早一點提出來，我有幸奉爲恩主的那位貴婦人特別勸囑我要結婚。承蒙她老人家開恩，先後兩次向我提出這方面的意見（而且還不是我請教她的），就在我離開亨斯福德的前一個星期六晚上，趁著玩『四十張』的間隙，詹金斯太太正在爲德布爾小姐安放腳凳，她老人家對我說：『柯林斯先生，你該結婚了，像你這樣的牧師應該結婚，選個合適的對象。爲了我，選個有教養的女人；爲了你自己，選個能幹管用的人，不求出身高貴，但是要會細水長流過日子。這就是我的意見。趕快找個這樣的女人，把她帶到亨斯福德，讓我見見她。』親愛的表妹，讓我順便說一聲，凱薩琳·德布爾夫人的關懷體貼，應該說是我的一大優越條件吧。你會發現她爲人和藹至極，眞讓我無法形容。我想，你的聰明活潑一定會討她喜歡的，不過你在那種身分高貴的人面前，勢必還會變得文靜恭敬一些，這樣她會越發喜歡你。以上就是我要結婚的主要原因。現在還要說明我爲什麼瞄準了朗伯恩，而沒有看中自己家鄉那一帶，儘管我家鄉那裏有的是年輕可愛的姑娘。事情是這樣的：令尊大人過世以後

（不過他還能活很多年），他的財產將由我來繼承，我心裏實在過意不去，覺得只有娶他的一個女兒作妻室，等將來那不幸的事情發生的時候，你們的損失可以減少到最低程度。當然，我剛才已經說過，這不幸也許要很多年以後才會發生。親愛的表妹，這就是我的動機，我看你總不至於因此而瞧不起我吧。現在我沒有其他話要說了，只想用最激動的言語，向你傾訴一下我最熾烈的感情。說到財產問題，我完全無所謂，不會向令尊提出這方面的要求，因爲我很清楚，提了他也滿足不了。你名下應得的財產，只不過是一筆年息四厘的一千鎊存款，還得等令堂去世以後才能歸你所有。因此，在這個問題上，我將絕口不提。而且請你放心，我們結婚以後，我決不會小裏小氣地發一句怨言。」

現在非得打斷他不可了。

「你太性急了吧，先生，」伊麗莎白叫了起來。「你忘了我根本沒回答你呢。別再浪費時間啦，讓我這就回答你。謝謝你對我的恭維，你的求婚使我感到榮幸！可惜，我除了拒絕之外，別無辦法。」

「我早就知道，」柯林斯先生刻板地揮揮手，回答道，「年輕小姐遇到人家第一次求婚，即使心裏想答應，嘴裏總是要拒絕，有時候還要拒絕兩次，甚至三次。因此，你剛才說的話決不會叫我灰心，我希望不久就能與你成親。」

「說實在話，先生，」伊麗莎白嚷道，「我已經表了態，你還抱著希望，眞是太奇怪了。老實跟你說，如果天下眞有些年輕小姐那麼膽大，居然拿著自己的幸福去冒險，等著人家提出第二次請求，那我也不是這種人。我是鄭重其事地拒絕你。你不可能使我幸福，而且我相信，我也絕對不可能使你幸福。再說，假使你的朋友凱薩琳夫人認識我的話，我相信她會發覺，我無論哪方面都不配做你的太太。」

「即使凱薩琳夫人眞會這麼想，」柯林斯先生一本正經地說——「不過我想她老人家決不會不贊成你。你儘管放心，我下次有幸見到她的時候，一定好好誇讚一下你的賢淑、節儉以及其他種種可愛的優點。」

「說眞的，柯林斯先生，對我的任何誇讚都是沒有必要的，你應該允許我自己來判斷，並且賞個臉，相信我說的話。我希望你生活美滿、財運亨通，我拒絕你的求婚，就是竭立成全你。而你呢，既然向我提出了求婚，對我家裏也就不用感到過意不去了，將來朗伯恩莊園一旦落到你手裏，你也就可以受之無愧了。因此，這件事就算徹底解決了。」她一面說，一面立起身來，若不是柯林斯先生向她說出下面的話，她早就走出屋子了。

「等我下次有幸跟你再談起這個問題時，希望你給我的回答能比這次的令人滿意些。我這次並不責怪你冷酷無情，因爲我知道，你們女人照慣例總是拒絕男人的第一次求婚，你剛才說的話，也很符合女性的微妙性格，足以鼓勵我繼續追求下去。」

「你聽著，柯林斯先生，」伊麗莎白有些氣惱，便大聲叫道，「你太讓我莫名其妙了。我把話明明白白說到這個地步了，你還覺得是在鼓勵你，那我眞不知道怎麼拒絕你，才能讓你死了這條心。」

「親愛的表妹，請允許我說句自信的話：你拒絕我的求婚，不過照例說說罷了。我所以會這麼想，主要有這樣幾條理由：我覺得，我的求婚總不至於不值得你接受，我的家產總不至於讓你無動於衷。我的社會地位，我與德布爾府上以及與貴府的關係，都是我極爲優越的條件。你還得進一步考慮一下：儘管你有許多吸引人的地方，不見得會有人再向你求婚。你不幸財產太少，這就很可能把你活潑可愛的優點全抵銷掉。因此，我不得不斷定：你並不是眞心拒絕我，我看你是在仿效優雅女性的慣技，欲擒故縱，想要更加博得我的喜愛。」

「我向你保證，先生，我決沒有假充優雅，故意作弄一位堂堂的紳士。我倒希望你給我點面子，相信我說的是眞心話。蒙你不棄，向我求婚，眞叫我感激不盡，但是要我接受，那是絕對辦不到的，我感情上絕對不許可。難道我說的還不明白嗎？請你別把我當作一個優雅的女性，存心想要作弄你；而是把我看作一個明白事理的人，說的全是眞心話。」

「你始終都那麼可愛！」柯林斯先生帶著尷尬討好的神態叫道。「我相信，只要令尊令堂作主應承了我，我的求婚就決不會遭到拒絕。」

柯林斯死皮賴臉地硬要自欺欺人，伊麗莎白也就懶得再去理他，趕忙悄悄地走開了。她打定了主意：假若他定要把她的一再拒絕視爲討好與鼓勵，那她就只得去求助於父親，讓父親回絕他，一定會說得斬釘截鐵；至少，由父親出面，總不至於被當作優雅女性的裝腔作勢和賣弄風情吧。

第二十章

柯林斯先生獨自一個人默默憧憬著那美滿的姻緣，可是並沒憧憬多久。原來，貝內特太太一直待在走廊裏蕩來蕩去，就等著聽他們倆商談的結果。後來一見伊麗莎白開開門，急匆匆地朝樓梯口走去，便馬上走進早餐廳，熱烈祝賀柯林斯先生，祝賀她自己，恭喜他們就要親上加親了。柯林斯先生同樣快活地接受了她的祝賀，同時也祝賀了她一番，接著原原本本地介紹了他和伊麗莎白的談話，說他有充分的理由相信，談話結果非常令人滿意，因爲表妹雖然一再拒絕，但那只是她害臊怕羞和性情嬌柔的自然流露。

這消息讓貝內特太太嚇了一跳。假如女兒果眞是嘴裏拒絕他的求婚，心理卻在鼓勵他，那她倒會同樣感到高興，但她不敢這麼想，而且不得不照直說了出來。

「柯林斯先生，你放心好啦，」她接著說道，「莉琪會醒悟的，我要馬上親自跟她談談。她是個非常任性的傻姑娘，不懂得好歹，不過我會教她懂得的。」

「請原諒我插一句嘴，太太，」柯林斯先生嚷道。「如果她眞是又任性又傻，那我就不知道她是否會成爲我稱心如意的妻子了，因爲像我這種地位的人，結婚自然是爲了尋求幸福。如果她當眞拒絕我的求婚，也許還是不勉強她爲好，否則，她有這樣的性情缺點，也不會給我帶來什麼幸福的。」

「先生，你完全誤會了我的意思，」貝內特太太驚恐地說道。「莉琪只是在這類事情上任性一些，在別的方面，她的性子可再好不過了。我這就去找貝內特先生，我們很快就會跟她談妥這件事，肯定沒問題。」

她不等對方回答，便急匆匆地跑去找丈夫，一衝進書房，便大叫起來：「哦！貝內特先生，你快出來一下，我們家裏都鬧翻天啦。你得來勸勸莉琪嫁給柯林斯先生，因爲她發誓決不嫁給他，你要是不抓緊，柯林斯先生就要改變主意，反過來不要莉琪。」

貝內特先生見太太走進來，便從書本上抬起眼睛，沉靜而漠然地盯著她的臉孔，聽著她那話，絲毫不動聲色。

「很抱歉，我沒聽懂你的意思，」太太說完之後，他便說道。「你說什麼來著？」

「有關柯林斯先生和莉琪的事。莉琪揚言決不嫁給柯林斯先生，柯林斯先生也開始說不要莉琪了。」

「這種事我有什麼辦法？這事看來是沒有指望啦！」

「你去跟莉琪說說吧。告訴她，你非要她嫁給他不可。」

「那就把她叫來，我要讓她聽聽我的意見。」

貝內特太太拉了鈴，伊麗莎白小姐給叫到書房裏來了。

「過來，孩子，」做父親的一見到她，便大聲說道。「我叫你來談一件要緊的事。聽說柯林斯先生向你求婚了，眞有這回事嗎？」伊麗莎白回答說，眞有這回事。「很好！這門親事讓你給回絕了？」

「我是回絕了，爸爸。」

「很好，我們這就談到實質問題：你媽媽非要讓你答應不可。是吧，貝內特太太？」

「是的，否則我永遠也不要再見到她了。」

「伊麗莎白，你面臨著一個不幸的抉擇。從今天起，你要和你父母中的一個人成爲陌路人。你要是不嫁給柯林斯先生，你母親就永遠不再見你了；你若是嫁給柯林斯先生，我就永遠不再見你了。」

事情如此開場，又出現了這麼個結局，伊麗莎白情不自禁地笑了。不過，貝內特太太原以爲丈夫會照她的意願來對待這件事，現在卻大失所望。

「你這樣說話是什麼意思，貝內特先生？你事先答應過我，非叫莉琪嫁給他不可。」

「親愛的，」丈夫回答道，「我有兩個小小的要求。第一、請你允許我獨立自主地判斷這件事；第二、請你允許我自由自在地待在書房裏，我希望你盡快離開書房。」

貝內特太太儘管在丈夫那裏碰了壁，但是並沒善罷甘休。她一次又一次地跟伊麗莎白嘮叨，忽而哄騙、忽而威脅。她想盡辦法拉著珍幫腔，可惜珍不想多嘴，極其委婉地推辭了。面對母親的胡攪蠻纏，伊麗莎白應答自如，時而情懇意切、時而嬉皮笑臉。雖然方法變來換去，決心始終如一。

這時候，柯林斯先生把剛才的情景沉思默想了一番。他把自己看得太高了，實在弄不明白表妹爲什麼要拒絕他。他雖說自尊心受到了傷害，但是除此之外，並不感到難過。他對伊麗莎白的喜愛，完全是憑空想像，她可能眞像她母親說的那樣又任性又傻，因此他絲毫不感到遺憾了。

正當這家子鬧得亂烘烘的時候，夏綠蒂·盧卡斯又跑來串門。莉迪亞在門口遇見了她，立刻奔上前去，對著她低聲嚷道：「你來了太好啦，這裏鬧得正有趣呢！你知道今天上午出了什麼事嗎？柯林斯先生向莉琪求婚，莉琪不答應。」

夏綠蒂還沒來得及回答，吉蒂也趕來了，報告了同一消息。幾個人一起走進早餐廳，只見貝內特太太獨自待在那裏，她又馬上扯起了這個話題，要求盧卡斯小姐可憐她，勸勸她的朋友莉琪順從全家人的意願。「求求你啦，親愛的盧卡斯小姐，」她用憂戚的語調接著說道。「誰也不站在我這邊，誰也不偏護我，一個個對我那麼狠心，誰也不體諒我的神經。」

恰在這時，珍和伊麗莎白走進來了，夏綠蒂也就省得回答了。

「唉，她來啦，」貝內特太太繼續說道。「瞧她那副滿不在乎的樣子，要是完全由著她，她會當作沒有我們似的。不過你聽著，莉琪，你要是愣頭愣腦地一碰到人家求婚就這麼拒絕，那你一輩子也休想找到一個丈夫。等你爸爸去世以後，我眞不知道有誰來養你，我可養活不了你——這我可要事先警告你一聲。從今天起，我跟你一刀兩斷。你也知道，我在書房裏跟你說過，我再也不搭理你了，你瞧我說到做到。我不願跟不孝順的孩子說話。老實說，我跟誰都不大願意說話。像我這種神經衰弱的人，就是不大愛說話，誰也不知道我有多麼痛苦！不過，事情總是如此，你不訴訴苦，就沒有人可憐你。」

幾個女兒一聲不響地聽著她訴苦，她們都明白，若是你想跟她評評理，或是安慰安慰她，那只會給她火上加油。因此，她嘮嘮叨叨說個不停，哪個女兒也不去打斷她。後來柯林斯先生進來了，神情顯得比往常更加莊嚴，貝內特太太一看到他，便對女兒們說道：

「你們現在都給我住嘴，讓我和柯林斯先生說幾句話。」

伊麗莎白悶聲不響地走出屋去，珍和吉蒂也跟著出去了，只有莉迪亞站著不動，定要聽聽他們說些什麼。夏綠蒂也沒走，她先是讓柯林斯先生絆住了，他客氣而仔細地問候了她和她全家人，後來她又有點好奇，便走到窗口，假裝沒在聽。這時，貝內特太太扯起哀戚的嗓門，如此開始了這場計劃中的談話：「哦！柯林斯先生！」

「親愛的太太，」柯林斯先生回答道，「這件事咱們永遠別提了，我決不會……」他立刻又接著說道，聲調中流露出憤憤不滿的意味，「怨恨令嬡的這種行爲，碰到無法幸免的壞事，我們大家都應該逆來順受。像我這樣鴻運高照的青年，年紀輕輕就撈了個肥缺，也就特別如此。我相信我一切都聽天由命，即使我那位漂亮的表妹賞臉接受我的求婚，我或許還要懷疑我是否一定會得到幸福，因爲我時常發現，幸福一經拒絕，在我們眼裏也就不再顯得那麼珍貴，這時，最好的辦法便是聽天由命。親愛的太太，我沒有敬請您老人家和貝內特先生出面代我調解一下，就收回了向令嫒的求婚，希望你不要以爲這是對貴府的不敬。我接受的不是你的拒絕，而是令嫒的拒絕，這恐怕是有點不大好。不過，我們人人都難免會出差錯。在這件事情中，我自始至終都是一片好心好意。我的目標就是找一個可愛的伴侶，同時適當照顧貴府的利益，假如我的做法應當受到什麼責備的話，讓我在此表示歉意。」

第二十一章

柯林斯先生求婚的事大家議論得差不多了，伊麗莎白只是感到一種委實難免的不自在，偶爾還要聽母親埋怨幾句。說到那位先生本人，他可不顯得尷尬或沮喪，也不設法迴避伊麗莎白，只是老板著個臉，氣鼓鼓地悶聲不響。他簡直不跟她說話，他先前自許的百般殷勤，到後半天便轉移到盧卡斯小姐身上了。盧卡斯小姐彬彬有禮地聽他說話，這叫大家及時地鬆了口氣，特別是讓她的朋友大爲欣慰。

第二天，貝內特太太心情仍然不好，神經也沒恢復。柯林斯先生還是那副又氣又憤又高傲的樣子。伊麗莎白原以爲他心裏一氣，或許會縮短作客日期，誰想他的計劃似乎絲毫沒受影響，他原定星期六才走，現在仍想待到星期六。

吃過早飯，小姐們跑到梅里頓，打聽一下威克姆先生回來了沒有，同時對他未能參加內瑟菲爾德的舞會表示惋惜。她們一走到鎮上，就遇見了威克姆先生，於是他陪著小姐們來到姨媽家裏。他說起了自己的遺憾和煩惱，小姐們說起了各自對他的關切，大家談得好不暢快。不過，他倒向伊麗莎白主動承認，他的確是有意沒去參加那次舞會。

「舞會臨近的時候，」他說，「我發覺我還是不遇見達西先生爲好。跟他在同一間屋子、同一個舞會上待上好幾個鐘頭，那會叫我受不了，而且可能還會吵鬧起來，弄得大家都不開心。」

伊麗莎白非常讚許他的大度包容。後來，威克姆和另一位軍官送她們回朗伯恩，一路上威克姆總是伴隨著她。因此兩人可以從從容容地談論這個問題，而且還客客氣氣地彼此恭維了一番。威克姆送她們回家，倒有兩個好處，一來讓伊麗莎白覺得這是對她的恭維，二來威克姆可以利用這良機去認識一下她的雙親。

剛回到家裏，貝內特小姐就收到一封信，信是從內瑟菲爾德送來的，她立刻拆開了。信裏裝著一張小巧精緻、燙壓得很平展的信箋，字跡出自一位小姐娟秀流利的手筆。伊麗莎白看見姊姊讀著讀著臉色變了，還看見她仔細揣摩著某幾段。不一會，珍又鎮靜下來，把信放在一旁，像平常一樣高高興興地跟大夥一起聊天。不過伊麗莎白總爲這件事擔憂，因此對威克姆也分心了。威克姆和同伴一走，珍便向伊麗莎白使了個眼色，叫她跟她上樓去。

一回到自己房裏，珍便掏出信來，說道：「這是卡洛琳・賓利寫來的，信上的話讓我大吃一驚。她們全家現在已經離開內瑟菲爾德，奔城裏去了，而且不打算再回來了。你聽聽她怎麼說的吧。」

她隨即念了第一句，這句話裏說，她們剛剛打定主意，立刻隨她們兄弟上城裏去，打算當天趕到格羅斯維諾街❶吃飯，赫斯特先生就住在那條街上。接下去是這樣寫的：「最親愛的朋友，離開赫特福德郡，除了見不到你以外，我別無其它遺憾。不過，我們期望有朝一日還可以像過去那樣愉快地交往，並且希望目前能經常通信，無話不說，以解離愁。不勝企盼。」伊麗莎白帶著疑惑木訥的神情，聽著這些浮華的詞藻。雖說她們的突然搬遷使她感到驚奇，但她並不覺得有什麼好惋惜的。那姊妹倆離開了內瑟菲爾德，未必會妨礙賓利先生繼續住在那裏。她相信，珍只要能跟賓利先生經常見面，就是與他姊妹中斷了來往，她也很快就會覺得無所謂的。

「眞遺憾，」停了一會，伊麗莎白說道，「你的朋友們臨走之前，你沒能去看她們一次。不過，既然賓利小姐期待著有朝一日還有重聚的歡樂，難道我們不能期望這一天比她意料中來得更早一些嗎？將來做了姑嫂，豈不比今天做朋友來得更快樂嗎？賓利先生是不會被她們久留在倫敦的。」

「卡洛琳說得很明確，今年冬天，他們家誰也不會回到赫特福德郡。我念給你聽聽。」

我哥哥昨天和我們告別的時候，還以爲他這次去倫敦，只要三、四天便能把事情辦妥。但我們認爲這不可能，同時我們相信，查爾斯一進了城，決不會急於離開，因此我們決定跟隨而去，免得他空閑時孤苦伶仃地在旅館裏受罪。我的許多朋友都上那裏過冬去了。最親愛的朋友，我眞希望能聽到你也打算進城去的消息——不過，我對此不抱指望。我眞摯地希望你在赫特福德能享受到聖誕節慣有的種種快樂，希望你有許多男友，省得我們一走，你會因爲失去三位朋友而感到失意。

「這說明，」珍補充道，「賓利先生今年冬天不會回來啦！」

「這只說明賓利小姐不想讓他回來。」

「你怎麼這樣想？這一定是他自己的意思。他可以自己做主。不過你還不了解全部底細呢！我想把那段特別讓我傷心的話念給你聽聽，我對你完全不必隱瞞。」

達西先生急著去看他妹妹。說實話，我們也同樣殷切地希望與她重逢。我認爲，就美貌、風雅和才藝而論，喬治亞娜·達西還眞是無與倫比的。露薏莎和我都很喜愛她，加之我倆大膽地希望她以後會做我們的嫂嫂，這種喜愛就變得越發有趣了。我不知道以前有沒有跟你說起過我在這件事情上的心跡，但我不想不披露一下就離開鄉下，我相信你不會覺得這不合情理吧。我哥哥已經深深地愛上了達西小姐，他現在可以時常去看她，兩人會越發親密。雙方的親屬都同樣盼望這門親事能夠如願。查爾斯這個人，如果我說他最能博得女人的歡心，我想這應不是做妹妹的因爲偏心而瞎吹，既然所有這些情況都在促成這起姻緣，而且事情毫無阻礙，那麼，最親愛的珍，我對這樣一件皆大歡喜的事情滿懷希望，難道有什麼錯嗎？

「你覺得這句話怎麼樣，親愛的莉琪？」珍念完以後說道。「說得還不夠清楚嗎？這不是明確表示卡洛琳既不期待、也不願意我做她嫂嫂嗎？表示她完全相信她哥哥對我沒有意思嗎？她要是懷疑到我對她哥哥有情意，這豈不是有意（眞是太好心啦！）勸我當心些嗎？這些話還能有別的解釋嗎？」

「是的，可以有別的解釋，因爲我的解釋就截然不同，你願意聽聽嗎？」

「非常願意。」

「三言兩語就能說明白，賓利小姐看出她哥哥愛上了你，卻想讓他娶達西小姐。她跟著他到城裏去，就是想把他絆在那裏，而且竭力想來說服你，讓你相信她哥哥並不喜歡你。」

珍搖搖頭。

「說眞的，珍，你應該相信我，凡是看見過你們在一起的人，誰也不會懷疑他對你的鍾情，賓利小姐當然也不會懷疑。她才不會那麼傻呢。假使她發現達西先生對她有這一半的鍾情，她早就訂做結婚禮服了。問題是這樣的：我們不夠有錢，也不夠有勢，攀不上他們，所以她急著要把達西小姐配給她哥哥，心想兩家聯了一次姻之後，就比較容易聯第二次姻。這件事還眞有點獨出心裁，要不是德布爾小姐礙著事，說不定還眞會得逞呢。不過，我最親愛的珍，你可千萬別因爲賓利小姐告訴你她哥哥傾慕達西小姐，就當眞以爲賓利先生自從星期二和你分別以來，對你的傾心會有一絲一毫的淡薄，也別以爲她有本領說服她哥哥，讓他相信他並不愛你，而愛她那位朋友。」

「假如我倆對賓利小姐的看法一致，」珍回答道，「你這些說法倒令我大爲放心。但是我知道，你的根據是不公正的。卡洛琳不會存心欺騙任何人，我對這樁事只能抱一線希望，那就是說，她自己弄錯了。」

「你說得對。既然我的話不能給你帶來安慰，你能有這個念頭是再妙不過了，那你就相信是她弄錯了吧。現在你算是對她盡到責任了，不必再煩惱了。」

「不過，親愛的妹妹，即使往好處想，要是他的姊妹朋友都希望他娶別人，我嫁給他會幸福嗎？」

「那得取決於你自己啦，」伊麗莎白說。「如果你經過深思熟慮，覺得得罪了他姊妹所招來的痛苦，比做他太太所得到的幸福還要大，那我就奉勸你乾脆拒絕他。」

「你怎麼能這麼說話？」珍淡然一笑說。「你要知道，儘管她們的反對會使我萬分傷心，但我還是不會猶豫的。」

「我也認爲你不會猶豫。既然如此，我也就不用爲你的處境擔心了。」

「不過，要是他今年冬天不回來，我也就用不著抉擇了。六個月的時間，會有很大的變化的。」

說她哥哥不會回來，伊麗莎白只能嗤之以鼻。她覺得那不過是卡洛琳的自私願望。這種願望無論說得多麼露骨，或是多麼委婉，對於一個完全不受他人左右的青年來說，她認爲決不會產生絲毫影響。

她向姊姊陳述了自己對這個問題的看法，而且說得頭頭是道，立即收到了良好的效果，爲此她感到非常高興。珍生性不大會灰心喪氣，經妹妹這麼一開導，便也漸漸萌發了希望，儘管有時還是疑慮多於希望，但總認爲賓利先生還會回到內瑟菲爾德，了卻她的心願。

姊妹倆商定，對母親只說賓利家已經離開鄉下，不要提起賓利先生的舉動，省得讓她驚慌失措。但是，貝內特太太光聽到這點消息就夠惶恐不安了，傷心地抱怨說自己運氣太壞，兩位女士剛跟她們處熟就走了。不過傷心了一陣之後，她又欣慰地想到，賓利先生不久就會回來，到朗伯恩來吃飯。

最後她心安理得地說，雖然只請他來吃頓便飯，她也要費心準備兩道大菜。

註

❶ 倫敦街名：有名的住宅區，臨近海德公園。

第二十二章

這一天，貝內特一家被請到盧卡斯府上吃飯，又多虧盧卡斯小姐一片好意，整天陪著柯林斯先生談話。伊麗莎白找了個機會向她道謝。「你這樣做使他很高興，」她說，「我眞說不出對你有多感激。」夏綠蒂對朋友說，她很樂意效勞，雖然花了點時間，卻感到非常快慰。夏綠蒂還眞夠友好的，不過她的好意已經超出了伊麗莎白的意料：她有意逗引柯林斯先生跟自己談話，免得他再去向伊麗莎白獻殷勤。這是盧卡斯小姐的計謀，看來她玩弄得非常地順當。

晚上分手的時候，盧卡斯小姐覺得，若不是因爲柯林斯先生馬上就要離開赫特福德郡，她簡直要穩操勝券了。但她這樣想，未免低估了對方那熾烈而放蕩的性格。就在第二天早晨，柯林斯採取十分狡猾的辦法，溜出了朗伯恩，竄到盧卡斯府上，去向盧卡斯小姐屈身求愛。他提心吊膽地就怕讓表妹看見，心想她們若是發現他的行蹤，就準會猜中他的意圖，而這種事不等到有了成功的把握，他是不願意讓人知道的。

雖說夏綠蒂對他挺有情意，他覺得事情已經十拿九穩，但是自從星期三那次冒險以來，心裏還有些膽怯。不過，他還是受到極其熱情的接待。盧卡斯小姐從樓上窗口望見他朝家裏走來，便連忙跑到那條小路上去接他，裝出偶然相逢的樣子。她萬萬沒有想到，柯林斯先生會在這裏滔滔不絕地向她求起愛來。

柯林斯先生發表完他的長篇大論之後，兩人立即把一切都談妥了，而且雙方都很稱心如意。一走進屋，柯林斯先生便懇求小姐擇定吉日，好使他成為世界上最幸福的人。雖說這種請求應該暫緩考慮，但小姐又不忍心拿他的幸福當兒戲。柯林斯先生天生一副蠢相，求起愛來顯不出絲毫魅力，女人總要叫他碰壁。盧卡斯小姐所以答應他，只是純粹為了能有個歸宿，早一天晚一天她倒並不在乎。

兩人迅即去找威廉爵士夫婦，請求他們應允。老倆口樂滋滋地爽然答應了。他們這個女兒本來就沒有什麼財產，從柯林斯先生目前的境況來看，這門親事對她真是再合適不過了，何況這位先生將來還要發一筆財。盧卡斯太太立即帶著前所未有的興致，盤算起貝內特先生還能活上多少年。威廉爵士斷然說道，柯林斯先生一旦得到朗伯恩的財產，這夫婦倆就大有希望覲見國王了。

總而言之，他們全家人都為這件事感到欣喜若狂，幾個小女兒心裏來了希望，覺得可以早一、兩年出去交際了，男孩子們再也不擔心夏綠蒂會當一輩子老處女了。夏綠蒂本人倒還相當鎮定，她已達到了目的，還有時間考慮一番。想來想去，大致還比較滿意。

誠然，柯林斯先生既不通情達理，又不討人喜愛，同他相處實在令人厭煩，他對她的愛也一定是鏡花水月。不過，她還是要他做丈夫。她並不大看重男人和婚姻生活，但是嫁人卻是她的一貫目標：對於受過良好教育但卻沒有多少財產的青年女子來說，嫁人是唯一的一條體面出路；儘管出嫁不一定會叫人幸福，但總歸是女人最適意的長期飯票，能確保她們不致挨凍受飢。她如今已經獲得了這樣一張長期飯票。她長到二十七歲，從來不曾好看過，有了這張長期飯票，當然使她覺得無比幸運。這件事最不快意的地方，就是伊麗莎白・貝內特一定會大吃一驚，而她一向又最珍惜她與伊麗莎白的友情。伊麗莎白會感到詫異，說不定還要責難她。雖說這樣的責難不至於動搖她的決心，但卻定會使她心裏覺著難受。

她決定親自把這件事告訴伊麗莎白，因此囑咐柯林斯先生回朗伯恩吃飯的時候，別在貝內特家任何人面前透露一點風聲。對方當然唯命是從，答應保守秘密，不過事情做起來卻並不容易。他出去得太久了，自然引起了衆人的好奇，因此他一回去，大夥便一擁而上，直言脆語地問這問那，他還得要點巧舌，才能掩飾過去，再說，他當時也是拼命克制，因爲他眞想把他情場得意的消息趕快宣揚出去。

柯林斯先生明天一大早就要起程，來不及向大家辭行，所以當晚太太小姐們就寢的時候，他便與衆人話別。貝內特太太非常客氣、非常誠懇地說，以後他要是得便，她們將不勝榮幸地歡迎他再來朗伯恩做客。

「親愛的太太，」柯林斯先生回答道，「承蒙邀請，我感到格外榮幸，因爲這正是我所希望領受的盛意。你儘管放心，我將盡快再來拜訪。」

衆人都大吃一驚。貝內特先生決不希望他這麼快就回來，便連忙說道：「賢侄，你不怕凱薩琳夫人不贊成嗎？你不如對親戚疏遠一些，可別冒險得罪了你的恩人。」

「親愛的先生，」柯林斯先生回答道，「非常感謝你這樣好心提醒我，你儘管放心，這麼重大的事情，不得到她老人家的容許，我是不會貿然盲動的。」

「還是多小心點爲好，冒什麼險都可以，就是千萬別讓她老人家不高興。要是你覺得再來我們這裏會惹她老人家不快（我認爲這極有可能），那你就老老實實待在家裏，你放心好啦，我們可不會見怪。」

「請你相信我，親愛的先生，蒙你親切關注，眞叫我感激不盡。請你放心，你很快就會收到我的一封謝函，既感謝你這一點，也感謝我在赫特福德郡受到的種種關照。至於諸位賢表妹，雖然我去不了多久，沒有必要多禮，但還是恕我冒昧，趁此機會祝她們健康幸福，連伊麗莎白表妹也不例外。」

太太小姐們禮貌周到地客套了一番之後，便辭別回房了。大家得知他打算很快就回來，都感到十分驚奇。貝內特太太一廂情願，以爲他想向她哪個小女兒求婚，或許可以勸說瑪麗答應他。瑪麗比哪個姊妹都看重他的才能。她常常發覺，他思想比較穩重，雖說比不上她自己那樣聰明，但是只要有她這樣一個人作榜樣，鼓勵他讀書上進，那他也會成爲一個稱心如意的伴侶。只可惜到了第二天早晨，諸如此類的希望全都化爲泡影。剛一吃過早飯，盧卡斯小姐就來串門，私下向伊麗莎白敘說了前一天的事情。

早在前一、兩天，伊麗莎白一度想過，柯林斯先生可能異想天開地以爲自己愛上了她的這位朋友，但是，正像她自己一樣，夏綠蒂似乎不大可能去慫恿他。因此，現在一聽到這消息，不禁大爲驚訝，也顧不得什麼禮貌，竟然大聲叫了起來：「跟柯林斯先生訂婚了！親愛的夏綠蒂，這不可能！」

盧卡斯小姐剛才介紹情況時，神色一直很鎮定，現在乍聽得這一聲心直口快的責備，霎時之間便變得慌張起來。不過，這也是她意料中的事，因此又立刻恢復了鎮靜，從容不迫地回答道：「你爲什麼感到驚奇，親愛的伊蕾莎？柯林斯先生不幸沒有博得你的歡心，難道你覺得他就不可能被別的女人看上眼？」

幸好伊麗莎白這時候已經鎮定下來，便竭力克制著自己，用相當肯定的語氣對朋友說，她覺得這是一樁美滿的姻緣，祝願她無比幸福。

「我明白你的意思，」夏綠蒂回答道。「你一定感到奇怪，而且感到非常奇怪——因爲柯林斯先生不久前還想跟你結婚。不過，你只要有工夫把事情仔細想一想，我想你就會贊成我的做法。你知道，我不是個浪漫主義者，從來不是那種人，我只要求能有個舒適的家，就柯林斯先生的性格、親屬關係和社會地位來看，我相信嫁給他是能夠獲得幸福的，可能性之大，不會亞於大多數人結婚時誇耀的那樣。」

伊麗莎白平靜地回答了一聲：「那當然。」

兩人尷尬地沉默了一會，隨即便回到家人中間。夏綠蒂沒過多久便走了，伊麗莎白得便把剛才聽到的話仔細想了想。這麼不相配的一門親事，使她思想上久久轉不過彎來。柯林斯先生在三天之內求了兩次婚，本來就夠稀奇的了，如今竟會有人答應他，這就更稀奇了。她一向覺得，夏綠蒂的婚姻觀與她的不盡一致，但卻不曾料到，一旦事到臨頭，她居然會摒棄美好的情感，而去追求世俗的利益。

夏綠蒂當上柯林斯先生的妻子，這豈不是天下的奇恥大辱！她不僅爲朋友的自取其辱、自貶身價而感到沉痛，而且還憂傷地斷定，她的朋友作出的這個抉擇，決不會給她帶來多大的幸福。

第二十三章

伊麗莎白正跟母親姊妹們坐在一起，尋思著剛才聽到的那件事，拿不定是否可以告訴大家。恰在這時，威廉．盧卡斯爵士來了。他是受女兒的委託，前來貝內特府上宣布她訂婚的消息。他一面公開這件事，一面又再三恭維太太小姐們，說是他們兩家能結上親，他眞感到榮幸。太太小姐們聽了，不僅爲之愕然，而且不肯相信，貝內特太太再也顧不上什麼禮貌，竟一口咬定他弄錯了。

莉迪亞一向沒有心眼，又常常撒野，不由得大聲嚷道：

「天哪！威廉爵士，你怎麼能說出這種話來？難道你不知道柯林斯先生想娶莉琪嗎？」

遇到這種情形，只有像宮廷大臣那樣善於逢迎的人，才不會生氣。好在威廉爵士頗有素養，竟然忍耐住了。他雖然要求她們相信他說的全是實話，但卻採取極大的克制態度，頗有禮貌地聽著她們無理取鬧。

伊麗莎白覺得自己有責任來替威廉爵士解圍，於是便挺身而出，證明他說的是實話，說她剛從夏綠蒂那裡聽到了消息。爲了使母親和妹妹們不再大驚小怪，她又誠摯地向威廉爵士道喜（珍也連忙跟著幫腔），連連稱讚這門婚事多麼幸福，柯林斯先生人品出衆，亨斯福德與倫敦相隔不遠，往來方便。

貝內特太太實在氣壞了，當著威廉爵士的面沒說多少話。但等他一走，她的滿腹怨忿頓時發泄出來了。第一、她決不相信這件事；第二、她斷定柯林斯先生上了當；第三、她相信他們在一起決不會幸福；第四、這門親事可能要吹。不過，她還從整件事中推斷出兩個明顯的結論：其一、伊麗莎白是這場惡作劇的眞正禍根；其二、她受盡了衆人的殘暴虐待。

這一整天，她主要就是抱怨這兩點。她無論如何也得不到安慰，無論如何也嚥不下這口氣。滿腔的怨忿一整天都沒消下去。她見到伊麗莎白就罵，一直罵了一個星期；跟威廉爵士夫婦一講話就粗聲粗氣，直到一個月之後才好了起來；而對他們的女兒，竟然過了好幾個月才寬恕了她。

這期間，貝內特先生心裡顯得平靜多了，據他自己聲稱，這次經歷使他感到快慰至極。他說，他一向認爲夏綠蒂．盧卡斯還比較理智，哪知道她居然像他太太一樣蠢，比他女兒還要傻，實在覺得高興！

珍也承認這門親事有些奇怪，但她沒有說出自己的驚訝，只是誠懇地祝願他們兩人幸福。雖說伊麗莎白一再分辯，她始終認爲這門親事未必一定不會幸福。吉蒂和莉迪亞壓根兒不羨慕盧卡斯小姐，因爲柯林斯先生不過是個牧師而已，這件事除了可以當作新聞在梅里頓傳播傳播之外，與她們毫不相干。

盧卡斯太太有一個女兒獲得了美滿姻緣，心裡不禁十分得意，覺得可以乘機刺刺貝內特太太了。於是，她朝朗伯恩跑得更勤了，表白了自己如何高興，儘管貝內特太太滿臉怒氣、出言尖刻，也眞夠讓人掃興的了。

伊麗莎白與夏綠蒂之間從此產生了隔閡，彼此對這樁事總是緘默不語。伊麗莎白斷定，她們倆再也不會推心置腹了。因爲對夏綠蒂大失所望，她便越發關心自己的姊姊了。姊姊爲人正直、性情溫柔，她相信她這種看法決不會動搖。她一天天越來越爲姊姊的幸福擔憂，因爲賓利先生已經走了一個星期，卻沒有聽到一點他要回來的消息。

珍很早就給卡洛琳寫了回信，現在正數著日子，看看還得多少天才能再接到她的信。柯林斯先生許諾要寫的謝函，星期二就收到了，信是寫給她們父親的，信裡充溢著一種銘感五內的語氣，彷彿他在他們府上叨擾了一年似的。他在這方面表示了歉意之後，便使用了不少歡天喜地的字眼，告訴他們說，他已經有幸獲得了他們的芳鄰盧卡斯小姐的芳心。接著又解釋說，他們親切地希望能在朗伯恩再見到他，當時他純粹是爲了想來看看他的心上人，所以才欣然接受了他們的一片盛情，他希望能在兩週後的星期一到達朗伯恩。

他還說，凱薩琳夫人打心眼裡贊成他的婚事，並且希望他盡快舉行。他相信，就憑這一點，親愛的夏綠蒂也會盡早擇定佳期，使他成爲全天下最幸福的人。

柯林斯先生要重返朗伯恩，這對貝內特太太來說，已不再是什麼快事了。她倒像丈夫一樣大發牢騷。眞是奇怪，柯林斯先生不去盧卡斯家，卻偏要來到朗伯恩。事情既不方便，還麻煩透頂。她眼前身體不好，討厭家裡來客人，而且最討厭那些痴情種子。貝內特太太成天這樣嘀咕來嘀咕去，只有在想到賓利先生至今不歸、勾起她更大的痛苦時，她才閉口不語。

珍和伊麗莎白都爲這件事感到不安。一天天過去了，就是得不到賓利的消息，只聽得梅里頓議論紛紛，說他今冬不會再來內瑟菲爾德了，貝內特太太聽了大爲憤慨，總說這是惡意誹謗，純屬造謠。

連伊麗莎白也開始擔憂了，她並不擔心賓利對姊姊的薄情，而是擔心他的姊妹眞把他給絆住了。她本不願意生出這種念頭，覺得這既有損珍的幸福，又有辱她的戀人的忠貞，但是卻又情不自禁地常往這上頭想。賓利先生有兩個無情無義的姊妹，還有一個足以左右他的朋友，這幾個人同心協力，再加上達西小姐那麼迷人，倫敦又那麼好玩，縱使他對珍情意再深，恐怕也難免不變心。

至於珍，在這憂慮不安的情況下，她自然要比伊麗莎白更加感到心焦，不過她更想把心事掩藏起來，因此她和伊麗莎白從不提及這件事。但是，母親卻不會這麼體貼她，過不了一個鐘頭就要講起賓利，說她等他回來都等得不耐煩了，甚至要求珍承認：如果賓利當眞回不來，她會覺得自己受到了凌虐，幸虧珍性情溫柔、遇事鎮定，才心平氣和地容忍了她這些讒言誹語。

柯林斯先生於兩週後的星期一準時到達了，但他在朗伯恩受到的接待，卻不像初次結識時那麼禮貌周到。不過，他實在太高興了，也用不著別人多禮。也算主人家走運，他因爲忙著談情說愛，也就省了大家很多麻煩，不必再去應酬他。他每天都把大部分時間消磨在盧卡斯家，有時候要挨到貝內特家就寢前才趕回朗伯恩，只來得及爲他的終日未歸道個歉。

貝內特太太著實可憐。誰一提到那門親事，她就會大動肝火，而且無論走到哪裡，總會聽到人們談起這件事。他一見到盧卡斯小姐，就覺得討厭。一想到她要接替自己做這房子的女主人，她就越發嫉妒和厭惡她。

每逢夏綠蒂來看望她們，她總以爲人家是來探視什麼時候可以搬進來；每逢夏綠蒂跟柯林斯先生低聲說話，她就斷定他們是在談論朗伯恩的家產，決計一俟貝內特先生去世，便把她們母女攆出去。她心酸地把這些苦衷說給丈夫聽。

「說眞的，貝內特先生，」她說，「夏綠蒂．盧卡斯遲早要做這幢房子的女主人，我還非得給她讓位，眼睜睜地看著她來接替我的位置，眞叫我受不了！」

「親愛的，別去想這種傷心事，我們還是往好處想，我們不妨這樣安慰自己：說不定我活得比你還長呢！」

但這話安慰不了貝內特太太，因此她非但沒有回答，反而像剛才那樣抱怨下去。

「我一想到這宗家產要全落到他們手裡，心裡就忍受不了。要不是爲了限定繼承權，我才不在乎呢！」

「你不在乎什麼？」

「什麼都不在乎。」

「謝天謝地，你的頭腦還沒麻木到這種地步。」

「貝內特先生，對於限定繼承權問題，我決不會謝天謝地。我眞不明白，有誰會這麼狠心，不把財產傳給自己的女兒，卻要送給別人，而且這一切都是爲了柯林斯先生！爲什麼偏偏要給他呢？」

「我讓你自己去斷定吧。」貝內特先生說。

第二卷

D. Maclise, R.A. T. La

第一章

賓利小姐來信了，疑問打消了。信中頭一句便說，他們已決定在倫敦過冬，結尾是替哥哥表示歉意，說他臨走前沒來得及向赫特福德的朋友們辭行，深感遺憾。

希望破滅了，徹底破滅了。珍繼續讀信時，發覺除了寫信人的假裝多情之外，就找不到什麼可以自慰的地方了。滿篇都是讚美達西小姐的話，又把她的千嬌百媚細述了一番。卡洛琳欣喜地說，他們之間一天天地親熱起來了，而且大膽地預言，她上封信裡披露的心願一定會實現。她還洋洋得意地說，她哥哥目前住在達西先生家裡，並且歡天喜地地提到達西先生打算添置新家具。

珍立即把這些主要內容告訴了伊麗莎白，伊麗莎白聽了，氣得一聲不響。她一方面為姊姊擔心，一方面又憎恨那幫人。卡洛琳說她哥哥喜歡達西小姐，她怎麼也不相信。她還像以往一樣，認為賓利先生真心喜愛珍。儘管她一向很喜歡賓利先生，現在見他性情這麼隨順，這麼缺乏主見，居然一味屈從那些詭計多端的親友，不惜犧牲自己的幸福，聽憑他們隨意擺布，一想到這些，她就不免有些氣憤，甚至看不起他。如果犧牲的僅僅是他個人的幸福，那他當然可以愛怎麼胡鬧就怎麼胡鬧，但是這裡面，畢竟牽扯到她姊姊的幸福，這一點他想必自己也知道。總之，這個問題她盡可以考慮來考慮去，但就是無濟於事。她想不到別的事情上，然而賓利先生究竟是真變了心，還是讓親友逼得無可奈何？他究竟看出了珍的一片真心，還是根本沒有察覺？雖然這裡面的是非曲直，關係到她對他的看法，但無論情況如何，姊姊的處境卻是一個樣，反正同樣傷心。

過了一、兩天，珍才鼓起勇氣，向伊麗莎白訴說了自己的心思。當時，貝內特太太又氣鼓鼓地數落起了內瑟菲爾德和它的主人，而且數落的時間比以往都長，最後終於走開了。剩下珍和伊麗莎白姊妹倆，珍這才禁不住說道：

「唉！但願媽媽能克制一下，她不知道她這麼不停地念叨他，給我帶來了多少痛苦。不過我不怨天尤人，這種情況是不會長久的。我們會忘掉他的，一切都和以前一樣。」

伊麗莎白帶著懷疑而關切的神情望著姊姊，嘴裡卻一聲不響。

「你不相信我的話，」珍微微紅著臉嚷道，「那你就眞沒有道理啦。他可以作爲一個最可愛的朋友留在我的記憶裡，但不過如此而已。我既沒有什麼可奢望的，也沒有什麼可憂慮的，更沒有什麼要責怪他的地方。感謝上帝！我可沒有那種痛苦。因此，稍過一陣，我一定會好起來的。」她隨即又用更激昂的嗓門說道：「我眼前可以聊以自慰的是，這只怪我不該想入非非，好在並沒傷害別人，只傷害了我自己。」

「親愛的珍！」伊麗莎白大聲嚷道，「你太善良了，你這麼和藹、這麼無私，眞像天使一般，我眞不知道對你說什麼好。我覺得，彷彿我以前對你看得不夠高、愛得不夠深。」

貝內特小姐竭力否認自己有什麼非凡的地方，反倒稱讚妹妹的深情厚意。

「得啦，」伊麗莎白說，「這樣說是不公正的。你總以爲天下個個都是好人，我只要說了誰的壞話，你就會覺得難受。我是想把你看作完美無瑕，而你卻來反駁我。你別擔心我會走極端，別擔心我會侵犯你的權利，不讓你把世人都看成好人。你用不著擔心。至於我嘛，我眞正喜愛的人沒有幾個，器重的人就更少了。我世面見得越多，就越對世人感覺不滿。我一天比一天堅信，人性都是反覆無常的，表面上的長處或見識是靠不住的。我最近碰到了兩件事，有一件我不願說出來，另一件就是夏綠蒂的親事，簡直是莫名其妙！任你怎麼看，都是莫名其妙！」

「親愛的莉琪，你可不能抱有這種情緒，那會毀了你的幸福。你沒有充分考慮到處境和性情的差異。你想想柯林斯先生的體面地位和夏綠蒂的謹慎穩重吧！你要記住，夏綠蒂家裡人口多，說起財產來，這倒是一門挺合適的親事。看在大家的份上，你就權當她對我們那位表兄確有幾分敬意和器重吧！」

「要是看在你的份上，我幾乎什麼事情都可以相信，但是這對別人卻沒有好處。假如讓我相信夏綠蒂當眞愛上了柯林斯，那我就覺得她不僅沒有情感，而且還缺乏理智。親愛的珍，柯林斯先生是個自高自大、心胸狹窄的蠢漢，這一點你跟我一樣清楚。你還會跟我一樣感到，哪個女人肯嫁給他，一定是頭腦糊塗。雖說這個女人就是夏綠蒂·盧卡斯，你也不要爲她辯護。你不能爲了某一個人而改變原則和準繩，也不要試圖說服我或你自己，認爲自私自利就是謹愼，膽大妄爲就能確保幸福。」

「我認爲你對這兩個人的話說得太尖刻了，」珍回答道。「我想你以後看到他們倆幸福相處的時候，就會認識到這一點。這件事就說到這裡吧。你還談到別的事，你提到了兩件事，我不會誤解你，不過我懇求你，親愛的莉琪，千萬不要錯怪那個人，說你瞧不起他，免得讓我感到痛苦。我們不能隨隨便便就認爲人家是存心傷害我們，我們不能指望一個生龍活虎的青年會始終謹言愼行，我們往往讓虛榮心迷住了心竅，女人對愛情常抱有不切實際的幻想。」

「而男人就存心引誘她們這麼幻想。」

「如果眞是存心引誘，那就是他們的不是了。不過，我看天下不會像有些人所想的那樣，到處都是計謀。」

「我決不是說賓利先生的行爲是有計謀的，」伊麗莎白說。「但是，即使不是存心玩弄人，或者說，不是存心叫別人傷心，也仍然會做錯事，會招致不幸。凡是粗心大意、無視別人的情意、優柔寡斷，都一樣會壞事。」

「你把這件事也歸咎於這類原因嗎？」

「是的，歸咎於最後一種。不過，你要是讓我講下去，說出我對你所器重的那些人的看法，那也準會叫你不高興的。你還是趁早止住我吧。」

「這麼說，你執意認爲他的姊妹操縱了他啦？」

「是的，而且是跟他那位朋友合謀的。」

「我不相信。她們爲什麼要操縱他？她們只會希望他幸福。要是他喜愛我，別的女人也不可能給他帶來幸福。」

「你頭一個想法錯了。她們除了希望他幸福之外，還有許多別的打算。她們會希望他更加有錢有勢，希望他娶一個出身高貴、親朋顯赫的闊女人。」

「毫無疑問，她們希望他選擇達西小姐，」珍說。「不過，她們的用心可能比你想像的要好。她們認識達西小姐比認識我要早得多，難怪她們更喜歡她。但是，不管他們自己的願望如何，她們總不至於違抗她們兄弟的意願吧。除非事情太不對心思，否則哪個做姊妹的會貿然行事？她們要是認爲她們的兄弟愛上了我，就不會想要拆散我們；要是她們的兄弟眞心愛我，她們想拆也拆不散，你認爲賓利先生對我有情意，這就使那幫人的行爲顯得既荒謬，又不道德，也使我感到萬分傷心。不要用這種想法來折磨我啦。我不會因爲誤解了他而感到羞辱——即使感到羞辱也是微乎其微。相比之下，要是把他和他姊妹往壞處想，我不知道要難受多少倍，還是讓我往好處想吧，從合乎情理的角度去想想。」

伊麗莎白無法反對這個願望，從此以後，她們兩人之間就不再提起賓利先生的名字了。

貝內特太太見賓利先生一去不回，仍然不停地納悶、不停地抱怨，儘管伊麗莎白天天要給她明明白白地解釋一番，卻似乎很難讓她減少些煩惱。女兒試圖拿一些她自己也不相信的話來開導母親，說什麼賓利先生向珍獻殷勤，只不過是人們常見的逢場作戲而已，一旦見不到面，也就情淡意消了。貝內特太太雖然當時也承認這話不假，但卻每天都要舊事重提。她最可聊以自慰的是，賓利先生想必來年夏天還會再來。

貝內特先生對這件事抱著截然不同的態度。「莉琪，」有一天他說，「我發覺你姊姊失戀了，我倒要祝賀她，姑娘除了結婚之外，總喜歡不時地嘗一點失戀的滋味，這就可以有點東西琢磨琢磨，還可以在朋友面前炫耀一番。什麼時候輪到你呀？你是不會甘願長久落在珍後面的。你的機會來啦！梅里頓的軍官多的是，足以讓這一帶的年輕姑娘個個失意。讓威克姆做你的意中人吧！他是個可愛的小伙子，可以體面地遺棄你。」

「謝謝你，爸爸，一個差一些的男人也能使我滿意了，我們不能指望個個都交上珍那樣的好運。」

「不錯，」貝內特先生說。「不過令人欣慰的是，不管你交上了什麼運氣，反正你有個親愛的媽媽，總會盡量往好處想的。」

朗伯恩府上近來出了幾樁不稱心的事，害得好些人都愁眉不展，幸虧有威克姆先生常來常往，將這煩悶的氣氛驅散了不少。她們常常看見他，而且如今他又增加了一條優點：對誰都很坦率。伊麗莎白早先聽說的那些話，諸如達西先生虧待了他，叫他吃盡了苦頭，現在統統得到了人們的公認，成爲人們公開談論的話題。大家想起來感到得意的是，她們早在沒有聽說這件事之前，就已經十分討厭達西先生了。

只有貝內特小姐覺得，這件事可能有些情有可原的情況，還不曾爲赫特福德的人們所知曉。珍性情溫柔、穩重而坦誠，總是懇求大家考慮問題要留有餘地，極力主張事情可能給搞錯——可惜別人還是指責達西先生是個最可惡的人。

第二章

一週來，柯林斯先生一面談情說愛，一面籌劃喜事，不覺到了星期六，不得不和心愛的夏綠蒂分手。不過，他忙著準備迎娶新娘，因此也就減輕了別恨離愁。他有理由相信，他下次再來赫特福德時，馬上就能擇定佳期，使他成爲天底下最幸福的人。他像上次一樣鄭重其事地告別了朗伯恩的親戚，祝賀漂亮的表妹們健康幸福，答應給她們的父親再寫一封謝函。

到了星期一，貝內特太太欣喜地迎來了弟弟和弟媳，他們是按照慣例，來朗伯恩過聖誕節的。加德納先生是個通情達理、頗有紳士風度的人，無論在天性還是教養方面，都高出姊姊一大截。他靠做買賣營生，成天守著自己的貨棧，居然會這麼富有教養，這麼和顏悅色，若叫內瑟菲爾德的女士們見了，實在難以置信。加德納太太比貝內特太太和菲利普斯太太要小好幾歲，是個和藹、聰慧、文雅的女人，朗伯恩的外甥女們都很喜歡她，尤其是兩個大外甥女，跟她特別親近，她們常常進城去陪伴她。

加德納太太剛來到，頭一件事就是分發禮物，講述最新的服裝樣式。這件事做完之後，她就不那麼活躍了。現在輪到她洗耳恭聽了。貝內特太太有許多苦衷要傾訴，有許多牢騷要發洩。自從弟媳上次走了之後，她一家人受盡了欺凌，兩個女兒眼看著就要出嫁了，到頭來卻只落得一場空。

「我不責怪珍，」她接著說道，「因爲珍要是辦得到的話，早就嫁給賓利先生了。可是莉琪！哦，弟媳呀！想起來眞氣人，要不是她自己任性，她如今早當上柯林斯先生的夫人了。柯林斯先生就在這間屋子裡向她求婚的，卻讓她給回絕了。結果倒好，盧卡斯太太要比我先嫁出去一個女兒，朗伯恩的財產還得讓人家來繼承。盧卡斯一家人可眞都是些滑頭，弟媳，他們一個個盡想揀便宜，我本來不該這樣說他們，不過事實就是如此。家裡人不聽話，鄰居只顧自己不管別人，害得我神經壞了，身子也不好。你來得正是時候，給了我極大的安慰，你講的那些事，像長袖子（當時的新式服裝）什麼的，我眞喜歡聽。」

加德納太太先前跟珍和伊麗莎白通信的時候，就大體得知了她們家裡最近發生的這些事，因而稍微敷衍了貝內特太太幾句，隨後為了體貼外甥女，將話題岔開了。

後來，她和伊麗莎白單獨在一起的時候，又談起了這件事。「這對珍倒像是一門美滿的親事，」她說。「只可惜吹了。不過，這種事太常見了，像你說的賓利先生這種青年，往往不用幾個星期，就會輕易地愛上一位漂亮姑娘，等到有個偶然事件把他們分開，他就又會輕易地忘掉她，這種用情不專的事情，屢見不鮮。」

「你這話眞是莫大的安慰，」伊麗莎白說，「可惜安慰不了我們。我們吃的不是偶然事件的虧。一個獨立自主的青年，幾天前剛跟一個姑娘打得火熱，後來受到親友的干涉，便把姑娘給甩了，這種事情倒不多見。」

「不過，『打得火熱』這個字眼未免太陳腐、太含糊、太籠統了，我簡直摸不著頭腦。這個字眼既用來形容眞正熱烈的愛，也常用來形容相識半個鐘頭產生的那種感情。請問，賓利先生的愛『火熱』到什麼程度？」

「我從沒見過像他那樣一往情深的。他壓根兒不理會別人，一心只想著珍。他們倆每見一次面，事情就越明朗、越露骨。他在他自己舉辦的舞會上，因為不請人家跳舞，得罪了兩、三位年輕小姐，我跟他說過兩次話，他都沒理我。還有比這更明顯的徵兆嗎？為了一個人而怠慢大家，這難道不是愛情的眞諦所在？」

「哦，不錯！我料想他所感受的那種愛正是如此。可憐的珍！我眞替她難過，以她那樣的個性，不會一下子忘掉這件事，事情不如落到你頭上，莉琪，你會一笑置之，不久就淡忘了。不過，你看能不能說動珍到我們那裡去？換換環境也許會有好處！再說，離開家去散散心，也許比什麼都好。」

伊麗莎白聽到這個建議不禁大爲高興，心想姊姊一定會欣然接受。

「我希望，」加德納太太又說，「珍不要因爲怕見到這位青年而猶豫不定。我們雖然和賓利先生同住在城裡，但地區卻大不相同，彼此的親友也不太一樣。再說，你也知道，我們很少外出，因此，他們倆不大可能相遇，除非賓利先生上門來看珍。」

「那是絕對不可能的，因爲他現在受到朋友的監視，達西先生不會容許他到倫敦這樣一個地區去看珍的！親愛的舅媽，你怎麼想到這上面去了？達西先生也許聽說過格雷斯丘奇街，但是眞要讓他去一趟，他會覺得身上沾染的污垢一個月也洗不乾淨。你放心好啦，賓利先生是從不脫離他單獨行動的。」

「那就更好啦！我希望他們倆千萬別見面。不過，珍不是在跟他妹妹通信嗎？賓利小姐可難免要來看望她。」

「她會徹底斷絕來往的。」

伊麗莎白儘管假裝對這一點深信不疑，並且對關係更大的另一點也深信不疑，認爲賓利給人挾制住了，不讓他與珍相見，但是經過再三考慮，她又覺得事情未必完全無望。說不定賓利舊情復燃，親友們的人爲影響敵不過珍的百般魅力形成的天然影響，有時候她覺得這種可能性還很大。

貝內特小姐愉快地接受了舅媽的邀請。她當時心裡並沒想到賓利一家人，只希望卡洛琳別和她哥哥住在同一幢房子裡，那樣她就可以偶爾跟她玩個上午，而不至於撞見她哥哥。

加德納夫婦在朗伯恩住了一個星期，由於有菲利普斯家、盧卡斯家和軍官們禮尚往來，天天都要宴飲一番。貝內特太太悉心款待弟弟和弟媳，以致這夫婦倆不曾吃過一頓便飯。凡是家裡有宴會的時候，總有幾位軍官到席，而次次都少不了威克姆先生。每逢這種場合，伊麗莎白總要熱烈稱讚威克姆先生，加德納太太心裡有些犯疑，便密切注視起他們兩人來。從她見到的情形看來，她並不認爲他們倆在眞心相愛，不過互相顯然萌生了好感，這使她多少有點不安。她決定在離開赫特福德郡之前，要跟伊麗莎白談談這件事，向她說明，發展這樣的關係，未免有些輕率。

威克姆對加德納太太倒有一個討好的辦法，這與討好衆人的本領毫不相關。大約十多年以前，加德納太太還沒結婚的時候，曾在威克姆所屬的德比郡那一帶住過很長一段時間，因此，他們倆共同認識不少人。雖說自從五年前達西的父親去世以後，威克姆很少去過那裡，但他卻能向加德納太太報告一些老朋友的消息，比她自己打聽到的消息還新鮮。

加德納太太親眼見過彭伯利，對老達西先生也是久聞大名。光憑這件事，就是個談不完的話題。她把自己記憶中的彭伯利，與威克姆詳盡描繪的彭伯利比較了一下，又把彭伯利已故主人的德行稱讚了一番，威克姆聽了高興，她本人也自得其樂。

她聽了威克姆談到現在這位達西先生對他的虧待之後，便竭力去回想那位先生小時候的性情如何，以便能與他的行爲相符。她終於自信地記起以前聽人說過，菲斯威廉·達西先生是個趾高氣昂、脾氣很壞的孩子。

第三章

加德納太太一遇到可以和伊麗莎白單獨交談的良機，便及時對她提出了善意的忠告。她直言不諱地說出了自己的看法之後，接著又繼續說道：「莉琪，你是個很懂事的孩子，不會因爲別人勸你談戀愛要當心，你就偏要硬談不可，因此我才敢開誠布公地跟你談一談。說正經話，我要勸你小心些。跟一個沒有財產的人談戀愛，實在是太冒失了，你千萬別讓自己墜入情網，也不要引誘他墜入情網。我對他本人倒沒有什麼意見，他是個非常有趣的青年，假使他得到了他應得的那份財產，那我倒會覺得你嫁給他是再好不過了。但是，情況既非如此，你就千萬不要想入非非了。你是個聰明人，我們都希望你動動腦筋。我知道，你父親信任你處事果斷、品行莊重，你可不能讓他失望。」

「親愛的舅媽，你還眞夠一本正經的。」

「是的，我希望你也能夠一本正經的。」

「唔，你用不著著急，我會照應自己的，也會照應威克姆先生。我只要做得到，決不會讓他愛上我。」

「伊麗莎白，你這話可就不正經啦。」

「請原諒，讓我再試試看，目前我還沒有愛上威克姆先生，的確沒有。不過，他是我見到的最可愛的男人，誰也比不上他——如果他眞愛上我——我想他還是別愛上我爲好。我知道這件事有些冒失。唉！那位達西先生眞可惡！父親這樣器重我，眞是我莫大的榮幸，我決不忍心辜負了他。不過，父親也很喜歡威克姆先生。總而言之，親愛的舅媽，我決不願意惹得你們任何人不快。不過，我們每天都看得見，青年人一旦相親相愛，很少因爲眼前沒錢而不肯訂婚的。既然情況如此，我要是給人家打動了心，怎麼能擔保一定比衆人來得明智呢？或者說，我怎麼知道回絕人家就一定明智呢？因此，我只能答應你不匆忙行事，我不會匆忙認爲自己就是他的意中人，我和他在一起的時候，也不抱什麼奢望。總而言之，我一定盡力而爲。」

「也許你還可以勸阻他別來得這麼勤，至少你不必提醒你母親邀他來。」

「就像我那天那樣，」伊麗莎白羞怯地笑笑說。「的確，我最好不要那樣做。不過，你也不要以爲他總是來得這麼勤，這個星期只是爲了你們才常常請他來的。你知道媽媽的心意，她總認爲親友來了非得常有人作陪不可。不過說眞的，請你相信我，我會採取最明智的辦法去應付的，我希望這下子你該滿意了吧。」

舅媽告訴她說，她是滿意了。伊麗莎白謝謝舅媽的忠告，然後兩人便分別了。在這種事情上給人家提出規勸而沒受到怨恨，這可算是個絕佳的例子。

加德納夫婦和珍走後不久，柯林斯先生便回到了赫特福德郡，不過他住在盧卡斯府上，因此並沒有給貝內特太太帶來多大不便。他的婚期日趨臨近，貝內特太太最終也死了心，覺得事情在所難免，甚至還以惡狠狠的語氣，三番兩次地說道：「但願他們會幸福。」

星期四就是佳期，盧卡斯小姐星期三前來辭行。等她起身告別的時候，伊麗莎白一方面爲母親那陰陽怪氣的勉強祝福感到難爲情，另一方面心裡委實有些觸動，便陪著朋友走出了房門。兩人一道下樓梯的時候，夏綠蒂說：「我相信你會常給我寫信的，伊蕾莎。」

「這你放心好啦。」

「我還有一個請求，你能來看看我嗎？」

「我希望我們能常在赫特福德郡見面。」

「我可能一時離不開肯特郡，還是答應我，到亨斯福德來吧。」

伊麗莎白雖然料想去那裡不會有什麼樂趣，但又不便推辭。

「我父親和瑪麗亞三月份要去我那裡，」夏綠蒂接著又說，「希望你能跟他們一道去。說眞的，伊蕾莎，你會像他們一樣受歡迎的。」

婚禮過後，新郎新娘從教堂門口動身去肯特郡。對於這種事，人們照例要發表或是聽到不少議論。伊麗莎白不久就收到了朋友的來信。她們還像以往一樣經常通信，但是要像以往那樣暢所欲言，卻辦不到了。伊麗莎白每逢給她寫信，總覺得過去那種親密無間的愜意感已經不復存在，儘管她也下定決心，不把通信疏懶下來，但那與其說是爲了目前的友誼，不如說是爲了過去的交情。

她接到夏綠蒂的頭幾封信時，心裡還覺得急盼盼的，不過那只是出於好奇，想知道夏綠蒂對她的新家有什麼感想，喜不喜歡凱薩琳夫人，是不是認爲自己幸福。不過，讀了那幾封信之後，伊麗莎白便覺得，夏綠蒂所說的話，處處和她預料的一模一樣。她信裏寫得喜氣洋洋的，彷彿生活在舒適安樂當中，每講一件事總要讚美一番。住宅、家具、鄰居、道路，樣樣令她稱心如意，凱薩琳夫人待人接物極爲友好、極爲親切。這正是柯林斯先生對亨斯福德和羅辛斯的刻畫，只不過說得委婉一些罷了。

伊麗莎白意識到，她非得親自到那裡去看看，才能摸清底細。

珍早已給伊麗莎白寫來了一封短簡，說她已經平安抵達倫敦。伊麗莎白希望，珍下次寫信時，能講點賓利家的事。

一般說來，無論什麼事，你越是等得心急，它就越是難以如願。伊麗莎白心急火燎地等待第二封信，好不容易等來了，卻沒見到什麼好消息。珍進城一星期，既沒看到卡洛琳，也沒收到她的信。不過珍又解釋說，她上次從朗伯恩寫給卡洛琳的那封信，一定因故失落了。

「明天，」她接下去寫道，「舅媽要去那個市區，我想乘機到格羅斯維諾街去登門拜訪一下！」

珍去拜訪過賓利小姐之後，又寫來一封信。信裡說：「我覺得卡洛琳精神不太愉快，不過見到我卻很高興，責怪我來倫敦也不向她打聲招呼。我果然沒猜錯，她沒有收到我上一封信。我當然問起了她們兄弟的情況。據說他挺好，只是與達西先生過從太密，她們姊妹倆很少見到他。我發覺達西小姐要去她們那裡吃飯，但願我能見到她。我逗留的時間不長，因爲卡洛琳和赫斯特夫人要出門去。也許她們很快就會來這裡看我。」

伊麗莎白一面看信，一面搖頭。她意識到，除非出現偶然機會，否則賓利先生決不會知道珍來到了城裡。

四個星期過去了，珍連賓利先生的人影也沒見到。她極力寬慰自己說，她沒有因此而感到難過。但是，她對賓利小姐的冷漠無情再也不能視而不見了。她每天上午都待在家裡等候賓利小姐，每天晚上都替她編造一個藉口，一直過了兩個星期，那位貴客終於駕到了。不過，她只待了一會工夫，而且態度也發生了變化，珍覺得再也不能自己騙自己了。從她這次寫給妹妹的信裡，可以看出她當時的心情——

最最親愛的莉琪：

現在我要承認，我完全誤會了賓利小姐對我的情意。你當然比我看得準，但你決不會對我幸災樂禍吧。親愛的妹妹，雖然事實證明你的看法是正確的，但我仍然認爲，從她以前的態度來看，我對她的信任以及你對她的懷疑，同樣是合情合理的，請你不要以爲我固執。

我眞不明白她爲什麼要跟我交好，如果再有同樣的情況發生，我肯定還會受騙。卡洛琳直到昨天才來回訪我，在此之前，我沒收到她的片紙隻字。她來了以後，又顯得很不高興。因爲沒有早來看我，只是敷衍著道了一聲歉，壓根兒沒說想要再見見我。她各方面的變化太大了，當她臨走的時候，我就下定決心，不再與她來往。我雖然禁不住要責怪她，但是又可憐她。她當初不該對我另眼相待，我可以擔保說，我和她的交情，都是由她步步發展起來的。不過我可憐她，因爲她一定覺得自己做錯了事，她肯定是由於替哥哥擔心的緣故，才採取了這種態度。

我用不著爲自己多做解釋了，雖然我們覺得她大可不必擔心，然而，假若她眞是擔心，那就足以說明她爲什麼要這樣對待我了。既然她哥哥那樣值得她鍾愛，她無論怎麼替他擔憂，都是合情合理的。不過，我眞不知道她爲什麼要擔憂，假使她哥哥對我有心的話，我們早就見面了。聽她的話音，她哥哥肯定知道我在倫敦；但是從她的說話態度來看，好像她也拿不準她哥哥是否眞喜歡達西小姐，這眞叫我弄不明白。我若不是害怕出言刻薄，簡直忍不住想說，這裡面顯然有詐。但是我將竭力打消一切痛苦的念頭，只去想一些能讓我高興的事，比如想想你的深情，以及親愛的舅父母一貫的厚愛。

希望很快收到你的信。賓利小姐說起她哥哥不會再回到內瑟菲爾德，說他打算放棄那幢房子，不過口氣也不怎麼肯定。我們最好不要再提這件事。我感到萬分高興，你從亨斯福德的朋友們那裡聽到許多令人愉快的事。你務必跟威廉爵士和瑪麗亞一道去看看他們。你在那裡一定會過得十分適意。

你的……

這封信，使伊麗莎白覺著有些難受。但是，一想到珍從此不會再受矇騙，至少不會再受賓利小姐的矇騙，她又高興起來了。她已經完全放棄了對那位兄弟的期望，她甚至也不希望他來重修舊好。她越想越看不起他。作爲對他的懲罰，也可能還有利於珍，她倒眞心希望他能早日跟達西先生的妹妹結婚，因爲照威克姆說來，達西小姐一定會叫他後悔莫及，不該丟掉先前的情人。

大約就在這時，加德納太太來信提醒伊麗莎白，說她在如何對待那位先生的問題上有過許諾，要她談談情況如何。伊麗莎白回信介紹的情況，雖然自己不太滿意，舅媽看了卻很高興。威克姆原先對她的明顯好感已經消失，對她的殷勤已經告終，他愛上了別人。伊麗莎白非常留心地看出了這一切，但她儘管看出來了，也寫進了信裡，卻並不感到很痛苦。她只是心裡略有些感觸，虛榮心也得到了滿足，因爲她相信，若不是由於財產問題，她肯定會是威克姆的唯一選擇。就拿威克姆現在爲之傾倒的那位年輕小姐來說，她最顯著的魅力就是能使他意外獲得一萬鎊財產。

然而，伊麗莎白對這件事不像對夏綠蒂那件事看得那麼清楚，因此沒有因爲威克姆貪圖安逸而責難他，她反而覺得這再自然不過。她可以想像，威克姆一定幾經鬥爭才決定捨棄她的，但她又覺得，這對他們倆倒是個既明智又理想的作法，她誠心誠意地祝他幸福。

她向加德納太太承認了這一切。說明情況之後，她接下去這樣寫道：

親愛的舅媽，我現在深信，我決沒有墜入情網，假如我當眞萌生了那種純潔而崇高的感情，我現在一提起他的名字，定會感覺厭惡，而且巴不得他倒盡了楣。可是，我感情上不僅對他是眞誠的，甚至對金小姐也毫無成見，我一點也不覺得恨她，完全願意把她看作一個好姑娘。這件事算不上戀愛，我的小心提防還是富有成效的。我若是發狂似地愛上他，那就勢必會成爲親友們更有趣的話柄，然而，我不會因爲不受人家器重而感到遺憾，太受人器重有時需要付出昂貴的代價。

對於威克姆的背信棄義，吉蒂和莉迪亞比我還氣不過，她們在人情世故方面還很幼雅，還不懂得這樣一個有傷體面的信條：美貌青年與相貌平常的人一樣，也得有飯吃、有衣穿。

第四章

朗伯恩這家人除了這些事之外，也沒有別的大事；除了時而踏著泥濘、時而冒著嚴寒跑到梅里頓之外，也沒有別的消遣。正月和二月就這樣過去了。三月間伊麗莎白要去亨斯福德。起初她並非當眞想去，但她很快發現，夏綠蒂對這項計劃寄予很大期望，於是她也就漸漸帶著比較樂意、比較肯定的心情，來考慮這件事了。離別增進了她想再見見夏綠蒂的願望，也削弱了她對柯林斯先生的厭惡。這個計劃也挺新奇的，再說，家裡有這樣一位母親和這樣幾個不融洽的妹妹，實難盡如人意，換換環境倒也不錯。況且，順路還可以去看看珍。總之，行期臨近了，她還唯恐遇到耽擱。好在一切進展得都很順利，最後全照夏綠蒂的原先計劃安排妥當。伊麗莎白要隨威廉爵士和他二女兒一道去作客。後來又對計劃做了補充，決定在倫敦住一夜，這樣計劃也就完善了。

伊麗莎白的唯一苦惱是要離開父親，父親一定會掛念她的。臨別的時候，父親眞捨不得讓她走，囑咐她要給他寫信，並且幾乎答應親自給她回信。

她與威克姆先生告別時，雙方都十分客氣，威克姆先生尤其如此。他眼前雖然在追求別人，但卻沒有因此忘記：伊麗莎白是第一個引起他注意、也值得他注意的人，第一個聽他傾吐衷腸，第一個可憐他，第一個博得他愛慕的人。他向她道別，祝她一切愉快，向她又說了一遍凱薩琳·德布爾夫人是怎樣一個人，相信他們倆對這位夫人的看法，以及對每個人的看法，始終都會很吻合。他說這些話的時候，顯得很熱誠、也很關切，伊麗莎白覺得，就憑這一點，她要永遠對他至誠相待。他們分手之後，她相信不管他結婚也好，單身也罷，他在她心目中，始終是個和藹可親而又討人喜歡的楷模。

第二天，和她同路的幾個人，也沒有使威克姆在她心目中相形見絀。威廉·盧卡斯爵士笨頭笨腦，他女兒瑪麗亞雖然脾氣好，腦子卻像父親一樣糊里糊塗，因此兩人誰也說不出一句中聽的話，聽他們嘮叨，就像聽車子的轆轆聲一樣無聊。伊麗莎白本來倒愛聽荒誕之談，但威廉爵士那一套她卻早已聽膩了。他除了絮叨覲見國王和榮膺爵士頭銜的奇聞之外，翻不出什麼新花樣，他那些禮儀客套，也像他的言談一樣陳腐不堪。

這段旅程只不過二十四英里路，他們一大早就動身，想在午前趕到格雷斯丘奇街。當馬車駛近加德納先生的家門口時，珍立在客廳窗口望著他們。等他們走進過道時，珍正待在那裡迎接他們。伊麗莎白熱切地望了望她的臉，只見那張臉蛋還像以往一樣健康美麗，不由得十分高興。一夥男女小朋友立在樓梯上，他們急著想見表姊，在客廳裡待不住，可是一年沒見面了，又有些難爲情，沒有再往下走。大家客客氣氣的，一片歡樂。這一天過得極其愉快。上午忙這忙那，還要出去買東西，晚上便到戲院去看戲。

伊麗莎白有意坐到了舅媽旁邊。她們首先談到了她姊姊。她仔仔細細問了許多話。舅媽回答說，珍雖然總是強打著精神，還免不了有神情沮喪的時候，她聽了倒不怎麼驚奇，但卻感到擔憂，不過還有理由希望，這種狀況不會持續多久。加德納太太還向她講述了賓利小姐過訪格雷斯丘奇街的詳情，複述了一遍她和珍的幾次談話內容，從中可以看出，珍已經決計不再和賓利小姐來往。

加德納太太然後取笑外甥女讓威克姆遺棄了，同時又稱讚她眞能忍受。

「不過，親愛的伊麗莎白，」她接著又說，「金小姐是怎樣一個姑娘？我可不願意把我們的朋友看作是個貪財的人。」

「請問，親愛的舅媽，在婚姻問題上，貪財與審愼究竟有什麼區別？審愼的止境在哪裡？貪財的起點又在哪裡？去年聖誕節，你生怕他跟我結婚，認爲那樣做有些輕率，而現在呢，因爲他要娶一個不過只有一萬鎊財產的姑娘，你就說他貪財。」

「你只要告訴我金小姐是怎樣一個姑娘，我心裡就有數了。」

「我相信她是個好姑娘，我不知道她有什麼不好的。」

「但威克姆原先絲毫也不把她放在眼裡，直到她爺爺去世以後，她做了那筆家產的主人，他才看上她的。」

「是呀——他怎麼會把她放在眼裡呢？假使說因爲我沒有錢，他都不肯跟我相好的話，那他爲什麼要跟一個他既不喜愛，又同樣窮困的姑娘談戀愛呢？」

「不過，姑娘家一出這件事，他就把目標轉向她，這未免太不像話吧。」

「人們都喜歡講究體面、循規蹈矩，一個家境貧困的人就顧不了那麼多。人家金小姐都不計較，我們計較什麼？」

「金小姐不計較，並不說明威克姆就做得對，這只能表明金小姐本身有什麼缺陷——不是在理智上，就是在情感上。」

「哦，」伊麗莎白叫道，「你愛怎麼說就怎麼說吧！威克姆貪財，金小姐愚蠢。」

「不，莉琪，我才不願這麼說呢。你知道，一個青年在德比郡住了這麼久，我還眞不忍心看不起他呢！」

「哦！如果光憑這一點，我還眞看不起住在德比郡的青年人呢，還有他們那些住在赫特福德郡的知心朋友，也好不了多少。我討厭他們所有的人。謝天謝地！我明天要到一個地方，在那裡要見到一個一點也不討人喜歡的人，無論在風度上，還是在見識上，都一無可取。到頭來，值得結識的只有傻瓜。」

「當心些，莉琪，你這話未免說得太沮喪了。」

看完戲要分手的時候，她又喜出望外地受到舅父母的邀請，要她參加他們的夏季旅行。

「我們還沒決定要到什麼地方去，」加德納太太說，「也許到湖區❶去。」

對伊麗莎白來說，再也沒有比這更中意的計劃了，她懷著萬分感激的心情，毫不遲疑地接受了邀請。「我最最親愛的舅媽，」她欣喜若狂地叫了起來，「眞是太高興、太幸福啦！你給了我新的生命與活力，我再也不感到沮喪和消沉了。人比起高山巨石來，又算得了什麼？哦！我們將度過多麼快活的時光啊！等我們一回來，決不會像別的遊客那樣，什麼也說不準。我們準會知道去過什麼地方——準會記得看見過什麼東西。湖泊山川決不會在腦子裡混爲一團。我們要描繪某一處的風光時，也決不會因爲搞不清位置而爭論不休。但願我們一回來暢談遊歷的時候，不要像一般遊客那樣，令人不堪入耳。」

註

❶ 湖區：英格蘭西北部著名風景區，山巒疊嶂、湖泊密布，華滋華斯（Wordsworth）、柯勒律治（Coleridge）、索迪（Southey）等「湖畔詩人」，即居住此地。

第五章

第二天，路上每見到一樣事物，伊麗莎白都感到新鮮有趣。她精神十分愉快，因爲看到姊姊氣色那麼好，也就不必再爲她的身體擔心，再加上還想著要去北方旅行，心裡總是樂滋滋的。離開大路，走上通往亨斯福德的小徑之後，每雙眼睛都在尋覓牧師住宅，每拐一個彎，都以爲要看見那幢房子。他們沿著羅辛斯莊園的柵欄往前走。伊麗莎白想起她耳聞的那家人的情況，禁不住笑了。

牧師住宅終於見到了。向大路傾斜的花園，花園裡的房屋，綠色的柵欄，月桂樹籬，一切都表明，他們到達目的地了。柯林斯先生和夏綠蒂出現在門口，賓主們一個個笑容滿面、頻頻點頭，馬車在一道小門跟前停了下來，從這裡穿過一條短短的石子路，便能直達住宅。轉眼間，客人都下了車，賓主相見，不勝歡喜。柯林斯夫人歡天喜地地歡迎朋友，伊麗莎白受到如此親切的接待，也就覺得越來越滿意了，心想來得不冤枉。她當即發現，表兄雖然結了婚，言談舉止卻沒有變。他還像以往一樣拘泥禮節，把伊麗莎白久久絆在門口，逐個問起她一家大小的情況，伊麗莎白一一回答之後，他才罷休。接著，他沒有再怎麼耽擱大家，只指給他們看看門口多麼整潔，便把衆人帶進了屋裡。等客人一走進客廳，他又第二次裝腔作勢地說，歡迎諸位光臨寒舍，後來見妻子向客人遞點心，他便緊跟著重新奉獻一次。

伊麗莎白早就料定他會洋洋得意。因此，當他誇躍屋子的優美結構、樣式和陳設時，她情不自禁地想到，他是刻意講給她聽的，彷彿想讓她明白，她當初拒絕他損失多麼巨大。但是，儘管一切看上去都很整潔舒適，她卻不能露出一丁點懊悔的跡象，免得叫他得意。她以詫異的目光看著夏綠蒂，眞不明白她和這樣一個伴侶相處，居然還會這麼高興。柯林斯先生有時說些讓夏綠蒂實在難爲情的話（當然這種情況屢有發生），她就不由自主地要瞅瞅夏綠蒂。有一、兩次，她看得出夏綠蒂微微有點臉紅，不過夏綠蒂通常總是明智地裝作沒聽見。

大家坐了好一會，對屋裡的每件家具，從餐具櫃到壁爐架，都讚賞了一番，還把路上的經歷和倫敦的情況描述了一陣，然後柯林斯先生就請客人到花園裡散步。花園很大，設計得也很別緻，由柯林斯先生親自照料。整理花園是他最高雅的樂趣之一。夏綠蒂說，這種活動有益於健康，她盡可能鼓勵丈夫這樣做；她講這話時，神情鎮定自如，眞叫伊麗莎白佩服。

柯林斯先生領著衆人走遍了花園裡的曲徑小道，也不給別人個機會，好講幾句他想聽的讚美話，每指點一處景物，都要瑣瑣碎碎地講上半天，隻字不提美在哪裡。他能數得出每個方向有多少田園，能講得出最遠的樹叢裡有多少棵樹。但是，無論他花園裡的景物，還是整個鄉村、甚至整個王國的仙境勝地，都比不上羅辛斯莊園的景緻。

羅辛斯莊園差不多就在他住宅的正對面，四面環樹，從樹隙中可以望見羅辛斯大廈。那是一幢漂亮的現代建築，聳立在一片高地上。

柯林斯先生本想把大家從花園帶到兩塊草場上轉轉，不料太太小姐們穿的鞋子架不住那殘餘的白霜，於是全都回去了，只剩下威廉爵士陪伴著他。這時，夏綠蒂便領著妹妹和朋友看看住宅。大概因爲能有機會撇開丈夫，單獨帶人參觀的緣故，她顯得萬分高興。房子很小，但架構結實，也很實用。一切都佈置得整整齊齊，安排得十分協調，伊麗莎白把這些都歸功於夏綠蒂。只要能忘掉柯林斯先生，裡裡外外還眞有一種舒舒適適的氣氛。伊麗莎白一見夏綠蒂那樣得意洋洋，便心想她一定經常不把柯林斯先生放在心上。

伊麗莎白早就聽說，凱薩琳夫人還待在鄉下。吃飯的時候又談起了這樁事，柯林斯先生連忙插口說：

「是的，伊麗莎白小姐，星期天你就會有幸在教堂裡見到凱薩琳・德布爾夫人，不用說你會很喜歡她的。她爲人和藹極了，絲毫沒有架子。毋庸置疑，做完禮拜之後，你會榮幸地受到她的注意。我可以毫不猶豫地說，你們在此逗留期間，每逢她賞臉請我們作客的時候，準會順帶請上你和我的小姨子瑪麗亞。她對待我親愛的夏綠蒂眞是好極了。我們每週去羅辛斯吃兩次飯，她老人家從不讓我們步行回家，總是打發自己的馬車送我們。我應該說，總是打發她老人家的某一部馬車，因爲她有好幾部車子。」

「凱薩琳夫人的確是個非常體面、很有見識的女人，」夏綠蒂補充說，「而且還是個最會體貼人的好鄰居。」

「一點不錯，親愛的，跟我說的一模一樣。像她這樣的女人，你怎麼尊崇她都不會過分的。」

晚上，主要在談論赫特福德的新聞，並把信上早已寫過的內容重述了一遍。大家散了以後，伊麗莎白孤零零一個人待在房裡，不由得思謀起夏綠蒂究竟滿意到什麼程度，用什麼手腕駕馭丈夫，有多大肚量容忍他。不得不承認，事情處理得相當不錯。她還要預測這次作客將會如何度過，這無外乎平淡安靜的日常起居、柯林斯先生令人厭煩的插嘴打岔、以及跟羅辛斯交往的種種情趣。憑著豐富的想像力，這個問題很快就解決了。

第二天，大約晌午時分，她在房裡正準備出去散步，忽聽得樓下一陣喧嘩，彷彿全家人都慌亂起來。她傾聽了一會，只聽見有人急火火地奔上樓來，大聲呼喊她。她打開門，在樓梯口遇見了瑪麗亞，只見她激動地透不過氣來，大聲嚷道：

「哦！親愛的伊蕾莎！你快到餐廳裡去，從那裡可以看見好顯赫的場面啊！我不告訴你是啥回事。快點！馬上下樓來。」

伊麗莎白再怎麼追問都沒有用，瑪麗亞說什麼也不肯告訴她，於是兩人急忙跑下樓，奔入面對小路的餐廳，去探尋那奇觀！原來來了兩位女士，乘著一輛低矮的四輪敞篷馬車，停在花園門口。

「就這麼回事呀？」伊麗莎白嚷道。「我還以爲豬玀闖進了花園呢，原來只不過是凱薩琳夫人母女倆！」

「哎呀！親愛的，」瑪麗亞見她搞錯了，不禁大爲震驚，「那不是凱薩琳夫人，那位老夫人是詹金森太太，她跟她們母女倆住在一起。另一位是德布爾小姐。你只要瞧瞧她，眞是個小不點兒。誰能想到她會這麼瘦小！」

「她太沒禮貌了，風這麼大，卻讓夏綠蒂待在門外，她怎麼不進來？」

「唔！夏綠蒂說，她難得進來，要讓德布爾小姐進來，那眞是天大的面子。」

「我很喜歡她那副模樣，」伊麗莎白說，心裡卻冒出了別的念頭。「她看上去身體虛弱，脾氣又壞。是呀，配他（指達西）眞是再好不過了，可以給他做個十分匹配的太太。」

柯林斯和夏綠蒂都站在門口跟兩位女賓談話。伊麗莎白覺得好笑的是，威廉爵士正肅立在門口，虔誠地注視著面前的貴人，德布爾小姐每朝他這邊望一眼，他總要鞠一個躬。

最後，話終於說完了，兩位女士乘車而去，其他人也回到房裡。柯林斯先生一看到兩位小姐，就恭賀她們交了鴻運。夏綠蒂對這話做了解釋，告訴她們說，羅辛斯那邊請他們大家明天去吃飯。

第六章

柯林斯先生受到這次邀請，感到得意至極。他就巴望著能向這些好奇的賓客炫耀一下他那位女恩主的堂堂氣派，讓他們瞧瞧老人家待他們夫婦倆多麼客氣。沒想到這麼快就如願以償了，這充分說明凱薩琳夫人能屈高就下、降尊臨卑，他眞不知該如何敬仰才是。

「說老實話，」他說，「她老人家邀請我們星期天去羅辛斯吃茶點，玩個晚上，我一點也不感到意外。我知道她和藹可親，早就認為她會這麼做的。不過誰會料到這樣的盛情？誰會想到你們剛剛才來，就被請到那邊去吃飯，而且還要大家一起去！」

「我對這件事倒不感到奇怪，」威廉爵士應道，「因為我處在這樣的地位，最了解大人物的為人處世，知道他們就是這個樣子。在宮廷裡，這類風雅好客的事並不罕見。」

這一整天，還有第二天上午，大家幾乎全在談論去羅辛斯作客的事。柯林斯先生仔仔細細在告訴他們去那裡會看到些什麼，免得他們看到那樣宏偉的屋子、那樣多的僕人、那樣豐盛的菜餚，會造成驚慌失措。

當女士們正要去梳妝的時候，柯林斯先生又對伊麗莎白說道：

「親愛的表妹，你不要為衣著操心，凱薩琳夫人決不要求我們穿著華麗，只有她自己和她女兒才適合這樣打扮。我勸你隨便穿一件好一些的衣服就行了，不必過於講究，凱薩琳夫人不會因為你穿著樸素而瞧不起你，她喜歡大家都注意身分上的差異。」

夫人小姐們梳妝打扮的時候，柯林斯先生又到各人房門口去了兩、三次，勸她們動作快一些，凱薩琳夫人最討厭客人不按時入席，害得她空等。瑪麗亞．盧卡斯一向不大會交際，眼前聽說老夫人為人處世這麼可怕，不由得嚇了一跳。她懷著誠惶誠恐的心情，期待著去羅辛斯拜望，就像她父親當年進宮覲見一樣。

大家趁著天朗氣清，高高興興地穿過莊園，走了大約半英里。每座莊園都有自己的美妙景致，伊麗莎白看得心曠神怡、美不勝收，但是並不像柯林斯先生預期的那樣銷魂奪魄。柯林斯先生列數著房子正面的一扇扇窗戶，說光是這些玻璃，當初就花了劉易士．德布爾多大一筆錢，伊麗莎白聽了卻有些無動於衷。

他們踏上通往門廳的台階時，瑪麗亞覺得越來越惶恐不安，就連威廉爵士也不能鎮定自若，倒是伊麗莎白毫不畏縮。她沒聽說凱薩琳夫人在德才上有什麼出類拔萃、令人敬畏的地方，光憑著有錢有勢，還不至於叫她見了就驚慌失措。

一進門廳，柯林斯先生便帶著欣喜若狂的神情，指出這裡多麼氣派、多麼富麗。隨後，客人們由僕人領著穿過前廳，走進凱薩琳夫人母女和詹金森太太就座的屋子。承蒙夫人屈尊賞臉，立起身來迎接他們。柯林斯夫人事先與丈夫說定，當場由她出面替賓主介紹，因此介紹得頗為得體，柯林斯先生認為必不可少的道歉話和感謝話，都一概免了。

威廉爵士儘管進過宮，但是看到周圍如此富麗堂皇，也不禁大為驚愕，只能深深鞠個躬，一聲不響地坐了下來。他女兒給嚇得幾乎魂不附體，坐在椅子邊上，眼睛不知往哪裡看才好。伊麗莎白則處之泰然，從容不迫地打量著面前這三位女士。凱薩琳夫人是位高大的女人，五官分明，年輕時也許很漂亮。她的神態並不是很客氣，接待客人的態度，也不能使對方忘卻自己的低微身分。她默不作聲的時候，倒不那麼嚇人，但是一說起話來，總是帶有一種威嚴的口吻，表明了她的自命不凡，這使得伊麗莎白立刻想起了威克姆先生的話。經過這一整天的觀察，她覺得凱薩琳夫人跟威克姆先生形容的毫無二致。她細看了看這[illegible]人，發現她的容貌舉止與達西先生有些相像。然後她把目光轉移到她女兒身上，[illegible]那麼單薄、那麼瘦小，幾乎使她像瑪麗亞一樣感到驚奇。這母女倆無論體態還是[illegible]一[illegible]毫無相似之處。德布爾小姐面色蒼白、滿臉病容，五官雖說不算難看，卻也並[illegible]她不大說話，只是低聲跟詹金森太太嘀咕幾句。詹金森太太外表沒有什麼突出，[illegible]顧得聽德布爾小姐說話，而且擋在她面前，不讓別人看清她。

[illegible]幾分鐘之後，客人全被叫到窗口欣賞風景，柯林斯先生陪著衆人，一處處地指給他凱薩琳夫人和善地告訴大家，到了夏天還要好看得多。

酒席極其豐盛。柯林斯先生說過，夫人家有好多僕人和好多金銀餐具，果然名不虛傳。而且正如他預言的那樣，秉承夫人的意旨，他坐在了末席，看他那副神氣，彷彿人生不會有比這更得意的事了。他邊切邊吃，美滋滋地讚不絕口。每道菜都要受到誇讚，先由他來誇，再由威廉爵士接著誇。原來威廉爵士已經恢復了常態，可以做女婿的應聲蟲了，伊麗莎白看到他那副樣子，不禁納悶凱薩琳夫人怎麼忍受得了。不料，凱薩琳夫人對他們的過獎，似乎頗爲滿意，特別是客人們對桌上哪道菜感到非常新奇時，她便越發笑容可掬。衆人沒有多少可談的，只要有機會，伊麗莎白倒願意交談，可惜她坐在夏綠蒂和德布爾小姐之間——前者在用心聆聽凱薩琳夫人說話，後者席間沒跟她說過一句話。詹金森太太主要在關注德布爾小姐，見她吃得太少，便硬要她吃了這樣吃那樣，唯恐她哪裡不舒服。瑪麗亞壓根兒不敢講話，兩位男賓只顧一邊吃一邊讚賞。

女士們回到客廳之後，只是聽凱薩琳夫人說話。夫人滔滔不絕地一直說到咖啡端上來爲止。不管談到什麼事，她的意見總是那麼斬釘截鐵，表明她不容許別人發表異議。她毫不客氣地仔細問起了夏綠蒂的家務，並且就如何持家，向她做了一大堆指示，告訴她像她這樣一個小家庭，一切應該如何精打細算，還指教她如何照料母牛和家禽。

伊麗莎白發現，無論什麼事，只要能給她個機會對別人指手劃腳，這位貴婦人是決不會輕易放過的。老夫人同柯林斯先生談話的時候，也間或向瑪麗亞和伊麗莎白問些這樣那樣的問題，不過主要是問伊麗莎白。她一點也不了解她親友的情況，便對柯林斯夫人說，她是個很斯文、很秀氣的姑娘。

她先後問起伊麗莎白有幾個姊妹，一個個比她大還是小，她們中間有沒有可能要出嫁的，人長得漂不漂亮，在哪裡讀的書，父親用什麼馬車，母親娘家姓什麼？伊麗莎白覺得她問得太唐突，不過還是心平氣和地回答了她。

凱薩琳夫人這時說道：「我想，你父親的財產要由柯林斯先生來繼承啦。」隨即轉向夏綠蒂：「這事我為你感到高興。除此之外，我看不出有什麼理由不讓女兒繼承財產的。劉易士．德布爾家就認為沒有必要這樣做。你會彈琴唱歌嗎，貝內特小姐？」

「會一點。」

「哦！那好——什麼時候我們倒想聽一聽。我家的琴好極了，可能勝過——你哪天來試

你的姊妹們會彈琴唱歌嗎？」

個會。」

有都學會呢？你們應該都學會呀！韋布家的姊妹就個個都會，她們父親的收入還不及你一多呢。你們會畫畫嗎？」

「不，會。」

「什麼！一個也會？」

「一個也不會。」

「真不可思議。不過我想你們可能沒有機會。你們的母親應該每年春天帶你們進城訪訪名師。」

「我母親倒不會反對的，但我父親討厭倫敦。」

「你們的家庭女教師走了嗎？」

「我們沒請過家庭女教師。」

「沒有家庭女教師！那怎麼可能呢？家裡養育著五個女兒，卻不請個家庭女教師！我從沒聽說過這種事。你母親一定是賣苦役般地教育你們啦。」

伊麗莎白禁不住笑了，對她說，事實並非如此。

「那麼誰教導你們呢？誰照顧你們呢？沒有家庭女教師，你們就無人照管啦。」

「跟有些人家比起來，我們家對我們是有些照管不周。不過，我們姊妹中間，凡是好學的，決不會沒有辦法。家裡總是鼓勵我們好好讀書，也能請到必要的教師。誰想偷懶，當然也可以。」

「那毫無疑問。不過，家庭女教師就是要防止這種事。我要是認識你母親，一定竭力勸她請一位。我總說，離開有系統的正規指導，教育則將一事無成，而有系統的正規指導，只有家庭女教師辦得到。說起來真有意思，好多人家的家庭女教師都是由我介紹的。我總喜歡幫助年輕人找個好差事。詹金森太太的四個侄女就是經我介紹，謀得了稱心如意的好差事。就在前幾天，我推薦了一個姑娘，她只不過是人家偶然在我面前提起的，那家人對她非常滿意。柯林斯夫人，我有沒有告訴過你，梅特卡夫夫人昨天來謝我，她覺得波普小姐真是個難得的姑娘。『凱薩琳夫人，』她說，『你給我介紹了個難得的丫頭。』貝內特小姐，你妹妹有沒有出來交際的？」

「有，夫人，全都出來交際了。」

「全都出來交際了！什麼，五個姊妹同時出來交際了？眞是怪事！你不過是老二。姊姊還沒出嫁，妹妹就出來交際了！你妹妹一定很小吧？」

「是的，我小妹妹不滿十六歲。也許她還太小不宜多交際。不過，夫人，如果因爲姊姊無法早嫁，或是不願早嫁，做妹妹的就不能交際、不能娛樂，我想這可就太委屈她們了。小妹和大姊同樣有權利享受青春的樂趣，怎麼能出於那樣的動機，而把她們關在家裡！我想，那樣做就不可能促進姊妹之間的情誼，也不可能養成溫柔的心性。」

「眞沒想到，」夫人說，「你人不大，觀點倒挺明確的。請問，你多大啦？」

「我已有三個妹妹長大成人了，」伊麗莎白笑笑說，「你老人家總不會還要我招出多大年齡吧。」

凱薩琳夫人沒有得到直率的答覆，顯得大爲震驚。伊麗莎白猜想，敢於嘲弄這樣一位顯赫無禮的貴婦人，她恐怕要算是第一個！

「你想必不會超過二十歲，因此你也用不著隱瞞。」

「我不到二十一歲。」

等男賓們來到她們一起，喝過了茶，便擺起了牌桌。凱薩琳夫人、威廉爵士和柯林斯夫婦坐下來打四十張。德布爾小姐想玩卡西諾❶，因此兩位小姐便有幸幫助詹金森太太，替她湊足了人數。她們這一桌眞是乏味至極。除了詹金森太太有些擔心，時而問問德布爾小姐是否覺得太冷或太熱，是否覺得燈光太強或太弱之外，就沒有一句話不與打牌相關。另外一桌可就活躍多了。一般都是凱薩琳夫人在講話——不是指出其他三個人的錯誤，就是講點她自己的趣聞軼事。她老人家每說一句話，柯林斯先生就附和一聲，他每贏一次，就要謝夫人一番；如果覺得贏得過多，還要向夫人道歉。威廉爵士不大說話，只顧把一樁樁軼事和一個個貴人的名字存入腦海。

等到凱薩琳夫人母女倆玩到不想再玩的時候，兩張牌桌便收場了，主人對柯林斯夫人說，要派馬車送他們回家，柯林斯夫人感激地接受了，於是立即叫人去備車。這時大家又圍著火爐，聆聽凱薩琳夫人斷定明天天氣如何。大家正領教著，馬車到了，叫客人上車。柯林斯先生說了好多感激的話，威廉爵士鞠了好多躬，大家方才告別。馬車一駛出大門，柯林斯先生便要求伊麗莎白談談她對羅辛斯的感想，伊麗莎白看在夏綠蒂的面上，言過其實地恭維了幾句。她這番恭維雖說也頗費心思，但卻絲毫不能讓柯林斯先生滿意。柯林斯先生出於無奈，馬上又親自把她老人家重新讚揚了一番。

註

❶ 卡西諾：一種牌戲，類似二十一點。

第七章

威廉爵士在亨斯福德只逗留了一個星期，不過這次走訪，倒足以使他認識到：女兒找到了稱心如意的歸宿，有個不可多得的丈夫，一個難能可貴的鄰居。威廉爵士在這裡作客的時候，柯林斯先生每天上午都同他乘著雙輪馬車，帶他逛逛鄉間。等他一走，家裡又恢復了日常起居。伊麗莎白慶幸地發現，威廉爵士走後，她與表兄相見的機會並沒增多，因爲從吃早飯到吃晚飯的大部分時間裡，他不是在整理花園，就是在他自己那間面臨大路的書房裡看書寫字、憑窗遠眺，而女士們的起居室卻在背面。

伊麗莎白起初很納悶：現有的餐廳較大，位置也較適宜，夏綠蒂怎不把它當起居室？但她很快發現，她的朋友所以要這樣，倒有個充足的理由：假如女士們待在一間同樣舒適的起居室裏，柯林斯先生待在自己房裡的時間勢必要少得多。因此，她很讚賞她這樣安排。

她們從客廳裡全然看不見外面路上的情形，多虧了柯林斯先生，每逢有什麼車輛駛過，他總要跑來通告一聲，特別是德布爾小姐，幾乎天天乘著四輪敞篷馬車駛過，柯林斯先生總是一次不漏地跑來告訴他們。德布爾小姐常常在牧師住宅門口停下車，跟夏綠蒂閑談幾分鐘，但是很難請她下車。

柯林斯先生差不多每天都要去羅辛斯一趟，他妻子也覺得隔不了幾天就要去一次。伊麗莎白不由得在想，或許還有別的牧師職位要饋贈，否則她眞不明白，他們爲什麼要犧牲那麼多時間。有時夫人也光臨他們的住宅，來了以後，這屋裡的一切，全都逃不過她的眼睛。

她查問他們的日常起居，察看他們的家務，埋怨家具擺置不當，指責傭人躲懶偷閑。如果她肯在這裡吃點東西，那好像只是爲了看看柯林斯先生是否在出手大方地過日子。

伊麗莎白不久就發覺，這位貴婦人雖然並不負責郡裡的治安事宜，但卻是本教區最起勁的執法官，芝麻點大的事情，都要由柯林斯先生稟報給她。只要哪個村民愛吵架、好發牢騷，或是窮得活不下去，她總要親自跑到村裡，去調解糾紛、平息怨言，罵得他們一個個相安無事，不再哭窮。

羅辛斯每星期大約要請他們吃兩次飯。由於缺少了威廉爵士，晚上只能擺一張牌桌，這樣的宴請，每次都是第一次的重演。他們很少到別處作客，因爲附近一般人家的生活派頭，柯林斯夫婦還高攀不上。不過，這對伊麗莎白卻毫無妨礙，總的說來，她在這裡過得滿舒適：可以經常和夏綠蒂愉快地交談半個鐘頭，加上這個季節難得這般好天氣，可以常常到戶外去舒暢舒暢。別人去拜訪凱薩琳夫人的時候，她總愛到莊園旁邊那座小樹林裡去散散步，那裡有一條幽靜的綠蔭小徑，她覺得只有她一個人懂得這裡的妙處，而且到了這裡，她就可以避開凱薩琳夫人的好奇心。

她作客的頭兩週，就這樣平平靜靜地過去了。復活節臨近了，節前一週裡，羅辛斯府上要添一位客人，在這麼一個小圈子裡，這當然是件大事。伊麗莎白剛到不久就聽說，達西先生在幾週內要來這裡。雖說在她認識的人當中，沒有幾個像達西這麼令她討厭的，但他來了倒能給羅辛斯的聚會上增添一個比較新鮮的面孔，她可以興致勃勃地觀察一下他對他表妹的態度，從中看出賓利小姐是多麼枉費心機。凱薩琳夫人顯然已經把女兒許配給他，因此一說起他要來，便得意非凡，對他讚賞不已；一聽說盧卡斯小姐和伊麗莎白早就跟他認識，還時常見面，差一點發起火來。

不久，牧師住宅裡的人們就知道達西先生來了。原來，柯林斯先生一上午都在通向亨斯福德的門房附近盤旋，以便盡早獲得確鑿消息。等到馬車駛進莊園，他便鞠了一個躬，急忙跑回屋去，報告這重大新聞。第二天早上，他又急忙趕到羅辛斯去拜會。他要拜會凱薩琳夫人的兩位外甥，因為達西先生帶來了一位菲斯威廉上校，他是達西的姨父某某爵士的幼子。使大夥大為驚訝的是，柯林斯先生回來的時候，兩位貴客也跟來了。夏綠蒂從丈夫房裡看見他們穿過大路，便立刻奔進另一個房間，告訴小姐們馬上有貴客光臨，接著又說：

「伊蕾莎，這次貴客光臨，我得感謝你。否則，達西先生決不會這麼快就來拜訪我。」

伊麗莎白聽到這番恭維，還沒來得及推辭，門鈴便響了，表明客人到了。轉眼工夫，三位先生走進屋來。帶頭的是菲斯威廉上校，他三十來歲，人長得不算漂亮，但從儀表和談吐看來，倒是個道道地地的紳士。達西先生完全是在赫特福德時的老樣子，帶著慣常的矜持態度，向柯林斯夫人問好。他對她的朋友不管懷有什麼感情，與她相見時神色卻極為鎮定。伊麗莎白只對他行了個屈膝禮，一句話也沒說。

菲斯威廉上校立即跟大家攀談起來，口齒伶俐，談吐大方，像個教養有素的人，談得饒有風趣。可他那位表弟，只向柯林斯夫人把房子和花園評論了幾句，便坐在那裡，半天沒跟任何人搭話。後來，他終於想起了禮貌問題，便向伊麗莎白問候她全家人安好。伊麗莎白像往常那樣敷衍了他幾句。

停了片刻，她又說：「我姊姊這三個月來一直待在城裡，你從沒碰見過她嗎？」

其實，她完全知道他從沒碰見過珍，只不過想要探探虛實，看看他是否知道賓利一家與珍之間發生的嫌隙。達西先生回答說，不幸從未碰見過貝內特小姐，她覺得他回答這話時，神色有點慌張。這件事沒有繼續談下去，過了不久，兩位貴客便告辭了。

第八章

菲斯威廉上校風度翩翩，受到牧師家衆人的高度讚賞。夫人小姐們都覺得，他定會給羅辛斯的聚會平添不少情趣。然而，他們已有多日沒有接到那邊的邀請了，因爲主人家有了客人，用不著他們了。一直到復活節那天，也就是兩位先生到達將近一週之後，他們才榮幸地受到了一次邀請，而那也不過是離開教堂時，主人家順便請他們晚上去玩玩。過去的一週裡，他們幾乎就沒見到凱薩琳夫人母女。在此期間，菲斯威廉上校到牧師家拜望過幾次，而達西先生卻只在教堂裡見過一面。

牧師家當然接受了邀請，並且適時地來到了凱薩琳夫人的客廳，夫人客客氣氣地接待了他們，不過看得出來，他們決不像請不到別的客人時那麼受歡迎。事實上，夫人幾乎只想著兩位外甥，光顧著跟他們說話，特別是跟達西說話，而很少搭理屋裡其他人。

菲斯威廉上校倒似乎很樂意見到他們。羅辛斯的生活實在單調，他眞想能調劑一下。再說，柯林斯夫人的那位漂亮朋友又十分討他喜歡。他眼前就坐在她身邊，繪聲繪影地講到了肯特郡和赫特福德郡、旅行和家居、新書和音樂，伊麗莎白聽得津津有味，覺得在這間屋裡從沒這麼有趣過。他們倆滔滔不絕地談得正起勁，不覺引起了凱薩琳夫人和達西先生的注意。達西先生立刻露出好奇的神情，將目光一次次地投向他們，過了不久，夫人也感到好奇，而且表現得更爲露骨，因爲她毫無顧忌地叫道：「你們在說什麼，菲斯威廉？你們在談論什麼？你在跟貝內特小姐說什麼？說給我聽聽。」

「我們在談論音樂，姨媽。」菲斯威廉迫不得已回答說。

「談論音樂！那就請你們說大聲些，我最喜歡聽音樂。你們談論音樂，也該有我的份兒。我想，英國沒有幾個人能像我這樣眞正欣賞音樂，也沒有幾個人比我情趣更高，我要是學過音樂，一定會成爲一位高手。安妮要是身體好，多下點工夫，也會成爲一位高手。我相信，那樣一來，她準會演奏得十分動人。喬治亞娜學得怎樣啦，達西？」

達西先生滿懷深情地把妹妹的技藝讚揚了一番。

「聽說她這麼有出息，我很高興，」凱薩琳夫人說。「請你替我轉告她，她要是不多加練習，也休想出人頭地。」

「你請放心，姨媽，」達西答道，「她用不著這樣的勸告，她正在不停地練習。」

「那就更好。練習總不怕多。我下次給她寫信的時候，一定要囑咐她說什麼也別偷懶。我常對年輕小姐們說，不經常練習，就休想在音樂上出人頭地。我對貝內特小姐說過幾次，她除非再多練練，否則就永遠也彈不好。柯林斯夫人雖然沒有琴，我卻歡迎她每天到羅辛斯來，彈彈詹金森太太房裡的那架鋼琴。你知道，她在那間屋子裡不會妨礙什麼人的。」

達西先生見姨媽如此無禮，覺得有些難爲情，因此沒有搭理她。

喝過咖啡之後，菲斯威廉上校提醒伊麗莎白說，她答應過要彈琴給他聽，於是伊麗莎白即坐到了鋼琴前面，上校拖過一把椅子，放在他旁邊。凱薩琳夫人聽了半支歌，接著又像先前一樣，跟另一位外甥談起話來，後來這位外甥也離開了她，朝鋼琴那邊款步走去，選了個位置站好，恰好能把演奏者的漂亮臉龐看個一清二楚。伊麗莎白看出了他的意圖，便乘機住手，扭過頭來對他狡黠地一笑，說道：「達西先生，你這副架勢走來聽琴，莫非是想嚇唬我吧？儘管令妹確實彈得很出色，我也不害怕。我這個人生性倔強，決不肯讓人把我嚇倒。別人越是想來嚇唬我，我膽量就越大。」

「我不想說你講錯了，」達西先答道，「因爲你不會當眞認爲我存心嚇唬你。我有幸認識了你這麼久，知道你就喜歡偶爾說點言不由衷的話。」

伊麗莎白聽見達西這樣形容她，不由得縱情笑了起來，隨即便對菲斯威廉上校說道：「你表弟在你面前這樣美化我，教你一句話也別相信我。我眞不走運，本想在這裡混充一下，讓人覺得我的話多少還是可信的，卻偏偏遇上了一個能戳穿我眞實性格的人。說眞的，達西先生，你也太不厚道了，居然把你在赫特福德了解到的我的缺失，全給抖出來了——而且，請恕我直言，你這樣做也太不高明——因爲這會引起我的報復，說出一些事來，讓你的親戚聽了會嚇一跳。」

「我才不怕你呢！」達西笑笑說。

「請你說給我聽聽，他有什麼不是，」菲斯威廉上校嚷道。「我想知道他在生人面前表現如何。」

「那我就說給你聽聽——不過你要做好準備，事情非常可怕。你要知道，我第一次在赫特福德看見他，是在一次舞會上——你知道他在這次舞會上做什麼了嗎？他總共只跳了四支舞！我不願意惹你難過——不過事實就是如此。雖然男賓很少，他卻只跳了四支舞，而且我知道得很清楚，當時不只一位年輕小姐，因爲沒有舞伴，只好冷坐在一旁。達西先生，你無法否認這個事實。」

「當時，除了自己一夥人以外，我無幸認識舞場裡的任何一位女士。」

「不錯。舞場裡也不興請人作介紹啦。唔，我下面彈什麼？我的手指在恭候吩咐呢。」

「也許，」達西說，「我當時最好請人介紹一下，但我又不善於向陌生人自我推薦。」

「要不要問問你表弟，這究竟是什麼緣故？」伊麗莎白仍然對著菲斯威廉上校說道。「要不要問問他：一個知書達禮、見多識廣的人，為什麼不善於把自己介紹給陌生人？」

「我可以回答你的問題，」菲斯威廉說，「而不用請教他。那是因為他怕麻煩。」

「我確實不像有些人那樣有本事，」達西說，「遇到素不相識的人也能言談自若。我不像有些人那樣，就會聽話聽音，假裝對對方的事情很感興趣。」

「我彈起琴來，」伊麗莎白說，「手指不像許多婦女那麼熟練，既不像她們那麼有力、那麼靈巧，也不像她們彈得那麼有味，不過我總認為這都怪我自己，怪我不肯多練，我可不信我的手指就不中用，比不上哪個比我彈得強的女人。」

達西笑笑說：「你說得完全正確。可見你的練習效率比別人高得多。凡是有幸聽過你演奏的人，都不會覺得還有什麼不足之處，我們兩人都不在陌生人面前表現自己。」

說到這裡，凱薩琳夫人大聲詰問他們在說什麼，打斷了他們的談話。伊麗莎白立刻又彈起琴來。凱薩琳夫人走上前來，聽了幾分鐘，對達西說：「貝內特小姐要是再多練習練習，再能請倫敦的名師指點指點，彈起來就不會有什麼欠缺了。雖說她的情趣比不上安妮，但她很懂得指法。安妮要是身體好能多學學的話，一定會成為令人喜愛的演奏家。」

伊麗莎白望望達西，想看看他表妹受到了這番讚揚，他是否竭誠表示贊同，不料在當時或事後，她絲毫都看不出任何鍾愛的跡象。從他對德布爾小姐的整個態度來看，她不禁為賓利小姐感到欣慰：假如她跟達西是親戚的話，達西同樣也可能娶她。

凱薩琳夫人繼續對伊麗莎白的彈奏說長道短，夾帶著還就演奏和鑒賞問題作了許多指示。伊麗莎白出於禮貌，只好耐心地聽著，後來，應兩位先生的請求，她依然坐在那裡彈琴，直到夫人的馬車備好了，要送他們回家。

第九章

第二天早晨，柯林斯夫人和瑪麗亞有事到村裡去了，伊麗莎白獨自坐在房裡給珍寫信。寫著寫著，猛地一驚，只聽門鈴響了，知道準是來了客人，她沒有聽見馬車聲，心想或許是凱薩琳夫人來了，不禁有些畏怯，便趕忙收起那封寫了一半的信，免得她又要問這問那。就在這時候，門打開了，使她大爲吃驚的是，達西先生走了進來，而且只有他一個人。

達西見她一個人待在屋裡，似乎也很驚訝，連忙道歉說，他還以爲夫人小姐們全在家裡，所以才貿然闖了進來。

兩人坐了下來，伊麗莎白問了些羅辛斯的情況之後，雙方似乎大有陷入僵局的危險。因此，非得想點話說說不可。就在這緊急關頭，她想起了上次在赫特福德郡跟他見面的情形，覺得很好奇，想要聽聽他如何解釋那次匆匆的離別，於是便說：

「達西先生，你們去年十一月離開了內瑟菲爾德，一個個走得多麼突然啊！賓利先生見你們立即接踵而至，一定感到大爲驚喜，因爲我好像記得，他只比你們早走一天。你離開倫敦的時候，但願他和他姊姊妹妹身體都好。」

「好極了，謝謝你。」

伊麗莎白發覺對方沒有別的話回答她，停了一會又說：「我想，賓利先生大概不打算再回到內瑟菲爾德了吧？」

「我從沒聽他這麼說過。不過，他將來在那裡盤桓的時間可能微乎其微。他有許多朋友，處在他這個年紀，交際應酬正與日俱增。」

「如果他不打算在內瑟菲爾德多住的話，對於街坊鄰里來說，他最好徹底放棄那個地方，這樣一來，我們就可以得到一個固定的鄰居。不過，賓利先生租下那棟房子，恐怕主要是為了方便自己，並沒有顧念到街坊鄰里，我看這房子他保留也好、退掉也好，都會基於同一原則。」

「我料想，」達西說，「他一旦買到合適的房子，就會退掉內瑟菲爾德。」

伊麗莎白沒有回答。她唯恐再談論他那位朋友。既然別無他話可說，她決定讓對方動動腦筋，另找個話題。

達西領會了她的用意，過了不久便說：「這所房子好像倒挺舒適。我想柯林斯先生剛來亨斯福德的時候，凱薩琳夫人一定大大修繕了一番。」

「我想是的——而且我相信，她的好奇心沒有白費，天底下再沒有比柯林斯先生更能感恩戴德的人了。」

「柯林斯先生看樣子挺有福氣，娶了這樣一位太太。」

「是的，的確有福氣。他的朋友們眞應該為他高興，難得這樣一個聰明女人倒肯嫁給他，嫁了他又能給他帶來幸福。我的朋友是個極其聰明的女人——雖說她嫁給柯林斯先生，我並不認為做得十分明智，不過她好像十分幸福，再說，以審慎的眼光看來，這對她當然是一門良緣。」

「離開娘家和朋友這麼近，她一定覺得很稱心。」

「你說很近嗎？都快五十英里啦。」

「只要路好走，五十英里算什麼？只不過半天的旅程。是的，我認為很近。」

「我決不會把這個距離視爲這門親事的一個有利條件，」伊麗莎白大聲說道。「我決不會說柯林斯夫人住得離家近。」

「這說明你太留戀赫特福德。依我看，你哪怕走出朗伯恩一步，都會嫌遠。」

達西說這話的時候，臉上浮出了一絲微笑，伊麗莎白心想，她明白這其中的意味；他一定以爲她想起了珍和內瑟菲爾德。

於是，她紅著臉答道：「我並不是說，女人家就不興嫁得離娘家太近。遠近是相對的，取決於種種不同的情況，只要家裡有錢，不在乎路費，遠一些也無妨。不過，他們的情況就不同了。柯林斯夫婦雖然收入不少，但也經不起經常旅行。我相信，即使把目前的距離縮短到不足一半，我的朋友也不會自稱離娘家近。」

達西先生把椅子朝她跟前移了移，說道：「你可不該有這麼重的鄉土觀念，你不可能一直待在朗伯恩吧！」❶

伊麗莎白神色有些驚異。達西心裡一沉，連忙把椅子往後拖了拖，從桌子上拿起一張報紙，隨意溜了一眼，一面用較爲冷靜的口吻說道：「你喜歡肯特嗎？」

於是，兩人便議論了幾句肯特郡，彼此神情鎮定、言詞簡潔。

不一會工夫，夏綠蒂姊妹倆散步回來了，他們也就中止了談話。那姊妹倆見兩人在促膝談心，不覺有些驚奇。達西先生連忙解釋說，他誤以爲她們都在家，不想卻打擾了貝內特小姐，隨後又稍坐了幾分鐘，也沒跟誰多說話，便起身告辭了。

「這是什麼意思呀？」達西一走，夏綠蒂便說道。「親愛的伊蕾莎，他一定是愛上你啦，否則決不會這麼隨隨便便就來看我們的。」

伊麗莎白把他剛才悶聲不響的情形說了說，夏綠蒂又覺得自己縱有這番好意，看上去卻不大像是這麼回事。她們東猜西猜，最後只能這樣認爲：他來這裡是因爲閒得無聊。到了這個季節，倒也可能出現這種情況。一切野外活動都停止了，家裡雖然有凱薩琳夫人，有書，還有張撞球桌，但是男人家總不能老悶在家裡。既然牧師住宅相隔很近，走到那裡可以散散心，再說那裡的人們也挺有趣。

兩位表兄弟在這段作客期間，差不多都禁不住要往那裡走一趟。他們總是或早或遲地趁上午去，有時單獨行動，有時一道前往，間或還由姨媽陪著。幾位女士都看得出來，菲斯威廉上校所以來訪，是因爲他喜歡跟她們交往，這當然使大家越發喜歡他。伊麗莎白願意和他在一起，他顯然也愛慕伊麗莎白，這雙重因素促使伊麗莎白想起了以前的心上人喬治·威克姆。將這兩人加以比較，她發現，菲斯威廉上校的舉止不像威克姆那麼溫柔迷人，然而她相信，他的頭腦卻聰明無比。

但是達西先生爲什麼常到牧師家來，卻越發讓人難以捉摸。他不可能是爲了湊熱鬧，因爲他往往坐在那裡十分鐘也不開口，很難得說上幾句，好像也是迫不得已，而不是出於自願——爲了禮貌起見，而不是心裡高興。

他很少有興高采烈的時候。柯林斯夫人簡直摸不透他。菲斯威廉上校有時候笑他呆頭呆腦，可見他平常並非如此，然而柯林斯夫人憑著自己對他的了解，卻悟不出這一點，她倒寧願相信這種變化是戀愛所造成的，而且戀愛對象就是她的朋友伊蕾莎。於是她便一本正經地留起神來，要把事情查個明白。每當她們去羅辛斯，或是達西來亨斯福德，她總是注意觀察他，但是沒有多大效果。他當然常常望著她的朋友，但那究竟是一種什麼眼神，卻還值得斟酌。他的目光是誠懇和專注的，但她常常懷疑，這裡面究竟包含多少愛慕之情，有時候看上去只不過是心不在焉而已。

她曾經向伊麗莎白提示過一、兩次，說達西可能傾心於她，但伊麗莎白聽了，總是付之一笑。柯林斯夫人認爲，不應當在這問題上逼得太緊，以免撩得人家動了心，到頭來只落個一場空。

她覺得毫無疑問，她的朋友只要確認已經把達西抓在手中，先前對他的厭惡之情也就會煙消雲散了。

她好心好意地爲伊麗莎白設想，有時候打算讓她嫁給菲斯威廉上校。他是個無比可愛的人，當然也愛慕伊麗莎白，社會地位又極爲相當，不過，達西先生在教會裡擁有很大勢力，而他表兄卻絲毫沒有這種勢力，於是他那些優點也就全給抵銷了。

註

❶ 達西先生這句話披露了他對伊麗莎白的愛慕之情。他覺得伊麗莎白個性活潑，不可能一直住在鄉下。

第十章

伊麗莎白在莊園裡散步的時候，不只一次意外地碰見了達西先生。她覺得自己倒楣透頂，來這裡見不到別人，卻偏偏遇見他。爲了防止再出現這種情況，她第一次就告訴他，她常愛到這裡蹓躂。因此，再出現第二次可就怪啦！然而確實有了第二次，甚至第三次。看起來，他像是有意跟她過不去，或者主動來賠不是，因爲這幾次，他不光是客套幾句、尷尬地沉默一陣就走開，而是覺得必須掉過頭來，陪她走一走。

他從不多說話，伊麗莎白也不願多講、不願多聽。但是第三次見面的時候，他問了她幾個稀奇古怪、不相關聯的問題——問她在亨斯福德快活不快活？爲什麼喜歡一個人散步？是不是認爲柯林斯夫婦很幸福？

談到羅辛斯，伊麗莎白說她不太了解那家人，達西彷彿期望她以後再來肯特郡，還會住在這裡。他話裡似乎含有這層意思。難道他在替菲斯威廉上校著想？她覺得，他若是當眞話中有話，那一定是暗示那個人對她有些動心。她覺得有點懊惱，好在已經走到牧師住宅對面的柵欄門口，因此又覺得很高興。

一天，她正一面散步、一面重新讀著珍上次的來信，反覆琢磨著珍心灰意冷中寫下的那些話。恰在這時，她又讓人給嚇了一跳，不過抬頭一看，發現這次並不是達西先生，而是菲斯威廉上校向她迎面走來。她立刻收起信，勉強做出一副笑臉，說道：「沒想到你也會到這裡來。」

「在莊園裡兜一圈，」菲斯威廉答道，「我每年都這樣，臨走前都會來兜一圈，然後再去拜訪一下牧師家。你還要往前走很遠嗎？」

「不，馬上就要回去了。」

於是，她果眞轉過身，兩人一起朝牧師住宅走去。

「你星期六眞要離開肯特嗎？」伊麗莎白問道。

「是的——如果達西先生不再拖延的話。不過我得聽他擺布，他喜歡怎麼安排、就怎麼安排。」

「即使安排的結果不中他的意，至少能爲有權做主而感到洋洋得意。我從來沒見過哪一個人，能像達西先生那樣喜歡專權做主、爲所欲爲。」

「他的確喜歡自行其是，」菲斯威廉上校答道。「不過我們大家都是如此，只不過他比一般人更有條件這麼做，因爲他有錢，一般人比較窮。我說的是實心話。你知道，幼子可就不得不克制自己、仰仗別人。」❶

「照我看來，一個伯爵的幼子對這兩方面就不會有什麼體驗。說正經的，你又懂得什麼叫克制自己和仰仗別人呢？你什麼時候因爲沒有錢，想去什麼地方去不成，或者喜愛一樣東西買不成？」

「你問得好——也許這方面的苦頭我沒吃過多少。但在重大問題上，我可能就得因爲沒有錢而吃苦了。幼子就不能跟自己的意中人結婚。」

「除非是看中了有錢的女人，我覺得他們往往如此。」

「我們花錢花慣了，因此不得不依賴別人。處於我這種地位，結婚又能不注重錢，這種人可爲數不多呀！」

「他這話，」伊麗莎白心裡暗想，「是故意說給我聽的吧？」她想到這裡，不由得臉紅了。但她立刻恢復了常態，用活潑的語調說道：「請問，一個伯爵的幼子通常值多少身價？我想，除非兄長體弱多病，你的要價總不能超過五萬鎊吧。」

菲斯威廉也用同樣的口吻回答了她，這事便絕口不提了。但是，伊麗莎白又怕這樣沉默下去，會讓對方以爲她聽了那話心裡不是滋味，便立即說道：「我想，你表弟帶你來這裡，主要是爲了要有個人聽他擺布。不過，他眼前有個妹妹或許也就行了。既然他妹妹完全由他一個人照管，他可以隨心所欲地對待她了。」

「不，」菲斯威廉上校說，「這份好處他還得跟我一起分享。我與他同是達西小姐的保護人。」

「眞的嗎？請問，你們兩位保護人當得怎麼樣？關照起來挺棘手的吧？她這般年紀的小姐有時候不大好對付，要是她的脾氣和達西一樣，她也會自行其是的。」

伊麗莎白說這話的時候，發覺菲斯威廉上校正顏厲色地望著她。他當即問她爲什麼認爲達西小姐會讓他們感到棘手，看他問話時的神情，她越發相信自己猜得八九不離十。於是她立即答道：「你不必驚慌，我從沒聽說她有什麼不好，也許她是世界上最聽話的一位姑娘。我認識的夫人小姐中，有幾個人特別喜歡她，比如赫斯特夫人和賓利小姐。我好像聽你說過，你也認識她們。」

「有點認識。她們的兄弟是個和藹可親的人，很有紳士派頭——他是達西的好朋友。」

「哦！是的，」伊麗莎白冷冷地說道。「達西先生待賓利先生好極了，對他關懷得可是無微不至。」

「關懷他！是的，我的確相信，在他最需要關懷的節骨眼上，達西還眞能關懷他。我在來這裡的路上聽他說了一件事，因此可以料想賓利多虧他幫了忙。不過，我應該請他原諒，我不敢斷定他說的那個人就是賓利。那全是猜測。」

「你這話是什麼意思？」

「這件事達西當然不願意讓大家知道，免得傳到女方家裡，惹得人家不高興。」

「你放心好了，我不會說出去的。」

「請記住，我沒有充分的理由認爲就是賓利。達西只是告訴我說：他感到很慶幸，最近幫助一位朋友擺脫了窘境，放棄了一門冒昧的婚姻，但他沒有指名道姓，也沒細說其他情況。我只不過懷疑是賓利，因爲我相信他那樣的青年，很容易陷入那種窘境，還知道他們倆整個夏天都待在一起。」

「達西先生有沒有告訴你他爲什麼要干預？」

「聽說那位小姐有些條件很不理想。」

「他用什麼手段把他們拆散的？」

「他沒有說明用什麼手段，」菲斯威廉含笑說。「他只對我說了我剛才告訴你的那些話罷了。」

伊麗莎白沒有回答，繼續往前走著，心裡怒不可遏。

菲斯威廉望了望她，問她爲什麼這樣思慮重重。

「我在琢磨你剛才說的這件事，」伊麗莎白說。「我覺得你表弟的做法欠妥。憑什麼要他做主？」

「你認爲他的干預是多管閑事嗎？」

「我眞不明白，朋友談戀愛，達西先生有什麼權利斷定合適不合適。就憑著他的一己之見，他怎麼能獨斷獨行，指揮朋友如何去獲得幸福。不過，」她平了平氣，繼續說道，「我們既然不了解內中底細，要指責他也不公平，也許那兩人之間沒有多少愛情。」

「這種推斷倒不能說不合情理，」菲斯威廉說。「但我表弟本來十分得意，你那樣說，豈不大大抹煞了他的功勞。」

他這話本是說著逗趣的，但伊麗莎白覺得，這倒是對達西先生的眞實寫照，因此她也不便回答，只好突然改變話題，談些無關緊要的事情。說著說著，不覺來到了牧師住宅門前。

客人一走，她便把自己關進房裡，好清靜地想想剛才聽到的話。她認爲，菲斯威廉所說的那對男女，肯定是與她有關的兩個人。達西先生能夠如此任意擺布的人，天底下決不會有第二個。他參與了拆散賓利先生和珍的活動，對此她從來不曾懷疑過，但她總認爲主謀是賓利小姐，主要是她策劃的。如果達西本人不是虛榮心作祟的話，那麼珍現在所遭受的百般痛苦，以及以後還要遭受的種種痛苦，都要歸罪於他……歸罪於他的傲慢與任性。一個天底下最溫柔、最寬厚的女子，幸福的希望一下子全讓他給葬送了，而且誰也說不準，他造下的這樁冤孽，要到何年何月才能了結。

「那位小姐有些條件很不理想，」這是菲斯威廉上校的原話。這些不理想的條件，也許是指她有個姨父在鄉下當律師，還有個舅父在倫敦做生意。

「至於珍本人，」她大聲嚷道，「根本不會有什麼不足的地方。她眞是太可愛、太善良啦！她腦子靈活、修養好，風度又迷人。我父親也沒有什麼可挑剔的，他雖然有些怪癖，但卻具有達西先生不可小看的能力，以及他可能永遠不可企及的體面。」

當然，當她想到母親的時候，信心略有些動搖。但她又認爲，這方面的欠缺，對達西先生不會有多大影響，因爲她相信，達西先生覺得最使他有傷自尊的，是他的朋友跟門戶低微的家人結親，至於這家人有沒有見識，他倒不會過於計較。她最後斷定，達西一方面是被這種可惡透頂的傲慢心理所支配，另一方面是想把他妹妹許配給賓利先生。

這件事她越想越氣，忍不住哭了起來，最後搞得頭也痛了。

到了晚上，頭痛得實在厲害，再加上不願意看見達西先生，便決定不陪表兄表嫂去羅辛斯吃茶點。柯林斯夫人見她確實不舒服，也就不再勉強她，而且盡量不讓丈夫勉強她。但是柯林斯先生不禁有些提心吊膽，唯恐她待在家裡，會惹得凱薩琳夫人不悅。

註

❶ 在當時的封建社會中，財產全由長子繼承，其餘的兒子因為沒有生活來源，只得仰仗兄長或朋友資助。

第十一章

等柯林斯夫婦走了之後，伊麗莎白彷彿想要進一步激發她對達西先生的深仇大恨似的，拿出她到肯特以來珍寫給她的所有信件，一封封地細讀了起來。信上沒有明顯的抱怨，既沒重提過去的舊事，也沒訴說目前的痛苦。本來，珍素性嫻靜、待人和善，寫起信來從不陰陰鬱鬱的，筆調總是十分歡快：可現在卻好，在她所有的信中，甚至在每封信的每一行裡，卻全然找不到這種歡快的筆調。

伊麗莎白第一次讀得比較馬虎，這一次仔細讀來，覺得信上每句話都流露出坐立不安的心情。達西先生恬不知恥地吹噓說，他最善於讓人受罪，這就使她越發深切地體會到姊姊的百般痛苦。她心裡略覺寬慰的是，達西後天就要離開羅辛斯，而使她更覺寬慰的是，再過不到兩週，她又可以和珍在一起了，而且可以憑藉感情的力量，幫助她重新振作起精神。

一想起達西就要離開肯特，便不免記起他表兄也要跟他一起走。不過，菲斯威廉上校已經表明對她毫無意圖，因此，他雖然討人喜歡，她卻不想因為他而自尋苦惱。

剛想到這裡，突然聽到門鈴響了，她以為是菲斯威廉上校來了，心頭不由得為之一振，因為在這之前，他有天夜晚來過一次，這次可能是特地來問候她。但她立即便打消了這個念頭。

使她萬分驚訝的是，進來的竟是達西先生，她的情緒又頓時低落下來。達西匆匆忙忙地立即問她身體好了沒有，說他所以來這裡，就是希望聽到她康復的好消息。伊麗莎白冷漠而不失禮貌地回答了他。達西坐了一會，然後站起身來，在屋裡踱來踱去。伊麗莎白感到奇怪，但是沒有作聲。沉默了幾分鐘以後，達西帶著激動的神情走到她跟前，說道：

「我克制來克制去，實在撐不住了，這樣下去可不行，我的感情再也壓抑不住了。請允許我告訴你，我多麼敬慕你，多麼愛你！」

伊麗莎白驚訝得簡直無法形容。她瞪著眼、紅著臉，滿腹狐疑，悶聲不響。

達西見此情景，以爲她在慫恿他講下去，便立即傾訴了現在和以往對她的一片深情。他說得十分動聽，但是除了愛慕之情之外，還要詳盡表明其他種種情感……而且吐露起傲慢之情來，決不比傾訴柔情蜜意來得遜色。他覺得伊麗莎白出身低微，他自己是降格以求，而這家庭方面的障礙，又使得理智與心願總是兩相矛盾。他說得如此激動，似乎因他在屈尊俯就的緣故，但卻未必能使他的求婚受到歡迎。

伊麗莎白儘管打心眼裡厭惡他，但是能受到這樣一個人的愛慕，她又不能不覺得是一種恭維。雖說她的決心不曾有過片刻的動搖，但她知道這會給對方帶來痛苦，因此開頭還有些過意不去。然而他後來的話激起了她的怨恨，她的憐憫之情完全化作了憤怒，不過她還是盡量保持鎮定，準備等他把話說完，再耐著性子回答他。達西最後向她表明，他愛她愛得太強烈了，儘管一再克制，還是克制不住；並且表示說，希望她能接受他的求婚。伊麗莎白不難看出，他說這些話的時候，自以爲肯定會得到個滿意的答覆。他雖然嘴裡說自己又擔憂又焦急，但是臉上卻流露出一副穩操勝券的神氣。

這種神態只會惹對方更加惱怒，因此，等他一講完，伊麗莎白便紅著臉說道：「在這種情況下，按照常規，人家向你表白了深情厚意，你不管能不能給予同樣的報答，都應該表示一下自己的感激之情。有點感激之情，也是很自然的，我要是眞覺得感激的話，現在也會向你表示謝意的。可惜我不能這麼做——我從不企望博得你的青睞，再說你這種青睞，也表露得極爲勉強。很抱歉，我會給別人帶來痛苦，不過那完全是無意造成的，而且我希望很快就會過去。你告訴我說，你以前有種種顧慮，一直未能向我表明你的好感，現在經過這番解釋之後，你很容易就能克制住這種好感。」

達西先生這時正倚著壁爐架，兩眼直瞪瞪地盯著她，好像聽了她這番話，心裡又驚奇又氣憤，他氣得臉色鐵青，整個神態處處顯現了內心的煩憂不安。他竭力裝出鎮定自若的樣子，不到自以爲裝像了就不開口。這番沉默，使伊麗莎白感覺到可怕。最後，達西以強作鎮定的口氣說道：「我眞榮幸，竟然得到這樣的回答！也許我可以請教一下，我怎麼會遭到如此無禮的拒絕？不過這也無關緊要。」

「我也想請問一聲，」伊麗莎白答道，「你爲什麼要這樣如此露骨地冒犯我、侮辱我，非要告訴我，你是違背自己的意志、理智甚至人格而喜歡我？如果說我當眞無禮的話，這難道不也情有可原嗎？不過令我惱怒的還有別的事情，這一點你也知道。退一萬步說，即使我對你沒有反感，跟你毫無芥蒂，甚至還有幾分好感，難道你認爲我會那麼鬼迷心竅，居然去愛一個毀了（也許永遠毀了）我最心愛的姊姊的幸福的人嗎？」

達西先生聽了她這些話，臉色刷地變了。不過他很快又平靜下來，也沒想著去打斷她，只管聽她繼續說下去！

「我有充分的理由鄙視你，你在那件事上扮演了很不正當、很不光彩的角色，不管你動機如何，都是無可寬容的。說起他們兩人被拆散，即使不是你一手造成的，你也是主謀，這你不敢抵賴，也抵賴不了。看你把他們搞的，一個被世人指責爲朝三暮四，另一個被世人譏笑爲痴心妄想，害得他們痛苦至極。」

她說到這裡頓住了，一見達西那副神情，完全沒有一丁點懊悔之意，眞氣得她非同小可。他甚至還裝作不相信，笑吟吟地望著她。

「你敢說你沒做嗎？」伊麗莎白又問了一遍。

達西故作鎭定地答道：「我不想否認，我的確竭盡全力拆散了我的朋友和你姊姊的姻緣，並且還爲自己的成功感到高興，我對賓利比對自己還要關心。」

伊麗莎白聽了他這番文雅的反省，表面上不願顯出很留意的樣子，不過她倒明白這番話的意思，因此心裡也就不可能消氣。

「我還不光是在這件事上厭惡你，」她繼續說道。「早在這件事發生之前，我對你就有了看法。好幾個月以前，我從威克姆先生那裡了解了你的人品。你在這件事上還有什麼好說的？你能虛構出什麼友誼舉動來替自己辯護？你又將如何顚倒黑白、欺騙世人？」

「你對那位先生的事倒十分關心呀，」達西說道，聲音不像剛才那麼鎭定，臉色變得更紅了。

「凡是了解他的不幸遭遇的人，誰能不關心他？」

「他的不幸遭遇！」達西輕蔑地重複了一聲。「是呀，他的遭遇是很不幸的。」

「而且都是你一手造成的，」伊麗莎白使勁嚷道。「你把他逼到如此貧困的地步——當然是相對而言。你明知應該屬於他的利益，卻不肯交給他。他正當年輕力壯，理應享有那筆足以維持閑居生活的資產，你卻剝奪了他的這種權利，這全是你幹的好事！可是人家一提到他的不幸，你還要加以鄙視和譏笑？」

「這就是你對我的看法！」達西一面大聲叫嚷，一面疾步向屋子那頭走去。「你原來是這樣看我的！謝謝你解釋得這麼詳盡。這樣看來，我眞是罪孽深重啦！也許，」他停住腳，扭過頭來對她說道，「只怪我老實坦白了以前遲疑不決的原因，結果傷害了你的自尊心，否則你也就不會計較這些過失了。假如我耍點手腕，把內心的矛盾掩飾起來，一味恭維你，讓你相信我從理智到思想，各方面都對你懷有無條件的、純潔的愛，你也許就不會這樣苛責我了。可惜我厭惡任何形式的僞裝，我也不爲剛才所說的種種顧慮感到羞恥。這些顧慮是自然的、正當的。難道你指望我會爲你那些微賤的親戚而歡欣鼓舞嗎？難道你期望我因爲要結攀一些社會地位遠遠不如我的親戚而感到慶幸嗎？」

伊麗莎白越聽越氣憤，然而她還是平心靜氣地說道：「達西先生，假如你表現得有禮貌一些，我拒絕了你也許會覺得過意不去，除此之外，你要是以爲你的表白方式，還會對我產生別的影響，那你就錯了。」

她見達西爲之一驚，但卻沒有作聲，於是她又接著說下去：

「任你採取什麼方式同我求婚，也不會誘使我答應你的。」

達西又顯出非常驚訝的樣子。他帶著詫異和屈辱的神情望著對方。

伊麗莎白繼續說道：「從我最初認識你的時候起，幾乎可以說，從我剛一認識你的那一刻起，你的言談舉止就使我充分意識到，你爲人狂妄自大、自私自利、無視別人的感情，這就導致了我對你的不滿，以後又有許多事，致使我對你深惡痛絕。我認識你還不到一個月的時候，就覺得哪怕我一輩子找不到男人，也休想讓我嫁給你。」

「你說夠了吧，小姐，我完全理解你的心情，現在只有對我自己的那些想法感到羞恥。請原諒我耽擱了你這麼多時間，請允許我衷心祝願你健康幸福。」

他說完這幾句話，便匆匆走出屋去。接著，伊麗莎白就聽見他打開大門走了。

她這時心煩意亂、痛苦不堪，她不知道如何支撐自己，實在覺得太虛弱了，便坐在那裡哭了半個鐘頭。回想起剛才的情景，眞是越想越覺得奇怪。達西先生竟然會向她求婚！而且會愛上她好幾個月！他會那樣愛她，竟然不顧種種不利因素，想要和她結婚。

想當初，正是基於這些不利因素，他才出來阻撓他的朋友娶珍爲妻，可見輪到他自己頭上，他至少會同樣注重這些不利因素——這簡直不可思議！一個人能在不知不覺中博得別人如此熱烈的愛慕，這也足以自慰了。

但是，他爲人傲慢，而且傲慢到令人髮指的地步，居然恬不知恥地承認他破壞了珍的好事，承認的過程中雖然不能自圓其說，卻流露出一種無可寬恕的狂妄神氣，還有他提起威克姆先生時，根本是滿不在乎，全然不想否認他對他的殘酷無情——一想到這些事，她一時因爲念及他的一片鍾情而激起的惻隱之心，也頓時化爲烏有。

她這樣九轉迴腸地左思右想，直到後來聽見凱薩琳夫人的馬車聲，她才意識到她這副模樣見不得夏綠蒂，便匆匆回到自己房裡去了。

第十二章

伊麗莎白夜裡一直冥思苦想到閤上眼睛爲止。第二天早晨醒來，又陷入同樣的冥思苦想。她仍然對那件事感到詫異，無法想到別的事情上去。她根本沒有心思做事，一吃過早飯，便決定出去透透氣、散散步。剛想往她最喜歡的那條道上走去，忽然記起達西先生有時也上那兒來，於是便止住了步。她沒有走進莊園，卻踏上那條小道，好離開大路遠一些。她依然沿著柵欄走，不久便走過了一道園門。

她沿著這段小道來回走了兩、三趟，禁不住被清晨的美景吸引住了，便在園門前停住了腳，朝園內望去。她到肯特五個星期以來，鄉下發生了很大的變化，早綠的樹木一天比一天青翠。她正要繼續往前走，驀然看見莊園旁邊林子裡有個男子，正朝她這裡走來。她怕是達西先生，便趕忙往回走。但是那人已經走得很近，可以看見她了。只見他急急忙忙往前趕來，一面喊了聲她的名字。伊麗莎白已經扭頭走開了，但是一聽見有人喊她，雖然聽聲音知道是達西先生，卻只得再朝園門走來。

這時候，達西也已來到園門口，拿出一封信遞給她，她身不由己地接住了。達西帶著傲慢而鎮靜的神情說道：「我在林子裡逛好久了，希望能碰見你，請你賞個臉，看看這封信好嗎？」說罷微微鞠了個躬，重新走進林子裡，立刻不見了。

伊麗莎白並不指望從中獲得什麼樂趣，但是出於極其強烈的好奇心，還是拆開了信。使她更爲驚奇的是，信封裡裝著兩張信紙，寫得密密麻麻、滿滿當當，信封上也寫滿了字。她一面沿著小路走，一面開始讀信。信是早晨八點鐘在羅辛斯寫的，內容如下——

小姐：接到這封信時，請你不要驚慌。昨天晚上向你傾訴衷情、提出求婚，結果使你那樣厭惡，我自然不會在這裡再表衷情，或者再次求親。我不想談論自己的心願，免得惹你痛苦、自討沒趣；爲了我們雙方的幸福，應該盡快忘掉那些心願。我所以要寫這封信，寫了又要你費神去讀，實因事關我的名聲，否則倒可以雙方省事，我不用寫，你也不用讀。因此，你得原諒我冒昧地勞你費神。我知道你決不會願意勞神，但我要求你公正地讀讀這封信。

昨天晚上，你把兩個性質不同、輕重不等的罪名加在我頭上。你先是指責我無視雙方的情意，拆散了賓利先生和你姊姊的好事，接著指責我無視別人的權益，不顧體面和人道，毀壞了威克姆先生那指日可待的富貴，葬送了他的前途。我蠻橫無理，拋棄了自己小時候的朋友，先父生前公認的寵幸，一個無依無靠的青年，從小就指望我們的恩賜，這眞是大逆不道；相形之下，拆散一對只有幾週交情的青年男女，實在是小巫見大巫。下面我要如實地陳述一下自己的行爲和動機，希望你讀完之後，將來不再像昨天晚上那樣對我嚴詞苛責。

在進行必要的解釋時，如果迫不得已要講述一些自己的情緒，因而引起你的不快，我只得向你表示歉意。既是出於迫不得已，那麼再多道歉就未免荒謬。

我到赫特福德郡不久，便和別人一樣，看出了賓利先生在當地的年輕小姐中特別喜愛令姊。但是，直到內瑟菲爾德舉行舞會的那天晚上，我才擔心他眞正萌發了愛戀之意。我以前也常見他墜入情網，在那次舞會上，我有幸跟你跳舞時，才偶然從威廉·盧卡斯爵士那裡得知，賓利向令姊獻殷勤已經弄得滿城風雨，大家都以爲他們要結婚。聽威廉爵士講起來，好像事情已經十拿九穩，只是時間還沒有說定。從那時起，我就密切注意我朋友的行爲，可以看出他對貝內特小姐一片深情，與我以往見到的情形大不相同．我也注意觀察令姊，她的神情舉止依然像平常那樣開朗，那樣活潑，那樣迷人，但是絲毫沒有鍾情於誰的任何跡象。

經過一個晚上的仔細觀察，我依然認爲：令姊雖然樂意接受賓利的殷勤，但她並沒有情意綿綿地來逗引他。如果在這件事情上你沒搞錯的話，那一定是我弄錯了。你更了解自己的姊姊，因此很可能是我弄錯了。倘若事實果眞如此，倘若果眞是我弄錯了，以致造成令姊的痛苦，那也就難怪你如此氣憤了。不過恕我直言，令姊神態那樣安詳，明眼人不難看出，她儘管性情溫柔，但她那顆心卻不太容易打動。我當初確實希望她無動於衷，但是我敢說，我的觀察和推斷通常不受主觀願望或顧慮的影響。我認爲令姊無動於衷，並不是我希望如此。我的看法毫無偏見，我的願望也合情合理。我昨天晚上說，這門婚事有些不利因素，若是輪到我頭上，還眞得具有極大的感情力量，才能撇開這些因素。

其實，我所以反對這門婚事，還不僅僅是爲了那些理由。關於門楣低賤的問題，我的朋友並不像我那麼計較。但是，這門婚事還有些其他讓人厭棄的原因，這些原因雖說至今仍然存在，而且在兩樁事裡同樣存在著，不過我現在是眼不見爲淨，總想盡量忘掉這些問題。在此必須談談這些原因，縱使簡單談談也好。你母親的娘家雖然不夠體面，但是比起你們家的全然不成體統來，卻又顯得無足輕重了。你母親和你三個妹妹，始終一貫地表現得不成體統，有時候連你父親也在所難免。請原諒我。其實，冒犯了你，我也感到痛苦，你本來就爲親人的缺點感到難受，經我這麼一說，你會越發不高興。不過你要想一想，你和令姊舉止優雅，別人非但沒有責難到你們倆頭上，反而對你們讚賞備至，稱許你們的見識和性情，這應該使你們感到欣慰。我還要告訴你：我見到那天晚上的情形，不禁越發堅定了我對各個人的看法，因而也就越想阻止我的朋友，不讓他締結這門極爲不幸的婚姻。我相信你一定記得，他第二天就離開內瑟菲爾德到倫敦去了，打算不久就回來。

現在再來解釋一下我所扮演的角色。他姊姊妹妹跟我一樣，也爲這件事感到不安。我們立即發現彼此情愫相通，都覺得應該盡快把她們兄弟隔離起來，於是決定即刻動身去倫敦。我們就這樣走了，一到了那裡，我就趕忙向朋友指出了這門婚事的種種弊端。我苦口婆心，再三勸說。我這番規勸雖然動搖了他的決心，使他舉棋不定，但我當時若不是緊接著又斷然告訴他令姊對他並無情意，我想我那番規勸也許最終還阻擋不了這門親事。

在這之前，他總以爲令姊即使沒有以同樣的鍾情報答他，至少是在情懇意切地期待著他。不過賓利天性謙和，遇事缺乏自信，總是比較尊重我的意見。因此，要勸導他認識自己看錯了人，那是件輕而易舉的事。他認識了這一點之後，我們便進一步勸說他不要回到赫特福德，這簡直不費吹灰之力。我並不責怪自己的這些舉動。前後回想起來，我只做過一件虧心事，那就是說，令姊來到城裡之後，我不擇手段地向他隱瞞了這個消息。這件事不但我知道，賓利小姐也知道，但他哥哥直到現在還蒙在鼓裡。其實，他們兩個即使見了面，也未必會產生什麼不良後果，但我覺得賓利並沒有完全死心，見到令姊還會帶來一定的危險。我這樣隱瞞、這樣遮掩，也許有失自己的身分，然而事情已經做過了，而且完全出於一片好意。關於這件事，我沒有更多好說的，也不需要再道歉了。如果我傷了令姊的心，那也是出於無意。自然，我這樣做你會覺得理由不充分，但我迄今還不覺得有什麼不妥當的。

關於那另外一樁更重的罪名，說我虧待了威克姆先生，我只有一個辦法加以駁斥：向你和盤托出他與我家的關係。我不知道他具體是怎麼編派我的，但我在這裡陳述的眞相，可以找到幾個信譽卓著的證人。威克姆先生的父親是個非常可敬的人，他多年來掌管看彭伯利的全部家業，表現得十分稱職，這就自然而然地使得先父願意幫他的忙。喬治·威克姆是先父的教子，因而先父對他恩寵有加。先父供他上學，一直上到劍橋大學——這是對他最重要的幫助，因爲他父親讓妻子胡花濫用折騰窮了，無力供他接受上等教育。

這位年輕人風度翩翩，先父就喜歡和他交往，不僅如此，先父還非常器重他，希望他能從事教會職業，打算替他在教會裡安神個職位。至於說到我自己，早在好多年以前，我就把他看透了。他惡習累累，放蕩不羈，雖然小心翼翼地加以遮掩，不讓他最好的朋友覺察，但畢竟逃不過一個和他年齡相仿的青年人的眼睛。我常可在他不提防的時候，看出他的眞面貌，而先父達西先生則得不到這種機會。說到這裡，又要引起你的痛苦了——痛苦到什麼地步，只有你自己知道。但是，不管威克姆先生在你心裡勾起了什麼樣的情感，對其性質的懷疑，決不會阻止我來揭示他的眞實品格——這裡面甚至還難免別有用心。

德高望重的先父，大約在五年前去世。他始終都十分寵愛威克姆先生，在遺囑裡特別叮囑我，要根據他的職業盡力提拔他，如果他受了聖職，等俸祿優厚的牧師職位一有空缺，便立即讓他補上，另外還給了他一千鎊遺產。先父過世不久，他父親也去世了，這兩樁事發生後不到半年，威克姆先生便寫信告知我，他最後決定不再接受聖職，要我再直接給他一些資金，藉以取代他得不到的牧師俸祿，希望我不要認爲這個要求不合理。他還說，他倒有意學法律，說我應該明白，靠一千鎊的利息去學法律，那是遠遠不夠的。我與其說相信他的誠摯，不如說希望他是誠摯的。不管怎麼說，我欣然答應了他的要求。我知道威克姆先生不適宜當牧師，因此這件事很快獲得解決：他徹底放棄接受聖職的權利，即使將來有條件擔任聖職，也不再提出要求，作爲交換條件，我拿出三千鎊給他。

現在，我們之間似乎已經一刀兩斷。我實在看不起他，不再請他到彭伯利來玩，在城裡也不和他來往。我想他主要住在城裡，但所謂學法律只不過是個幌子，現在既然擺脫了一切羈拌，便整天過著進手好閑、放蕩不羈的生活。大約有三年工夫，我簡直聽不到他的音訊。但是，原定由他接替的那個牧師去世以後，他又寫信給我，要我舉薦他。他說他的境況窘迫至極，這我當然不難相信。他發覺學習法律太無利可圖，現在已經下定決心，只要我肯舉薦他接替這個職位，他就去當牧師。他相信我一定會推薦他，因爲他看準我沒有別人可以補缺，再說我也不會忘記先父的一片盛意。我沒有答應他這個要求，拒絕了他的再三請求，你總不會因此而責怪我吧。他的境況越窘迫，對我的怨恨就越深。

毫無疑問，他在背後罵起我來，會像當面罵得一樣兇。經過這段時間之後，我們連一點點緣面上的交情也沒有了，我不知道他是怎麼生活的。不過眞是寃家路窄，去年夏天他又害得我苦不堪言。現在，我要講一件我自己都不願意記起的事，這件事我本不想讓任何人知道，但是這一次卻非得說一說不可。說到這裡，我相信你一定能保守秘密。我妹妹比我小十多歲，由我表兄菲斯威廉上校和我做她的保護人。大約一年以前，我們把她從學校裡接回來，安置在倫敦居住。去年夏天，她跟管家太太到拉姆斯蓋特❶去了。威克姆先生也跟到那裡，無疑是別有用心。原來，他與楊格太太早就認識，我們也眞不幸上了這位太太的當，沒有看清她的眞面目。仗著楊格太太的縱容和幫忙，他向喬治亞娜百般討好，而喬治亞娜心腸太軟，還銘記著他對她小時候的情意，竟被他打動了心，自以爲愛上了他，答應跟他私奔。她當時才十五歲，因此也就情有可原。

說明了她的魯莽大膽之後，我要高興地添一句：還是她親口告訴了我這件事。就在他們打算私奔前一、兩天，我突然來到他們那裡。喬治亞娜一向把我這個兄長當作父親般看待，不忍心讓我傷心生氣，於是向我供認了全部實情。你可以想像，我當時心裡是什麼滋味，會採取什麼行動。

爲了顧全妹妹的名譽和情緒，我沒有把事情公開揭露出來，但是我給威克姆先生寫了封信，讓他立即離開那個地方，當然楊格太太也給打發走了。毫無疑問，威克姆先生主要是盯著我妹妹的三萬鎊財產，不過我又不禁在想，他可能想乘機報復我一下。他的報復陰謀差一點得逞。

小姐，我如實地陳述了與我們有關的幾件事。如果你不覺得我在撒謊的話，我希望從今以後，你不要認爲我對威克姆先生冷酷無情。我不知道他採取什麼手段，運用什麼謊言，來欺騙你的。不過，你以前對我們之間的事情一無所知，受他矇騙也不足爲奇。你既無從打聽，當然又不喜歡猜疑。你可能會納悶：爲什麼我昨天晚上沒把這一切告訴你？我當時已經不能自主，不知道哪些話可講，哪些話該講。這裡說的這一切是眞是假，我可以特別請菲斯威廉上校爲我作證，他是我們的近親，又是我們的至交，而且還是先父遺囑的執行人之一，自然十分了解一切詳情細節。假如你因爲厭惡我，認爲我的話一文不値，你決不會因爲同樣的理由而不相信我表兄。爲了讓你來得及找他談談，我將設法找個機會，一早就把這封信交到你手裡。我只想再加一句：願上帝保佑你。

菲斯威廉．達西

註

❶ 拉姆斯蓋特：英格蘭肯特郡東部港口，避暑勝地。

第十三章

達西先生將信遞給伊麗莎白的時候，如果說伊麗莎白並不期待信裏會重新提出求婚，那她也全然沒有想到信裏會寫些什麼。一看是這樣一些內容，你便可想而知，她讀起信來心情是多麼迫切，感情上給激起多大矛盾。她讀信時的那番心情，簡直無法形容。起初她感到驚奇，達西居然以爲還能爲自己辯白。接著她又堅定不移地相信，他根本無法自圓其說，他只要有點廉恥心，就不會掩飾這一點。她抱著任你怎麼說我也不相信的強烈偏見，讀起了他所寫的發生在內瑟菲爾德的那段事。她迫不及待地讀下去，簡直來不及仔細體味。讀著前一句又急於想知道後一句，因而往往忽略了那前一句的意思。達西認爲她姊姊對賓利先生沒有情意，她當即斷定他在撒謊。他談到那門親事的實在而糟糕透頂的不利因素時，氣得她眞不想再讀下去。他對自己的所作所爲毫無悔恨的表示，這當然使她無從滿意。他的語氣也絕無悔改之意，反倒十分傲慢，眞是盛氣凌人、蠻橫至極。

當達西接下去談到威克姆先生時，她讀起來神志才多少清醒了一些。其中許多事情與威克姆親口自述的身世極爲相似，如果情況屬實的話，她以前對威克姆的好感便會給一筆勾銷，這就使她心情變得更加痛苦、更加難以形容。她感到不勝驚訝、憂慮，甚至恐懼。她眞想完全不信他那些話，便一次次地嚷叫：「一定是假的！這不可能！這是彌天大謊！」她把信讀完以後，儘管稀里糊塗地並沒弄清最後一、兩頁說些什麼，卻趕忙把信收起來，正顏厲色地說，她才不理那個碴呢，決不再讀那封信。

她就這樣心煩意亂、不知所從，只顧往前走著。不過這樣下去也不是辦法，不到半分鐘工夫，她又打開信，盡量定下心，又忍痛讀起了跟威克姆有關的那些話，硬逼著自己去仔細玩味每句話的意思。

信中所講他同彭伯利家的關係，與他自己講的完全一致；還有老達西先生對他的恩惠，雖說她以前並不知道其具體內容，但是也與威克姆自己所說的完全吻合。

到這裏爲止，雙方所說的情況可以互相印證。但是一讀到遺囑問題，兩人的說法可就大相徑庭了。威克姆說到牧師俸祿的那些話，她還記憶猶新。一想起那些話，就不免感到，他們倆總有一個人在撒謊。

一時之間，她洋洋自得地認爲，她這種想法不會有錯。但她仔仔細細地一讀再讀時，威克姆放棄了接受牧師俸祿的權利，代而獲得了三千鎊的巨款，這些具體情況又使她躊躇起來。她收起信，不偏不倚地權衡了一下每個情節，仔仔細細地斟酌了一下每句話，看看是否眞有其事，但是徒勞無益。雙方只是各執一辭。她只得再往下讀。她原以爲，任憑達西先生如何花言巧語、顚倒是非，也絲毫不能減輕他的卑鄙無恥，但信中每句話都清楚地表明，這件事只要換個說法，達西先生就能變得完全清白無辜。

他毫無顧忌地把驕奢淫逸的罪名加在威克姆先生頭上，這使她大爲駭然，加之她又提不出反證，因此也就越發驚駭。威克姆參加某郡民兵團之前，伊麗莎白還從未聽說過他這個人，而他所以要參加民兵團，也只是因爲偶然在鎭上遇見一個以前有點泛泛之交的朋友，勸他加入的。對於他過去的生活方式，除了他自己所說的以外，她還一無所知。至於他的眞正人品，她即使打聽得到，也不想去尋根究底。就憑他那儀態音容，你馬上就會覺得，他具備一切美德。她試圖想起一點足以說明他品行端正的事例，想起一點他爲人誠實仁慈的特性，以便使他免遭達西先生的誹謗；或者，至少可以憑藉他的顯著優點，來彌補他的偶然過失——達西先生說他長年遊手好閑、行爲不軌，她認爲那只不過是偶然的過失，可惜她想不出他有那樣的好處。她一眨眼就能看見他出現在她面前，風度翩翩，談吐優雅，但除了鄰里的交口稱譽之外，除了他用交際手腕在伙伴之間贏得好感之外，她卻想不起他還具有什麼實在的優點。她在這一點上琢磨了半天之後，又繼續讀信。

天哪！接下去讀到他對達西小姐用心不良，她昨天上午跟菲斯威廉上校的談話，在一定程度上印證了這一點。信上最後讓她去問問菲斯威廉上校，看看他說的每個情況是否屬實。她以前早就聽菲斯威廉上校說過，他對他表弟的一切事情都很關心，再說她也沒有理由去懷疑他的人格。她一度還幾乎眞想去問問他，但是又怕問起來覺得尷尬，便連忙煞住了這個念頭，後來再想想，假如達西先生拿不準表兄會替他說話，那他決不會貿然提出這樣一個建議，於是她就乾脆打消了這個念頭。

那天晚上她與威克姆在菲利普斯先生家談的那些話，她如今還記得清清楚楚。他有許多話，她依然記憶猶新。她現在才意識到，他不該跟一個陌生人講這些話，她奇怪自己以前爲什麼沒有察覺這一點。她發現，他那樣標榜自己實在有些粗俗，而且他的言行也互相矛盾。她記得他曾經誇口說，他不怕見到達西先生，達西先生可以離開鄉下，他威克姆可決不退縮，然而，他卻沒敢參加下一週在內瑟菲爾德舉行的舞會。

她還記得，內瑟菲爾德那家人沒有搬走之前，除了她以外，他沒跟任何人談起過自己的身世，但是那家人搬走之後，這件事便到處議論紛紛。他不遺餘力、肆無忌憚地詆毀達西先生的人格，儘管他向她說過，他出於對那位先父的敬重，永遠不會去揭他兒子的短。

現在看來，與他有關的一切，跟以前是大不相同！他所以向金小姐獻殷勤，完全著眼於金錢，眞是令人可惡。金小姐財產不多，這並不說明他欲望不高，而只能證明他見錢就要眼紅。他對她伊麗莎白也動機不純，不是誤以為她有錢，就是想博得她的喜愛，藉以滿足自己的虛榮心，而她自己也太不謹愼，居然讓他看出了她喜歡他。她越想就對他越沒有好感。

爲了進一步替達西先生辯護，她禁不住又想起賓利先生當初受到珍盤問時，早就說過達西先生在這件事情上毫無過失。達西儘管態度傲慢、令人可憎，但自從他們認識以來（特別是最近他們經常見面，她對他的言行舉止也更加熟悉），從沒見過他有什麼品行不端或是蠻不講理的地方，從沒見過他有什麼違反教規或是傷風敗俗的陋習。他的親友們都很尊敬他、器重他，就連威克姆也承認他是個好哥哥，她還常常聽見達西充滿深情地說起自己的妹妹，說明他還有些親切的情感。假如達西的所作所爲，眞像威克姆說的那樣惡劣，那種胡作非爲，也很難掩盡天下人的耳目。一個如此胡作非爲的人，竟能跟賓利先生這樣和藹可親的人結爲好友，眞令人不可思議。

她越想越覺得羞愧難當。無論想到達西，還是想到威克姆，她總覺得自己太盲目、太偏頗，心懷偏見、不近情理。

「我的行爲多麼可卑！」她大聲叫道。「我還一向自鳴得意地認爲自己有眼力、有見識呢！我還常常看不起姊姊的寬懷大度，爲了滿足自己的虛榮心，總是無聊或是無稽地亂猜疑。我這事做得有多丟人！然而也活該我丟人！我即使墜入情網，也不會盲目到如此可鄙的地步。不過我最蠢的，還不是墜入情網的問題，而是虛榮心在作怪。我起初認識他們兩個的時候，一個喜歡我，我很得意，一個怠慢我，我就生氣。因此，在對待他倆的問題上，我抱著偏見和無知，完全喪失了理智。我到現在才有了點自知之明。」

她從自己想到珍，又從珍想到賓利，隨即立刻想起：達西先生對那件事的解釋，似乎很不充分，於是她又讀信。第二次讀起來，效果就大不相同了。她既然在一件事情上不得不相信他，又怎麼能在另一件事情上拒不相信他的話呢？他說他絲毫看不出來她姊姊對賓利有意思，於是她不禁想起了夏綠蒂的一貫看法。她也無法否認，達西把珍形容得十分恰當。她覺得，珍雖然感情熱烈，但表面上卻不露形迹，她平常那副安然自得的神態，讓人很難看出她的多情善感。

當她讀到他提起她家人的那一段時，雖然話說得很尖銳，但卻句句都是實情，因此，她越發覺得羞愧難當。他的指責一針見血，讓她無法否認。他特別提到內瑟菲爾德舞會上發生的情形，正是這些情形。其實，這些情形不僅使他難以忘懷，也使她自己難以忘懷。

至於達西對她和姊姊的恭維，她也不無感觸。她聽了比較舒坦，但是並沒因此而感到安慰，因爲她家人的不爭氣，惹得他看不起，這很難讓她從恭維中得到寬慰。她認爲，珍的失戀實際上是她的至親一手造成的，由此可見，親人行爲失檢，會給她們姊妹倆的聲譽帶來多大的損害，一想到這裏，她感到從未有過的沮喪。

她順著小路走了兩個鐘頭，心裏不停地左思右想，又把許多事情重新考慮了一番，判斷一下是否確有可能，面對如此突然、如此重大的變革，頭腦要盡量轉過彎來。最後，她覺得有些疲乏，又想起出來好久了，便扭身往回走。進屋的時候，她希望自己看上去像平常一樣愉快，並且決計不再去花心思，免得跟人談話老是走神。

人家當即告訴她，她外出期間，羅辛斯的兩位先生先後來造訪，達西是來辭行的，只待了幾分鐘，菲斯威廉上校跟她們起碼坐了一個鐘頭，期望她能回來，幾乎想要跑出去找她。伊麗莎白聽說沒見到這位客人，雖然表面上裝出很惋惜的樣子，心裏卻感到萬分高興。她心目中再也沒有菲斯威廉上校了，她一心只想著那封信。

第十四章

第二天上午，兩位先生離開了羅辛斯。柯林斯先生待在門房附近，等著給他們送行，回家時帶回來一條好消息，說是經過剛才在羅辛斯的別恨離愁之後，兩位先生看上去身體非常健康，精神也挺飽滿。隨後他又趕到羅辛斯，去安慰凱薩琳夫人母女。回到家裏，又得意非凡地帶來凱薩琳夫人的口信，說老人家覺得心裏沉悶，希望他們大家和她共進晚餐。

伊麗莎白一見到凱薩琳夫人，就不禁在想，她當初假使願意的話，現在倒要成爲夫人沒過門的外甥媳婦了。再想到那樣一來夫人會多麼氣憤，她又禁不住笑了。「她會怎麼說呢？她會怎麼表現呢？」她覺得這些問題頗爲有趣。

大家首先談到羅辛斯少了兩位佳賓。「不瞞你們說，我心裏難受極了，」凱薩琳夫人說道。「我相信，誰也不會像我一樣，朋友走了會覺得這麼傷心。不過我特別喜歡這兩個年輕人，我知道他們也很喜歡我！他們可眞捨不得走啊！不過他們一向如此。那位可愛的上校直到臨行前還能強打著精神，但是達西看上去難過極了，我看比去年還難過。他對羅辛斯的感情眞是越來越深了。」

柯林斯先生趕忙恭維了一句，還暗示了一下原因，母女倆聽了，都嫣然一笑。

吃過飯以後，凱薩琳夫人說貝內特小姐好像不大開心，並且立即斷定，她準是因爲不願意馬上就回家去，接著又說道：「如果眞是那樣的話，你得給你的母親寫封信，求她讓你在這裏多待些時候，柯林斯夫人一定非常喜歡你和她作伴。」

「多謝夫人的好心挽留，」伊麗莎白答道，「可惜我不能領受你的盛情，我下星期六一定要進城去。」

「哎喲，那樣一來，你在這裏只住了六週啊！我原指望你能待上兩個月。你沒來之前，我就跟柯林斯夫人這麼說過。你用不著走得這麼急，貝內特太太一定會讓你再待兩週的。」

「但我父親不答應，他上週寫信來催我回去。」

「哦！只要你母親答應，你父親當然會肯的。做父親的向來不把女兒放在心上。你要是能再住滿一個月，我就可以把你們兩人中的一個帶到倫敦，因爲我六月初要去那裏待一週。道森既然不反對駕四輪馬車，那就可以寬寬敞敞地帶上你們中的一個。說眞的，假如天氣涼快的話，我倒不妨把你們兩個都帶上，反正你倆個頭都不大。」

「你太好心啦，夫人，不過，我想我們還得按照原來的計劃行事。」

凱薩琳夫人也就不便勉強。

「柯林斯夫人，你得打發個僕人送她們走。你知道，我一向心直口快，兩個年輕小姐孤孤單單地乘著驛車趕路，眞叫我不放心。這樣做太不像話。你千萬得派個人送送她們，我最看不慣這種事。對於年輕小姐們，我們總得根據她們的身分，恰當地保護她們、關照她們。我外甥女喬治亞娜去年夏天到拉姆斯蓋特去的時候，我非要讓她帶上兩個男僕不可。達西小姐身爲彭伯利達西先生和安妮夫人的千金，不那樣做就難免有失體統。我特別留心這類事情。你應該打發約翰去伴送兩位小姐，柯林斯夫人。我很高興，想到提起這件事，不然讓她們孤孤零零地自己走，那可眞要丟你的臉啦。」

「我舅舅會打發僕人來接我們的。」

「哦！你舅舅！他眞僱了個男僕嗎？我聽了很高興，還有人替你想到這些事。你們打算在哪裏換馬呢？哦！當然是在布羅姆利啦。你只要在貝爾客棧提起我的名字，就會有人來關照你們的。」

關於她們旅程的事。凱薩琳夫人還有許多話要問，而且她並非全是自問自答，因此你還得留心去聽，不過伊麗莎白反而覺得僥倖，不然的話，光顧得想心事，倒會忘了自己當時的處境。有心事應該等到獨自一個人的時候再去想。每逢獨自一個人的時候，她就會盡情地想個痛快。她每天都要獨自散散步，一邊走一邊盡情地回想著那些不愉快的事情。

達西先生那封信，她都快要背出來了。她研究每一句話，對寫信人的情感時冷時熱。一想起他那筆調，她到現在還義憤填膺，但是一想到以前如何錯怪了他，她又氣起自己來，他的沮喪情緒也引起了她的同情。他的鍾情令她感激，他的人格令她尊敬，但她卻無法對他產生好感，她拒絕他以後，從來不曾有過片刻的懊悔，她壓根兒不想再見到他。她以往的行爲經常使她感到煩惱和悔恨，家人的種種不幸缺陷更叫她懊惱萬分。這些缺陷是無可救藥的。父親對這些缺陷只是一笑置之，幾個小女兒那麼放蕩輕佻，他也從不加以管束。母親本身舉止失檢，因而全然感覺不到這方面的危害。伊麗莎白常常和珍同心協力，試圖勸阻凱薩琳和莉迪亞不要那麼輕率，但是她們受到母親的縱容，怎麼可能上進呢？凱薩琳性情懦弱，完全聽任莉迪亞擺布，一聽到姊姊們的規勸，便要冒火。莉迪亞固執任性、大大咧咧，姊姊們的話她聽也不要聽。這兩個妹妹既無知，又懶惰，還愛慕虛榮。梅里頓一來個軍官，她們就要去勾搭。再說梅里頓與朗伯恩相隔不遠，她們便一天到晚往那裏跑。

她還有一樁主要心事，那就是替珍擔憂。達西先生的解釋使她對賓利恢復了以往的好感，同時也越發感到珍損失之大。事實證明，賓利的鍾情是眞摯的，他的行爲是無可指責的，萬一要指責的話，頂多也只能怪他盲目信任他的朋友。珍遇到一個各方面都很理想的機緣，既可以得到種種好處，又可望獲得終身幸福。只可惜家人愚昧無知、行爲失檢，把這個機遇給斷送了，想起來讓人多麼痛心！

她雖說一向性情開朗，難得有意氣消沉的時候，但是一想起這些事，再加上漸漸認清了威克姆的眞面目，心裏難免受到莫大的刺激，因而連強作歡笑也幾乎辦不到了，這是可想而知的。

伊麗莎白作客的最後一週裏，羅辛斯的邀請還和她們剛來時一樣頻繁。最後一晚也是在那裏度過的，凱薩琳夫人又詳細問起了她們旅程的細枝末節，指示她們如何打點行李，又再三敦促她們如何擺放長禮服。瑪麗亞心想，回到房裏一定要把早上整理好的箱子打開，重新整理一番。

兩人告辭的時候，凱薩琳夫人紆尊降貴地祝她們一路平安，並且邀請她們明年再到亨斯福德來。德布爾小姐居然還向她們行了個屈膝禮，伸出手來跟兩人握別。

第十五章

星期六吃早飯時，伊麗莎白和柯林斯先生比別人早到了一會，兩人在餐廳裏相遇了。柯林斯先生乘機向她話別，他認爲這種禮貌是萬萬不可少的。

「伊麗莎白小姐，」他說，「承蒙你光臨敝舍，不知道柯林斯夫人有沒有向你表示謝意。不過我敢肯定，她決不會不向你道謝就讓你走的。老實告訴你，我們非常感謝你來作客。我們自知舍下寒傖，無人樂意光臨。我們生活簡樸，居室局促，僕從寥寥無幾，再加上我們寡見少聞，像你這樣一位年輕小姐，一定會覺得亨斯福德這地方乏味至極。不過我希望你能相信：我們非常感激你的光臨，並且竭盡全力，使你不至於過得興味索然。」

伊麗莎白急忙連聲道謝，再三表示她很快活。她六週來過得非常愉快。能高高興興地和夏綠蒂在一起，受到主人家的親切關懷，表示感激的應該是她。

柯林斯先生聽了大爲滿意，便越發笑容可掬而又鄭重其事地答道：「聽說你並沒有過得不稱心，我感到萬分高興。我們的確盡了最大努力，而且最幸運的是，能夠把你介紹給上等人。幸虧我們攀上了羅辛斯府上，你待在寒舍可以經常去那裏換換環境，因此我們也就可以聊以自慰，覺得你這次來亨斯福德作客，還不能說是非常乏味。我們與凱薩琳夫人府上有著這樣的關係，這的確是個得天獨厚的條件，是別人求之不得的。你看得出來我們的關係有多密切。說眞的，這所牧師住宅儘管寒傖，有諸多不便，但是無論誰住進去，只要和我們一起分享羅辛斯的深情厚誼，那就不能說是令人可憐吧。」

他那個興奮勁兒，眞是言語所無法形容。伊麗莎白簡短地說了幾句話，盡量顯得既客氣又坦誠，柯林斯聽了，快活得在屋裏轉來轉去。

「親愛的表妹，你實在可以把我們的好消息帶到赫特福德，我相信你一定辦得到。凱薩琳夫人對內人關懷備至，這是你每天都見得到的。總而言之，我相信你的朋友並沒有作出不恰當的——不過這一點還是不說爲好。請你聽我說，親愛的伊麗莎白小姐，我眞心誠意地祝願你婚事同樣幸福。親愛的夏綠蒂和我眞是同心合意。我們兩人無論遇到什麼事，總是意氣相投、心心相印。我們眞像是天造地設的一對。」

伊麗莎白可以穩妥地說，夫婦如此相處當然十分幸福的，而且還可以用同樣誠懇的語氣接著說，她堅信他家裏過得很舒適，她也爲之感到欣喜。不過話才說到一半，那位給他帶來安適的夫人走了進來，打斷了她的話，不過她並不感到遺憾。可憐的夏綠蒂！丟下她跟這種男人朝夕相處，眞讓人傷心啊！不過這畢竟是她睜大眼睛選擇的。眼看著客人們要走了，她顯然有些難過，但她好像並不要求別人憐憫。她有了這個家、這個教區，管管家務、養養家禽，還有許多附帶的事情，迄今對她仍有一定的誘惑力。

馬車終於到了，箱子給捆到車上，打包好放進了車箱，一切準備停當。兩位朋友依依惜別之後，柯林斯先生便送伊麗莎白上車。從花園裏往外走時，他託她代向她全家人問好，而且沒有忘記謝謝他去年冬天在朗伯恩受到的款待，還請她代爲問候加德納夫婦，儘管他根本不認識他們。他隨即把她扶上車，接著瑪麗亞也上了車，剛要關車門，他突然驚驚惶惶地提醒她們說，她們忘了給羅辛斯的夫人小姐臨別留言。

「不過，」他接著說道，「你們當然希望讓人代向她們請安的，還要感謝她們這許多日子裏對你們的款待。」

伊麗莎白沒有表示反對。這時車門才關上，馬車拉走了。

「天哪！」沉默了幾分鐘之後，瑪麗亞叫了起來。「我們好像才來一、兩天，然而，卻經歷了多少事情啊！」

「的確不少。」她的同伴嘆了口氣說。

「我們在羅辛斯吃了九次飯，另外還喝了兩次茶。我回去有多少事要講啊！」

伊麗莎白心裏說：「而我卻有多少事要隱瞞啊！」

她們一路上既沒說什麼話，也沒受什麼驚。離開亨斯福德不到四個鐘頭，便來到加德納先生家裏，兩人要在這裏逗留幾天。

珍氣色挺好，但伊麗莎白卻沒有機會仔細考察她的心境，因為承蒙舅媽一片好心，早就給她們安排好了各式各樣的活動。不過珍要跟她一道回家，到了朗伯恩，會有足夠的閑暇進行觀察的。

與此同時，有關達西先生求婚的事，她也是好不容易才捺住了性子，等回到朗伯恩再告訴姊姊。她知道，她一透露這件事，準能讓珍大為震驚，同時還可以大大滿足她那迄今無法從理智上加以克制的虛榮心。她眞恨不得把事情說出來，只是拿不準應說到什麼地步，又怕一談到這話題，匆忙中難免要牽扯到賓利先生，這只會惹得姊姊格外傷心。

第十六章

到了五月的第二週，三位年輕小姐一道從格雷斯丘奇街出發，到赫特福德郡某鎮去。貝內特先生事先跟她們約定，打發馬車到該鎮一家客棧去接她們。當小姐們臨近這家客棧時，她們立即發現，吉蒂和莉迪亞正從樓上餐廳裡往外張望，表明車夫已經準時趕到。這兩位姑娘已經在那裡待了一個多鐘頭，興致勃勃地光顧對過面一家女帽店，打量了一陣站崗的哨兵，調製了一盤黃瓜沙拉。

她們歡迎了兩位姊姊之後，便得意洋洋地擺出一桌小客棧裡常備的冷肉，一面大聲嚷道：「愜意嗎？令人喜出望外吧？」

「我們有心要請你們客，」莉迪亞接著說道。「但你倆得借錢給我們，我們剛在那邊那家店裡把錢花掉了。」說罷，把買來的東西拿給她們看：「瞧，我買了這頂帽子。我並不覺得很漂亮，不過我想，不妨買一頂。我一到家就把它拆掉，看看能不能做得好一些。」

等姊姊們說這頂帽子很難看時，她又毫不在乎地說：「哦！店裡還有兩、三頂，比這一頂還要難看得多。等我去買點顏色漂亮的緞子來，把它重新裝飾一下，我想就會很像樣子了。再說，某郡民兵團再過兩週就要離開梅里頓，只要他們一走，你這個夏天穿戴什麼都無所謂。」

「他們眞要開走嗎？」伊麗莎白不勝寬慰地嚷道。「他們要駐紮到布萊頓❶附近。我多想讓爸爸帶著我們大家到那裡去消夏！這眞是個美妙的計劃，或許也花不了多少錢呢。媽媽肯定也很想去！你們想想看，不然我們這個夏天會過得多沒勁呀！」

「是呀，」伊麗莎白心想，「那倒眞是個美妙的計劃，馬上就會要我們的命。天哪！梅里頓只有一個可憐的民兵團，每月舉行幾次舞會，我們就給搞得暈頭轉向，如今怎麼頂得住布萊頓整個兵營的官兵！」

「我有條消息要告訴你們，」等大家坐定以後，莉迪亞說。「你們想想看是什麼消息？這是條大好消息，一條頂好的消息，有關我們大家都喜歡的一個人！」

珍和伊麗莎白你看看我、我看看你，趕忙把招待支使開。

莉迪亞笑了笑，說：「唉，你們也太刻板、太謹愼了，你們以爲不能讓招待聽見，好像他多想聽似的！也許他平常聽到好多事，比我要說的話更加不堪入耳。不過他眞是個醜八怪！他走了也好。我長這麼大，從沒見過那麼長的下巴。好啦，現在講講我的新聞，這是關於可愛的威克姆的新聞，招待不配聽，是吧？威克姆不會娶瑪麗·金了，這個危險不存在了。你的機會來啦！金小姐上利物浦她叔叔那裡去了，再也不回來了，威克姆安啦！」

「應該說瑪麗·金小姐安啦！」伊麗莎白接著說。「她逃脫了一樁不考慮財產的冒昧姻緣了。」

「她要是喜歡威克姆而又走開，那才眞是個大傻瓜呢！」

「但願他們雙方的感情都不很深。」珍說。

「威克姆的感情的確不深。我可以擔保，他壓根兒就看不上瑪麗·金。誰會看上這麼一個滿臉雀斑的令人討厭的小東西？」伊麗莎白心想，她自己儘管說不出如此粗俗的言語，但是心裡卻懷有過那種粗俗的情感、而且還自以爲寬懷大度，這眞叫她感到震驚！

大家一吃好飯，兩位姊姊付了帳，便吩咐店家備馬車，經過好一番籌謀，才坐上了車，她們的箱子、針線袋、包裹及吉蒂和莉迪亞購置的那些討厭東西，也總算給放上了車。

「我們這樣擠在一起，有多帶勁，」莉迪亞叫道。「我眞高興買下了這頂帽子，哪怕只增添一個帽盒，也挺有意思呀！好啦，讓我們舒舒服服地待在一起，有說有笑地回家去。首先，讓我們聽聽你們走了以後有些什麼經歷。見到過合意的男人沒有？跟人家勾搭過沒有？我滿心希望，你們哪一位能在回來之前找到一位夫婿。我敢說，珍馬上就要變成老處女了。她都快二十三歲啦！天哪！我要是二十三歲以前還結不了婚，那該有多丟臉啊！你們想不到，菲利普斯姨媽多麼想讓你們快找丈夫。她說，莉琪當初不如嫁給柯林斯先生算了，但我覺得那一點意思也沒有。天哪！我眞想比你們哪一個都早結婚！那樣一來，我就可以領著你們到處去參加舞會。哎呀！我們那天在福斯特上校家裡，玩得可眞有意思。吉蒂和我準備在那兒玩個整天，福斯特夫人答應晚上開個小舞會（順便說一句，福斯特夫人和我可相好啦）。於是她請哈林頓家的兩姊妹來參加，可惜哈麗雅特有病，因此佩恩只得一個人趕來。這時，你們猜想我們怎麼辦啦？我們給張伯倫穿上女人的衣服，讓他扮成個女人。你們想想，這多有趣啊！這件事除了上校夫婦、吉蒂和我以外，誰也不知道。姨媽也除外。因爲我們不得不向她借件長禮服。你們想像不到張伯倫裝得多像！丹尼、威克姆、普拉特和另外兩、三個人走進來的時候，壓根兒認不出是他。天哪！可笑壞我了！福斯特夫人也笑得快不行了，我簡直要笑死了。這才引起了那些男人的疑心，馬上識破了眞相。」

回朗伯恩的路上，莉迪亞就這樣說說舞會上的故事，講講笑話，再加上吉蒂從旁提示補充，力圖逗大夥開開心。伊麗莎白盡量不去聽它，但卻難免聽見她們一次次地提起威克姆的名字。她們到了家裡，受到極其親切的接待。貝內特太太欣喜地發現，珍的姿色未減。吃飯時，貝內特先生不由自主地幾次對伊麗莎白說道：「你回來了，我眞高興，莉琪。」

餐廳裡聚集了許多人，因爲盧卡斯一家人差不多全來了，一是迎接瑪麗亞，二是聽聽新聞。各人談及的話題眞是五花八門：盧卡斯夫人隔著桌子，向瑪麗亞問起她大女兒日子過得好不好，家禽養得多不多；貝內特太太則顯得格外忙碌，先向坐在她下手的珍打聽目前的時裝樣式，再把打聽到的內容轉告給盧卡斯家的幾位年輕小姐；莉迪亞的嗓門比誰都高，她把早上的樂趣一件件說給愛聽的人聽。

「哦！瑪麗，」她說，「你要是跟我們一道去就好了，我們覺得眞有趣！一路上，吉蒂和我拉上了窗簾，假裝車裡沒有人。要不是吉蒂暈車，我眞會這樣一直走到底。到了喬治客店，我看我們表現得眞夠慷慨的，用天下最可口的冷盤款待她們三位，假使你去了，也會款待你的。臨走的時候，又是那麼有趣！我還以爲車子無論如何也裝不下我們呢。我眞要笑死啦。回來的一路上又是那麼開心！大家有說有笑，嗓門大得十英里以外都能聽見！」

瑪麗聽完這席話，便正顏厲色地答道：「親愛的妹妹，我決不想煞你們的風景。無疑，這種樂趣會投合一般女子的心意，但老實說，卻打動不了我的心。我覺得讀一本書，可要有趣得多呢！」

然而，她這番話，莉迪亞隻字沒有聽見。無論誰說話，她連半分鐘也聽不下去，而對瑪麗，她壓根兒理也不理。

到了下午，莉迪亞硬要姊姊們陪她去梅里頓，看看那邊的朋友們的情況如何。但是，伊麗莎白堅決反對這樣做。她覺得，不能讓人家說，貝內特家的小姐們在家裡待不上半天，就要去追逐軍官。她所以反對，還有一條理由：她害怕再見到威克姆。因此打定主意，盡量與他避不見面。民兵團即將開走，對她來說，眞感到有說不出的快慰。他們再過兩週就要離開了，她希望他們一走，她就不再爲威克姆煩惱了。

她到家沒過幾個鐘頭，便發覺父母在反覆討論去布萊頓的計畫，也就是莉迪亞在客店提到過的那項計畫。伊麗莎白當即發現，父親絲毫沒有讓步的意思，不過他回答得模稜兩可，母親雖然常碰釘子，但卻一直不死心，總想最後還會如願以償。

註

❶ 布萊頓：英格蘭東南部著名的海濱療養勝地。

第十七章

伊麗莎白再也忍不住了，非得把那件事告訴珍不可。最後，她決定捨去與姊姊有關的每個細節，而且還要讓她大吃一驚；於是，第二天上午，她便對珍敘說了達西先生向她求婚的主要情節。

貝內特小姐起初大爲驚訝，但很快又感到不足爲奇了，因爲她對伊麗莎白手足情深，覺得誰愛上她都是理所當然的事。因此，驚訝又立刻被別的感情所取代。她爲達西先生感到難過，覺得他不應該採取那樣不得體的方式，來傾訴衷情。但她更難過的是，妹妹的拒絕肯定給他帶來了痛苦。

「他不應該那樣自信，以爲穩操勝券，」她說，「當然更不應該表現得那麼露骨。不過你想一想，他會因此而感到越發失望。」

「說實在的，」伊麗莎白答道，「我眞替他難過。不過他還有些顧慮，這些顧慮可能很快就會消除他對我的好感。你總不會責怪我拒絕了他吧？」

「責怪你！哦，不會。」

「不過，你會責怪我把威克姆說得那麼好。」

「不——我看不出你那樣說有什麼錯。」

「等我把第二天的事告訴了你，你一定會看出我有錯。」接著她便說起那封信，把有關喬治·威克姆的內容，又原原本本地講了一遍。可憐的珍一聽，好不驚詫！她即使走遍天下，也不肯相信人間竟會有這麼多邪惡，而如今這許多邪惡，竟然集中在一個人身上。達西的辯白雖然使她感到稱心，但卻無法為她這一發現帶來慰藉。她竭力想要證明事情可能有誤，力求洗清一個人的冤屈，而又不使另一個人蒙受冤枉。

「那可不行，」伊麗莎白說。「你絕對做不到兩全其美的。你選擇吧，不過兩者之中，只能任選其一。他們兩人總共就那麼多優點，剛巧夠得上一個好人的標準。最近，這些優點在他們兩人之間晃來晃去。就我來說，我傾向於把它們全看作達西先生的，不過你怎麼看隨你的便。」

過了好一會，珍臉上才勉強露出笑容。

「我從來沒有這麼驚奇過，」她說，「威克姆竟會如此惡劣，簡直讓人無法相信。達西先生也真可憐！親愛的莉琪，你想想他會多麼痛苦，他會感到多麼失望啊！而且又知道你看不起他，還不得不把妹妹的隱私講給你聽！真是太讓他傷心了。我想你一定會有同感。」

「哦！看到你對他如此惋惜和同情，我也就徹底打消了這樣的情感。我知道你會替他說公道話的，因此我也就越來越漠然置之。你的慷慨導致了我的吝嗇，如果你繼續為他惋惜下去，我心裏就會徹底輕鬆了。」

「可憐的威克姆！他的面容那麼善良，神態那麼坦率文雅。」

「那兩個年輕人在教養上肯定存在著嚴重的失調。一個具備了所有的優點，一個只是虛有其表。」

「我可從沒像你過去那樣，認為達西先生在儀表上有什麼缺失。」

「我原以為對他這樣深惡痛絕，雖說毫無理由，卻是異常聰明。這樣的厭惡，足以激勵人的天才，啓發人的智慧。一個人可以不停地罵人，卻講不出一句公道話。但你若是常常取笑人，倒會偶爾想到一句妙語。」

「莉琪，你最初讀那封信的時候，我想你對這件事的態度肯定和現在不同。」

「當然不同。我當時夠難受的了。我非常難受，可以說是很不快活。找不到人說說、心裏的話，也沒有個珍來安慰安慰我，說我並不像我自己想像的那樣儒弱、虛榮、荒謬！哦！我多麼需要你啊！」

「你向達西先生說到威克姆的時候，言詞那麼激烈，這有多麼不幸。現在看來，那些話實在太過分了。」

「確實如此。不過我不幸出言刻薄，那是我抱有偏見的自然結果。我有一點要請教你，你說我應不應該把威克姆的品格說出去，讓親戚朋友們都了解他！」

貝內特小姐頓了頓，然後答道：「當然用不著搞得他聲名狼藉。你看呢？」

「我看也使不得。達西先生並沒授權我把他的話公布於衆。相反，凡是牽涉到他妹妹的事，我要盡量保守秘密。至於威克姆其他方面的品行，即使我想如實地告訴人們，又有誰會相信呢？人們對達西先生成見太深，我要是將他說成個和藹可親的人，梅里頓有一半人死也不會相信。我不能那麼做。威克姆馬上就要走了，因此他究竟是怎麼樣的一個人，對誰都無關緊要。有朝一日總會眞相大白，那時候，我們就可以譏笑人們太愚蠢，沒有早些看清他的眞面目。眼前我先絕口不提。」

「你說得很對。把他的過失公布於衆，可能要毀了他一生。現在，他也許在爲自己的所作所爲感到懊悔，渴望著能重新做人，我們可不能逼得他走投無路。」

經過這次談話之後，伊麗莎白不再那麼心煩意亂了。兩週以來，幾件隱密一直壓在她心頭，如今總算吐露了兩件。她相信，這兩件事她隨便要談論哪一件，珍都會願意聆聽。不過這其中還有一樁隱密，爲了謹愼起見，她又不便透露。她不敢敘說達西先生那封信的另一半內容，也不敢向姊姊說明達西先生的朋友如何眞心實意地器重她。這件事是不能讓任何人知道的。她心裏明白，只有他們雙方完全諒解之後，她才可以扔掉這最後一個秘密的包袱。「那樣一來，」她說，「如果那件不大可能的事一旦變成現實，我便可以把這件隱密說出來，不過賓利自己會說得更加娓娓動聽。這件事輪到我說的時候，那還會有什麼意思！」

她現在回到家裏定下心來，就有閑暇來觀察姊姊的眞正心境。珍並不快活，她對賓利仍然懷著一片深情。她以前甚至從沒想像自己愛上過誰，因此她的鍾情，竟像初戀那樣熱烈，而且，由於年紀和性情的關係，她這種鍾情，又比一般初戀還要堅貞不移。她痴情地眷戀著賓利，覺得他比任何男人都好，幸虧她富有見識，能照顧親友的情緒，才沒有沉溺於懊惱之中，否則，一定會毀了自己的身體，擾亂了親友們內心的平靜。

「喂，莉琪，」一天，貝內特太太說，「你如今對珍這件傷心事是怎麼看的？我可下定了決心，再也不向任何人提起這件事。我那天跟我妹妹就這麼說過。不過我知道，珍在倫敦連他的影子也沒見到。唉！他是個不值得鍾愛的青年，我看珍也休想嫁給他了，也沒有人說起他夏天會回到內瑟菲爾德。凡是可能了解內情的人，我一個個都問過了。」

「我看他不會再住到內瑟菲爾德啦！」

「哼！隨他的便吧，誰也沒有要他來。不過我永遠要說，他太對不起我女兒了。我要是珍的話，我才受不了這口氣呢。不過，我感到寬慰的是，珍準會傷心得把命送掉，那時候，他就會懊悔不該那麼狠心了。」

伊麗莎白從這種非非之想中得不到安慰，因此便沒有回答。

「莉琪，」母親隨後又接著說道，「這麼說，柯林斯夫婦日子過得挺舒適的，是嗎？好啊，但願好景能長久。他們的飯菜怎麼樣？夏綠蒂準是個了不起的管家婆。她只要有她媽媽一半精明，就夠省儉的了。這兩個人持起家來，決不會搞什麼鋪張。」

「是的，絲毫也不鋪張。」

「他們一定會精打細算的。是呀！他們才小心呢，決不會少進多出，他們永遠不愁沒錢花。嗯，但願這會給他們帶來很多好處！據我猜想，他們常常談論你父親去世後，由他們接管朗伯恩的事。眞到了那一天，他們準會把朗伯恩看作他們自己的財產不可。」

「這件事，他們是不會當著我的面提起的。」

「是呀，要是當著你的面提，那就怪啦。不過我相信，他們兩人一定常常談論。唔，要是他們能心安理得地繼承這筆不義之財，那就再好不過了。假使有一筆財產，只是因爲限定繼承權而傳給我的話，我才不好意思接受呢！」

第十八章

她們回到家裡，第一週一晃就過去了，接著便開始了第二週，這也是民兵團駐紮在梅里頓的最後一週。附近的年輕小姐們一個個全都垂頭喪氣的，幾乎到處都是一片沮喪的景象，唯獨貝內特家的兩位大小姐，還能照常飲食起居，照常忙這忙那。她們如此冷漠無情，自然經常受到吉蒂和莉迪亞的責備，因爲這兩個人實在傷心至極，無法理解家裡怎麼會有這麼冷酷無情的人。

「天哪！我們會落到什麼地步呀？我們該怎麼辦呢？」她們常常不勝淒愴地叫道。「你怎麼還能笑得出來，莉琪？」

她們那位慈愛的母親，也跟著她們一起傷心。她記得二十五年以前，她遇到一起類似的情況，也忍受了不少痛苦。「我記得很清楚，」她說，「當年米勒上校那一團人調走的時候，我整整哭了兩天。我想我的心都碎了。」

「我的心肯定也要碎的。」莉迪亞說。

「我們要能去布萊頓就好了！」貝內特太太說。

「哦，是呀！——我們能去布萊頓就好了！不過爸爸太不好說話了。」

「洗洗海水浴能保我一輩子不生病。」

「菲利普斯姨媽認爲，洗海水浴對我也大有好處。」吉蒂插了一句。

朗伯恩府上時時刻刻都可以聽到這種長吁短嘆。伊麗莎白試圖以此開開心，但是，開心的念頭，又全讓羞恥給湮沒了。她又一次感到，達西先生所說的那些缺陷，一點也沒有冤枉她們。至於他出來干預他朋友的事，她也從沒像現在這樣覺得情有可原。

不過，莉迪亞的憂愁很快便煙消雲散，因爲民兵團上校太太福斯特夫人請她陪她去布萊頓。這位尊貴的朋友，是位很年輕的女人，剛結婚不久。她和莉迪亞都是脾性好、興致高，因此便意氣相投，雖只結識了三個月，卻已做了兩個月的知己。

莉迪亞此時此刻是多麼歡喜，她對福斯特夫人是多麼景仰，貝內特太太是多麼開心，吉蒂又是多麼掃興，這些簡直無法形容。莉迪亞全然不顧姊姊的情緒，只管歡天喜地地在屋裡奔來奔去，一面叫大家祝賀她，一面說說笑笑，鬧得比任何時候都厲害。與此同時，背興的吉蒂還待在客廳裡怨天尤人、語氣激憤、言詞無理。

「我眞不明白，福斯特夫人爲什麼光請莉迪亞不請我，」她說，「儘管我不是她特別要好的朋友，我也有權利跟她一起去，而且更有權利去，因爲我比莉迪亞大兩歲。」

伊麗莎白試圖勸說她理智些，珍也勸她想開一些，但無濟於事。再說伊麗莎白本人，她對這次邀請，完全不像母親和莉迪亞那樣激動不已，她只覺得莉迪亞本來還可能有點理智，這下子可全給報銷了。於是，她暗中勸告父親別讓妹妹去，也顧不得莉迪亞得知以後，會把她恨到什麼地步。她對父親說，莉迪亞行爲一向失檢，和福斯特夫人這樣一個女人交往決無好處，陪伴這樣一個人到布萊頓去也許更加輕率，因爲那裡的誘惑力一定比家裡大。

父親用心聽她把話說完，然後說道：「莉迪亞不到公共場合出出醜，是決不會死心的。她照眼前這樣去出出醜，既不花家裡的錢，又不會給家裡添麻煩，眞是難得的好機會。」

「莉迪亞舉止輕率，」伊麗莎白說，「人家誰不看在眼裡，我們姊妹們肯定要跟著大受連累——事實上我們已受到連累了，你要是了解這一點，就決不會這樣看待這件事了。」

「已經受到連累了？」貝內特先生重覆了一聲。「怎麼，她把你的心上人給嚇跑了？可憐的小莉琪！不要灰心，這麼挑剔的年輕人，連個愚蠢的小姨子都容不得，不值得你去惋惜。得啦，請你告訴我，究竟有多少可憐蟲讓莉迪亞的蠢行給嚇跑了。」

「你完全誤解了我的意思，我並沒有受到這樣的損害，我抱怨的不是哪一種害處，而是多方面的害處。莉迪亞如此放蕩不羈，這定會有損我們的身價，有傷我們的體面。對不起，恕我直言，好爸爸，你要是不管束一下她那副野態，告訴她不能一輩子都這樣到處追逐，她馬上就要無可救藥了。她的個性一定型就難改了，人才十六歲，就變成個不折不扣的放蕩女人，弄得她自己和家人都惹人笑話，而且放蕩到下賤的地步。她除了年輕和略有幾分姿色以外，就沒有任何魅力。她愚昧無知、沒有頭腦、瘋瘋癲癲地就想招人愛慕，結果到處叫人看不起。吉蒂也面臨這種危險。她總是跟著莉迪亞轉來轉去，愛慕虛榮、幼稚無知、生性懶惰、放蕩不羈！哦！親愛的爸爸，她們無論走到哪個有熟人的地方，只要人們了解她們的底細，你認爲她們能不受人指責、不遭人鄙夷，她們的姊姊們能不跟著丟臉嗎？」

貝內特先生見女兒把這件事看得這麼嚴重，便慈祥地抓起她的手，回答道：

「你不要擔心，好孩子，你和珍無論走到哪個有熟人的地方，都會受到人們的尊敬和器重。你們不會因爲有了兩個——甚至三個傻妹妹，而顯得有什麼不體面的。要是不讓莉迪亞去布萊頓，我們待在朗伯恩就休想安寧。就讓她去吧，福斯特上校是個明白人，不會讓她出什麼大亂子的。好在她又太窮，誰也不會看上她。她到了布萊頓不像在這裡，即使做個粗俗的放蕩女人，也不會有人稀罕，軍官們會找到更中意的女人。因此，希望她到了那裡之後，能接受點教訓，認清自己的無足輕重。不管怎麼說，她要是變得更壞的話，那我們以後就把她一輩子關在家裡。」

聽到父親這番回答，伊麗莎白不得不表示贊同，但她並沒改變主張，便心灰意冷地離開了父親。然而，她生性不愛多想煩惱的事，省得越想越煩惱。她深信自己盡到了責任，決不會爲那些無可避免的不幸而煩惱，或者因爲憂心忡忡而增添不幸。

假如莉迪亞和母親知道了伊麗莎白與父親這次談話的內容，定會火冒三丈，即使兩張利嘴滔滔不絕地同時夾攻，也消不了這口氣。在莉迪亞的想像中，只要到布萊頓走一趟，便可以享受到人間的一切幸福。她幻想著在這個熱鬧的海濱遊憩地的街道上，到處都是軍官。她幻想著幾十名素不相識的軍官，在競相對她大獻殷勤。她幻想著蔚爲壯觀的營地，一排排帳篷楚楚然而立，裡面擠滿了歡樂的小伙子，身穿光彩奪目的紅制服。她還幻想著一幅最美滿的情景：自己坐在帳篷裡，情意綿綿地至少在跟六個軍官賣弄風情。

假若她知道姊姊試圖破壞掉她這些前景和現實，她又會怎麼樣呢？只有母親能夠理解她的心情，因爲她有些同病相憐。丈夫從不打算到布萊頓去，這使她感到怏怏不樂，現在莉迪亞要去那裡，實在是對她的莫大安慰。

好在她們倆對這件事了無所知，直到莉迪亞離家那天，她們始終都是歡天喜地的。

現在輪到伊麗莎白和威克姆先生最後一次見面了。她回來後經常和他見面，因此焦灼不安的心情早就消失了；特別是昔日情意引起的焦灼不安，現在早已消逝得無影無蹤。她起初非常喜歡他的文雅風度，現在卻看出了這裡面的矯揉造作、陳腔濫調，反而感到厭惡起來。

另外，威克姆眼前對她的態度，也是造成她不快的一個新根源，因爲他很快表明了要跟她重溫舊好的意思，殊不知經過那番周折之後，這只會引得她生氣。她發覺向她獻殷勤的竟是一個游手好閑的輕薄公子時，心裡不免萬念俱灰。她儘管一忍再忍，心裡卻情不自禁在責罵他，因爲他自以爲無論多久或是爲何緣故沒有向她獻殷勤了，只要再與她重溫舊情，便一定會滿足她的虛榮、博得她的歡心。

民兵團離開梅里頓的頭一天，他和另外幾個軍官到朗伯恩來吃飯。伊麗莎白眞不願和和氣氣地與他分手，因此當他問起她在亨斯福德那段日子是怎麼過的時候，她提起菲斯威廉上校和達西先生都在羅辛斯逗留了三個星期，並且問他認不認識菲斯威廉上校。威克姆頓時大驚失色、怒容滿面，但是稍許鎮定了一下之後，又笑嘻嘻地回答說，以前經常見到他。他又說菲斯威廉是個很有紳士風度的人，問她喜不喜歡她。伊麗莎白回答說，非常喜歡他。

「你說他在羅辛斯待了多久？」威克姆隨即帶著滿不在乎的神情說。

「將近三週。」

「你常和他見面嗎？」

「是的，差不多天天見面。」

「他的舉止和他表弟大不相同。」

「是大不相同。不過我想，達西先生跟人處熟了，舉止也就改觀了。」

「眞的呀！」威克姆驚叫道，他那副神情沒有逃過伊麗莎白的眼睛。「我是否可以請問——」說到這裡又頓住了，接著又以歡快的口吻問道：「他在談吐上有改進嗎？他待人接物是否比往常有禮貌？因爲我實在不敢指望，」他壓低嗓門，用比較嚴肅的口氣繼續說道：「他會從本質上有所改觀。」

「哦，那不會！」伊麗莎白說道。「我相信，他在本質上還依然如故。」

她說這話的時候，威克姆看樣子不知道應該表示高興，還是應該表示懷疑。伊麗莎白臉上有一股神情，逼迫他焦灼不安地專心聽下去。這時，伊麗莎白又接著說道：「我所謂達西先生跟人處熟了，舉止也就改觀了，並不是說他思想舉止會不斷改進，而是說你與他處得越熟，也就越能了解他的性情。」

威克姆驚慌之中，不由得脹紅了臉，神情也十分不安。他沉默了一會，隨即消除了窘迫，又把臉轉向對方，用極其溫和的口吻說道：「你很了解我對達西先生的看法，因此你也很容易領會：聽說他也懂得裝出一副舉措相宜的樣子，我打心眼裡感到高興。他在這方面的傲慢，即使對他自己沒有什麼裨益，對別人也許會有好處，因爲有了這種傲慢，他的行爲就不會像對我那麼惡劣，害得我吃盡苦頭。你想必是說他收斂些了吧，我只怕這種收斂，只是有意做給他姨媽看的，他就想讓他姨媽賞識他。我知道，他們一見面，他總是戰戰兢兢的，這多半是想要促成他和德布爾小姐的婚事，他對這件事可眞是念念不忘啊。」

伊麗莎白聽到這些話，忍不住笑了笑，不過她沒有回答，只是微微點了點頭。她看得出來，他又想提起那個老問題，再訴一番苦，她可沒有興致去迎合他。這個晚上就這樣過去了，威克姆表面上裝得像往常一樣高興，但卻不想去逢迎伊麗莎白。最後，客客氣氣地分手了，也許雙方都希望永遠不要再見面了。

散席以後，莉迪亞跟著福斯特夫人回到梅里頓，以便明天一大早從那裡起程。莉迪亞辭別家人的時候，與其說是令人傷感，不如說是吵吵嚷嚷。只有吉蒂流了淚，但她那是因爲煩惱和嫉妒而哭泣。貝內特太太口口聲聲祝女兒快活，千叮萬囑叫她不要錯過及時行樂的機會，這種叮囑，女兒當然會遵命照辦。

莉迪亞滿面春風地大喊再會，姊姊們低聲送別的話語，她聽也沒聽見。

第十九章

假若伊麗莎白只根據自家的情形來看問題，她決不會認爲婚姻有多麼幸福、家庭有多麼舒適。父親當年因爲貪戀青春美貌，貪戀青春美貌通常賦予的表面上的興致勃勃，因而娶了一個智力貧乏而又心胸狹窄的女人，致使結婚不久，便終結了對她的一片眞情。夫婦之間的相互敬重和相互信任，早已蕩然無存；他對家庭幸福的期待，也已化爲泡影。天底下有不少的人，因爲自己的輕率，而招致了不幸之後，往往會從恣意作樂中尋求慰藉，藉以彌補自己的愚蠢與過失，但貝內特先生卻不是這樣的人。他喜歡鄉村景色，喜歡讀書，從這些喜好中贏得主要的樂趣。至於他那位太太，除了她的愚昧無知可以供他開開心之外，他對她別無所求。一般男人都不願意從妻子身上尋求這種樂趣，但是，在找不到其他樂趣的情況下，能夠逆境善處的人，便會充分利用已有的條件。

然而，對於父親在做丈夫方面的失職行爲，伊麗莎白從未視而不見。她總是看在眼裡，痛在心裡。不過，她敬重父親的才智，又感激父親對自己的寵愛，因而盡量忘掉那些無視不了的事情，盡量不去思索他那些失職失體的舉動，這些舉動惹得女兒們看不起母親，眞是太不應該了。但是，對於不如意的婚姻給孩子們帶來的不利影響，她以前從沒像現在體驗得這麼深刻過；而對於父親濫用才智的種種害處，她也從沒像現在看得這麼透徹。他那些才智假若運用得當，即些不能開闊母親的眼界，至少可以維護女兒們的體面。

威克姆走了以後，伊麗莎白雖然感到欣慰，但是除此之外，民兵團的調離，沒有其他讓她滿意的地方。外面的聚會不像以前那樣豐富多彩了，在家裡總聽見母親和妹妹無盡無休地抱怨生活單調，使家裡籠罩上了一層陰影。吉蒂也許不久就會恢復常態，因爲攪得她心猿意馬的那些人已經走了。但是，那另一個妹妹本來就性情放蕩，現在又置身於浴場和兵營這雙重危險的環境裡，自然會變得更加放蕩不羈，鬧出更大的亂子來。

因此，整個說來，她正如以前有時發覺的那樣，覺得眼巴巴期望著一件事，一旦事情到來，總不像她預期的那麼如意。於是，她只得把眞正幸福的開端期諸來日，爲她的意願和希望尋求個別的寄託，再次沉醉於期待之中，暫時安慰一下自己，準備再一次遭受失望。如今她感到最得意的事情，便是去湖區旅行。母親和吉蒂心裡一不快活，總是攪得家裡不得安寧，她能出去走走，當然是個莫大的慰藉。假若珍能跟著一道去，那就美不可言了。

「眞算幸運，」她心想，「我還有可指望的。假使一切安排得都很圓滿，我準會感到失望。這次姊姊不能同去，儘管無時無刻不使我感到遺憾，但我期待的歡愉，也就可能實現。盡善盡美的計劃決不會成功，只有略帶一點令人煩惱的因素，才不至於引起失望。」

莉迪亞臨走的時候，答應常給母親和吉蒂寫信，詳細介紹旅行的情況。但是她的信總是很久才盼到一封，而且總是寫得非常簡短。她寫給母親的信，無非說說她們剛從圖書館回來，有哪些軍官陪著她們一道去的，她在那裡看到許多漂亮的裝飾品，眞讓她羨慕極了；或者說她買了一件新長禮服、一把新傘，本想詳細描寫一番，無奈福斯特夫人在喊她，只得倉促擱筆，馬上到兵營裡去。從她跟姊姊的通信中，可以了解的內容就更少了——因爲她寫給吉蒂的信，雖然長得多，但說的都是私房話，不便於公布。

莉迪亞走了兩、三週以後，朗伯恩又重新出現了生氣勃勃、喜氣洋洋的景象，一切都顯得欣欣向榮。到城裡過冬的人家都回來了，人們都穿起夏天的艷服，開始了夏天的約會。貝內特太太終於平靜下來，只是動不動就發牢騷。到了六月中旬，吉蒂也恢復了常態，到梅里頓去可以不掉眼淚了。這是個可喜的現象，伊麗莎白希望，到了聖誕節，吉蒂能變得理智一些，不至於每天屢次三番地提起軍官，除非陸軍部存心坑人，再派一團人駐紮到梅里頓來。

她們北上旅行的日期已經臨近，只剩下兩個星期了，不料加德納太太寄來一封信，立即將行期耽擱下來，旅行範圍也得縮小。加德納先生因為有事，行期必須推遲兩個星期，到七月間才能動身，一個月以後又得回到倫敦。這樣一來，就沒有時間跑那麼遠了，不能像原先計劃的那樣飽餐山川景色了，至少不能像原先指望的那樣優閑自得地去遊覽，而不得不放棄湖區，縮短旅程，照目前的計劃，只可走到德比郡為止。

德比郡也有不少值得玩賞的地方，大致足夠她們消磨三個星期了，況且加德納太太又特別嚮往那個地方。因為她以前曾在德比郡住過幾年，現在再去那裡盤桓幾天，也許會像馬特洛克❶、查茨渥斯❷、達沃河谷❸和皮克峰❹等風景名勝一樣，令她心往神馳。

伊麗莎白感到萬分失望，她本來一心想去觀賞湖區風光，現在還仍然覺得時間比較充裕。不過，她也不能不知足，再說她性情開朗，因此不久便好了。

一提起德比郡，便要引起許多聯想。她一看見這個名字，難免要想到彭伯利及其主人。「當然，」她說，「我可以安然無恙地走進他的家鄉，攫取幾塊瑩石❺，而不讓他察覺。」

等待的時日比先前增加了一倍，舅父母還得四個星期才能到來。不過四個星期畢竟過去了，加德納夫婦終於帶著四個孩子來到朗伯恩。四個孩子中有兩個女孩，一個六歲，一個八歲，另外還有兩個小男孩。孩子們都要留在這裡，由人人喜愛的珍表姊特意照管。珍舉止穩重、性情柔和，各方面都適合照料孩子——教他們讀書，陪他們玩耍，愛撫他們。

加德納夫婦只在朗伯恩住了一夜，第二天早晨就帶著伊麗莎白去探新獵奇、尋歡作樂。

有一項樂趣是確定無疑的——他們都是非常適當的旅伴。所謂適當，就是說大家身體健康、性情隨和，可以忍受諸般不便之處——興致勃勃，可以促進種種樂趣——加上個個感情豐富、天資聰明，即使在外面碰到什麼掃興的事，相互之間仍然可以過得很快活。

筆者在此並不打算細說德比郡，也不打算描寫他們一路上所經過的名勝地區；牛津、布萊尼姆❻、渥立克❼、肯尼渥斯❽、伯明罕等等，都已人盡皆知。現在只來講講德比郡的一小部分。有個小鎮名叫蘭頓，加德納太太以前曾在那裡居住過，最近聽說還有些熟人依舊住在那裡，於是，看完了鄉間的全部名勝之後，便繞道去那裡看看。

伊麗莎白聽舅媽說，彭伯利距離蘭頓不到五英里，雖然不是順路必經之地，但只不過拐個一、二英里的彎子。頭天晚上討論旅程的時候，加德納太太說她想去那裡再看看。加德納先生表示願意，兩人便來徵求伊麗莎白同意。

「好孩子，難道你不想去看看一個你常聽說的地方？」舅媽說道。「你的許多朋友都跟那地方有關係。你知道，威克姆就在那裡度過了青年時代。」

伊麗莎白一下給難住了。她覺得到彭伯利無事可幹，便只好表示不想去。她不得不承認，她厭煩高樓大廈，因為見得多了，實在也不稀罕繡毯錦幃。

加德納太太罵她傻。「假如光是一座富麗堂皇的房子，」她說，「我也不會稀罕它，只是那庭園景色實在宜人，那裡有幾處全國最優美的樹林。」

伊麗莎白沒有作聲，但心裡卻不肯默許。她當即想到，她若是去那裡玩賞，便可能碰見達西先生，那有多可怕！她一想到這裡就羞紅了臉，心想與其擔這麼大的風險，不如開誠布公地跟舅媽說個明白。不過，這樣做也有些欠妥。她最後決定，先去暗地裡打聽一下主人是否在家，如果回答說在家，再採取這最後一著也不遲。

於是，晚上臨睡的時候，她便向侍女打聽彭伯利那地方好不好，主人姓甚名誰，又提心吊膽地問起主人家是否要回來消夏。她最後一問，得到了萬分可喜的否定回答。她的驚恐打消了，悠然之中又產生了極大的好奇心，想親眼去看看那幢房子。第二天早晨舊話重提，舅媽又來徵求她的同意時，她便帶著滿不在乎的神情，立即回答說，她並不反對這個計劃。

於是，他們決定到彭伯利去。

註

❶ 馬特洛克：英格蘭德比郡一教區，多溫泉及鐘乳石洞穴，為療養勝地。

❷ 查茨渥斯：德比郡一名勝地區，以圖書館、美術及雕刻著稱，其花園也極為別緻。

❸ 達沃河谷：查茨渥斯附近一山谷，布滿精巧綺麗的岩石和綠葉成蔭的樹木。

❹ 皮克峰：德比郡西北部山地，其最高峰高達六百多公尺。

❺ 瑩石：係德比郡一種著名礦石。

❻ 布萊尼姆：係英格蘭南部一村莊。一七〇四年英國莫爾伯勒公爵曾在此擊敗法國人。

❼ 渥立克：英格蘭中部渥立克郡首府，以宏偉的城堡而著稱。

❽ 肯尼渥斯：渥立克郡城鎮，就有肯尼渥斯城堡。

第三卷

D. Maclise, R.A.　　T. Lan

第一章

馬車往前駛去。伊麗莎白懷著忐忑不安的心情，注視著彭伯利樹林的出現。等到走進莊園時，她越發感到心慌意亂。莊園很大，地勢高高低低，錯落有致。馬車從一處最低的地方駛進去，在一座遼闊優雅的樹林裡走了許久。

伊麗莎白思緒萬千，無心說話，但每見到一處美景，她都爲之嘆賞。馬車沿著緩坡向上走了半英里光景，便來到了一個高高的坡頂，樹林到此爲止，彭伯利大廈頓時映入眼簾。房子位於山谷對面，陡斜的大路蜿蜒通到谷中。這是一座巍峨美觀的石頭建築，屹立在一片高地上，背靠著一道樹林蔥籠的山崗。屋前，一條小溪水勢越來越大，頗有幾分天然情趣，毫無人工雕琢之痕跡。兩岸點綴得既不呆板，又不做作，伊麗莎白不由得心曠神怡。她從沒見過一個如此情趣盎然的地方，它那天然美姿絲毫沒有受到庸俗趣味的玷污，衆人都讚賞不已。伊麗莎白這時感到，在彭伯利當個主婦也眞夠美的了！

馬車下了坡，過了橋，一直駛到門前。從近處打量大廈時，伊麗莎白又憂慮起來，生怕撞見房主人。她擔心侍女搞錯了。大家請求參觀住宅，立刻被讓進門廳。就在等候女管家的時候，伊麗莎白才感到驚異，她居然待在這裡。

女管家來了，她是個儀態端莊的女婦人，遠不如她想像中的那麼優雅，但卻比她想像的來得斯文。他們跟著她走進了餐廳。這是一間勻勻稱稱的大屋子，布置得十分雅緻。伊麗莎白稍微看了一下，便走到窗口欣賞風景。只見他們剛才下來的那座小山上叢林密布，從遠處

望去顯得越發陡峭，眞是美不勝收。這裡的景物處處都很綺麗。她縱目四望，只見一道河川，林木夾岸，山谷蜿蜒曲折，看得她賞心悅目。一走進其他房間，這些景緻也隨之變換。

但是，不管走到哪個窗口，總有秀色可餐，一個個房間高大美觀，家具陳設也與主人的身分頗爲相稱，既不俗氣，又不華而不實，與羅辛斯比起來，可以說是豪華不足，風雅有餘，伊麗莎白看了，很欽佩主人的情趣。

「我差一點做了這裡的女主人！」她心裡暗想。「我對這些房間本來早該瞭如指掌了！如今也不必以一個陌生人的身分來參觀，而是當作自己的房間來受用，把舅父母當作貴客來歡迎。但是不行，」她又突然省悟，「這萬萬辦不到：那樣我就見不到舅父母了，他不會允許我邀請他們來的。」她幸虧悟到了這一點，才沒有感到懊悔。

她眞想問問女管家，是否主人眞不在家，可惜沒有勇氣開口。不過，舅父終於問出了這個問題，她聽了大爲驚慌，連忙別過頭去，只聽雷諾茲太太回答說，主人是不在家，接著又添了一句：「不過他明天回來，還要帶來一大幫朋友。」伊麗莎白感到不勝慶幸，多虧他們路上沒有延遲一天！

這時，舅媽叫她去看一幅畫像。她走近前去，只見壁爐架上方掛著幾幅小型畫像，其中有一幅是威克姆先生的肖像。舅媽笑吟吟地問她畫得怎麼樣。女管家走過來說，畫上這位年輕人是老主人的管家的兒子，是由老主人供養大的。「他現在到軍隊裡去了，」她接著說道，「不過怕是變得很浪蕩了。」

加德納太太笑盈盈地望著外甥女，但伊麗莎白卻笑不出來。

「這一位，」雷諾茲太太指著另一幅小畫像說，「就是我家主人，畫得像極了，跟那一幅同時畫的，大約有八年了。」

「我常聽說你家主人儀表堂堂，」加德納太太望著畫像說道。「他這張臉蛋是英俊。莉琪，你可以告訴我們畫得像不像。」

雷諾茲太太聽說伊麗莎白認識她家主人，彷彿越發敬重她了。

「這位小姐認識達西先生？」

伊麗莎白脹紅了臉，說道：「有點認識。」

「你不覺得我們少爺非常英俊嗎，小姐？」

「是的，非常英俊。」

「我還眞沒見過這麼英俊的人呢。不過，樓上畫廊裡還有他一幅畫像，比這幅大，也比這幅畫得好。老主人生前頂喜愛這間屋子，這些畫像當年就是這麼擺放的。老主人很喜歡這些畫像。」

伊麗莎白聽了這話，才明白爲什麼威克姆先生的畫像也放在其中。雷諾茲太太接著又指給他們看一幅達西小姐的畫像，那還是她八歲的時候畫的。

「達西小姐也像她哥哥一樣漂亮嗎？」加德納先生問道。

「哦！是的——從沒見過這麼漂亮的小姐，又那麼多才多藝！她成天彈琴唱歌，隔壁房間裡有一架剛給她買來的新鋼琴，那是我們主人送她的禮物。她明天跟她哥哥一道回來。」

加德納先生爲人和藹可親，又是盤問，又是議論，鼓勵女管家講下去。雷諾茲太太或者出於自豪，或者出於深情厚意，顯然非常樂意談論主人兄妹倆。

「你家主人一年中有好多日子待在彭伯利嗎？」

「並沒有我盼望的那麼多，先生，他大概有一半時間待在這裡，而達西小姐總是來這裡消夏。」

伊麗莎白心想：「只是有時候要去拉姆斯蓋特。」

「要是你家主人結了婚，你見到他的機會就會多些。」

「是的，先生，不過我不知道那要等到什麼時候，我真不知道誰能配得上他。」

加德納夫婦不由得笑了。

伊麗莎白情不自禁地說：「你會這樣想，真使他太有面子了。」

「我說的全是眞話，凡是認識他的人都會這麼說，」對方答道。伊麗莎白覺得這話說得有些過分，隨即又越發驚奇地聽到女管家說道：「我從沒聽他說過一句衝撞人的話。我從他四歲起，就跟他在一起了。」

伊麗莎白覺得她誇獎得太離奇、太不可思議了。她一向堅定不移地認爲，達西不是個性情和悅的人，如今這話激起了她深切的關注，她很想仔細聽聽，幸喜舅父開口說道：「値得如此稱道的人，實在寥寥無幾。你眞是幸運，碰上這樣一位主人。」

「是的，先生，我是幸運，我就是走遍天下，也碰不到一個更好的主人。不過我常說，小時候脾氣好，長大了脾氣也會好。達西先生從小就是個最溫和最寬厚的孩子。」

伊麗莎白幾乎瞪大眼睛盯著她。她心裡想：「這會是達西先生嗎？」

「他父親眞是個了不起的人。」加德納太太說。

「是的，太太，他眞了不起。他兒子跟他一樣，對窮人也那麼和藹可親。」

伊麗莎白聽著，覺得驚奇、疑惑，急巴巴地想再聽聽。雷諾茲太太隨便說到什麼別的事，都提不起她的興趣。她談到畫像、房間的面積、家具的價格，但都無濟於事。加德納先生認爲，女管家所以要過甚其辭地誇讚主人，無非出於家人的偏見，因此覺得很有趣，馬上又引到這個話題上。等大夥一起往大樓梯上走時，雷諾茲太太津津樂道地談起了達西先生的眾多優點。

「他是天底下最好的莊主、最好的主人，」她說。「他不像現今的放蕩青年，一心只為自己打算。他的佃戶和傭人沒有一個不稱讚他的。有人說他傲慢，但我可真看不出來他有什麼傲慢的地方。依我看，他只是不像其他青年那樣夸夸其談罷了。」

「照這麼說來，他有多麼可愛啊！」伊麗莎白心想。「把他說得這麼好，」舅媽一邊走，一邊小聲說道，「這與他對我們那位可憐朋友的態度可不一致呀！」

「我們也許受了矇騙。」

「這不大可能，我們是聽很可靠的人說的。」

大夥來到樓上寬闊的走廊，給領進一間漂亮的起居室。起居室新近才布置起來，比樓下房間更優雅、更明亮，據說剛剛收拾好，是專供達西小姐享用的，她去年來彭伯利，看中了這間屋子。

「他的確是個好哥哥。」伊麗莎白一面說，一面朝一扇窗戶走去。

雷諾茲太太預料，達西小姐走進這間屋子，一定會很高興。「達西先生總是這樣，」她接著又說。「凡是能使妹妹高興的事，他總是說辦就辦，他對妹妹眞是有求必應。」

剩下來的只有畫廊和兩、三間主要臥室，還要領著客人看看。畫廊裡陳列著許多油畫佳作，可惜伊麗莎白對繪畫一竅不通。有些作品在樓下已經看過，她寧可掉頭去看看達西小姐畫的幾幅蠟筆畫，因為這些畫的題材通常比較有趣，也更容易看懂。

畫廊裡有不少家族的畫像，不過一個陌生人是不會看得很專心的。伊麗莎白往前走去，尋找著她面熟的那個人的畫像。最後，她終於看到了——她發現有幅畫像很像達西先生，臉上笑微微的，她記得他以前打量她的時候，臉上有時就掛著這種笑。她在畫像前佇立了許久，看得出了神，臨出畫廊之前，又回去看了一番，雷諾茲太太告訴客人說，這幅畫像還是他父親去世時繪製的。

這時候，伊麗莎白對那畫中人油然產生了一股溫存感，即使以前跟他接觸最多的時候，她也不曾對他有過這種感覺。雷諾茲太太那樣讚他，意義非同小可。什麼樣的稱讚，會比一個聰慧傭人的稱讚，來得更寶貴呢？她考慮到，達西先生作爲兄長、莊主和家主，掌握著多少人的幸福！能給人帶來多少快樂，造成多少痛苦！又能行多少善，作多少惡！女管家提出的每一個看法，都表明他人格高尚。伊麗莎白站在他的畫像前面，只見他兩眼盯著她，不由得想起了他的一片鍾情，心裡泛起了一股從未有過的感激之情。一想起他那個傾心勁兒，也就不再去計較他求婚時的唐突言詞了。

大廈裡但凡可以公開參觀的地方，都參觀過了，客人們回到樓下，告別了女管家，女管家把他們託付給園丁，園丁等在大廳門口迎接。

大家穿過草場，朝河邊走去時，伊麗莎白又掉頭看了一下。舅父母也停下腳步，就在舅父想要估量一下房子建築年代的時候，忽然看見房主人從通往房後馬廄的大路上走了過來。

他們只相距二十碼光景，房主人來得突然，眞讓人閃躲不及。頓時，他們的目光觸在了一起，兩張面孔脹得排紅。達西先生驚奇萬分，一剎那間，愣在那裡一動不動。但他迅速即醒過神來，走到客人面前，跟伊麗莎白搭腔，語氣即使不算十分鎮靜，至少也十分客氣。

伊麗莎白早已身不由己地走開了，但是一見主人走上前來，便又停住了腳步，帶著壓抑不住的窘迫神情，接受他的問候。她舅父母乍一看見他，縱使覺得他和剛才見到的畫像有些相像，卻還不敢斷定他就是達西先生；但是園丁見到主人時的那副驚奇神態，應該一看就明白了。這夫婦倆見主人在跟外甥女攀談，便有意站得遠一點。

主人客客氣氣地問起伊麗莎白家人的情況，伊麗莎白心裡又驚又慌，都不敢抬眼看看他的臉，而且也不知道自己是怎麼回答的。她感到很驚奇，達西先生的舉止跟他們上次分手時大不一樣，他每講一句話都使她越發覺得窘迫。她心裡反覆在想，讓達西先生撞見她闖到這裏，眞是有失體統，因此他們待在一起的這幾分鐘，竟然成爲她平生最難挨的一段光陰。達西先生並不見得有多自然：他說起話來，語調並不像平常那麼鎮定。他問她哪天離開朗伯恩，在德比郡待了多久，而且慌慌張張地問了又問，充分說明他也是魂不守舍。

最後他似乎無話可說了，一聲不響地站了一會，又突然定了定神，告辭而去。

舅父母這才來到她跟前，讚賞小伙子儀表堂堂。但是，伊麗莎白一個字也沒聽進去，她滿腹心事，只是悶頭不響地跟著他們走。她感到不勝羞愧與懊惱。她這次到這裡來，眞是天下最倒楣、最失算的事。他會覺得多麼奇怪！他這麼傲慢的人，會覺得這件事有多麼丟臉！好像她是死皮賴臉送上門的！哦！她爲什麼要來呢？或者說，他爲什麼要出人意料地提前一天趕回來呢？他們哪怕早走十分鐘，也就不會讓他瞧不起了。顯而易見，他是剛剛到達的，剛剛下馬，或是剛剛下車。

一想到這次倒楣的碰面，她臉上一陣陣發紅。他的態度發生了明顯的變化——這是怎麼回事呢？他居然還跟她說話，這就夠令人驚奇的了！何況他談吐又那樣彬彬有禮，還向她家人表示問候！這次意外相遇，他的舉止如此謙恭，言談如此文雅，她眞是從來沒有見到過。這與他在羅辛斯莊園交給她那封信時的談吐，形成了多麼鮮明的對比！她不知道怎麼想才是，也不知道該怎麼解釋這件事。

他們這時已經走到河邊一條美麗的小徑上，越往前走去，地面越往下低落，眼前的景色益發壯觀，樹林也益發幽雅，但是伊麗莎白卻久久沒有察覺這些景緻。舅父母沿途一再招呼她看這看那，她雖然也隨口答應，似乎也舉目朝他們指示的目標望去，但卻什麼景物也辨別不清。她一心只想著彭伯利大廈的一個角落，不管哪個角落，只要是達西先生眼前所待的地方，她想知道他這時候在想些什麼，他是怎麼看待她的，他是否還在不顧一切地喜愛她。他也許只是覺得心安理得，才對她那麼客氣的，然而聽他那語調，又不像是心安理得的樣子。她不知道他見了她究竟是痛苦多於快樂，還是快樂多於痛苦，不過有一點可以肯定，他見到她時，並不鎮靜。

後來，舅父母責怪她心不在焉，她才醒悟過來，覺得應該裝得像往常一樣。

他們走進樹林，暫時告別溪澗，登上山坡。從樹林的空隙望去，可以看到種種迷人的景色：山谷，對面的群山，一座座山上布滿整片的樹林，還有那脈溪澗也不時映入眼簾。加德納先生想要繞著整個莊園兜一圈，但是又怕走不動。園丁得意地笑笑說，兜一圈要走十英里。這件事只得作罷，他們還是照常規路線遊逛。幾個人走了半天，順著坡林下了坡，又來到溪邊，來到溪澗最窄的地方。他們從一座便橋上過了河，這座橋與周圍的景色倒很協調。這裡比他們到過的哪個地方都素雅。山谷到了這裡，也縮成了一道小峽谷，只容得下那條溪流和一條小徑，小徑上灌木夾道、參差不齊，伊麗莎白很想循著曲徑去探幽覓勝，但是過了橋以後，眼見大廈比較遠了，不大能走路的加德納太太已經走不動了，一心只想快些回去乘馬車。因此，外甥女只得依著她，大家便抄近路向河邊的大廈走去。

不過，他們走得很慢，因爲加德納先生非常喜歡釣魚，卻又很少盡盡興，眼前望著河裡偶爾出現幾條蹲魚，也就光顧得跟園丁談魚，腳下停滯不前。衆人正這麼慢騰騰地蹓躂著，不料又吃了一驚，尤其是伊麗莎白，眞和剛才一樣驚訝，因爲他們又望見達西先生向他們走來，而且已經離得不遠了。這邊的小路不像對岸的那麼隱蔽，因此還沒相遇便能看見他。伊麗莎白儘管十分驚奇，卻至少比前次見面時有準備得多，於是她想，如果他眞是來找他們的，她一定得裝得鎭定些、談話沈著些。

起初，她倒眞覺得他會走到另一條小道上。後來，拐彎的地方遮住了他的身影，她還是抱著那個想法。但是剛一拐過彎，他便出現在他們面前。伊麗莎白一眼便可看出，他還和剛才一樣彬彬有禮。於是，她便仿效著他的客氣勁兒，開始讚賞這裡的美麗景色。但是剛說了幾聲「嫵媚」、「動人」，心裡又冒出了一些不祥的念頭，覺得她這樣讚美彭伯利，說不定會受到人家的曲解。她臉上一紅，不再作聲了。

加德納太太站在後面不遠的地方。達西先生見伊麗莎白又不作聲了，便要求她賞個臉，給他介紹一下她那兩位朋友。他的這一禮貌舉動，完全出乎她的意料。想當初他向她求婚的時候，還傲慢地看不起她的某些親友，而如今倒好，居然想要結識這些人，這眞讓她覺得好笑。她心想：「他要是知道這兩位是什麼人，肯定會驚奇成什麼樣子！他眼前一定把他們錯當成上流人了。」

不過她還是立刻作了介紹。當她道明他們與她的親戚關係時，她偷偷瞟了達西一眼，看看他作何反應，心想他也許會拔腿就跑，決不結交如此低賤的朋友。達西了解他們的親戚關係之後，顯然很吃驚，不過他倒克制住了，非但沒有跑掉，反而陪他們一起往回走，還跟加德納先生攀談起來。伊麗莎白不禁又高興、又得意。她感到欣慰的是，她可以讓他知道，她也有幾個不丟臉的親戚。她聚精會神地聽著他們之間的談話，舅父的一言一語都表明他聰明高雅、舉止得體，使她感到揚揚得意。

兩人不久就談到釣魚。她聽見達西先生不勝客氣地對舅父說，他在附近逗留時間，隨時可以來這裡釣魚，同時答應借釣具給他，還指給他看溪裡通常哪些地方魚最多。加德納太太跟伊麗莎白臂挽臂地走著，向她做了個表示驚奇的眼色。伊麗莎白嘴裡沒說什麼，心裡卻極其得意。達西先生如此獻殷勤，準是爲了討好她。不過她還是萬分驚奇，「他怎麼變化這麼大？這是爲什麼呢？他不可能是爲了我，不可能是看在我的面上，才把態度放得這麼溫和的。我在亨斯福德對他的那頓責罵，不可能導致這樣的變化，他不可能還愛著我的。」

他們就這樣，兩位女士在前，兩位先生在後，走了好一陣。後來爲了仔細觀賞一種稀奇的水草，便下到了水邊，等到重新上路時，他們的次序碰巧發生了點變化。事情是由加德納太太引起的，原來她一上午走乏了，覺得伊麗莎白的胳臂架不住她，便想讓丈夫挽著她。於是，達西先生取代了她的位置，和她外甥女並排走著。兩人沈默了一會之後，還是小姐先開了口。她想讓他知道，她是聽說他不在家才來到他府上的，因此頭一句話便說，他回來得非常突然。「你的女管家告訴我們，」她接著說道，「你明天才能回來。我們離開貝克韋爾以前，就聽說你不會馬上回到鄉下。」達西承認這一切都是事實，又說因爲要找管家有事，所以比同行的那夥人早到了幾個鐘頭。

「他們明天一早就到，他們當中也有你認識的人，賓利先生和他姊姊妹妹。」

伊麗莎白只是微微點了點頭。她立即想起他們上次提到賓利先生的情形。從他的臉色看來，他心裡也在想著那同一情形。

「這夥人裡還有一個人，」他頓了頓又說道，「特別想要結識你。你在蘭頓逗留期間，是否能允許我介紹舍妹與你相識，不知我是否太冒昧了？」

這個要求，眞使她大爲驚訝，她都不知道她是如何應答他的。她當即意識到，達西小姐所以想結識她，無非是受了她哥哥的鼓動。只要想到這一點，也就夠叫她滿意了。她欣慰地看到，他對她的怨恨，並沒有使他眞正厭惡她。

他們默默地往前走，兩人都在沈思。伊麗莎白感到不安，她也不能感到心安，不過她又為之得意和高興。他想介紹妹妹與她相識，這眞是天大的面子。他們倆很快就走到加德納夫婦前頭去了，等他們走到馬車跟前的時候，加德納夫婦還落在後面一大段路。達西先生請她進屋坐坐，但她表示不累，兩人便一道站在草坪上。碰到這種時候，本來有許多話好講，默不作聲未免太彆扭了。伊麗莎白想要開口，但又彷彿無話可說。最後，她想起自己正在旅行，兩人便一個勁地談論馬特洛克和達沃河谷的景物。

然而時間過得眞慢，加德納夫婦也走得眞慢，他們的交談還沒有結束，她就快忍耐不住了，話也快講完了。等加德納夫婦來到跟前，達西先生又懇請他們大家進屋吃點點心，但是客人們謝絕了，雙方極有禮貌地辭別了。達西先生扶著兩位女士上了車。馬車駛開以後，伊麗莎白看見達西先生慢慢走進屋去。

舅父母現在開始說長道短了。兩人都說，他們萬萬沒有料到，達西會如此出類拔萃。

「他舉止優雅、禮貌周到，絲毫不擺架子。」舅父這樣說道。

「他的確有點高貴，」舅媽答道。「不過那只是在風度上，並沒有什麼不得體的。我贊成女管家的說法，雖然有些人說他傲慢，我卻絲毫看不出來。」

「我萬萬沒有料到，他會待我們這麼好，這不只是客氣，還有點殷勤呢。其實他用不著這麼殷勤，他跟伊麗莎白只有點泛泛之交。」

「當然啦，莉琪，」舅媽說，「他是沒有威克姆長得漂亮，或者說得確切些，他的臉蛋不像威克姆那樣，因為他的容貌十分端莊。可你怎麼跟我說他令人討厭呢？」

伊麗莎白極力為自己辯護，說她那次在肯特遇見他時，就覺得他比以前可愛，還說她從沒見他像今天早上這麼和藹可親過。

「不過他這樣多禮，也許是有點心血來潮，」舅父答道。「那些貴人往往如此。他請我常去釣魚，我也不能拿他當眞，他說不定哪一天會變卦，不許我進他的莊園。」

伊麗莎白覺得他們完全誤解了他的品格，但卻沒有說出口。

「從我們見到他的情況看來，」加德納太太接著說道，「我眞想不到他會那麼狠心地對待可憐的威克姆，他看樣子不像個狠心的人。他說起話來，嘴部的表情倒很討人喜歡。他臉上顯出一副高貴的神情，不過不會讓人覺得他心腸不好。領我們參觀的那個女管家可眞行，把他吹得天花亂墜！我有幾次差一點笑出聲來。不過，我想他倒是個慷慨大方的主人，在一個傭人看來，這就包含了一切美德。」

伊麗莎白聽到這裡，覺得應該替達西先生說幾句公道話，證明他並沒有虧待威克姆。於是便小心謹愼地告訴他們，她聽他肯特的親友們說，他的行爲和人們傳說的大相徑庭。事情並不像赫特福德郡的人們想像的那樣，他的品格決非那麼一無是處，威克姆也決非那麼和藹可親。爲了證實這一點，她把他們之間錢財上的事情一五一十地講了出來，儘管沒有道明是誰告訴她的，但她斷言消息非常可靠。

加德納太太聽了這話，感到既驚奇又擔心。不過，眼前已經來到以前曾給她帶來不少樂趣的那個地方，於是她將一切念頭置諸腦後，完全沈醉在美好的回憶之中。她把周圍有趣的景緻一一指給丈夫看，全然想不到別的事情上。她一上午走下來，雖然覺得很疲乏，但是一吃完飯，又跑去探訪舊友，跟闊別多年的老朋友重新相聚，這一晚過得好不快活。

對於伊麗莎白來說，白天的事太有趣了，她也就沒心思去結交這些新朋友。她一心只想著達西先生是多麼彬彬有禮，特別是他居然要把妹妹介紹給她，眞讓她感到驚奇不已。

第二章

伊麗莎白斷定，達西先生將在他妹妹來到彭伯利的第二天，就帶她來拜訪她，因此決定那天整個上午都不離開旅店。然而她推斷錯了，就在她和舅父母到達蘭頓的第二天上午，兩位客人便趕來了。當時，她和舅父母跟著幾個新朋友到周圍蹓躂了一圈，剛剛回到旅店去換衣服，準備到朋友家去吃飯，突然聽到一陣馬車聲，大家趕忙走到窗口，只見一男一女坐著一輛雙輪馬車，從街上駛來。

伊麗莎白立刻認出了馬車夫的號衣，猜著了是怎麼回事，便不無驚訝地對舅父母說，她馬上有貴客光臨，舅父母聽了大爲驚奇。他們見她說起話來那麼窘迫，再把眼前的情形和昨天的種種情形聯繫起來一琢磨，心裏對「這件事」也就有了個新的看法。他們以前一直摸不清底細，現在卻覺得：這樣一個人能如此大獻殷勤，除了看中他們的外甥女之外，別無其他解釋。他們腦子裏想著這些新念頭的同時，伊麗莎白也越來越心慌意亂。她很奇怪，自己怎麼這麼心緒不寧。不過，她雖說憂心重重，卻又生怕達西先生因爲喜愛她，而在他妹妹面前把她捧得過高。她迫不及待地想要討人喜歡，但是又懷疑自己沒有本事討人喜歡。

她怕讓人看見，便從窗口退了下來。她在屋裏踱來踱去，竭力想鎮定下來，但是一見舅父母神色詫異，反而覺得更加糟糕。

達西兄妹進來了，雙方恭恭敬敬地作了介紹。伊麗莎白驚奇地發現，達西小姐至少像她一樣局促。她來到蘭頓以後，就聽說達西小姐極其傲慢，但是經過幾分鐘的觀察，便斷定她只是極其羞怯而已。她發覺，她除了或是或否地應一聲之外，很難從她嘴裏掏出一句話。達西小姐身材較高，比伊麗莎白來得高大，雖然只有十六歲，體態已經發育成型，看上去儼然是個大人，端莊大方。她及不上哥哥漂亮，但是臉蛋長得聰穎有趣，舉止又十分謙和文雅。伊麗莎白原以爲她看起人來會像達西先生一樣，既尖刻又無情，現在見她並非如此，不覺舒了一口氣。

他們見面不久，達西便告訴她，賓利也要來拜訪她。她剛想說一聲不勝榮幸，準備見見這位客人，不料聽見了賓利上樓梯的急促腳步聲，轉眼間他就進來了。伊麗莎白對他的怨艾早已冰解凍釋，不過，即使餘怒未消，只要看看他重逢時表現得多麼情懇意切，這氣也會煙消雲散的。賓利先生問候她全家安好，雖然問得很籠統，但是卻又很親切，神情談吐像以前一樣愉悅從容。

加德納夫婦和她一樣，也覺得賓利先生是個饒有風趣的人。他們早就盼望見見他。眼前這些人，確實引起了他們的濃厚興趣。他們剛才懷疑到達西先生跟他們外甥女的關係，便偷偷地朝兩人仔細觀察起來，而且從觀察中立即斷定，這兩人中至少有一個嘗到了戀愛的滋味。女方的心思還有點讓人難以捉摸，但是男方卻顯然情意綿綿。

伊麗莎白這邊可忙起來了，她要弄清每位客人的心思，要鎭定一下自己的情緒，還要博得大家的好感。她本來最擔心不能博得衆人的好感，不料偏偏在這方面最爲順當，因爲她想討好的那些人，早就對她懷有好感。賓利願意跟她交好，喬治亞娜渴望跟她交好，達西決計跟她交好。

一看到賓利，自然想到了姊姊。哦！她多麼想知道他是否像她一樣，也會想到姊姊。她有時候覺得，他比以前少言寡語些，有一、兩次她還喜幸地覺得，他眼睛望著她的時候，想在她身上找到一點和她姊姊相似的地方。雖說這可能是憑空想像，但她卻沒看錯他對達西小姐的態度，儘管人們都把達西小姐視為珍的情敵。他們雙方都看不出有什麼特別的情意。他們之間沒有跡象表明賓利小姐會如願以償。轉瞬間，伊麗莎白對這一看法置信不疑了。

客人們臨走之前，又發生了兩、三件小事，伊麗莎白因為愛姊心切，覺得這些小事足以說明賓利對珍依然舊情難忘，假若膽子大一點，他真想多說幾句，以便談到珍身上。

有一次，他趁別人在一起交談的當兒，用一種萬分遺憾的語氣說道：「我已好久無幸見到你了。」麗莎白還沒來得及回答，他又說道：「已經八個多月了，我們十一月二十六日以後就沒見到面，那天我們大家都在內瑟菲爾德跳舞。」

伊麗莎白見他對往事記得這麼清楚，很是高興。後來他又趁別人不在意的時候，問起她的姊妹們是否全在朗伯恩。他提的這個問題，以及前面說的那些話，本身並沒有多少含意，但是說話人的神情意態，卻使之耐人尋味。

她顧不得多去注意達西先生，但是每瞥見他一眼，總發現他顯得非常親切，聽見他言談之中，既沒有絲毫的高傲氣息，也沒有半點鄙視她親戚的意味，這就使她意識到：昨天發覺他儀態大有改進，這種現象再怎麼短暫，至少持續了一天多。

她發現，幾個月以前，他還不屑於和這些人打交道，如今卻要主動地結識他們，極力想要博得他們的好感；她還發現，他不僅對她客客氣氣，而且對他曾經公開鄙視過的她那些親戚，也彬彬有禮；她又想起他在亨斯福德牧師家向她求婚的那幕情景，如今還歷歷在目——這前後的變化太大了，給她的印象太深了，她簡直掩飾不住內心的驚異之情。他即使和內瑟菲爾德的好友或羅辛斯的貴親在一起，她也從沒見過他如此想要討好別人，如此虛懷若谷、有說有笑，何況他這樣做並不能增加他的體面，他即使結交上這些人，也只會招來內瑟菲爾德和羅辛斯的太太小姐們的譏笑和責難。

客人們逗留了半個多鐘頭，起身告辭的時候，達西先生叫妹妹跟他一起表示說，希望加德納夫婦和貝內特小姐離開這裏之前，能去彭伯利吃頓便飯。達西小姐雖然有點怯生生的，表明她不大習慣邀請客人，但她還是欣然照辦了。加德納太太望望外甥女，心想人家主要是邀請她，先得看看她是否願意去，不料伊麗莎白把頭扭開了。加德納太太見她有意迴避，以爲是一時羞怯，而不是不願意接受邀請；再看看丈夫，他一向喜歡交際，眼前眞是求之不得，於是她便大膽地應承了，日期定在後天。

賓利表示十分高興，可以又一次見到伊麗莎白，他還有許多話要對她講，還要向她打聽赫特福德郡所有朋友的情況。伊麗莎白認爲他只不過想要探聽姊姊的消息，因此心中很歡喜。由於這個緣故，也由於其他種種緣故，等客人走了以後，她想起了那半個鐘頭的情景，雖說當時並不覺得歡快，現在卻感到有些得意。她就想一個人待著，還怕舅父母問來問去，拿話套她，所以一聽完他們把賓利讚揚了一番之後，便趕忙跑去換衣服。

不過，她倒不必擔心加德納夫婦會問這問那，其實他們並不想逼迫她吐露眞情。顯然，她與達西先生的交情，要比他們以前想像的深厚得多。顯然，達西先生深深愛上了她。他們發現不少蛛絲馬跡，有心想要問問她，卻又不便開口。

現在，他們一心只想著達西先生有多好，從他們的交往來看，還沒有什麼好挑剔的。他那樣客客氣氣，他們不可能不受感動。假如他們不考慮別人怎麼個說法，光憑著自己的感情和女管家的陳述，來看待他的爲人，那麼，他在赫特福德郡的熟人，就會辨別不出這是達西先生。現在，大家都願意相信女管家的話，因爲他們很快認識到，她在主人四歲那年就來到他家，加上她爲人體面，因此她的話不可貿然不信。就是從蘭頓的朋友們所講的情況來看，女管家的話，也沒有什麼不可相信的地方。人們對達西先生，除了說他傲慢之外，別無其他好指責的。他也許是有些傲慢，就憑他一家難得光顧那個小集鎮，鎮民們當然也要說他傲慢。不過，大家都公認他是個很慷慨的人，爲窮人做了不少好事。

至於威克姆，幾位遊客很快發現，他在這裏並不怎麼受人器重，雖然人們不大明瞭他和他恩主的兒子之間的主要關係，但是大家都知道他離開德比郡時背了一身債，後來都是達西先生替他償還的。

伊麗莎白這天晚上盡想著彭伯利，比頭天晚上想得還厲害。這一夜熬起來雖然覺得漫長，但她又嫌不夠長，還不足以弄清她對彭伯利大廈那個人究竟懷有什麼感情。她躺在床上整整尋思了兩個鐘頭，試圖理出個頭緒。

她當然不會恨他，不會的，怨恨早就消失了．假如她當初眞可謂討厭過他，她也早就爲此感到羞愧了。他具有那麼多高貴品質，自然引起了她的尊敬，儘管她起初還不願意承認，但是心裏卻因此而早就不討厭他了。現在聽到有人如此稱讚他，昨天又親眼目睹了那種種情形，看出他原是個性情溫柔的人，於是，尊敬之外，又增添了幾分友善。但是，問題不只是尊敬和器重，更重要的是，她心裏還蘊含著一種不容忽視的親善動機。這就是一片感激之心。她所以感激他，不僅因爲他曾經愛過她，而且因爲他現在依然愛著她，當初她那樣氣勢洶洶、尖酸刻薄地拒絕他，那樣無端地指責他，他都一概不計較。她原以爲他會不共戴天地迴避她，怎料這次不期而遇，他卻好像迫不及待地要跟她重歸於好。

就涉及他倆的事來說，他既沒有流露出任何粗俗的情感，也沒有做出任何怪誕的舉止，他竭力想博得她親友們的好感，而且一心要介紹她與他妹妹相識。如此傲慢的一個人，竟會發生這般變化，這不僅讓她感到驚奇，也讓她爲之感激——因爲這只能歸根於愛情，熾烈的愛情。這種愛情儘管讓她捉摸不透，但她決不感到討厭，而是覺得應該任其滋長下去。她尊敬他、器重他、感激他，真心誠意地關心他的幸福。她只想知道，她願意在多大程度上由她來駕馭他的幸福；她相信自己仍然有本領叫他再來求婚，問題在於，她施展出這副本領之後，究竟會給雙方帶來多大幸福。

晚上，舅媽與外甥女商定，達西小姐那樣客氣，回到彭伯利差一點沒趕上吃早飯，卻於當天就趕來看望她們，對於這樣的禮儀，她們雖然做不出完全對等的回報，卻至少應該做出點禮尚往來的表示。因此，她們最好於明天早上去彭伯利拜訪她。她們決定就這麼辦。伊麗莎白感到很高興，不過，她一問自己爲什麼這麼高興，卻又無言以對。

吃過早飯不久，加德納先生便出去了。他前一天又跟人家談起了釣魚的事，約定今天中午到彭伯利去和幾位先生碰頭。

第三章

伊麗莎白如今認識到，賓利小姐所以厭惡她，無非是爲了跟她爭風吃醋，因此她想，她這次到彭伯利去，賓利小姐決不會歡迎她，不過她倒很想看看，這次久別重逢，那位小姐究竟能講多少禮節。

到了彭伯利大廈，主人家就帶著她們穿過門廳，走進客廳。客廳朝北，夏日裏十分宜人。窗戶外面是一片空地，屋後樹木蔥籠，崗巒疊幛，居間的草場上種滿了美麗的橡樹和西班牙栗樹，令人極爲賞心悅目。

客人們在這間屋裏受到達西小姐的接待。跟她坐在一起的，還有赫斯特夫人、賓利小姐，以及陪她住在倫敦的那位太太。喬治亞娜待客人非常客氣，只是顯得有些局促，這雖說是她生性靦腆、害怕失禮而造成的，但是在那些自認身分不及她高貴的人看來，很容易誤會她爲人傲慢冷漠。不過，加德納太太和外甥女倒能體諒她、同情她。

赫斯特夫人和賓利小姐只向客人們行了個屈膝禮。大家坐定之後，接著便是一陣沉默，顯得非常彆扭。還是安妮斯利太太首先打破了沉默。她是個舉止文雅、和顏悅色的女人，竭力想找點話說，這就證明她確實比那另外兩個女人更有教養。她和加德納太太攀談起來，伊麗莎白偶爾幫幫腔。達西小姐彷彿想說話而又缺乏勇氣，難得貿然敷衍一聲，還要趁別人聽不見的時候。

伊麗莎白立即發現，賓利小姐在密切地注意她，她的一言一語都要引起她的注意，特別是她跟達西小姐的談話。假如她與達西小姐不是因爲離得遠、談起話來不方便，她決不會因爲發現了這個情況，而不敢和她攀談。不過，既然毋須多談，她也並不覺得很遺憾。她眼前正心思重重，時時刻刻都期待著，到底會有幾位男客走進來。她既盼望又害怕房主人也跟著一道走進來，但究竟是盼得迫切，還是怕得厲害，她自己也說不上來。伊麗莎白就這樣坐了一刻鐘之後，沒有聽見賓利小姐作聲，後來突然一驚，只聽見她冷冰冰地問候她家人安好。她回答得也同樣冷漠、同樣簡慢，對方便不再吭聲了。

接著，傭人們送來了冷肉、點心以及各種上等應時鮮果。不過，這還是安妮斯利太太向達西小姐使了多次眼色，做了多次笑臉，提醒她別忘了盡主人之誼，她才吩咐傭人端進來的。這一來，大家都有事可做了——雖說不是人人都健談，但卻人人都會吃。衆人一見到大堆大堆鮮美的葡萄、油桃和桃子，便立即圍攏到桌前。

伊麗莎白正吃東西的時候，只見達西先生走了進來。這就給她提供了一個良機，好根據她見到達西時的心情，來斷定她究竟害怕他在場，還是希望他在場。儘管在這之前的一瞬間，她以爲自己更希望他在場，但是等他進來了，她卻開始感到，他還是不進來的好。

達西先生原先待在河邊，跟家裏兩、三個人陪著加德納先生釣魚，後來聽說加德納太太和外甥女當天上午要來拜訪喬治亞娜，才離開加德納先生，回到了家裏。伊麗莎白一見他走進屋，便理智地決定，一定要從容不迫、落落大方。

她這個決心下得很有必要，只可惜不大容易做到，因爲她發現全場的人都在懷疑他們倆，達西一走進屋的時候，幾乎每雙眼睛都在盯著他。臉上顯得最好奇的，當然還是賓利小姐，儘管她跟人說話總是笑容滿面。原來，她還沒有嫉妒到不擇手段的地步，對達西先生還遠遠沒有死心。達西小姐見哥哥進來了，便盡量多說話。伊麗莎白看得出來，達西先生一心渴望妹妹與她結交，盡量促成她們雙方多多攀談。賓利小姐也把一切看在眼裏，憤然變得唐突無禮起來，一有機會便冷言冷語地說道：「請問，伊蕾莎小姐，某郡民兵團是不是撤出了梅里頓？這對貴府可是個巨大損失呀。」

她當著達西的面，不敢提起威克姆的名字，不過伊麗莎白一聽就明白，她指的就是他。霎時之間，她想起過去和他的一些來往，心裏覺得很不是滋味。但是，爲了還擊這惡毒的攻擊，她又立即振作起來，用一種滿不在乎的語氣回答了她的話。

她一面說，一面不由自主地瞥達西一眼，只見他脹紅了臉，懇切地望著她，他妹妹則異常慌張，頭也不敢抬。假如賓利小姐早知道她會給心上人帶來這般痛苦，她當然不會如此含沙射影。她所以要影射伊麗莎白傾心過的那個男人，只是想擾亂她的方寸，出出她的醜，好讓達西看不起她，也許還能讓達西想起她幾個妹妹跟民兵團瞎胡鬧的事。

她絲毫也不了解達西小姐想要私奔的事。達西先生盡量保守秘密，除了伊麗莎白以外，沒有向任何人透露過。他還特別向賓利的親友們保密，因爲他希望妹妹以後會跟他們攀親，這一點伊麗莎白早就看出來了。

當然，達西的確有過這個打算，不過，他並非有意藉此去拆散賓利和貝內特小姐的好事，而可能是爲了進一步關心朋友的幸福。

達西見伊麗莎白鎮定自若，也馬上安下心來。賓利小姐苦惱失望之餘，不敢再提起威克姆，於是喬治亞娜也恢復了常態，不過還不大好意思說話。她害怕看到哥哥的眼睛，其實做哥哥的，並沒想到她也與這件事有牽扯。賓利小姐這次機關算盡，本想讓達西不再眷戀伊麗莎白，結果反而使他對伊麗莎白越發傾心。

經過上述這一問一答之後，客人們沒隔多久便告辭了。達西先生送客人上馬車的時候，賓利小姐便乘機發洩私憤，把伊麗莎白的人品、舉止和穿著說得一無是處，不過，喬治亞娜並沒有搭腔。既然哥哥那麼推崇伊麗莎白，她當然也應該喜歡她。哥哥決不會看錯人，他那樣誇獎伊麗莎白，眞叫喬治亞娜覺得她又可愛又可親。達西回到客廳以後，賓利小姐禁不住又把剛才跟他妹妹說的話，重新對他說了一遍。

「達西先生，伊蕾莎．貝內特小姐今天上午的臉色可眞難看呀，」她大聲說道，「跟去年相比，她完全變了樣，我生平還從沒見過哪個人變得這麼厲害。她那皮膚變得又黑又粗！露薏莎和我都說，我們都認不出她來了。」

達西先生儘管很不愛聽這種話，但還是耐著性子冷冷地回答說，他看不出她有什麼變化，只不過皮膚曬黑了一點，這是夏天旅行的結果，不足爲奇。

「說實話，」賓利小姐應道，「我絲毫也不覺得她有什麼美的地方。她的臉蛋太消瘦，皮膚沒有光澤，眉目也不秀麗。她的鼻子缺乏特徵，線條不明晰。她的牙齒還算過得去，不過也是很普通。至於她的眼睛，有時候被人們說得那麼美，我就看不出有什麼了不起的。她那雙眼睛，流露出一副尖刻蠻橫的神氣，我一點也不喜歡。她的整個風度顯得那麼傲慢，一點也不合乎時尚，眞讓人無法忍受。」

賓利小姐既然認定達西愛上了伊麗莎白，想用這種辦法來博得他的歡心，實在不是個上策。不過人一到了氣頭上，也難免有失策的時候。她看見達西終於有些神情惱怒，便自以爲得計。不過，達西硬是悶聲不響，爲了逼他開口，她又接著說道：

「我記得我們在赫特福德郡初次認識她的時候，聽說她是個有名的美人，我們大家都很驚奇。我特別記得有一天晚上，她們在內瑟菲爾德吃過晚飯以後，你說：『她也算個美人？那我倒情願把她媽媽稱爲才女了。』不過你後來似乎對她的印象好起來了，我想你一度覺得她很漂亮。」

「是的，」達西再也忍無可忍了，便回答道，「不過，那只是我剛認識她的時候，最近好幾個月以來，我已經把她看成我所認識的最漂亮的女人之一。」

他說完便走開了。賓利小姐眞討足了沒趣，她逼著他說出這幾句話，沒給別人帶來傷害，卻使自己受盡痛苦。

加德納太太和伊麗莎白回到旅店以後，把這次作客的種種經歷統統談論了一番，唯獨沒有談到雙方特別感興趣的那件事。他們談論了所見到的每個人的神情舉止，唯獨沒有談到她們最爲留意的那個人。她們談到了他的妹妹，他的朋友，他的住宅，他的水果——樣樣都談到了，唯獨沒有談到他本人。其實，伊麗莎白眞想知道加德納太太對他有什麼看法，加德納太太也眞希望外甥女能先扯起這個話題。

第四章

伊麗莎白剛到蘭頓的時候，因爲沒有見到珍的來信，感到大爲失望。第二天早上，她又感到同樣失望。但是到了第三天，她的憂慮就結束了，她也不用埋怨姊姊了，因爲她一下子收到姊姊兩封信，其中一封注明誤投到別處。伊麗莎白並不覺得奇怪，因爲珍把地址寫得十分潦草。

當時，他們幾個人剛想出去蹓躂，那兩封信便給送來了。舅父母獨自走了，讓外甥女一個人去安安靜靜地看信。那封誤投過的信當然要先讀，那是五天以前寫的。信裏先介紹了一些小型的聚會、約會，報告了一些鄉下的新聞，但後半封卻注明是後一天寫的，而且是在心煩意亂的情況下寫成的，裏面報告了重要消息。內容如下。

親愛的莉琪，寫了以上內容之後，又發生了一件極其意外、極其嚴重的事情。不過我眞擔心嚇壞你——請你放心，我們全都安好。我要講的是關於可憐的莉迪亞的事。昨天夜裏十二點，我們都上了床，突然接到福斯特上校派人送來的一封快信，告訴我們說，莉迪亞跟他部下的一個軍官跑到蘇格蘭去了。

老實說吧，就是跟威克姆私奔了！你能想像我們有多驚奇。不過，吉蒂似乎覺得並非完全出乎意料。我感到難過極了。他們結合得太輕率了！不過我還是願意從最好的方面去著想，希望都是別人誤解了他的人品。說他輕率冒昧，這我不難相信，但他這次舉動，卻看不出有什麼存心不良的地方（讓我們爲此而慶幸吧）。他看中莉迪亞至少不是爲了貪圖私利，因爲他肯定知道，父親沒有財產給莉迪亞。母親傷透了心，父親還能經得住。謝天謝地，我們從沒讓他倆知道別人是怎麼議論威克姆的，我們自己也得忘掉這些議論。

據推測，他們是星期六夜晚大約十二點走掉的，但是直到昨天早上八點，才發現他們兩人失蹤了。於是福斯特上校趕忙發來快信。親愛的莉琪，他們一定是從離我們不到十英里的地方走過的。福斯特上校告訴我們，他很快就會趕到這裏。莉迪亞給福斯特夫人留下一封短信，把他們兩人的打算告訴了她。

我必須擱筆了，我不能離開可憐的母親太久。你恐怕一定會感到莫名其妙吧，不過我也不知道自己寫了些什麼。

伊麗莎白讀完這封信之後，也顧不得思量一下，幾乎弄不清心裏是什麼滋味，便連忙抓起另一封信，迫不及待地拆開，讀了起來。這封信比頭一封的後半部晚一天寫。

親愛的妹妹，你現在諒已收到我那封草草寫就的信，我希望這封信能把問題說得明白些，不過，雖然時間並不緊迫，我的腦袋卻糊裏糊塗，因此很難擔保這封信會寫得有條不紊。最親愛的莉琪，我簡直不知道該寫些什麼，但是我要報告你個壞消息，而且刻不容緩。威克姆先生與可憐的莉迪亞之間的婚事儘管十分輕率，我們還是渴望聽說他們已經結婚，因爲我們實在擔心他們沒去蘇格蘭。

福斯特上校前天發出那封快信之後，沒過幾個小時便離開了布萊頓，已於昨天來到這裏。雖然莉迪亞留給福夫人的短信裏說，他們倆要去格雷特納格林❶，但是丹尼又露出話來，說他相信威克姆決不打算去那裏，也決不打算跟莉迪亞結婚。後來，這話再跟福斯特上校一說，他頓時大爲驚恐，連忙從布萊頓出發，打算去追蹤他們。他不費勁地跟蹤到克拉帕姆，但是再往前追就困難了，因爲他們兩人到達那裏以後，便又雇了一輛出租馬車，打發走了從埃普瑟姆❷乘來的那輛輕便馬車。此後的情況就不得而知了，只聽說有人看見他們繼續往倫敦方向去。我不知道應該怎麼想，福斯特上校在倫敦那個方向做了多方打聽之後，便來到赫特福德，一路上急火火地不斷打聽，探詢了所有的關卡以及巴內特和哈特菲爾德兩地的旅館，結果一無所獲，誰也沒看見這樣兩個人走過。他無比關切地來到朗伯恩，極其誠懇地向我們吐露了他的滿腹憂慮。我眞替他和福夫人難過，但是誰也不能責怪他們倆。

親愛的莉琪，我們眞的痛苦至極，父母親都認爲事情糟糕透頂，但我不想把他看得那麼壞。也許出現一些情況，使他們不便於照原定計劃行事，覺得還是在城裏私下結婚比較合適。退一萬步說，即使威克姆對莉迪亞這種身分的年輕女子存心不良，難道莉迪亞也不顧一切嗎？這不可能！不過，我感到很傷心，福斯特上校不相信他們會結婚。我向他表明自己的心願時，他只是搖搖頭，說什麼威克姆這個人怕是不堪信任。

可憐的母親眞病倒了，整天關在房裏，假使她能克制克制，事情或許會好些，可惜她又做不到。至於父親，我平生還從沒見他受到這麼大的觸動。可憐的吉蒂也很氣，怨恨自己隱瞞了他們的私情，不過這是人家推心置腹的事，也很難怪。

親愛的莉琪，我眞替你高興，這些令人傷心的場面，你還是眼不見爲淨。然而，這場初驚過後，我是否可以說我盼望你回來呢？不過，你若是不方便，我也不會自私地逼著你非回來不可。再見！

我剛說過不願逼你回來，現在卻又拿起筆來逼你了。照目前的情況來看，我不得不懇求你們盡快回來。我和親愛的舅父母相知有素，因此才無所顧慮地提出這個要求，而且我還有事情要求舅父幫忙。父親馬上要跟福斯特上校去倫敦，設法找到莉迪亞。他具體打算怎麼辦，我實在不知道，但是他那樣痛苦不堪，辦起事來決不會十分穩妥，而福斯特上校明天晚上就得回到布萊頓。在這緊急關頭，非得請舅父前來指教、協助不可。他一定能體諒我此刻的心情，我相信他一定會前來幫忙的。

「哦，舅舅哪兒去啦？」伊麗莎白一讀完信，便霍地從椅子上跳起來，一邊喊叫，一邊迫不及待地去尋找舅舅。她剛到門口，不料僕人把門打開了，只見達西先生走了進來。達西先生見她臉色蒼白、慌手慌腳，不由得吃了一驚。伊麗莎白一心只想著莉迪亞的處境，還沒等達西先生定下心來先開口，她便連忙叫起來了：「請原諒，恕我不能奉陪，我得馬上去找加德納先生，事不宜遲，片刻也不能耽擱。」

「天哪！出什麼事啦？」達西先生感情一衝動，也就顧不得禮貌，大聲嚷道。接著又定了定神，繼續說道：「我一刻也不想耽擱你。不過，還是讓我，或者讓僕人，去找加德納夫婦吧。你身體不大好，你不能去。」

伊麗莎白躊躇不決，不過她雙膝在瑟瑟發抖，她也覺得自己是無法找到舅父的。因此，她只得又把僕人叫回來，吩咐他去把主人和主婦立即找回家，不過說起話來上氣不接下氣，幾乎讓人聽不清楚。

僕人走了之後，她實在支撐不住，便坐了下來。達西見她氣色不好，也不敢離開她，便用溫柔體貼的語調說道：「讓我把你的女傭叫來吧，你能不能喝點什麼調調神？要不要我給你倒一杯酒？你好像很不舒服。」

「不用啦，謝謝，」她答道，極力保持鎮靜。「我沒事，覺得很好。只是剛接到朗伯恩的不幸消息，心裡有些難受。」

她說到這裡，禁不住哭了起來，半天說不出一句話。達西眼巴巴的不知如何是好，只能含含糊糊地說些關切的話，然後又默默無言地望著她，心裡不勝哀憐。後來，伊麗莎白終於又開口了。「我剛剛收到珍的來信，告訴了我這可怕的消息。這事對誰也瞞不住。我小妹妹丟下了所有的親友——私奔了——讓威克姆先生拐走了。他們是一起從布萊頓逃走的。你深知他的為人，下文也就可想而知了。莉迪亞沒錢沒勢，沒有什麼地方可以引誘他——莉迪亞這輩子完了。」

達西也給驚呆了。「現在想起來，」伊麗莎白以更激動的語調接著說道，「我本來是可以阻止這件事的，我了解他的真面目呀！我只要把部分真相——把我了解的部分內容，早一些講給家人聽就好了！假使我家人知道了他的為人，就不會出這種事。不過，事情太——太晚了。」

「我真感到痛心，」達西大聲說道。「既痛心——又震驚。不過，這消息絕對確鑿嗎？」

「哦，絕對確鑿！他們是星期天夜裡從布萊頓出奔的，有人幾乎追蹤到倫敦，可惜沒有繼續追下去，他們肯定沒去蘇格蘭。」

「有沒有想到用什麼辦法去找她呢？」

「我父親到倫敦去了，珍寫信來，請求舅父立刻去幫忙。我希望我們半個鐘頭之內就能動身。不過已經毫無辦法了，我深知毫無辦法了。這樣一個人，怎麼說服得了呢？又怎麼能找到他們呢？我不抱絲毫希望。眞是可怕至極。」

達西搖搖頭，表示默認。

「那時我已經看清了他的眞面目——唉！假如我知道該怎麼辦，大膽採取行動就好了！可惜我不知道——我生怕做過了頭。眞是千不該萬不該呀！」

達西沒有回答。他彷彿沒有聽到她的話，只見他眉頭緊蹙，神情憂鬱，一面踱來踱去，一面冥思苦索。伊麗莎白見此情景，當即明白了他的心思。她的魅力在步步消退。家人這樣不爭氣，鬧出這種奇恥大辱，怎麼能不讓人家處處瞧不起。她既不感到詫異，也不責怪別人，但是，雖說達西能夠自我克制，卻無法給她帶來安慰，也無法替她減輕痛苦。這件事反倒讓她認清了自己的心願。她從未像現在這樣眞切地感到她會愛上他，只可惜如今縱有千情萬愛，也是枉然。

她雖然禁不住要想到自己，但是並非一心一意光想著自己。只要一想到莉迪亞，想到她給大家帶來的恥辱和痛苦，她馬上就打消了一切個人考慮。她用手絹捂住臉，頓時忘記了周圍的一切。過了一會，聽到同伴的聲音，這才清醒過來。達西的聲音裡飽含著同情，但也帶有幾分拘謹，只聽他說：「你恐怕早就希望我走開了，而我除了眞摯而無益的關心之外，也沒有理由待在這裡。但願我能說點什麼話，或是做點什麼事，來寬解一下你的這般痛苦。不過，我不想拿空口說白話來折磨你，好像我存心要討你的好。出了這樁不幸之後，恐怕舍妹今天不能在彭伯利幸會你們了。」

「哦，是呀！請你替我向達西小姐道個歉。就說我們有緊急事情，需要立即回家，請把這不幸的事實盡量多隱瞞一些時候。不過，我知道也隱瞞不了多久。」

達西當即答應替她保守秘密，再次表示爲她的煩惱感到難過，希望事情能有個比較圓滿的結局，而不至於像現在想像的那樣糟糕，並且請她代爲問候她的親友，最後又懇切地望了她一眼，便告辭了。

他一走出房去，伊麗莎白便不禁感到：他們這次在德比郡重逢，幾次都是竭誠相見，這種機緣以後不會再出現了。她回顧了一下他們之間的整個交往，眞是矛盾百出、變化多端。她以前曾巴不得中止他們的交情，而今卻又巴望能繼續交往下去。一想到自己如此反覆無常，她不由得嘆了口氣。

如果說感激和敬重是愛情的良好基礎，那麼伊麗莎白的感情變化，也就不足爲奇，也無可厚非。不過，世上還有所謂的一見鍾情，甚至雙方未曾交談三言兩語，就相互傾心的情況，與這種愛情比起來，如果說由感激和器重而產生的愛情，顯得不近人情事理的話，那我們也就無法替伊麗莎白辯護，只能給她申明這一點：她當初看上威克姆，就是或多或少採取了一見鍾情的辦法，後來碰了壁，才決定採用另一種比較乏味的戀愛方式。

儘管如此，她看見達西走了，還是感到十分懊喪。

莉迪亞的醜事一開頭就引起這般不良後果，再想想這種倒楣的事，她心裡更加痛苦。她讀了珍的第二封信以後，壓根兒就沒有指望威克姆會存心和莉迪亞結婚。她覺得，除了珍以外，誰也不會抱有這種奢望。她對事態的這一發展，絲毫也不感到奇怪。當她只讀到第一封信的時候，她還感到十分奇怪——十分驚訝，威克姆怎麼會娶一個無利可圖的姑娘；而莉迪亞怎麼會讓他看上眼，似乎也讓人不可思議。但是現在看來，倒是再自然不過了。像這種兒女之情，莉迪亞有那般魅力也就足夠了。伊麗莎白雖然並不認爲莉迪亞只是存心私奔，而不打算結婚，但她又覺得，莉迪亞在貞操和見識上都有欠缺，很容易受別人的勾引。

民兵團駐紮在赫特福德郡的時候，她從未察覺莉迪亞特別喜歡威克姆。不過她倒認為，莉迪亞只要受到人家勾引，對誰都會上鉤。她今天喜歡這個軍官，明天喜歡那個軍官，只要你對她獻殷勤，她就會看中你。她一向用情不專，但是從未缺少過談情說愛的對象。對這樣一個姑娘不加管教，恣意縱容，結果造成這般惡果——哦！她現在體會得太深刻啦。

她心急火燎地要回家，親自聽一聽、看一看，替珍分擔一些憂愁。家裡亂成一團，父親不在家，母親無能無力，還隨時要人侍候，千斤重擔全壓在珍一個人身上。她雖然認為對莉迪亞已經無計可施，但是舅父的幫助似乎又極端重要，因此急巴巴地等他回來，眞等得她心急如焚。且說加德納夫婦聽僕人一說，還以為外甥女得了急病，連忙慌慌張張趕了回來。伊麗莎白立即打消了他們這方面的憂慮，接著又急忙道明了找他們回來的緣由，把那兩封信念給他們聽，著重念了念第二封信最後補加的那段話，急得聲音都在顫抖。

舅父母雖然平素並不喜歡莉迪亞，但卻禁不住憂心忡忡。這件事不單單關係到莉迪亞，而且牽涉到他們大家。加德納先生先是駭然驚嘆一番，隨即便慨然答應竭力幫忙。伊麗莎白雖然並不覺得意外，但還是對他感激涕零。於是，他們三人同心協力，迅即做好了回家的一切準備。他們要盡快動身。

「但彭伯利那邊怎麼辦？」加德納太太嚷道。「約翰對我們說，你打發他去找我們的時候，達西先生就在這裡，是嗎？」

「是的，我告訴他了，我們不能赴約了。這事算說妥了。」

「說妥什麼了？」舅媽跑回房去做準備的時候，重複了一聲。自言自語，「難道他們好到這個地步，伊麗莎白可以向他透露眞情！哦，我眞想弄清這究竟是怎麼回事！」

不過想也沒有用，充其量只能在這匆匆忙忙、慌慌亂亂的一個鐘頭裡，自我調劑一下。

假若伊麗莎白眼前無所事事的話，她一定還會覺得，像她這麼痛苦的人，決不會有心思去幹什麼事。不過，她和舅媽一樣，也有不少事情需要料理。別的且不說，她得給蘭頓的朋友們寫幾封信，爲他們的突然離去編造些藉口。

好在一小時之後，整個事情都已料理妥當。與此同時，加德納先生也和旅館裡結清了帳，大家只等著動身。伊麗莎白苦惱了一個上午，想不到在這麼短的時間裡，居然坐上馬車，向朗伯恩出發了。

註

❶ 格雷特納格林：係蘇格蘭南部一村莊，臨近英格蘭邊界地區。當時，許多英格蘭戀人都跑到那裡舉行婚禮。

❷ 埃普瑟姆：倫敦南部小鎮，十八世紀時為遊覽勝地，後以跑馬場著稱。

第五章

「我把這件事又重想了一遍，伊麗莎白，」馬車駛出鎭上的時候，舅父說道。「說眞的，經過認眞考慮之後，我倒越發贊成你姊姊的看法。我覺得，哪個青年人也不會對這樣一位姑娘心懷叵測，她決不是無親無靠，再說她就住在他的上校家裡，因此我想還是往好處想。難道他以爲她的親友們不會挺身而出？他以爲他如此冒犯了福斯特上校以後，民兵團對他還會客氣嗎？他決不會痴情到鋌而走險的地步！」

「你眞的這樣想嗎？」伊麗莎白大聲嚷道，霎時臉上露出了喜色。

「說實話，」加德納太太說，「我也贊成你舅舅的看法。這麼嚴重的事情完全不顧體面，不顧尊嚴，不顧利害關係，他不會這麼膽大妄爲。我看威克姆不會這麼壞。莉琪，難道你認爲他完全不可救藥，居然會做出這種事嗎？」

「他也許不會不顧自己的利害關係，但是除此之外，我相信他全不在乎。但願他能有所顧忌，不過我不敢抱這個奢望，如果眞是那樣，他們爲什麼不去蘇格蘭？」

「首先，」加德納先生答道，「還沒有完全證明他們沒去蘇格蘭。」

「哦！他們打發走輕便馬車，換上出租馬車，就可想而知啦！再說，去巴內特的路上，根本找不到他們的蹤跡。」

「那麼——就假定他們在倫敦吧。他們去那裡也許只是爲了躲避一下，不會別有用心。他們倆不見得有多少錢，心裡也許這樣想：在倫敦結婚雖然比不上去蘇格蘭結婚來得方便，但要省儉些。」

「可是爲什麼要這樣偷偷摸摸?爲什麼怕人發覺?爲什麼要秘密結婚?哦,不,不,這不可能。你從珍的信裡看得出來,連他最要好的朋友(指丹尼)也認爲,他決不打算跟莉迪亞結婚。威克姆決不會娶一個沒有錢的女人,他決不肯吃這個虧。莉迪亞除了年輕、健康、活潑之外,還有什麼條件、什麼誘人之處,可以讓威克姆爲她放棄結婚致富的機會?說到他會不會因爲擔心這次不光彩的私奔,使他在部隊裡丟面子,而在行爲上有所收斂,那我就無法判斷了,因爲我不知道這種行爲會產生什麼後果。至於你說威克姆不會鋌而走險的另一條理由,恐怕也不大靠得住。莉迪亞沒有兄弟爲她挺身而出,威克姆又見我父親生性懶惰、不管家事,便以爲他遇到這類事,也會跟人家做父親的一樣,盡量少管、盡量少想。」

「你認爲莉迪亞會因爲愛他而不顧一切,居然不結婚就同意跟他同居?」

「說起來眞是駭人聽聞,」伊麗莎白淚汪汪地答道,「一個人居然會懷疑自己的妹妹不顧體面、不顧貞操,不過我的確不知道怎麼說才好。也許我冤枉了她。可她還很年輕,從來沒人教她去考慮些重大問題。近半年以來——不,近一年以來,她光知道開心作樂、圖慕虛榮,家裡也不管她,任她整天遊遊逛逛、放蕩不羈、輕信盲從。自從某郡民兵團駐紮到梅里頓以後,她滿腦子只想著談情說愛、賣弄風騷、勾搭軍官。她總是想著這件事,談論這件事,極力想使自己變得更——我該怎麼說呢?更容易觸動情懷,儘管她天生已經夠多情的了。我們大家都知道,威克姆儀表堂堂、談吐迷人,完全可以迷住一個女人。」

「不過你要明白,」舅媽說道,「珍可沒把威克姆想得那麼壞,她可是認爲他不會幹出這種事啊!」

「珍把誰往壞處想過?無論什麼人,不管他過去的行爲如何,除非證據確鑿,她會相信誰能幹出這種事呢？不過，珍像我一樣了解威克姆的底細。我們倆都知道，他是個道道地地的浪蕩子，既沒有人格，又不顧體面，一味虛情假意、獻媚取寵。」

「你眞了解這一切嗎？」加德納太太大聲問道。她心裡十分好奇，很想知道外甥女是怎麼了解到這些情況的。

「我當然了解，」伊麗莎白紅著臉回答道。「那天我跟你說過他對達西先生的無恥行徑，人家待他那麼寬宏大量，但你上次在朗伯恩親耳聽到他是怎麼議論人家的。還有些事情我不便於說，也不値得說。他對彭伯利一家編造的謠言，眞是數不勝數。他那樣編派達西小姐，我滿心以爲她是一位高傲、冷漠、令人討厭的小姐，然而他自己也知道，事實恰恰相反。他心裡一定明白，達西小姐就像我們看到的那樣和藹可親，一點也不裝模作樣。」

「難道莉迪亞就不知道這些情況？你和珍好像很了解內情，她怎麼會一無所知呢？」

「哦，是呀！糟就糟在這裡，我自己也是到了肯特，跟達西先生和他的親戚菲斯威廉上校接觸多了，才知道眞相的。等我回到家裡，某郡民兵團準備在一、兩週內離開梅里頓，我對珍講述了全部實情，但在那種情況下，珍和我都覺得不必向外聲張，因爲威克姆在附近一帶深受好評，如果推翻衆議，這會對誰有好處呢？即便決定讓莉迪亞跟福斯特夫人一起走的時候，我也沒有想到應該叫莉迪亞了解一下他的爲人。我從沒想到莉迪亞會上他的當。你可以相信，我萬萬沒想到會造成這種後果。」

「這麼說，民兵團調防到布萊頓的時候，你還不知道他們在相好呢！」

「壓根兒不知道。我記得，他們倆誰也沒有流露出相愛的跡象。你應該知道，在我們這樣一個家庭裡，只要能看出一點點跡象，那是決不會視若無睹的。威克姆剛加入民兵團的時候，莉迪亞就很愛慕他了，不過我們大家都是那樣。在那頭兩個月裡，梅里頓一帶的姑娘個個都神魂顛倒地迷上了他，不過他對莉迪亞倒沒有另眼相待。因此，經過一陣瘋瘋癲癲的狂戀之後，莉迪亞終於對他死了心，倒是民兵團裡的其他軍官比較青睞她，於是她又喜歡上了他們。」

人們不難想像，他們一路上翻來覆去地談論著這個令人關切的話題，然而除了憂慮、希望和猜測之外，卻又實在談不出什麼新花樣來，因此難免扯到別的話題上，但是沒說幾句，便又扯回到原來的話題上。伊麗莎白腦子裡總是擺脫不開這件事。她為這事痛心入骨、自怨自艾，一刻也安不下心來，一刻也忘卻不了。他們只管火速趕路，中途宿了一夜，第二天吃晚飯時，便趕到了朗伯恩。伊麗莎白感到欣慰的是，珍不用焦灼不安地左等右等了。

他們進了圍場。加德納舅父的孩子們一見來了一輛馬車，便趕到台階上站著。等馬車駛到門口，孩子們一個個驚喜交集、眉開眼笑，情不自禁地又蹦又跳，這是幾位遊客歸來，最先受到的熱誠而又令人愉悅的歡迎。

伊麗莎白跳下馬車，匆匆忙忙地吻了一下每個孩子，便趕忙奔進門廳，珍恰好從母親房裡跑下樓梯，在那裡迎接她。

伊麗莎白親熱地擁抱珍，姊妹倆熱淚盈眶。伊麗莎白迫不及待地問姊姊，有沒有打聽到私奔者的下落。

「還沒有，」珍答道。「不過舅舅來了，我想事情就好辦了。」

「爸爸進城去了嗎？」

「是的，他是星期二走的，我信裏告訴過你了。」

「有常收到他來信嗎？」

「只收到一次。他星期三給我寫來一封短信，說他已經平安抵達，他只說等有了重要消息，再寫信來。」
「媽好嗎？家裡人都好嗎？」
「我看媽還算好，不過精神上受到很大的打擊。她在樓上，看到你們大家，一定會非常高興。她還不肯走出化妝室。謝天謝地，瑪麗和吉蒂都挺好。」
「那你呢——你好嗎？」伊麗莎白大聲問道。「你臉色蒼白，你可擔了多少心啊！」
姊姊告訴她，她安然無恙。姊妹倆趁加德納夫婦跟孩子們親熱的時候，剛剛談了這幾句話，只見衆人都走過來了，便只得終止談話。珍跑到舅父母跟前，表示歡迎和感謝，忽而笑逐顏開，忽而潸然淚下。
大家都走進客廳以後，舅父母又把伊麗莎白剛才問過的話重新問了一遍，立即發現珍沒有什麼消息可以奉告。然而，珍心腸仁慈、生性樂觀，遇事總往好處想，至今還沒有心灰意冷。她依然指望事情會有個圓滿的結局，認為每天早晨都會收到一封信，不是莉迪亞寫來的，就是父親寫來的，報告一下他們的動態，也許還會宣布那兩個人結婚的消息。
大家談了一陣之後，都來到貝內特太太房裡。貝內特太太一看到衆人，那副樣子果然不出所料，只見她哭天抹地、懊喪不已，痛罵威克姆的卑劣行徑，抱怨自己受苦受屈，幾乎把每個人都責怪到了，唯獨有一個人沒責怪到，而女兒所以鑄成今天的大錯，主要是因為這個人的恣意縱容。
「當初要是依了我的意思，」她說，「我們全家都跟到布萊頓，就不會出這種事了。親愛的莉迪亞真可憐，落得個沒人照應。福斯特夫婦怎麼能放心讓她離開他們？我敢說，他們沒有好好照料她。像她那樣的姑娘，只要有人好好照料，是決不會做出那種事的。我早就覺得他們不配照管她，可人家總是不聽我的。可憐的好孩子啊！如今貝內特先生又走了，我知道，他一碰到威克姆，非跟他決鬥不可。那樣一來，他準會被打死，我們母女可怎麼辦？他屍骨未寒，柯林斯夫婦就要把我們攆出去。兄弟呀，你要是不幫幫我們的忙，我眞不知道該怎麼辦。」

衆人一聽都驚叫起來，說她不該把事情想像得那麼可怕。加德納先生先是表白了一番他對她和她一家人的深情厚誼，然後告訴她，他準備明天就去倫敦，盡力協助貝內特先生找到莉迪亞。

「不要過分驚慌，」他接著說道。「雖說應該做好最壞的打算，但是也不見得就會有最壞的下場。他們離開布萊頓還不到一個星期，再過幾天可能會有他們的消息，除非得知他們還沒結婚，而且也不打算結婚，否則就別認爲沒有指望了。我一進城就到姊夫那裡，請他跟我一起回家，住到格雷斯丘奇街。那時候我們再商量該怎麼辦。」

「哦！我的好兄弟，」貝內特太太答道，「這眞讓我求之不得啊。你到了城裡，不管他們躲在哪裡，千萬要把他們找到。要是他們還沒結婚，就逼著他們結。至於結婚禮服，就叫他們別等了，告訴莉迪亞，等他們結婚以後，她要多少錢買衣服，我就給多少錢。最要緊的是，別讓貝內特先生去決鬥。告訴他，我給折騰得一塌糊塗，嚇得神經錯亂，渾身發抖，坐立不安，腰部抽搐，頭痛心跳，白天黑夜都不得安息。請告訴我的寶貝莉迪亞，叫她不要自作主張買衣服，等見了我以後再說，因爲她不知道哪家商店最好。哦，兄弟，你太好心啦！我知道你有辦法處理好這件事。」

加德納先生雖然再次讓她放心，說他一定竭力效勞，但是又叫她不要過於樂觀，也不要過於擔憂。大家就這樣跟她談了一會，到吃晚飯時便走開了，反正女兒們不在跟前的時候，有女管家侍候她，可以讓她向女管家發牢騷。

雖然她弟弟和弟媳都認爲她大可不必和家人分開吃飯，但是他們也不想反對這樣做，因爲他們知道她說話不謹愼，如果吃飯的時候，讓幾個傭人一起來服侍，她會在他們面前無話不說，因此最好只讓一個傭人，一個靠得住的傭人來侍候她，只讓這個傭人了解她對這件事的滿腹憂慮和牽掛。

大家走進餐廳不久，瑪麗和吉蒂也來了。原來，這姊妹倆都在自己房裡忙自己的事，因此先前沒有出來。她們一個在看書，一個在化妝。不過，兩人的面孔都相當平靜，看不出有什麼變化，只是吉蒂講話的語調，比平常顯得煩躁一些，這或許因爲她少了個心愛的妹妹，或許因爲這件事也激起了她的氣憤。至於瑪麗，她倒沉得住氣，等大家坐定以後，她便儼然擺出一副深思熟慮的神氣，對伊麗莎白小聲說道：「這件事情眞是不幸至極，很可能引起議論紛紛。不過，我們一定要頂住邪惡的逆流，用姊妹之情來安慰彼此受到傷害的心靈。」

她看出伊麗莎白不想答話，便接著說道：「這件事對莉迪亞雖屬不幸，但我們也可由此引以爲鑑：女人家一旦失去貞操，便無法挽救，眞可謂一失足成千古恨；美貌固然不會永駐，名譽又何嘗容易保全；對於那些輕薄男子，萬萬不可掉以輕心。」

伊麗莎白驚異地抬起眼睛，但是心裡過於壓抑，一句話也答不上來。然而瑪麗還是抓住這樁壞事藉題發揮，進行道德說教，以便聊以自慰。

到了下午，貝內特家大小姐二小姐終於可以單獨待上半個鐘頭。伊麗莎白連忙抓住機會，向姊姊問這問那，珍也急忙一一作答。兩人先對這件事的後果一起哀嘆了一番，伊麗莎白認爲勢必會產生可怕的後果，珍也無法完全排除這種可能性。隨後，伊麗莎白又繼續說道：「有些情況我還不了解，請你統統講給我聽聽。請你講得詳細些。福斯特上校是怎麼說的？那兩人私奔以前，他們難道沒有看出苗頭？他們總該發現他倆老在一起呀！」

「福斯特上校倒承認，他曾懷疑他們之間有點情意，特別是莉迪亞更爲可疑，不過這都沒有引起他的警惕。我眞替他難受，他對人體貼入微、和藹至極，當初還不知道他們倆沒去蘇格蘭的時候，他就打算來這裡安慰我們。等大家剛開始擔心那兩人沒去蘇格蘭的時候，他便急急忙忙趕來了。」

「丹尼確信威克姆不想結婚嗎？他是否知道他們打算私奔？福斯特上校到底有沒有見到丹尼本人？」

「見到過。不過他問到丹尼的時候，丹尼拒不承認知曉他們的打算，也不肯說出他對這件事的眞正看法，丹尼也沒有重提他們不會結婚之類的話——照此看來，我倒希望先前是別人誤解了他的意思。」

「我想，福斯特上校沒有到來之前，你們誰都不懷疑他們眞會結婚吧？」

「我們腦子裡怎麼會產生這種念頭呢！我只是有點不安、有點擔心，怕妹妹嫁給他不會幸福，因爲我知道他有些行爲不軌。父母親不了解這個情況，他們只覺得這門親事太輕率。吉蒂因爲比我們大家更了解內情，便帶著洋洋得意的神氣坦白說，莉迪亞在最後寫給她的那封信中，就向她示意準備採取這一著。看樣子，她好像早在幾週以前，就知道他們兩個在相愛了。」

「她總不會早在他們去布萊頓之前就知道吧？」

「不會的，我想不會的。」

「當時福斯特上校是不是把威克姆看得很壞？他了解威克姆的眞面目嗎？」

「說實話，他不像以前那樣稱讚威克姆了。他認爲他冒昧無禮、窮奢極侈，這件傷心事發生以後，據說他離開梅里頓的時候，背了一身債，不過我希望這是謠言。」

「哦，珍，我們當初要是別那麼遮遮掩掩的，而是把我們了解的情況說出來，那就不會出這件事了！」

「或許會好一些，」姊姊答道。「不過，不管對什麼人，毫不考慮他人目前的情緒，就去揭露他以前的過失，這未免有些不近人情。我們那樣做，完全出於好心。」

「福斯特上校能說出莉迪亞留給他妻子的那封短信的詳細內容嗎？」

「他把信帶給我們看了。」

珍說著從小包裡取出那封信，遞給伊麗莎白，其內容如下——

親愛的哈麗雅特：

明天早晨當你發現我失蹤時，一定會感到驚奇。等你明白了我的去向以後，你一定會發笑。我想到你的驚奇樣子，也禁不住會笑出來。我要去格雷特納格林，你若是猜不出我要跟誰一起去，那我眞要把你看成一個大傻瓜，因爲我心愛的男人世界上只有一個，他眞是個天使。我離開他決不會幸福，因此覺得不妨走了爲好。如果你不願意把我出走的消息告訴朗伯恩，那你不告訴也罷，到時候我給他們寫信，署名「莉迪亞·威克姆」，準會讓他們感到更爲驚奇？

這個玩笑開得多有意思啊！我笑得簡直寫不下去了。請替我向普拉特道個歉，我今晚不能赴約，不能和他跳舞了。請告訴他，我希望他了解這一切之後，能夠原諒我。還請告訴他，下次在舞會上相見的時候，我將十分樂意同他跳舞。我到了朗伯恩就派人來取衣服，不過希望你對薩利說一聲，我那件細紗長禮服上裂了一條大縫，讓她替我收拾行李時先把它補一補。再見！請代我問候福斯特上校。希望你能爲我們一路順風而乾杯。

你的摯友　莉迪亞・貝內特

「哦！莉迪亞好沒頭腦啊！」伊麗莎白讀完信後嚷道。「在這種時候寫出這樣一封信。不過，這至少表明，她倒是認眞對待這次出走的。不管威克姆以後把她誘惑到哪步田地，她可沒有存心要幹出什麼醜事來。可憐的父親，他心裡會是個什麼滋味啊！」

「我從沒見到有誰這麼震驚過！他整整十分鐘說不出一句話來。母親當下就病倒了，家裡全部亂了陣腳了！」

「哦！珍，」伊麗莎白嚷道，「家裡的傭人豈不是全在當天就知道了事情的底細？」

「我不清楚，但願不是。不過在這種時候，你也很難提防。母親歇斯底里又發作了，我雖然竭盡全力照應她，恐怕做得還不夠周到！我只怕會出什麼意外，嚇得不知如何是好。」

「你這樣侍奉母親，也眞夠你受的。你氣色不太好。唉！我跟你在一起就好了，操心煩神的事全讓你一個人擔當了。」

「瑪麗和吉蒂都挺好，很想替我分勞擔累，但我覺得不宜勞駕她們。吉蒂身體單薄虛弱，瑪麗學習那麼用功，不該再去打擾她的休息時間。星期二那天，父親走了以後，菲利普斯姨媽來到朗伯恩，承蒙她好心，陪著我住到星期四。她給了我們很大的幫助和安慰。盧卡斯太太待我們也很好。她星期三上午跑來安慰我們，說什麼如果我們需要幫忙，她和女兒們都願意效勞。」

「她還是老老實實待在家裡吧，」伊麗莎白大聲說道。「她也許出於好意，但是遇到這樣的不幸，街坊鄰居還是少見爲妙。她們不可能幫什麼忙，她們的安慰令人無法忍受，讓她們待在一邊去幸災樂禍吧。」

接著她又問起父親到了城裡，打算採取什麼辦法找到莉迪亞。

「我想，」珍答道，「他打算到埃普瑟姆去，那是他們最後換馬的地方，他想找找那些馬車夫，看看能不能從他們嘴裡探聽點消息。他的主要目的，是要查出他們在克拉帕姆搭乘的那輛出租馬車的號碼。那輛馬車先是拉著旅客從倫敦駛來，父親在想，一男一女從一輛馬車換乘到另一輛馬車上，可能會引起別人的注意，因此他準備到克拉帕姆打探一下。他只要查明馬車夫讓乘客在哪家門口下的車，便決定在那裡查問一下，也許能夠查出馬車的車號和停車的地點。我不知道他還有什麼別的打算。他急急忙忙要走，心緒非常紊亂，我能了解到這些情況，已經很不容易了。」

第六章

第二天早晨，大家都指望會收到貝內特先生的來信，但是等到郵差來了，卻沒有帶來他的片紙隻字。家人知道他一向拖拖拉拉、懶得寫信，不過在這種時候，還是期望他會勤勉一些。怎奈不見來信，大家只得斷定，他沒有好消息可以報告，但即使如此，她們也希望能有個確信。加德納先生臨行前，也只想等著他來信。

加德納先生去了以後，大家覺得至少可以隨時了解事態的發展。臨別的時候，他答應勸說貝內特先生盡快回到朗伯恩，做姊姊的聽了大爲釋然，她認爲只有這樣，才能確保丈夫不會在決鬥中喪生。

加德納太太還要和孩子們在赫特福德再待幾天，因爲她覺得，她待在這裡或許能幫幫外甥女們的忙。她幫助她們侍奉貝內特太太，等她們閑下來的時候，又可以安慰安慰她們。姨媽也屢次三番地來看望她們，而且用她的話說，都是爲了給她們解解悶、打打氣，不過，每次來都要報告一點威克姆驕奢淫逸的新事例，每次走後，總讓她們比她沒來之前更加沮喪。

三個月之前，威克姆幾乎被人們捧上了天，三個月之後，彷彿全梅里頓的人都在詆毀他。大家都說他在當地每個商人那裡都欠了一筆債，還給他加上了勾引婦女的罪名，說是他偷香竊玉殃及了每個商人家。人人都說他是天底下最邪惡的青年；人人都發覺到，自己向來就不相信他那副僞善的面孔。伊麗莎白雖然對這些話只是半信半疑，但她早就認爲妹妹會毀在他手裡，現在更是深信不疑了。就連更不大相信那些話的珍，也幾乎感到絕望了，因爲事到如今，即使他們兩人眞到了蘇格蘭（她從未對此完全失去信心），現在也該有消息了。

加德納先生是星期日離開朗伯恩的。他太太於星期二接到他的一封信，信上說，他一到城裡就找到了姊夫，勸說他來到了格雷斯丘奇街。又說他還沒到達倫敦之前，貝內特先生曾經去過埃普瑟姆和克拉帕姆，可惜沒有打聽到令人滿意的消息。還說他決定到城裡各大旅館去打聽一下，因爲貝內特先生認爲，他們兩人一到倫敦，可能先住旅館，然後再找房子。加德納先生並不指望這樣做會有什麼成效，但是姊夫既然如此熱中，他也有心助他一臂之力。他還說，貝內特先生目前全然不想離開倫敦，他答應不久再寫信來，信上還有這樣一段：

我已寫信給福斯特上校，請他盡可能向威克姆在民兵團的一些好友打聽一下，看他是否有什麼親友知道他躲在城裡哪個地方。如果能找到這樣一個人，獲得一點這樣的線索，那將是至關重要的。我們眼前心裡一點也沒譜，也許福斯特上校會盡力找到他們的下落。但仔細一想，也許莉琪比誰都了解情況，能告訴我們他還有些什麼親友。

伊麗莎白心裡明白她怎麼會受到這樣的推崇，可惜她擔當不起這樣的恭維，根本提供不出什麼令人滿意的消息。她從沒聽說威克姆除了父母之外，還有什麼親友，況且他父母都已去世多年。不過，某郡民兵團的某些朋友，可能提供點情況，她雖說對此並不抱有多大希望，但是覺得打聽一下也無妨。朗伯恩一家人每天都在焦慮中度過，但是最焦灼的還是等待郵差的那段時間。大家每天早晨所企盼的頭一件大事，就是等著來信。信裡消息不管是好是壞，大家都要互相轉告，而且期待第二天會有更重要的消息傳來。

誰也沒想到，還沒收到加德納先生的第二封來信，卻先接到了另外一個人的一封信，那是柯林斯先生寫給她們父親的。珍事先受到囑託，父親外出期間，由她代爲拆閱一切信件，因此她便遵囑讀信。伊麗莎白知道柯林斯盡寫些稀奇古怪的信，於是便挨在姊姊身旁一起拜讀。信是這樣寫的——

親愛的先生：

昨接赫特福德來信，獲悉先生憂心慘切，在下看在自身名分和彼此戚誼的情份，謹向先生聊申悼惜之意。乞請先生放心，在下與內人對先生與尊府老少深表同情。此次不幸起因於永無清洗之恥辱，實在令人痛心疾首。先生遭此大難，定感憂心如焚，在下唯有多方開解，始可聊寬尊懷。早知如此，令嬡不如早夭爲幸。

據內人夏綠蒂所言，令嬡此次恣意妄爲，實係平日過分縱容所致，此乃尤爲可悲。然在下以爲，先生與夫人堪可自慰的是，令嬡本身天性惡劣，否則小小年紀，決不會鑄成這般大錯。儘管如此，先生與夫人實在令人可悲，對此，不但內人頗有同感，凱薩琳夫人及其千金小姐獲悉後，亦引起共鳴。多蒙夫人小姐與愚見不謀而合，認爲令嬡此次失足，勢必殃及其姊氏終身幸福：恰如凱薩琳夫人所言，誰敢再與這般家庭攀親？考慮至此，不禁憶起去年十一月間一件事，倍感慶幸，否則在下勢必自取其辱、不勝哀傷。敬祈先生善自寬慰，捨棄父女情長，任其自我作賤、自食其果。

你的……

加德納先生直等到福斯特上校的答覆，才寫來第二封信，而且信裡沒有報告一點喜訊。誰也不知道威克姆是否還有什麼親戚跟他往來，不過他確信沒有至親在世。他以前交遊甚廣，但自從進了民兵團之後，看來與朋友們全疏遠了，因此找不出一個人可以提供點他的消息。他手頭十分拮据，又怕讓莉迪亞的親友發現眞情，於是便竭力想要加以隱瞞，因爲最近剛剛披露出來，他臨走時拖欠了一大筆賭債。福斯特上校認爲，他需要一千多鎊才能還清他在布萊頓的欠債。他在布萊頓居然負債累累，但是賭債則更加可觀。加德納先生並不打算向朗伯恩一家隱瞞這些情況。

珍聽得大爲驚駭。「一個賭棍！」她大聲叫道。「眞是出乎意料，我想也沒想到。」

加德納先生信上還說，她們的父親明天（星期六）便可以回到家裡。原來他們兩人再三努力，毫無結果，貝內特先生給搞得垂頭喪氣，只好答應內弟的要求，立即回家，而讓內弟留在那裡見機行事，繼續查尋。女兒們本以爲母親深怕父親會被人打死，聽到這個消息一定會顯得十分高興，誰知並非如此。

「什麼！還沒找到可憐的莉迪亞，就要回來了？」她嚷道。「他沒找到他們之前，當然不該離開倫敦。他一走，誰去跟威克姆決鬥，逼著他和莉迪亞結婚？」

這時加德納太太也提出想要回家了，於是大家商定，就在貝內特先生離開倫敦的同一天，她帶著孩子們起程回倫敦。馬車把他們送到旅途的第一站，然後把主人接回朗伯恩。

加德納太太臨走時，對伊麗莎白和她德比郡那位朋友的事，還是感到困惑不解。其實，當初在德比郡的時候，她就一直爲之茫然。外甥女從未主動在舅父母面前提起過他的名字，舅媽原指望回來後會收到那位先生的來信，結果化爲泡影。伊麗莎白回家後，一直沒有收到從彭伯利寄來的信。

眼前家裡出了這種不幸，伊麗莎白縱使情緒低落，也就情有可原，用不著另外找藉口。因此，任憑外甥女再怎麼消沉，舅媽也猜不出個名堂來。不過，伊麗莎白這時倒明白了自己的心思，她知道得一清二楚，假若她不認識達西，莉迪亞這件醜事也許會叫她好受一些，也許會使她減少幾個不眠之夜。

貝內特先生回到家裡，仍然擺出一副滿不在乎的樣子。他像往常一樣少言寡語，絕口不提這次爲之奔走的事，女兒們也是過了好久才敢提起。

直到下午，他跟女兒們一道喝茶的時候，伊麗莎白才敢貿然談起這件事。她先是簡單的表示說，父親這次一定吃了不少苦，眞叫她感到難過，只聽父親回答說：「這話就別提啦。除了我之外，還有誰應該受罪呢？事情是我一手造成的，當然應該由我來承受。」

「你不必過份苛責自己。」伊麗莎白應道。

「你完全有理由這樣告誡我。人的本性就是喜歡自責嘛！莉琪，我這輩子還從沒自責過，這次就讓我體驗一下我有多大的過失。我倒不怕憂鬱成疾，事情很快就會過去的。」

「你認爲他們在倫敦嗎？」

「是的。他們搞得這麼隱蔽，還能躲在什麼地方呢？」

「莉迪亞總想去倫敦。」吉蒂加了一句。

「那她很得意啦，」父親冷冷的說。「她或許要在那裏住上一陣子呢！」

沉默了片刻之後，他又接著說道：「莉琪，你五月時那樣勸我是有道理的，我一點也不怨你，從眼前這件事看來，你還眞有遠見卓識呢。」

這時貝內特小姐過來給母親端茶，打斷了他們的談話。

「還眞會擺架子呢，」他大聲叫道，「這也不無好處，倒爲不幸增添了幾分風雅！我哪天也要效仿此法，坐在書房裡，頭戴睡帽，身穿罩衣，盡量找人麻煩。要不就等吉蒂私奔了以後再說。」

「我可不會私奔，爸爸；」吉蒂氣惱地說。「我要是去布萊頓，一定比莉迪亞規矩。」

「你去布萊頓！即使給我五十鎊，就連伊斯特本那麼近的地方，我也不敢放你去！算啦，吉蒂，我至少學得謹慎了，你會知道我的厲害的。今後哪個軍官也休想再進我的家門，甚至休想從我們村裡走過。決不允許你再去參加舞會，除非你和哪位姊姊跳跳，也不允許你走出家門，除非你能證明，你每天能在家裡規規矩矩地待上十分鐘。」

吉蒂把這些威嚇看得很認真，不由得哭了起來。

「好啦，好啦，」貝內特先生說，「不要傷心啦，假如你今後十年能做個乖孩子，等十年期滿的時候，我帶你去看閱兵儀式。」

第七章

貝內特先生回來兩天後，珍和伊麗莎白正在屋後的矮樹林裡散步，只見女管家朝她們走來，她們還以為母親有事要找她們，便連忙迎上前去。但是，到了女管家跟前，才發現並非母親找她們，只聽女管家對貝內特小姐說：「小姐，請原諒我打擾了你們，我想你們或許聽到了從城裡來的好消息，所以便冒昧地來問一問。」

「你這話怎講，希爾？我們沒聽到城裡有什麼消息。」

「親愛的小姐，」她十分驚奇地嚷道，「難道你們不知道加德納先生派來一個專差？他來了半個鐘頭啦，給主人送來一封信。」

兩位小姐急火火地也顧不上答話，拔腿便往回跑。她們穿過門廳，跑進早餐廳，再從早餐廳跑到書房，結果都沒見到父親。正要上樓到母親那裡去找他，卻又碰到了男管家，只聽他說：「小姐，你們是在找主人吧，他朝小樹林那邊走去了。」

兩人一聽這話，趕忙又穿過門廳，跑過草場，去找父親，只見父親正悠然自得地朝圍場旁邊的小樹林走去。

珍不像伊麗莎白那麼輕盈，也不像她那麼愛跑，因此很快落到了後頭，這時妹妹上氣不接下氣地追上了父親，迫不及待地嚷道：

「哦，爸爸，什麼消息？什麼消息？你接到舅舅來信啦？」

「是的，我接到他一封信，是專差送來的。」

「唔，信裡有什麼消息？好消息還是壞消息？」

「哪裡會有好消息？」他說著從口袋裡掏出信。「不過你也許想要看看。」

伊麗莎白急不可待地從他手裡接過信。這時珍也趕來了。

「念大聲些，」父親說，「我也弄不清裡面寫了些什麼。」

格雷斯丘奇街八月二日，星期一

親愛的姊夫：

我終於能告訴你一些外甥女的消息了，希望大體上能讓你滿意。你星期六走後不久，我便僥倖地查明了他們在倫敦的住址。詳細情況留待以後面談，你只要知道我已找到他們就足夠了。我已經見到了他們倆——

「事情正像我盼望的那樣，」珍大聲嚷道。「他們可結婚啦！」

伊麗莎白接著念下去——

我已經見到了他們倆，他們並沒有結婚，我也看不出他們有什麼結婚的打算。不過我冒昧地代你做出了承諾，如果你願意履行的話，我想他們不久就會結婚。對你的要求只是：你本來爲女兒們安排好五千鎊遺產，準備在你和姊姊過世後分給她們，你應向莉迪亞依法做出保證，她將得到均等的一份；另外，你還必須保證，你在世時每年再貼她一百鎊。

經過通盤考慮，我自以爲有權代你作主，便毫不遲疑地答應了這些條件。我將派遣專差給你送去這封信，以便盡早得到你的回音。你了解了這些詳情之後，便不難看出，威克姆先生並不像大家料想的那樣山窮水盡。大家把這件事搞錯了。

我要高興地說明，外甥女除了自己那份錢之外，等威克姆還清了債務以後，還會有點餘額交給她。如果你願意照我料想的那樣，讓我全權代表你處理這件事，那我就立即吩咐哈格斯頓去辦理財產授與手續。你大可不必再進城，儘管安心地待在朗伯恩，相信我會不辭辛勞，謹慎行事。

請你盡快給我回信，而且務必寫得明確一些。我們以爲最好讓外甥女就從敝舍出嫁，希望你會同意。她今天要來我們這裡，若有其他情況，我將隨時奉告。

你的……愛德華．加德納

「這可能嗎？」伊麗莎白讀完信以後嚷道。「威克姆會跟她結婚嗎？」

「看來，威克姆並不像我們想像的那麼糟，」姊姊說道。「親愛的爸爸，恭喜你啦！」

「你回信了沒有？」伊麗莎白問。「沒有，不過還得快回。」

伊麗莎白一聽，極其懇切地請求父親趕緊寫信，別再耽擱。

「哦！親愛的爸爸，」她嚷道，「馬上就回去寫吧。你想想，這種事情是一分一秒也耽擱不得的。」

「你要是不願意動筆，」珍說，「那就讓我代你寫吧！」

「我是很不願意動筆，」父親答道，「可是不寫又不行啊！」

他一邊說，一邊隨她們轉過身，朝家裡走去。

「我是否可以請問——」伊麗莎白說道。「我想，那些條件總該答應下來吧。」

「答應下來！他要求得這麼少，我只覺得不好意思呢！」

「他們倆非得結婚不可！然而他又是那樣一個人！」

「是的，是的，他們非得結婚不可，沒有其他辦法。不過有兩件事我很想弄個明白：第一、你舅舅究竟出了多少錢，才促成了這個局面；第二、我以後怎麼來償還他。」

「錢！舅舅！」珍嚷道，「你這是什麼意思，爸爸？」

「我的意思是說，一個頭腦健全的人，是不會跟莉迪亞結婚的，因爲她實在沒有什麼誘惑力，我在世時每年給她一百鎊，死後總共也只有五千鎊。」

「那倒的確不假，」伊麗莎白說道，「不過我以前倒沒想到這一點。他還清了債務以後，居然還會餘下錢來！哦！一定是舅舅解囊相助的！這麼慷慨善良的人，恐怕他苦了自己啦。這一切，錢少了是解決不了問題的。」

「是呀，」父親說道。「威克姆拿不到一萬鎊就答應娶莉迪亞，那他豈不成了個大傻瓜。我們剛剛攀上親家，我照理不該把他想得這麼壞。」

「一萬鎊！萬萬使不得，即使半數，又怎麼還得起？」

貝內特先生沒有回答，大家都在沉思默想，直至回到家裡。這時父親去書房裡寫信，兩位小姐走進早餐廳。

「他們眞要結婚了！」兩人一離開父親，伊麗莎白便嚷道。「這太不可思議啦！我們還要爲此而謝天謝地。儘管他們不大可能獲得幸福，儘管他的品格又那樣惡劣，他們居然要結婚了，而我們還不得不爲之高興！哦，莉迪亞！」

「我覺得有一點可以放心，」珍答道，「他要不是眞心喜愛莉迪亞，是決不肯跟她結婚的。好心的舅舅幫他還清了債務，但我不相信會支付了一萬鎊那麼大的數目。舅舅自己有那麼多孩子，以後可能還會增多。就是五千鎊，他又怎麼拿得出來呢？」

「假如能弄清威克姆究竟欠了多少債，」伊麗莎白說，「他決定給莉迪亞多少錢，那我們就會知道加德納先生爲他們出了多少錢，因爲威克姆自己一個子兒也沒有。舅父母的恩惠今生今世也報答不了。他們把莉迪亞接回家去，親自保護她、開導她，爲她費盡了心血，眞讓她一輩子也感恩不盡。莉迪亞現在已經跟舅父母在一起了！假如這樣一片好心，還不能使她感到愧痛，那她永遠不配享受幸福！她一見到舅媽，該是個什麼滋味呀！」

「我們應該盡量忘掉他們過去的事情，」珍說道。「我希望，而且也相信，他們還是會幸福的。我認爲，他答應跟莉迪亞結婚這件事，就證明他開始往正道上想了。兩人互親互愛，自然也會穩重起來。我相信，他們一定會安安穩穩、規規矩矩地過日子，到時候，人們也就會忘掉他們以前的荒唐行爲了。」

「他們的行爲也太荒唐了，」伊麗莎白答道，「無論你我，還是其他人，一輩子都忘不掉，也用不著再去談這種事了。」

兩位小姐這時想起，母親很可能對這件事還一無所知。於是，兩人便來到書房，請示父親想不想讓她們告訴母親。父親正在寫信，頭也沒抬，只是冷冷地答道：「隨你們便吧。」

「可以把舅舅的信拿去念給她聽嗎？」

「愛拿什麼就拿什麼，快給我走開。」

伊麗莎白從寫字台上拿起那封信，姊妹倆一道上了樓。瑪麗和吉蒂都在貝內特太太那裡，因此只要傳達一次，大家也都知道了。她們稍微透露了一聲有好消息，接著便念起信來。貝內特太太簡直喜不自勝。珍一讀完加德納先生承想莉迪亞不久就要結婚那句話，她頓時、心花怒放，以後每讀一句話，她就越發欣喜若狂。她前些時候是那樣煩憂驚恐、坐立不安，現在卻是這樣大喜過望、激動不已。只要聽說女兒即將結婚，她就心滿意足了。她並沒有因爲擔心女兒得不到幸福而感到不安，也沒有因爲想起她行爲不端而覺得丟臉。

「我的寶貝心肝莉迪亞！」她嚷起來了。「這太叫人開心啦！她要結婚了！我又要見到她了！她才十六歲就要結婚了！我那好心好意的兄弟呀！我早就知道會有今天——我知道他沒有辦不成的事。我多想見到莉迪亞，見到親愛的威克姆！不過還有衣服、結婚禮服呢！我要立即寫信跟弟媳婦談談。莉琪，乖孩子，快下樓去，問問你爸爸願給她多少陪嫁。等一等，等一等，還是我自己去吧。吉蒂，拉鈴叫希爾來。我馬上穿好衣服。我的心肝寶貝莉迪亞！等我們見面的時候，大家該有多開心啊！」

大女兒見母親如此得意忘形，便想讓她收斂一點，於是提醒她別忘了加德納先生對她們全家的恩惠。

「這件事多虧了舅舅一片好心，」她接下去又說，「才會有這樣圓滿的結局。我們都認爲，舅舅答應拿錢資助威克姆先生。」

「哦，」母親嚷道，「這是理所當然的。除了自己的舅舅，誰還會幫這種忙？你要知道，他要是沒有妻小的話，他的錢就全歸我和我的孩子們所有了。他以前只送過我們幾件禮物，這回是我們頭一次受惠於他。哦！我眞高興啊。我很快就有一個女兒出嫁了。威克姆夫人！叫起來多動聽啊！她六月份才滿十六歲。我的寶貝珍，我太激動了，肯定寫不成信，索性我來講，你替我寫吧。關於錢的事，以後再跟你爸爸商量。但是衣物嫁妝應該馬上去訂好。」

接著，她又不厭其詳地說起了白布、細紗布和麻紗，而且馬上就要吩咐去多訂購一些各式各樣的東西，珍好不容易才勸住了她，叫她等父親有空的時候再作商計。珍還說，晚一天也沒有關係。母親因為太高興了，也不像往常那樣固執。再說，她腦子裡想起了別的花招。

「我一穿好衣服，」她說，「就去梅里頓，把這大好消息告訴我妹妹菲利普斯太太。回來的時候，可以去看看盧卡斯夫人和朗太太。吉蒂，快下樓去，吩咐僕人給我套車。出去透透氣，肯定會對我大有好處。姑娘們，有什麼事要我替你們在梅里頓辦嗎？哦！希爾來了。親愛的希爾，你聽到好消息沒有？莉迪亞小姐就要結婚了。她結婚那天，你們大家都可以喝上一碗潘趣❶，歡樂歡樂。」

希爾太太當即表示十分高興。她向太太小姐們挨個道喜，伊麗莎白當然也不例外。後來，伊麗莎白實在看膩了這種愚蠢的把戲，便躲進自己房裡，好自由自在地思忖一番。莉迪亞真是可憐，她的處境充其量也夠糟糕了，但總算沒有糟到不可收拾的地步，因此，她還得表示慶幸，她也從心眼裡感到慶幸。雖然一想到今後，就覺得妹妹既難得到應有的幸福，又難享受到世俗的榮華富貴，但是回顧一下過去、就在兩個鐘頭以前她還那麼憂慮重重，相比之下，她覺得現在能得到這個結局，也算是不幸中之大幸了。

註

❶ 潘趣：係用葡萄酒與熱水或牛奶、糖，檸檬、香料等配製而成的一種飲料。

第八章

貝內特先生早在這之前，就常常希望不要花光全部收入，每年都能儲蓄一筆款子，以便使女兒們將來不愁吃穿，如果太太比他命長，衣食也能有個著落。現在，他這個願望比以往來得更加強烈。假若他在這方面早就盡到了責任，莉迪亞也用不著仰仗舅舅出錢，替她挽回臉面名聲。那樣一來，也用不著勞駕別人去說服全英國最卑鄙的一個青年娶她爲妻。

貝內特先生覺得，這件事本來對誰也沒有什麼好處，而今卻要由他內弟獨自出錢加以成全，這眞叫他過意不去。他心想，要是可能的話，一定要打聽出內弟究竟幫了多大的忙，並且盡快報答這筆人情。

貝內特先生剛結婚的時候，完全不必省吃儉用，因爲他們夫婦自然會生個兒子，等到他兒子一成年，也就隨之消除了限定繼承權的問題，寡母孤女也就有了生活保障。五個女兒接連出世了，但是兒子卻沒有降生。莉迪亞出生以後的多年間，貝內特太太還一直以爲會生個兒子，後來終於死了這條心，省吃儉用也來不及了。貝內特太太不會精打細算，好在丈夫喜歡獨立自主，才沒有搞得入不敷出。

這夫婦倆當年的婚約上規定，貝內特太太及其子女們可享有五千鎊遺產。但子女們究竟怎樣分享，卻要取決於父母親遺囑上如何規定。這個問題，至少莉迪亞應該享有的部分，必須立即解決，貝內特先生毫不猶豫地接受了擺在他面前的那個建議。他給內弟回信，儘管措辭極其簡潔，還是感謝了他的一片好心，接著表示完全贊同內弟所作的一切努力，願意履行內弟代他做出的承諾。他萬萬沒有料到，這次勸說威克姆與他女兒結婚，居然安排得這樣妥善，簡直沒給他帶來什麼麻煩。他雖說每年要付給他們小夫妻倆一百鎊，但一年下來還損失不了十鎊，因爲莉迪亞待在家裡同樣也要吃用開銷，另外母親還要不斷貼錢給她，算計起來也差不多有一百鎊。

這件事還有一個讓他喜出望外的地方，那就是他自己簡直沒費什麼力氣。他眼前就希望，這件事引起的麻煩越小越好。他開頭因爲心頭火起，親自去找女兒，如今已經氣平怒消，自然又變得像往常一樣懶散。他立即把信發走了，因爲他雖說做事拖拉，但只要動起手來，倒也十分快當。他懇請內弟詳細告知他的蒙恩之處，但對莉迪亞實在太氣惱，連問候也不問候她一聲。

好消息迅速傳遍了全家，而且也很快傳遍了左鄰右舍。鄰居們聽說之後，都擺出一副賢明世故的面孔。當然，假若莉迪亞·貝內特小姐踏進那浮華世界，或者能萬幸地遠離塵囂，躲進一座偏僻的鄉舍裡，那就更會讓人說三道四。不過，她要出嫁還是讓人家議論紛紛。梅里頓那些惡毒的老太婆，先前倒是好心地祝她嫁個如意郎君，如今雖然看見事態發生了這番變化，卻還是起勁地談個不休，因爲大家都覺得，她跟著這樣一個丈夫，肯定要吃不少苦。

貝內特太太已經有兩個星期沒有下樓了。不過，遇到今天這麼個喜幸日子，她又坐上了首席，那副興高采烈的樣子，實在令人難以忍受。她只顧得意，絲毫沒有一點羞恥心。自從珍十六歲那年起，嫁女兒就成了她的最大心願，如今眼看要如願以償了，她心裡想的、嘴上說的，全都離不開婚嫁時的闊綽排場，諸如上好的細紋紗，嶄新的馬車，以及男僕女傭之類。她腦子轉來轉去，想在附近給女兒找一處適當的住宅。她不知道、也不考慮他們倆會有多少收入，硬是把許多房子給否決了，不是嫌房間太小，就是嫌不夠氣派。

「要是古爾丁家能搬走，」她說「海耶莊園倒也合適。斯托克大廈要是客廳再大些，也還可以。但是阿什沃思太遠了！讓莉迪亞離開我十英里，我可受不了。說到珀維斯小樓，那頂樓實在太糟了。」

傭人在跟前的時候，丈夫任她講下去，也不去打斷她。但是傭人一出去，他便對她說道：「貝內特太太，你給女婿女兒隨便租哪一座房子，哪怕全租下來也好，我們得先把話說個明白。這一帶有一幢房子，永遠不許他們來往。我決不在朗伯恩接待他們，那只會助長他們胡來。」

這話引得兩人爭吵了半天，但貝內特先生硬是不肯鬆口。頓時，兩人又為另一件事吵了起來，貝內特太太大為驚駭地發現，丈夫不肯拿出分文來給女兒添置衣服。貝內特先生堅決表示，莉迪亞這次休想得到他半點疼愛。貝內特太太一聽，簡直無法理解。丈夫居然氣憤到如此深惡痛絕的地步，連女兒出嫁也不肯優待她一下，簡直要把婚禮搞得不成體統，這實在太出乎她的意料。她只知道女兒出嫁時沒有新衣服是件丟臉的事，而對於她的私奔，對於她婚前跟威克姆同居兩個星期，卻絲毫也不感到羞恥。

伊麗莎白現在十分懊悔，當初不該因為一時的痛苦，而讓達西先生知道她們家裏為妹妹擔憂的事。既然妹妹一結婚就會徹底了結這場私奔，那麼開頭那不體面的事情，當然也可望瞞住局外人。

她並不擔心達西會把這事情張揚出去。說到保守秘密，簡直沒有什麼人使她更可信任的了。然而，這次如果是別人知道了她妹妹的醜行，她決不會像現在這樣傷心。她這倒不是擔心事情對本人有什麼不利，因為不管怎麼說，她和達西之間，隔著一條不可逾越的鴻溝，即使莉迪亞能夠十分體面地結了婚，也休想達西先生會跟這樣一家人家攀親，因為這家人家除了其他種種缺陷之外，如今又增添了一個爲他所不齒的人做至親。

達西先生對這門親事望而卻步，她覺得並不足奇。她在德比郡就看出他想要博得她的歡心，但是遭受到了這次打擊之後，他當然不可能不改變初衷。她覺得丟臉，覺得傷心，也覺得懊悔，儘管不知道懊悔什麼。她唯恐失去達西對她的器重，儘管已經不再指望這種器重還會給她帶來什麼益處。如今她已經沒有可能再得到他的消息了，但她偏偏又想聽到他的音訊。如今他們已不可能再見面了，可她偏偏認爲他們在一起會多麼幸福。

她常常在想：才不過四個月以前，她高傲地拒絕了他的求婚，倘若他知道，他要是現在向她求婚，她一定會感到欣喜和慶幸，那他該多麼得意啊！她毫不懷疑，他是個極其寬宏大量的男人；但他既然是個凡人，免不了是要得意的。

她開始領悟到，達西無論在性情還是才能方面，都是一個最適合她的男人。他的見解和脾氣雖然與她不同，但一定讓她稱心如意。這個結合對雙方都有好處：女方大方活潑，可以把男方陶冶得心性柔和、舉止優雅；男方精明通達、見多識廣，定會使女方得到更大裨益。

可惜這起良緣已經不可能實現，天下千千萬萬的有情人，也無法領教什麼才是眞正的美滿姻緣。她們家很快就要締結一門不同性質的親事，正是這門親事，葬送了那另一門親事。

她無法想像，威克姆和莉迪亞怎樣維持閑居生活。但她不難想像，那種只顧情欲不顧貞操的結合，很難得到久遠的幸福。

加德納先生不久又給姊夫寫來一封信。他對貝內特先生那些感激的說簡單應酬了幾句，說他殷切希望能促成他閤家男女老幼的幸福，末了還懇求貝內特先生再也不要提起這件事。他寫這封信的主要目的，是告訴他們，威克姆先生已決定脫離民兵團。

他信裏接著寫道——

我眞心希望他婚事一安排妥當，說立即這麼辦。我認爲，無論對他還是對外甥女來說，離開民兵團都是上策，我想你一定會同意我的看法。威克姆先生想參加正規軍，他還有幾個老朋友能幫他的忙。某將軍麾下有個團，現在駐紮在北方，已經答應讓他當個少尉。他離開這一帶遠一些，反而會更有利。他很有前途，但願他們到了人生地疏的地方，能夠顧全面子，舉止檢點一些。

我已給福斯特上校寫了信，把我們目前的安排告訴了他，還請他通知一下威克姆先生在布萊頓一帶的所有債主，就說我保證迅即償還他們的債務。是否也煩勞你通知一下他在梅里頓的債主，隨信附上一份債主名單，這是威克姆自己透露的。他交代了全部欠債，希望他至少沒有欺騙我們。我們已經委託哈格斯頓，一切將在一週之內料理妥當。到時候你若不請他們去朗伯恩，他們可以直接到部隊裡。

聽內人說，外甥女很想在離開南方之前，見見你們大家。她近況很好，還請我代她向你和她母親問好。

你的……愛·加德納

貝內特先生和女兒們都像加德納先生一樣看得明白，威克姆離開某郡兵團有許多好處。但是，貝內特太太卻不大樂意他這麼做。她正盼望要跟莉迪亞無比快活、無比得意地過上一陣，因爲她還是決計要讓女兒女婿住到赫特福德郡，不料女兒卻要到北方定居，這眞叫她大失所望。再說，莉迪亞在民兵團裡跟大家都處熟了，又有那麼多喜歡的人，如今離開了，也實在可惜。

「她那麼喜歡福斯特夫人，」她說，「把她送走可太糟糕了！還有幾個小伙子，她也很喜歡。某某將軍那個團裡的軍官，就未必能這麼討人喜歡。」

女兒要求（這或許應該算是要求吧）在去北方之前，再回家看望一次，不料劈頭遭到了父親的斷然拒絕。幸虧珍和伊麗莎白顧全到妹妹的情緒和身分，一致希望能得到父母親的認可，於是便懇求父親，讓妹妹妹夫一結婚就來朗伯恩。兩人要求得既合理、又婉轉，父親終於給說動了心，接受了她們的想法，同意照她們的意思辦。母親這下子可得意了，她可以趁女兒出嫁還沒發配到北方之前，向左鄰右舍好好炫耀一番。

於是，貝內特太太給內弟回信時，便提到許可他倆回來一趟，並且說定，要他們婚禮一結束，就立刻動身到朗伯恩來。不過，伊麗莎白倒感到驚奇，威克姆居然會同意這樣安排。如果單從她自己的意願來說，她決不想再見到威克姆。

第九章

妹妹的婚期來臨了，珍和伊麗莎白都爲她擔心，或許比她自己擔心得還厲害。兩位姊姊都害怕他們到來，尤其是珍更爲害怕。她設身處地地在想，假若這次出醜的不是莉迪亞，而是她自己，她心裡會是什麼滋味。一想到妹妹的痛苦心情，她也覺得非常難過。

新婚夫婦來到了。全家人都聚集在早餐廳迎接他們。當馬車停在門前的時候，貝內特太太臉上堆滿笑容，她丈夫卻鐵板著面孔，女兒們則又是驚奇、又是焦急，心裡忐忑不安。卻從門廳裡傳來了莉迪亞的聲音。忽地一下門給推開了，莉迪亞跑進屋來。母親連忙上前去，欣喜若狂地擁抱她、歡迎她，一面又帶著親切的笑容，把手伸給跟在新娘後面的威克姆，祝他們夫婦快活，她那副樂滋滋的神態表明，她毫不懷疑他們倆一定會幸福。

新婚夫婦隨即走到父親跟前，貝內特先生待他們可不那麼熱誠。他的面孔顯得異常嚴厲，簡直連口也不開。這對年輕夫婦擺出一副安然自信的樣子，實在叫他惱火。伊麗莎白覺得厭惡，就連貝內特小姐也感到驚愕。莉迪亞還依然如故——桀驁不馴、沒羞沒臊、瘋瘋癲癲、嘰嘰喳喳。她從這個姊姊跟前走到那個姊姊跟前，要她們個個恭喜她。最後見眾人都坐下了，連忙環視了一下屋子，發現裡面有點微小的變化，便笑著說，好久沒回到這裡了。

威克姆絲毫也不比莉迪亞難受。他的儀態總是那樣親切動人，假若他品行端正一些，婚事合乎規矩一些，那麼這次來拜見岳家，就憑著他那副笑容可掬、談吐自若的樣子，定會討大家歡喜。伊麗莎白以前還不相信他會這麼厚顏無恥。不過她還是坐下了，心想以後對不要臉的人，決不能低估了其不要臉的程度。結果她紅了臉，珍也紅了臉，而引得她們心慌意亂的那兩個人，卻面不改色。

這裡不愁沒有話談。新娘和她母親只覺得有話來不及說。威克姆碰巧坐在伊麗莎白身旁，便向她問起了他在當地一些熟人的情況，那個和悅從容勁兒，伊麗莎白回話時，覺得實在無法比擬。那小倆口似乎都有些最美好的往事銘記在心。他們想起過去，心裡絲毫也不覺得難受。莉迪亞主動談到一些事情，若是換成幾個姊姊，她們說什麼也不會提起這些事。

「你只要想一想，」她大聲說道，「我都走了三個月啦！依我說，好像只有兩個星期。可是這期間卻發生了多少事情。天哪！我走的時候，眞沒想到會結了婚再回來！不過我倒想起，要是眞能結婚，那倒會挺有趣的。」

父親抬起眼睛。珍感到不安。伊麗莎白向莉迪亞使了個眼色，但是莉迪亞對她不願理會的事，一向不聞不見，只聽她樂陶陶地繼續說道：「哦！媽媽，附近的人們都知道我今天結婚了嗎？我怕他們不見得知道。我們路上追上了威廉・古爾丁的輕便馬車，我一心想讓他知道我結婚了，便放下了臨近他那邊的一扇玻璃窗，又摘下手套，把手放在窗口，好讓他看見我手上的戒指。然後我又對他點點頭，笑得嘴都合不攏了。」

伊麗莎白實在忍無可忍了，她站起身跑出屋去，直至聽見她們穿過走廊，走進飯廳，才又回來。她來得不早不晚，恰好看見莉迪亞急急匆匆而又大模大樣地走到母親右手邊，聽她對大姊說道：「啊！珍，現在我取代你的位置了，你得坐到下手去，因爲我已經是個出了嫁的女人。」

莉迪亞既然從一開頭就毫無愧色，現在當然也不會難爲情。她反而更加落落大方，更加興高采烈。她眞想去看看菲利普斯太太，看看盧卡斯一家，看看所有的鄰居，聽聽他們都稱呼她「威克姆夫人」。她一吃過飯，就跑到希爾太太和兩個傭人那裏，炫耀一下她的戒指，誇耀自己已經結了婚。

「媽媽，」大家回到早餐廳以後，她又說道，「你覺得我丈夫怎麼樣？他不是挺可愛的嗎？姊姊們一定都在羨慕我。我只希望她們有我一半的運氣。她們應該都到布萊頓去，那可是個找女婿的好地方。眞可惜，媽媽，我們沒有全都去！」

「一點不假。要是依著我，我們早就都去了。不過，我的寶貝莉迪亞，我眞不願意你到那麼遠的地方去。難道非去不可嗎？」

「哦，天哪！是的，這算不了什麼，我還就喜歡這樣呢。你和爸爸，還有姊姊們，一定要來看我們。我們整個冬天都住在紐卡斯爾❶，那裡一定有不少舞會，我保管給姊姊們找到舞伴。」

「那敢情再好不過了！」母親說。

「等你們回家時，可以留下一兩個姊姊，不等冬天過去，我準能替你們找到女婿。」

「謝謝你對我的那份心意，」伊麗莎白說，「可惜我不大喜歡你這種找女婿的方式。」

新婚夫婦只能在家逗留十天。威克姆先生沒離開倫敦之前就接受了委任，必須在兩週內到團裡報到。

只有貝內特太太嫌他們在家待得太短。她盡量抓緊時間，帶著女兒到處走親訪友，還常常在家宴客。這種宴客倒是人人歡迎：沒有心思的人固然喜歡湊熱鬧，有心思的人，更願意出來解解悶。

正如伊麗莎白所料，威克姆愛莉迪亞，並不像莉迪亞愛他愛得那麼深。伊麗莎白用不著多加觀察，僅從情理便可斷定，他們兩人所以私奔，主要是因爲莉迪亞熱戀威克姆，而不是因爲威克姆喜愛莉迪亞。威克姆既然並不十分喜歡莉迪亞，爲什麼還要跟她私奔，對此伊麗莎白也不感到奇怪，因爲她覺得威克姆肯定因爲債務所逼，不得不逃跑。假如眞是這樣，像他這樣一個青年，路上能有個女人陪伴他，當然不肯錯過機會。

莉迪亞太喜歡他了。她無時無刻不把親愛的威克姆掛在嘴上，誰也休想與他相比。他無論做什麼事都是天下無敵，她相信到了九月一日那天，他打到的鳥一定比全國任何人都多。

兩人到來不久的一天早晨，莉迪亞正跟兩位姊姊坐在一起，只聽她對伊麗莎白說：

「莉琪，我想我還沒向你講講我結婚的情形呢。我向媽媽和其他人介紹的時候，你都不在場，難道你不想聽聽喜事是怎麼進行的嗎？」

「不想，眞不想，」伊麗莎白答道。「我看這樁事談得越少越好。」

「哎喲！你這個人眞怪！不過，我一定要把事情的經過講給你聽聽。你知道，我們是在聖克利門教堂結婚的，因爲威克姆就住在那個教區。我們約定都在十一點鐘以前趕到那裡。舅父母跟我一道去，其他人跟我們在教堂裡碰頭。唔，到了星期一早上，可眞把我緊張死了！你知道，我眞怕發生什麼意外，把婚禮耽擱了，那樣一來，我可眞要發瘋了。我梳妝的時候，舅媽一直在喋喋不休地進行說教，好像是在佈道似的。不過，她十句話我頂多聽進一句，你可以想像得到，我當時一再惦記著我親愛的威克姆。我就想知道，他會不會穿著那件藍衣服來結婚。」

「像往常一樣，我們那天十點鐘吃早飯。我覺得好像永遠吃不完似的，因爲，我得順便告訴你，我待在舅父母家的時候，他們倆可眞不像話。說來你也許不信，我雖說在那裡待了兩個星期，卻一次也沒出過家門：沒有參加過一次宴會，沒有一丁點消遣，過得十分無聊。倫敦眞夠冷清的，不過小劇院❷還開放。好了，言歸正傳，等馬車一駛到門口，舅舅就讓那個討厭的斯通先生叫去了，說是有事。你知道，這兩個人一碰到一起，那就沒完沒了。我給嚇壞了，眞不知該怎麼辦。舅舅要給我送嫁，要是誤了鐘點，那天就結不成婚啦。不過，還算幸運，他不到十分鐘就回來了，於是我們大家便動身了。其實，我事後一想，即使他眞給纏住了不能分身，婚禮也不用延遲，因爲達西先生也能代辦。」

「達西先生！」伊麗莎白萬分驚愕地重複了一聲。

「哦，是呀！你知道，他要陪著威克姆上教堂。天哪！我全給忘了！我不該透露這件事。我向他們保證要守個如瓶的！威克姆會怎麼說呢？這事應該嚴守秘密呀！」

「如要嚴守秘密，」珍說，「這事你就別再說下去了，你放心，我們決不會追問你。」

「謝謝你們，」莉迪亞說。「你們要是追問下去，我肯定會把實情全講出來，那就會惹威克姆大爲生氣。」

這話分明是慫恿姊姊們問下去，伊麗莎白一聽只得連忙跑開了，讓自己想問也問不成。但是，這件事怎麼能讓她蒙在鼓裡，至少也得打聽一下，達西先生竟然參加了她妹妹的婚禮。那樣一個場面，那樣一些人，顯然與他毫不相干，他也絲毫無心去參加。她胡思亂想，猜來猜去，可就是猜不出個所以然來。她很想往好處想，認爲那是他寬宏大量的表現，但是又覺得根本不可能。心裡琢磨不透，實在耐不住了，連忙抓來一張紙，給舅媽寫了封短信，請她在並不違背保密原則的前提下，對莉迪亞無意中說漏的那句話做一點解釋。

她在信中接著寫道：「你不難理解，他跟我們非親非故，而且跟我們家還相當生疏，竟會跟你們一道參加這次婚禮，怎麼能叫我不感到莫名其妙。請你立即回信，向我說明內中底細——除非確如莉迪亞所說，事情必須嚴守秘密，那樣我只得給蒙在鼓裡。」

「不過，我才不會善罷甘休呢，」她寫完信以後，又自言自語地說道：「親愛的舅媽，你若是不正大光明地告訴我，我出於無奈，當然只有不擇手段地去查個明白。」

珍是個很講情面的人，不會向伊麗莎白私下提莉迪亞說漏嘴的那句話，伊麗莎白為此感到很高興。她已寫信去問舅媽，不管回信能否使她滿意，至少在沒有接到回信以前，最好不要向任何人透露心事

註

❶ 紐卡斯爾：英格蘭東北部海港城市，位於奉恩河畔，英國所產的煤大都由此運往世界各地。

❷ 小劇院：建於一七二〇年，地址就在現在的海馬克劇院北面。一八二一年，海馬克劇院建成後。小劇院即被拆除。

第十章

伊麗莎白果然如願以償，很快就收到了回信。她一接到信，便趕忙跑到那片小樹林裡，在一條長凳上坐下來，準備清清靜靜地讀個痛快，因爲從信的長度看得出來，舅媽沒有拒絕她的要求。

格雷斯丘奇街，九月六日

親愛的外甥女：

剛剛收到你的來信，我準備將整個上午都用來給你寫回信，因爲我預計三言兩語寫不完我要對你說的話。我應該承認，你的要求使我感到驚奇，我沒有料到你竟會提出這個要求。不過，請不要以爲我在講氣話，我只不過想讓你知道，我實在沒有料到你還會來問這樣的問題。你若是硬要曲解我的意思，那就請原諒我失禮了。你舅舅也跟我一樣驚奇，他只是認爲牽涉到你的緣故，才會同意那樣處理這件事的。如果你當眞一無所知，那我就得說個明白。

就在我從朗伯恩回家的那天，有一位意想不到的客人來找你舅舅。那人就是達西先生，他跟你舅舅閉門密談了好幾個鐘頭。等我到家時，事情已經談完了，所以我倒沒像你那樣好奇。他是來告訴加德納先生，他找到了你妹妹和威克姆先生的下落，說他見過他們，還跟他們談過話——跟威克姆談過多次，跟莉迪亞談過一次。

據我推斷，他只比我們遲一天離開德比郡，趕到城裡去找他們。他說他所以這樣做，是因爲這事都怪他不好，沒有及早揭露威克姆爲人卑鄙，否則決不會有哪位正經姑娘能愛上他，把他當成知心。他慨然把整個事情歸罪於自己太傲慢，說他以前認爲公開揭露成克姆的隱私，會有失自己的尊嚴。他的品格自會讓人看穿。因此，達西先生認爲他有義務出面調停，補救由他引起的不幸。

如果他當眞別有用心，那也決不會使他丟臉。他到了城裡好多天才找到他們。不過，他尋找起來倒有點線索，我們可沒有。他也是因爲自信有點門路，才決定緊跟著我們來的。好像有一位楊格太太，她以前做過達西小姐的家庭教師，後來因爲犯了點過錯而被解雇了，不過達西先生沒有說明什麼過錯，楊格太太在愛德華街弄了一幢大宅，一直靠出租房間維生。達西先生知道，這位楊格太太與威克姆關係密切，於是一到城裡，便去找她打聽他的消息。他花了兩、三天工夫，才從她那裡探聽到眞情。我想楊格太太不受賄路是不會背信棄義的，因爲她確實知道她那位朋友的下落。威克姆一到倫敦，便跑到她那裡，假如她能收留他們，他們早就住在她那裡了。

最後，我們好心的朋友，終於查到了兩人的住址。他們住在某某街。他先見到了威克姆，然後非要見到莉迪亞不可。據他說，他的第一個目標，就是勸說莉迪亞拋棄眼前的不光彩處境，一等和親友們說通，便趕忙回去，並答應幫忙到底。但他發覺莉迪亞矢志不移，家人她一個也不放在心上，她不要達西幫忙，決不肯丟下威克姆。她斷定他們遲早是要結婚的，早一天遲一天並無關係。莉迪亞既然這樣想法，他覺得他只有趕快促成他們結婚，因爲他第一次跟威克姆談話時，不難發現他可毫無結婚的打算。威克姆親口供認，他當初所以要脫離民兵團，完全是由於賭債所迫，他還厚顏無恥地把莉迪亞這次私奔引起的惡果，完全歸罪於莉迪亞的愚蠢。他打算馬上辭職，對於將來的前途，很難設想。他總得找個去處，但又不知道往哪裡去，他知道他快要無法維生了。

達西先生問他爲什麼沒有立即與你妹妹結婚。貝內特先生雖然不能算是很有錢，不過也能幫他一些忙，他若是結了婚，境況勢必會好些。但他發覺威克姆回答這話的時候，仍然指望到別處另攀一門親，以便乘機大發一筆財。不過，在目前這種情況下，如果有個應急措施，他也未必不會心動。他們見了好幾次面，因爲有好多事情要商討。威克姆當然漫天要價，但後來出於無奈，只得通情達理一些。

他們兩人把一切商討好了，達西先生下一步是把這件事告訴你舅舅，於是就在我回家的頭一天晚上，頭一次來到格雷斯丘奇街。可惜加德納先生不在家，達西先生再一打聽，發現你父親還在這裡，不過第二天早晨就要走。他認爲你父親不像你舅舅那麼好說話，因此當即決定，等你父親走後再來找你舅舅。他沒有留下姓名，直到第二天，我們還只知道有位先生來過，說是有事。

星期六他又來了，你父親已經走了，你舅舅在家，正如我剛才說過的，他們在一起談了很久。他們星期天又見面了，當時我也見到了他。事情直到星期一才完全談妥，一談妥之後，便立即派專差去朗伯恩。但是我們這位客人實在太固執了。依我看，莉琪，固執才是他性格的眞正缺點。人們對他指責來指責去，今天說他有這個缺點，明天說他有那個短處，其實這才是他眞正的不足。

他什麼事都要親自操辦，儘管你舅舅十分願意一手包辦（我這樣說並不是爲了要討好你，因此請你不要對別人提起）。他們爲這件事爭執了好久，儘管對那兩個當事的男女來說，他們這樣做實在有些不值得。最後你舅舅不得不做出讓步，結果非但不能替外甥女盡點薄力，反而還可能無勞居功，這就完全違背了他的心願。

我相信他今天早晨接到你的信一定感到非常高興，因爲你信裡要求我說明眞情，這就使他不用再掠人之美，而讓該受到讚揚的人受到讚揚。不過，莉琪，這件事只能讓你知道，頂多再告訴珍。我想，你一定深知他爲這兩個年輕人盡了多大的力。我相信，他替威克姆償還的債務，遠遠超過一千鎊，而且還在莉迪亞名下的錢之外，又給了她一千鎊，並給威克姆買了個官職。

至於這些錢爲什麼全由他一個人支付，我已在上面說明了理由。這事都怪他不好，怪他不聲不響，考慮欠妥，致使大家不明白威克姆的人品，結果上了當，把他當作好人。這話或許眞有幾分道理，不過依我看，這件事很難怪他不聲不響，也很難怪別人不聲不響。

親愛的莉琪，你應當相信，儘管他這話說得非常動聽，若不是考慮到他別有苦心，你舅舅決不會依允。一切都定妥之後，他又回到了彭伯利的親朋那裡。不過大家說定，等到舉行婚禮的時候，他還要再到倫敦來，辦理錢財方面的最後手續。我想我把事情原原本本地告訴了你。我這樣講述，正如你說的，會使你大吃一驚！我希望至少不會叫你聽了不痛快。

莉迪亞來我們這裡住過，威克姆也經常登門，他完全還是我上次在赫特福德見到的那副老樣子。莉迪亞住在我們這裡時，她的言談舉止令我深感不滿，我本來不打算告訴你，不過星期三接到珍的來信，得知她回到家裡依然如故，因此告訴了你也不會給你帶來新的痛苦。我極其嚴肅地跟她談過多次，說她這件事做得太不道德，害得全家人都爲之傷心。

我的話她即使聽到一點，那也是碰巧聽到的，因爲我知道，她根本不想聽。我有時候眞氣壞了，但馬上又想起了親愛的伊麗莎白和珍，看在你們的份上，我還是容忍著她。達西先生準時回來了，而且正如莉迪亞告訴你的，參加了婚禮。他第二天跟我們一起吃飯，星期三或星期四又要離開城裡。

親愛的莉琪，如果我藉此機會說一聲我多麼喜歡他（我以前一直沒敢這樣說），你會生我的氣嗎？他對我們的態度，跟我們在德比郡的時候一樣，處處都很討人喜歡。我很欣賞他的見識和見解，他沒有任何缺點，只是稍欠活潑，不過他只要愼重選擇，娶個好太太，這個缺陷太太會教他克服的。我認爲他十分狡黠，因爲他幾乎從不提起你的名字。不過，狡黠似乎成了時下的風尚。

如果我說得太冒昧了，還得請你原諒，至少不要對我懲罰得太過分，將來連彭伯利也不讓我去。我要遊遍那座莊園，才會心滿意足。我只求能乘上一輛矮矮的四輪輕便馬車，駕上一對漂亮的小馬就行了。

我無法再寫下去了，孩子們嚷著要我已有半個鐘頭了。

你的舅媽M•加德納

伊麗莎白讀了這封信，眞是心情激盪。不過，她心裡主要是喜悅還是痛苦，卻難以斷定。她本來也曾隱隱約約、疑疑惑惑地想到，達西先生也許想要促成妹妹的婚事，但是又不敢往這方面多想，唯恐他不會好心到這個地步；同時她又顧慮到，如果事情當眞如此，那又未免情義太重，擔心報答不了人家，因而她又感到痛苦。

然而，這些猜疑，如今卻成了千眞萬確的事實！他特意跟隨他們來到城裡，不辭辛勞、不顧體面地探索解決辦法。他不得不向一個他所深惡痛絕、鄙夷不屑的女人去求情，不得不同一個他極力想要迴避、甚至連名字也不屑提起的人去相見，而且多次相見，跟他說理，規勸他，最後還得賄賂他。他如此仁至義盡，都是爲著一個他既無好感又不器重的姑娘。她心裡確實在嘀咕，他是爲了她才這樣做的。往別的方面一考慮，她又馬上打消了這個念頭。

她當即感到，她即使有些虛榮心，認爲他確實喜歡她，但她哪能不知深淺，指望他會愛上一個曾經拒絕過他的女人。更何況，他討厭跟威克姆沾親帶故，這本來是十分自然的，又哪能指望他消除這種情緒，跟威克姆做連襟！但凡有點自尊心的人，誰也容忍不了這種親戚關係。毫無疑問，他出了很大的力。她不好意思去想他究竟出了多少力。不過，他倒爲自己過問這件事，提出了一條理由，這條理由並不令人難以置信。他責怪自己做錯了事，這是合情合理的。他爲人慷慨，也有條件慷慨。伊麗莎白雖然不肯承認達西主要是看在她的份上，但她也許可以相信，達西對她依舊未能忘情，因此遇到這樣一件與她心境攸關的事情，還會盡心竭力。一想到有個人對她們情深義重，而她們卻永遠不能報答他，眞讓她感到痛苦，而且痛苦至極。莉迪亞能夠回來，能夠保全聲名，這全都歸功於他。哦！她以前對他那樣懷恨在心，那樣出言不遜，想起來眞叫她萬分傷心。她爲自己感到羞愧，但卻爲他感到驕傲。驕傲的是，在這樣一件事情上，他能出於同情，不念前嫌，仗義行事。她把舅媽讚賞他的話讀了一遍又一遍，只覺說得還不夠，不過倒也使她十分高興。她發覺舅父母堅信她和達西先生情深意重、披心相見，她雖然覺得有點懊惱，卻也頗爲得意。

她正坐在那裡沉思，忽見有人走過來，便趕忙從座位上站起來。她剛要走上另一條小徑，不料威克姆趕了上來。

「我恐怕打擾了你的獨自散步吧，親愛的姊姊？」他走到她跟前說道。

「的確是這樣，」伊麗莎白笑著回答。「不過，打擾未必不受歡迎。」

「要是不受歡迎，那我就不勝遺憾了。我們過去一直是好朋友，現在則更親近了。」

「確實如此。其他人也出來了嗎？」

「不知道。貝內特太太和莉迪亞要乘車去梅里頓。親愛的姊姊，我聽舅父母說，你真去過彭伯利了。」

伊麗莎白回答說是的。

「你這福份真有點讓我羨慕，不過我可消受不起，不然，我去紐卡斯爾的途中，倒可以順道一訪。我想你見到那位管家老媽媽了吧？可憐的雷諾茲，她總是那麼喜歡我。不過，她當然沒在你面前提起我的名字。」

「她提到你了。」

「她怎麼說？」

「說你進了部隊，恐怕——恐怕情況不太妙。你知道，相距那麼遠，話傳得很離奇。」

「那當然。」威克姆咬著嘴唇答道。

伊麗莎白希望這下子可以讓他住嘴了。

不料，他隨後又說道：「真沒想到，上個月在城裡碰見了達西。我們遇見了好幾次，不知道他進城做什麼？」

「也許是籌備與德布爾小姐結婚吧，」伊麗莎白說道。「他在這個季節進城，一定有什麼要緊事。」

「毫無疑問。你在蘭頓看見他沒有？聽加德納夫婦說，你看見他了。」

「看見了。他還把我們介紹給他妹妹。」
「你喜歡她嗎?」
「非常喜歡。」
「我聽說,她這一、兩年大有長進。我上次見到她的時候,她還不是很有出息。我很高興你喜歡她,但願她能變得更好。」
「她肯定會的,她已經度過了最煩人的年紀。」
「你們有沒有經過金普頓村?」
「我記得好像沒有。」
「我所以提起那裡,就因爲那是我本該得到牧師俸祿的地方。那地方多迷人啊!那座牧師住宅棒極了!各方面都適合我。」
「你會喜歡佈道嗎?」
「喜歡極了。我會把它視爲自己的本分,雖說要費點力氣,但很快就無所謂了。人不應該怨天尤人,不過,對我該是多好的一份差事!那麼安閑清靜的生活,完全符合我的幸福理想!可惜未能如願。你在肯特的時候,有沒有聽到達西談起這件事?」
「我倒聽說:那個職位給你是有條件的,而且是由現今的主人自行處理。我認爲這話是可靠的。」
「你聽說了!不錯,那話也有些道理。你可能記得,我從一開始就對你這麼說過。」
「我還聽說,你當初並不像現在顯得這麼喜歡佈道,你曾經鄭重宣布決不當牧師,因此事情做了折衷處理。」
「你眞聽說過!這話倒並非完全沒有根據。你也許還記得,我們頭一次談起這件事的時候，我就跟你說起過。」

這時兩人快走到家門口了，因爲伊麗莎白爲了擺脫他，一直走得很快。不過看在妹妹份上，她又不願惹惱他，只是和顏悅色地笑了笑，回答他：

「算了，威克姆先生，你知道，我們現在是姊弟了，不要爲過去的事爭吵啦，希望將來我們能同心同德。」

說著伸出手來，威克姆親切而殷勤地吻了一下，不過神情有些尷尬。隨即兩人立刻走進屋裡去了。

第十一章

威克姆先生對這次談話感到十分滿意，從此便不再提起這件事，免得自尋煩惱，也免得惹親愛的大姨子伊麗莎白生氣。伊麗莎白見他給說老實了，也覺得很高興。轉眼間，威克姆和莉迪亞的行期來到了，貝內特太太不得不和他們分離，而且至少要分離一年，因爲貝內特先生決不贊成她的主張，不肯讓全家都去紐卡斯爾。

「哦！我的寶貝莉迪亞，」她大聲說道，「我們什麼時候才能再見面啊？」

「天啊！我也不知道，也許兩、三年都見不著。」

「常給我寫信呀，好孩子。」

「我盡可能常寫。不過你知道，女人結了婚，是沒有多少工夫寫信的。姊姊們倒可以寫信給我，她們別無他事可做。」

威克姆先生道起別來，顯得比妻子親切。他笑容滿面、風度翩翩，說了許多動聽的話。

「他是我見到的最出衆的一個人，」他們一走出門，貝內特先生便說道。「他既會假笑，又會傻笑，對我們大家都很親熱，我爲他感到無比自豪。即使威廉·盧卡斯爵士，我諒他也拿不出一個更寶貝的女婿來。」

女兒走了以後，貝內特太太憂鬱了好多天。「我常想，」她說，「跟親人離別是最難受不過的事了。離開親人，眞像丟了魂似的。」

「媽媽，你要明白，這是你嫁女兒的結果，」伊麗莎白說道。「好在你另外四個女兒還沒有出嫁，這定會叫你好受些。」

「根本不是那回事，莉迪亞並不是因爲結了婚就要離開我，而是因爲她丈夫的部隊碰巧離我們太遠，要是離得近一點，她就不會走得這麼急。」貝內特太太雖說讓這件事攪得垂頭喪氣，但是沒過多久就好了，因爲這時傳來一條消息，使她心裏又激起了希望。

據說，內瑟菲爾德的女管家接到命令，準備迎接主人，他一兩天就要回來，在這裏打幾個星期獵。貝內特太太感到坐立不安。她忽而望望珍，忽而笑笑，忽而搖搖頭。

「哦，這麼說賓利先生要回來了，妹妹，」（因爲菲利普斯太太首先告訴了她這條消息）接著又說，「哦，這實在太好了，不過我倒不在乎。你知道，我們壓根兒不把他放在眼裏，我可再也不想見到他了。不過，他想回到內瑟菲爾德，我們還是非常歡迎他的，誰知道會怎麼樣呢？不過這與我們無關，你知道吧，妹妹，我們早就講好了，再也不提這件事了。這麼說，他眞的要來啦？」

「你放心好啦，」妹妹答道，「尼科利斯太太（莊園的女管家）昨天晚上來到梅里頓，我看見她走過，特地跑出去問她是否眞有其事，她告訴我說，確有其事。賓利先生最遲星期四到，很可能星期三就到。她說她要去肉店買點肉，準備星期三做菜，她還有六隻鴨子，剛好到了可以宰殺的時候。」

貝內特小姐聽說賓利要來，不禁變了臉色。她已經有好幾個月沒在伊麗莎白面前提起他的名字了，但是這一次，一等到兩人單獨在一起的時候，她便說道：

「莉琪，今天姨媽告訴我這消息的時候，我看見你直瞅著我。我知道我看上去心慌意亂，但你千萬別以爲我有什麼傻念頭，我只不過一時有些心亂，因爲我覺得大家一定會盯著我看。老實告訴你，這消息既不使我感到高興，也不使我感到痛苦。但有一點使我感到高興，他這次是一個人來的，因此可以少見他一點。我並不擔心自己，只怕別人說閑話。」

伊麗莎白也琢磨不透這件事。假如她上次沒在德比郡見到賓利，她也許會以爲他來此並非別有用心，不過她仍然認爲他還傾心於珍。至於他這次究竟是得到朋友的允許才來的，還是大膽擅自跑來的，這可讓她無從斷定。

「這個人也眞可憐，」她有時這樣想，「回到自己正大光明租來的房子，卻引起人家紛紛猜測，實在令人難受，我還是別去管他吧。」

姊姊聽說賓利要來，不管她嘴上怎麼說，心裏怎麼想，伊麗莎白卻不難看出她情緒受到了影響，比往常更加心煩意亂，更加忐忑不安。大約一年以前，貝內特夫婦曾熱烈地爭論過這個問題，如今又把它端了出來。

「親愛的，等賓利先生一來，」貝內特太太說，「你當然會去拜訪他啦！」

「不，不，你去年逼著我去拜訪他，說什麼我只要去看望他，他就會娶我們的一個女兒做太太。不想落了一場空，再也不要讓我去幹那種傻事了。」

太太對他說，賓利先生一回到內瑟菲爾德，本地的先生們少不了都得去拜望他。

「我討厭這樣的禮儀，」貝內特先生說。「他要是想跟我們交往，那就讓他來找我們。他知道我們的住處。鄰居們來來往往都要我去迎送，我可沒有這個閑工夫。」

「唔，我只知道，你不去拜訪他可就太不知禮了，不過我已經打定主意，說什麼也要請他來吃飯。我們馬上就該請朗太太和古爾丁一家人來作客了，加上我們自己家裏的人，一共是十三個，正好可以再請上他。」

她打定了主意，心裏寬慰了一些，任憑丈夫怎麼無禮，她都能夠容忍。不過令人懊惱的是：這樣一來，鄰居們可能比他們先見到賓利先生。這時，賓利先生到來的日子臨近了。

「我覺得他還是索性不來的好，」珍對妹妹說道。「其實也無所謂，我見到他可以滿不在乎，但是聽見人家沒完沒了地議論這件事，我可簡直受不了。媽媽是一片好心，可她不知道——誰也不會知道——她說那些話讓我聽了多難受。他離開內瑟菲爾德的時候，我該有多高興啊！」

「我眞想說幾句話安慰你，」伊麗莎白回答。「可惜一句也說不出來，這你一定感覺得到。我不願像一般人那樣，見你心裏難過，就勸你要有耐心，因爲你一向就很有耐心。」

賓利先生到來了。貝內特太太有傭人相助，得到風聲最早，因此操心煩神的時間也最長。既然沒希望早些去拜訪他，她便屈指掐算日子，看看還得隔多少天才能送請帖。不料，就在他來到赫特福德郡的第三天，貝內特太太便從化妝室窗口看見他騎著馬走進圍場，朝她家裏走來了。貝內特太太急忙召喚女兒們來分享她的喜悅。珍坐在桌前一動不動，伊麗莎白爲了引母親高興，便走到窗口望了望，只見達西先生也跟著一起來了，就又坐回姊姊身旁。

「媽媽，還有一位先生跟他一起來，」吉蒂說道，「那是誰呢？」

「大概是他的朋友吧，寶貝，我的確不知道。」

「啊！」吉蒂又說。「就像以前老跟他在一起的那個人，我記不得他的名字了。就是那個傲慢的高個子呀！」

「天啊！達西先生！肯定是他。老實說，只要是賓利先生的朋友，我們總是歡迎的。要不然，我才討厭見到這個人呢！」

珍驚奇而關切地望著伊麗莎白。她不知道他們兩人曾在德比郡見過面，因此覺得妹妹自從收到他那封解釋信以來，這回差不多是第一次跟他見面，一定會覺得很窘迫。姊妹倆都覺得不大好受，兩人互相體恤，當然也各有隱衷。母親還在嘮叨不休，說她眞不喜歡達西先生，只是念著他是賓利先生的朋友，才決定對他以禮相待，不過她這些話姊妹倆都沒聽見。

其實，伊麗莎白所以心神不安，有些根由是珍所意想不到的。伊麗莎白始終沒有勇氣把加德納太太那封信拿給姊姊看，也沒有勇氣說明自己已經改變了對達西的看法。珍只知道妹妹拒絕過他的求婚，而且小看了他的優點。但是伊麗莎白了解更多的底細，她認為達西對她們全家恩重如山，她對他的情意即使不像珍對賓利那麼深切，至少也同樣入情入理，同樣恰到好處。達西這次回到內瑟菲爾德，並且又主動跑到朗伯恩來找她，眞使她感到驚奇，幾乎像她上次在德比郡發現他態度大變時一樣感到驚奇。

約有半分鐘光景，伊麗莎白一想到達西對她仍然未能忘情，原先那蒼白的面孔，重又恢復了血色，而且顯得容光煥發、笑逐顏開，兩眼炯炯有神。但她心裏還是不很踏實。

「讓我先看看他的態度如何，」她心想。「然後再抱期望也不遲。」

她坐在那裏專心做針線，極力裝作鎮靜自若的樣子，連眼睛也不抬一下，等到僕人走近門口時，她實在按捺不住了，才抬起頭來望望姊姊的臉。珍看上去比平常蒼白一點，但卻也比她意料的顯得沉靜一些。兩位先生露面的時候，她的面頰脹紅了。不過，她還是從容不迫地接待他們。舉止恰如其分，既沒有流露出絲毫的怨恨，也不顯得過分殷勤。

伊麗莎白沒有跟他們兩人攀談什麼，只是出於禮貌應酬了幾句，便重新坐下來做針線，而且顯得異常認眞。她鼓起勇氣瞟了達西一眼，只見他神情像往常一樣嚴肅，不像她在彭伯利見到的那副神情，而倒像他在赫特福德郡的那副神情。這或許因爲他當著她母親的面，不可能像在她舅父母面前那樣自在。這個揣測雖然令人難受，但也未必不近情理。

她也望了賓利一眼，只見他既高興又尷尬。貝內特太太待他那樣客客氣氣，相比之下，對他的朋友卻是冷冷淡淡，刻板地行了個屈膝禮，勉強地敷衍了幾句，眞讓兩個女兒覺得相當難爲情。

特別是伊麗莎白，她知道幸虧達西先生從中斡旋，她母親那個寶貝女兒才沒有落得身敗名裂，不料眼前母親卻厚薄顛倒，她覺得萬分痛心。達西向她問起了加德納夫婦的情況，她回答起來不免有些慌張，隨後達西便沒再說什麼。

他沒有坐在伊麗莎白身邊，也許正是因此而默不作聲，但他在德比郡卻不是這樣。那一次，他不便跟伊麗莎白談話的時候，就跟她舅父母交談。這一次卻好，接連好幾十分鐘都聽不見他開口。伊麗莎白有時再也抑制不住好奇心，便抬起頭來望望他的臉，只見他時而看看珍，時而看看她自己，但是更多地是望著地面發呆。顯而易見，比起他們倆上次見面的時候，達西心思更重了，並不那麼急著想要博得人家的好感。伊麗莎白感到失望，同時又氣自己不該失望。

「難道我還能有別的奢望嗎？」她心想。「不過他爲什麼要來呢？」除了他以外，她沒有興致跟別人談話，但她又沒有勇氣跟他攀談。

她問候了他妹妹，然後便無話可說了。

「賓利先生，你走了好久啦！」貝內特太太說。

賓利先生連忙表示的確如此。

「我擔心你一去不復返呢。人們的確在說，你打算等到米迦勒節就退掉那幢房子。不過，我希望並非如此。你走了以後，這一帶發生了好多變化，盧卡斯小姐結了婚，有了歸宿，我有個女兒也出了嫁。我想你聽說這件事了吧。你一定在報紙上看到了。我知道，消息登在《泰晤士報》和《信使晚報》上，不過寫得很不像樣。上面只說：『喬治．威克姆先生最近與莉迪亞．貝內特小姐結婚。』隻字沒提她的父親她的住處，以及諸如此類的事。這還是我兄弟加德納擬的稿呢，不知道他怎麼搞得這麼糟糕。你見到沒有？」

賓利回答說見到了，並且向她道了喜。

伊麗莎白不敢抬眼，因此也不知道達西先生此刻表情如何。

「說眞的，女兒嫁個好男人，眞是椿開心的事，」貝內特太太繼續說。「不過，賓利先生，把她從我身邊拽走，我又覺得很難受。他們到紐卡斯爾去了，好像是在北方很遠的地方。我也不知道他們要在那裏待多久。威克姆的部隊駐在那裏。你大概已經聽說他脫離了民兵團，加入了正規軍。謝天謝地！他總算還有幾個朋友，儘管還沒達到應得的那麼多。」

伊麗莎白知道這話是影射達西先生的，眞是羞愧難當，簡直坐不住了。不過，她這番話比什麼都靈驗，居然逗著女兒說話了。她問賓利是否打算在鄉下住一陣。賓利說，要住幾個星期。

「賓利先生，等你把自己莊園裏的鳥打光了以後，」貝內特太太說道，「請你到貝內特先生的莊園裏來，你愛打多少就打多少。我想他一定非常樂意讓你來，還會把最好的鷓鴣留給你。」

伊麗莎白見母親多此一舉地亂獻殷勤，不禁越發寒心！一年以前，她們得意洋洋地以爲好事在望，如今，即使再出現那樣的希望，她相信馬上也會萬事落空，讓人徒自悲傷。她當即感到，她和珍即使今後能獲得終身幸福，也無法補償眼前這短暫的惶恐悲痛。

「我的最大心願，」她心裏想，「就是永遠不要再跟這兩個人來往。跟他們交往縱使令人愉快，但卻補償不了這種難堪的局面！但願我不要再見到他們！」

然而，過了一會兒工夫，她那終身幸福也難以補償的痛苦卻大大減輕了，因爲她發現，姊姊的美貌，又重新激起了她先前那位戀人的傾慕之情。賓利剛進來的時候，簡直不大跟珍說話，但是很快便對她越來越關注了。他發現珍還像去年一樣漂亮，一樣溫順，一樣眞摯，只是不像去年那樣愛說話。珍殷切希望別人看不出她和以前有什麼兩樣，還眞以爲自己像往常一樣健談。其實，她只顧得左思右想，即使默不作聲的時候，自己也覺察不到。

當兩位先生起身告辭的時候，貝內特太太想起了以前曾經打算宴請他們那件事，於是便邀請客人過幾天到朗伯恩來吃飯。

「賓利先生，你還欠我一次回訪呢，」她接著說道。「你去年冬天到城裏去的時候，答應一回來，就到我們這裏吃頓便飯。你瞧，我可一直沒忘記呀。不瞞你說，你沒有回來赴約，眞叫我大失所望。」

提起這件事，賓利有點犯傻，說什麼有事耽擱了，實在抱歉，然後兩人便告辭了。

貝內特太太本來很想當天就請他們留在家裏吃飯，然而她心裏又想，雖然她家的飯菜一向不錯，但是對於一個她一心想要高攀的先生來說，少於兩道正菜是絕對不行的，還有那個每年有一萬鎊收入的先生，也滿足不了他的胃口和自尊。

第十二章

客人剛一離去，伊麗莎白便走到外面，想放鬆一下心情，或者換句話說，想不停地思考一下那些只能使她更加憂鬱的問題，達西先生的舉止使她驚奇，也使她煩惱。

「要是他來了只想板著臉孔，冷冷漠漠、不聲不響，」她想，「那他何必要來呢？」她想來想去，總找不到個滿意的答案。「他在城裡的時候，對我舅父倒還挺和氣，倒還挺可愛，怎麼對我就兩樣了呢？他要是怕我，又何必來呢？他要是不喜歡我，又何必默不作聲呢？他倒眞會作弄人！我再也不去想他了。」

恰在這時，姊姊走來了，她情不由己地倒眞把達西先生忘卻了一會兒。珍神色愉悅，表明她對兩位客人，比伊麗莎白感到滿意。

「這頭一次會面結束了，」她說，「我覺得心裡十分踏實，我心中有數了，等他下次再來，我決不會發窘。我很高興，他星期二來吃飯。到時候大家都會看出，我們兩人只不過是很普通的普通朋友。」

「是呀，好個很普通，」伊麗莎白笑著說道。「哦，珍，還是當心點。」

「親愛的莉琪，你別以爲我就那麼軟弱，現在還會有什麼危險？」

「我看你面臨著極大的危險，會讓他一如既往地愛著你。」

直到星期二，她們才又見到兩位先生。貝內特太太見賓利先生在半小時的拜訪中，顯得興致勃勃、禮貌周全，這時又打起了如意算盤。星期二那天，朗伯恩來了許多客人。主人家最渴盼的那兩位，眞不愧是嚴守時刻的遊獵家，到得十分準時。兩人走進飯廳以後，伊麗莎白殷切地注視著賓利，看他是否像以前來赴宴時那樣，依然坐在姊姊身旁。她那位細心的母親，腦子裡轉著同樣的念頭，因此沒有請他坐在自己身邊。賓利一進屋，似乎猶豫了一番。這時珍恰巧頭回過來，臉上笑盈盈的，於是他便拿定了主意，在她身邊坐下了。

伊麗莎白心裡覺得十分得意，便朝他那位朋友望去，只見達西先生落落大方、若無其事。若不是瞧見賓利也帶著又驚又喜的神情望著達西先生，她還以為他所以能欣然坐到珍的身旁，事先一定得到了他朋友的恩准。

席間，賓利的舉動流露出了對她姊姊的愛慕之情。雖說這愛慕之情，不像以前表現得那麼露骨，但伊麗莎白相信，賓利只要能自己作主，他和珍馬上就會獲得幸福。她儘管不敢抱此奢望，然而縱觀賓利的態度，又覺得頗爲高興。她本來心中悶悶不樂，這一來，卻變得相當興奮了。達西先生的座位與她相隔甚遠，他坐在貝內特太太旁邊。伊麗莎白知道，這種局面對達西和她母親是多麼乏味，使他們覺得很彆扭。因爲隔得遠，伊麗莎白聽不清他們兩人講些什麼。不過她看得出來，他倆很少談話，偶爾談幾句，也是十分拘謹、十分冷漠。眼見著母親那樣怠慢地，再想想他對她們家那樣恩深義重，伊麗莎白心裡覺得格外難受。她有時眞恨不得能告訴他，並非他們全家人都不知道他的恩澤，也並非她們全家人都那麼忘恩負義。她希望這一晚上，他們彼此能親近一些，希望趁他來訪，多跟他談談話，而不光是進門時跟他寒暄客套兩句。由於焦灼不安的緣故，兩位先生沒有進來之前，她待在客廳裡煩悶得快要失禮了。她盼望他們進來，因爲她這一夜能否過得愉快，完全在此一著。

「他要是到時候不來接近我，」她心想，「我就永遠捨棄他。」

兩位先生來了。她覺得，達西看樣子像是要滿足她的願望。可是天哪！太太小姐們圍坐在飯桌四周，貝內特小姐砌茶，伊麗莎白在斟咖啡，大家都擠得緊緊的，她旁邊連擺張椅子的空隙也沒有。兩位先生來了之後，有位姑娘朝她挨得更近了，對她小聲說道：

「我決不讓男人來把我們分開，我們一個也不要他們，你說呢？」

達西走到屋子另一邊。伊麗莎白兩眼盯著他，羨慕跟他說話的每個人，簡直沒有心思給客人斟咖啡，隨後又氣自己怎麼這樣愚蠢！

「一個被我拒絕過的男人！我怎麼能愚蠢到這個地步，居然指望他再來愛我？哪個男人會這樣沒有骨氣，居然向一個女人第二次求婚？誰也忍受不了這種恥辱！」

這時達西親自送回了咖啡杯，伊麗莎白覺得有點興奮，於是便乘機說道：

「你妹妹還在彭伯利嗎？」

「是的，她要在那裡待到聖誕節。」

「就她一個人嗎？她的朋友們都走了沒有？」

「安妮斯利太太陪著她，其他人都在三個星期以前到斯卡伯勒❶去了。」

伊麗莎白想不出別的話可說了。不過，只要達西願意跟她攀談，他總會有辦法。不料他卻默默無聲地在她身旁站了一會。後來，見那位年輕小姐又跟伊麗莎白竊竊私語，他便走開了。等收走茶具、擺好牌桌之後，太太小姐們都立起身來，這時，伊麗莎白滿心希望達西馬上會來找她，但是事與願違，只見母親四處拉人打惠斯特，達西情面難卻，轉眼間便同衆人一道坐了下來，她滿懷的喜幸已經全化作泡影。一晚上，他們只得坐在各自的牌桌上，她覺得毫無指望，只是達西兩眼頻頻朝她這邊張望，結果兩人都打輸了牌。

貝內特太太本來打算留內瑟菲爾德的兩位先生吃晚飯，但不巧的是，他們吩咐套車比誰來得都早，使她沒有機會挽留他們。

「女兒們，」等客人們一走，貝內特太太便說：「你們覺得今天過得怎麼樣？告訴你們吧，我覺得一切順利極了，我從沒見過燒得這麼好的飯菜。鹿肉烤得恰到好處，大家都說，從沒見過這麼肥實的腿肉。那湯比起我們上星期在盧卡斯家喝的，不知要強幾十倍。連達西先生也承認，鷓鴣燒得美極了。我想他至少用了兩、三個法國廚子。親愛的珍，我從沒見過你像今天這麼美。朗太太也這麼說，因爲我問她你美不美。你們知道她還說什麼了嗎？『啊！貝內特太太，珍終究是要嫁到內瑟菲爾德的。』她眞是這麼說的。我覺得朗太太這個人眞太好了，她的侄女們都是些規規矩矩的好姑娘，可惜長得一點也不好看。我眞是太喜歡她們了。」

總而言之，貝內特太太高興極了。她把賓利對珍的一舉一動全看在眼裡，心想珍最終一定會把他弄到手。她心裡一高興，便又想入非非起來，指望這門親事會給她家帶來不少好處，等到第二天不見賓利來求婚，便又大失所望。

「今天過得眞愉快，」貝內特小姐對伊麗莎白說道。「客人選得好，大家都很融洽，希望以後能多聚聚。」

伊麗莎白笑了笑。

「莉琪，你千萬別笑，千萬別疑心我，那會讓我傷心的。老實告訴你，我所以喜歡和他交談，僅僅因爲他是個和藹聰明的年輕人，並無其他非份之想。我從他的言談舉止看得出來，他從沒想要得到我的歡心。只不過他的談吐比別人來得動聽，他也比別人更想討人喜歡。」

「你眞狠心，」妹妹說道。「你不讓我笑，卻又時時刻刻逗我笑。」

「有些事，眞讓人難以相信！」

「還有此事，眞讓人無法相信！」
「那你爲什麼要讓我承認，我沒把心裡話全說出來？」
「這個問題簡直讓我無法回答。我們人人都喜歡指指點點的，然而指點的東西又不值得一聽。恕我直言，你要是執意要說你對他沒有什麼意思，可休想讓我相信。」

註

❶ 斯卡伯勒：英格蘭北部海港，避暑勝地。

第十三章

這次拜訪之後沒過幾天，賓利先生又來了，而且是單獨來的。他的朋友已於當天早晨動身到倫敦去了，不過十天內就要回來。他在主人家坐了一個多鐘頭，顯得異常高興。貝內特太太留他吃飯，他一再表示歉意，說他已經另有約會。

「你下次來的時候，」貝內特太太說，「希望能賞賞臉。」

賓利說他隨時都樂意登門拜訪，只要她肯恩准，他一有機會就來拜望她們。

「明天能來嗎？」

能來，他明天沒有約會。於是，他欣然接受了邀請。

他果然來了，而且來得非常早，太太小姐們都還沒有穿戴梳妝好。貝內特太太身穿晨衣，頭髮才梳好一半，連忙跑進女兒房裏，大聲嚷道：

「親愛的珍，快，快下樓去。他來了——賓利先生來了。他眞來了。快，快點，薩拉，馬上到大小姐這兒來，幫她穿好衣服，別去管莉琪小姐的頭髮啦。」

「我們盡快下去，」珍說。「吉蒂可能比我們快，因爲她上樓有半個鐘頭了。」

「哦！別去管吉蒂！關她什麼事？快點，快點！好孩子，你的腰帶哪去啦？」

等母親走後，珍說什麼也不肯一個人下樓，非要一個妹妹陪著她不可。到了晚上，貝內特太太顯然又急於想讓他們兩人單獨待在一起。用完茶以後，貝內特先生照常回到了書房，瑪麗上樓彈琴去了。貝內特太太一看五個障礙除掉了兩個，便坐在那裏對著伊麗莎白和吉蒂擠了半天眼，可惜兩個女兒毫無反應。伊麗莎白故意不去看她，吉蒂終於看了她一眼，卻十分天眞地說道：「怎麼啦，媽媽？你爲什麼老對我擠眼？你要我幹什麼？」

「沒什麼，孩子，沒什麼，我沒對你擠眼。」說罷，她又靜靜地坐了五分鐘。但是，實在不願錯過這大好時機，她忽然站起身，對吉蒂說道：

「來，寶貝，我有說跟你說。」說著便把她拉了出去。珍當時對伊麗莎白望了一眼，意思是說，她實在忍受不了這種把戲，懇請伊麗莎白不要跟著胡鬧。

過了一會，貝內特太太又推開門，喊道：「莉琪，好孩子，我有話跟你說。」

伊麗莎白只得走出去。

「你知道，我們最好讓他們單獨在一起，」她一走進走廊，母親便說道。「吉蒂和我要到樓上我的化妝室裏。」

伊麗莎白也不跟母親爭辯，只是一聲不響地待在走廊裏，等母親和吉蒂走得看不見了，才又回到了客廳。

貝內特太太這天的招數並不靈驗。賓利樣樣都討人喜歡，只可惜沒有向她女兒求愛。他落落大方、興致勃勃，成爲晚會上最惹人喜愛的一個人。他看著貝內特太太亂獻殷勤，聽著她滿口蠢話，倒能按捺住性子，不露聲色，使她女兒感到異常欣慰。他幾乎用不著主人邀請，便留下吃飯。

告辭之前，主要由他和貝內特太太商定，第二天上午他來跟貝內特先生打鳥。

從這天起，珍再也不說她無所謂了。姊妹倆絕口不提賓利，但是伊麗莎白上床的時候，心裏倒很快活，覺得只要達西先生不提前回來，這件事很快便會有個眉目。不過，她倒眞的認爲，這一切一定得到了達西先生的同意。

賓利準時來赴約了。依照事先約定，他一上午都和貝內特先生在一起。貝內特先生比他料想的和藹得多。其實，賓利沒有什麼傲慢或愚蠢的地方，既不會惹他嘲笑，也不會使他厭惡的一聲不吭。跟他以前見到的情形相比，貝內特先生愛說話了，不那麼古怪了。當然，賓利跟他一道回來吃了午飯，到了晚上，貝內特太太又設法把別人支使開，讓他和珍待在一起。伊麗莎白有封信要寫，一吃過茶便鑽進早餐廳寫信去了。況且別人都要坐下打牌，她也用不著抵制母親耍花招了。

她寫好信回到客廳，一看不禁大吃一驚，心想母親還真比她精明。原來，她一打開門，便見姊姊和賓利一起站在壁爐跟前，似乎談得正火熱。如果說這個情景還沒有什麼好疑心的，你只要看看他們急忙扭身分開時的那副神情，心裏便有數了。他們倆的處境夠尷尬了，但她覺得她自己更尷尬。他們兩人一聲不響地坐了下來，伊麗莎白正待走開，賓利突然立起身來，跟珍悄悄說了幾句話，便跑出屋去。珍心裏有了高興的事，是從不向伊麗莎白隱瞞的。她當即抱住妹妹，欣喜若狂地承認說，她是天底下最幸福的人了。

「太幸福了！」她接著又說，「我實在不配。哦！為什麼不能人人都這樣幸福呢？」

伊麗莎白連忙向她道喜，那個真誠、熱烈、欣喜勁兒，實非言語所能形容。她每恭賀一句，都給珍增添一分甜蜜感。但她眼前不可能跟妹妹多蘑菇了，她要說的話，連一半兒也來不及說。

「我得馬上去見媽媽，」她大聲說道。「我決不能辜負了她的親切關懷，決不能讓她從別人嘴裏得知這件事。賓利找爸爸去了。哦！莉琪，家人聽到這消息該有多高興啊！我怎麼受得了這滿懷幸福！」

說罷，她便急急忙忙跑到母親那裏，只見她早已解散了牌場，正和吉蒂在樓上坐著。

伊麗莎白一個人待在那裏，想到幾個月來家人一直在爲這樁事煩神擔心，而如今，事情終於一下子迎刃而解了，便禁不住笑了。

「這，」她心想，「就是他那位朋友煞費心機的結局！也是他那位妹妹自欺欺人的結局！這是個最幸福、最完滿、最合理的結局！」

不一會工夫，賓利來到她這裏，因爲他與貝內特先生談得既簡短，又卓有成效。

「你姊姊哪去了？」他一打開門，便急忙問道。

「在樓上我媽媽那裏，可能馬上就會下來。」

賓利隨即關上門，走到她跟前，以便接受姨妹的親切祝賀。伊麗莎白眞心誠意地表示，她對他們的姻緣感到欣喜。兩人十分熱烈地握了握手。隨後，伊麗莎白只得聽他講起他如何幸福，珍如何十全十美，一直講到珍下樓爲止。雖然他是從戀人的角度說這些話的，但是伊麗莎白深信，他的幸福期望完全是合情合理的，因爲珍聰穎絕倫，脾氣更是好得無與倫比，而且兩人也情趣相投，這都是幸福的基礎。

這天晚上，大家都異常高興。貝內特小姐因爲心裏得意，臉上也顯得越發艷麗奪目，看上去比往常更加漂亮。吉蒂痴笑不已，希望這樣的幸運趕快輪到自己頭上。貝內特太太同賓利談了半個鐘頭之久，儘管一再首肯，連聲讚許，但是仍然覺得不能盡意。貝內特先生跟大家一道吃晚飯的時候，他的言談舉止表明，他還眞感到高興。

不過，客人告辭之前，他卻隻字未提這件事。等客人一走，他連忙轉向女兒，說道：

「珍，恭喜你，你將成爲一個十分幸福的女人。」

珍立即走到他跟前，吻了吻他，感謝他的好意。

「你是個好孩子，我想起來眞感到高興，你這麼美滿地解決了終身大事，我相信你們一定會相親相愛。你們的性格十分相近，你們兩個都很隨和，因此什麼事也拿不定主意。你們那麼寬容，個個傭人都要欺負你們。你們又那麼慷慨，總要落得入不敷出。」

「但願不會如此，我可不能容忍自己在錢財上出手太大方，或是漫不經心。」

「入不敷出！親愛的貝內特先生，」太太說道，「你這是什麼話？他每年有四、五千鎊的收入，或許還不止呢。」接著又對女兒說：「哦！親愛的珍，我太高興了，今天晚上休想闔眼。我早就知道會這樣。我總說，遲早會有這一天。我一向認爲，你不會白白長得這麼美！我記得，他去年剛到赫特福德郡的時候，我一看見他，就覺得你們可能結成一對。哦！眞沒見過像他這麼漂亮的小伙子！」

貝內特太太早把威克姆和莉迪亞忘了個精光，珍成了她最寵愛的女兒。眼前，別人她一個也不放在心上。幾個妹妹馬上向姊姊提出要求，希望將來能給她們點好處。

瑪麗請求享用內瑟菲爾德的書房。吉蒂再三懇求，每年冬天能在那裏舉辦幾次舞會。

從此以後，賓利每天都要來朗伯恩作客。他往往是早飯前趕來，總要待到吃過晚飯再走，除非哪家鄰居不識相，也不怕惹人厭，硬要請他去吃飯，他才不得不去應酬一下。

伊麗莎白現在簡直沒有機會跟姊姊談話了，因爲只要賓利在場，珍壓根兒就不理會別人。不過，伊麗莎白發現，當他們不得不分離的時候，她對這兩人還是大有用處的。珍不在的時候，賓利老愛跟伊麗莎白談論她；而賓利走了以後，珍也總是找她來解悶。

「他告訴我說，」有天晚上，珍說道，「他今年春天壓根兒不知道我就在城裏，我聽了有多高興啊！我原來眞不相信會有這種事。」

「我早就疑心是這麼回事了，」伊麗莎白答道。「不過，他是怎麼說明這件事的？」

「一來，準是他姊姊妹妹幹的好事。她們肯定不贊成他和我親近，我覺得這也難怪，因爲他可以找一個各方面都比我強得多的人。不過，我相信，當她們發覺她們的兄弟和我在一起有多幸福時，她們就會回心轉意，我們也會再度友好相處，當然，決不可能再像以前那樣親密了。」

「這是我平生聽你說出的最沒氣量的一句話，」伊麗莎白說道。「好心的姑娘！說眞的，要是看到你再去受賓利小姐假情假意的騙，那可眞要把我氣死了！」

「莉琪，你能相信嗎？他去年十一月到城裏去的時候，的確很愛我，後來只是聽人家說我不喜歡他，居然就再也不回來了！」

「當然，他犯了個小小的錯誤，不過，那是因爲他太謙虛了。」

珍聽了這話，自然又讚美起他的謙虛，讚美他雖然具有許多優秀品質，卻從不高估自己。伊麗莎白欣喜地發現，賓利並沒有泄露他的朋友從中作梗這件事，因爲珍雖然爲人最寬宏大量，可是這件事假若讓她知道了，她一定會對達西抱有成見。

「我眞是有史以來最幸福的一個人！」珍大聲說道。「哦！莉琪，家裏這麼多人，怎麼偏偏選中了我，偏偏數我最福氣！但願能看見你同樣幸福！但願你也能找到這樣一個人！」

「你即使給我四十個這樣的人，我也決不會像你這樣幸福，除非我有你這樣的脾氣、你這樣的好心，否則我決不會像你這樣幸福。算啦，還是讓我自力更生吧。要是我運氣好，也許到時候會再碰上一位柯林斯先生。」

朗伯恩這家人的事態是隱瞞不了多久的。貝內特太太獲許悄悄告訴了菲利普斯太太，而菲利普斯太太則未經任何人許可，便貿然告訴了梅里頓的左鄰右舍。

霎時之間，貝內特家被公認爲天底下最有福氣的一家人了，殊不知就在幾個星期之前，莉迪亞剛剛私奔的時候，大家都認定貝內特府上倒盡了楣呢！

第十四章

大約在賓利和珍訂婚後一個星期，有天上午，賓利正和太太小姐們坐在起居室裏，忽然聽到一陣馬車聲，大家都趕忙湊到窗口，只見一輛駟馬馬車駛進圍場。一大清早，照理不會有客人來，再看看那車馬裝備，又不像是哪家鄰居的。馬是驛站上的馬。還有那馬車和車前侍從所穿的號衣，大家也不熟悉。不過肯定有人來訪。賓利立即勸說貝內特小姐不要讓不速之客纏住，快跟他一起跑到矮樹林裏。於是他們兩人走開了，另外三個人依然在那裏猜來猜去，儘管猜不出個端倪。霍然門給推開了，客人走進來了，原來是凱薩琳．德布爾夫人。

當然大家都做好了驚訝的準備，但是沒料到會驚訝到這個地步。貝內特太太和吉蒂雖說與來客素昧平生，卻比伊麗莎白還要驚愕。

客人擺出一副很不禮貌的神情走進屋來，伊麗莎白向她打招呼，她只微微點了一下頭，便一聲不響地坐了下來。夫人進來以後，雖然沒有要求介紹，伊麗莎白還是把她的姓名告訴了母親。

貝內特太太大為愕然，不過有這樣一位貴客登門，她又感到十分榮幸，因此便萬分客氣地加以接待。凱薩琳夫人默默坐了一會，然後便冷冰冰地對伊麗莎白說：

「我想你挺好吧，貝內特小姐，這位太太大概是你母親吧。」

伊麗莎白簡單說了聲正是。

「那一位大概是你妹妹吧。」

「是的，夫人，」貝內特太太答道，她很樂意跟凱薩琳夫人攀談。「她是我的四女兒，我的小女兒最近剛出嫁，大女兒正跟一個小伙子在園裏散步，我想那小伙子不久也要跟我們成爲一家人了。」

「你們這座莊園可眞小呀！」沉默了片刻之後，凱薩琳夫人說道。

「當然比不上羅辛斯莊園，夫人。不過我敢說，比起威廉·盧卡斯爵士的莊園來，卻要大得多。」

「夏天晚上坐在這間起居室❶裏一定很不舒服，窗子正朝西。」

貝內特太太告訴她說，她們吃過晚飯以後從不坐在那裏，接著又說：

「我是否可以冒昧地問夫人一聲：您來的時候柯林斯夫婦都好吧？」

「他們都很好，我前天晚上還看見他們的。」

這時，伊麗莎白滿以爲她會拿出夏綠蒂寫給自己的一封信，因爲看樣子，這可能是她來訪的唯一動機。可是夫人並沒拿出信來，這眞叫她大惑不解。

貝內特太太客客氣氣地懇請夫人隨意用些點心，不料，凱薩琳夫人非常堅決而又很不客氣地謝絕了，說她什麼也不要吃。接著她又站起來，對伊麗莎白說道：

「貝內特小姐，你們這塊圍場的一端，好像頗有幾分荒野的景緻，倒也相當好看，我很想到那裏轉轉，是否請你陪我走一走。」

「去吧，乖孩子，」她母親大聲說道，「陪著夫人到各條小徑上轉轉，我想她一定喜歡我們這個僻靜的地方。」

伊麗莎白只好從命，跑進自己房裏取陽傘，陪著貴客走下樓。穿過走廊的時候，凱薩琳夫人打開餐廳和客廳的門，稍微審視了一下，說這兩廳看上去還不錯，然後繼續往前走。

她的馬車還停在門口，伊麗莎白看見她的侍女坐在車裏。她們兩人沿著通往矮樹林的石子路，默默無聲地向前走著。伊麗莎白覺得這個女人異常傲慢，異常令人討厭，因此打定主意，決不主動跟她搭腔。

她仔細瞧了瞧她的臉，心想：「她那裏像她外甥呀？」

兩人一走進小樹林，凱薩琳夫人便這樣說道：「貝內特小姐，你不會不知道我為什麼要來這裏。你心裏有數，你的良心會告訴你我為什麼要來。」

伊麗莎白大為驚訝。

「夫人，你實在想錯了，我壓根兒不明白怎麼會有幸在這裏見到你。」

「貝內特小姐，」夫人怒聲怒氣地答道，「你應該知道，誰也休想來戲弄我。不過，不管你怎麼不老實，我可不會那樣。我一向以真誠坦率著稱，如今遇到這樣一件大事，當然不會違背自己的個性。兩天以前，我聽到一條極其驚人的消息。我聽說不光是你姊姊就要攀上一門闊親事，就連你，伊麗莎白・貝內特小姐，也馬上要攀上我的外甥——我的親外甥——達西先生。雖然我知道這是無稽之談，雖然我不想那樣小看達西，認為真會有這種事，我還是當機立斷，立即動身來這裏，向你表明我的觀點。」

「你既然認為不會真有這種事，」伊麗莎白又是驚訝、又是鄙夷，滿臉脹得通紅，「那你何必自找麻煩，跑到這麼遠的地方來？你老人家究竟有何來意？」

「要你針對這種傳聞，立即向大家去闢謠。」

「要是真有這種傳聞，」伊麗莎白冷冷地說，「那你趕到朗伯恩來看我和我家裏的人，反而會弄假成真。」

「要是！難道你想故意裝糊塗？你們不是一直在起勁地傳播嗎？你難道不知道已經傳得

滿城風雨了嗎？」

「我從來沒有聽說過。」

「那你能不能說，這話毫無根據？」

「我並不想跟你老人家一樣坦率，你儘管問好了，我可不想回答。」

「不要放肆！貝內特小姐，我非要聽你說個明白，我外甥向你求過婚沒有？」

「你老人家說過這不可能。」

「理應不可能。他只要頭腦清醒，那就決不可能。可是，你會不擇手段地誘惑他，他一時中了邪，忘記了他對自己和家人所擔負的責任。你可能把他迷住了。」

「我即使把他迷住了，也決不會說給你聽。」

「貝內特小姐，你知道我是誰嗎？我可聽不慣你這種言詞。我差不多是他最親近的親戚，有權利過問他的終身大事。」

「可是你沒有權利過問我的事，你這種態度也休想逼我招認。」

「讓我把話說明白。你不知天高地厚，妄想高攀這門親事，那是決不會得逞的。是的，決不會得逞。達西先生早跟我女兒訂過婚了。好啦，你有什麼話要說？」

「只有這句話：要是他眞訂婚了，那你就沒有理由認爲他會向我求婚。」

凱薩琳夫人躊躇了片刻，然後答道：

「他們的訂婚非比尋常。他們從小就給許定了終身，這是雙方母親的最大心願。他們還在搖籃裏，我們就給他們定了親。現在，眼見姊妹倆就要如願以償，那小倆口就要成親，卻冒出了個出身卑賤、門戶低微、跟他非親非故的小妮子從中作梗！難道你完全無視他親人的心願，無視他與德布爾小姐默許的婚約？難道你一點也不講體統、一點也不知廉恥嗎？難道你沒聽我說過，他從小就跟他表妹許定終身了嗎？」

「不錯，我以前聽說過，可是那關我什麼事？要是沒有別的理由妨礙我嫁給你外甥，我決不會因爲他母親和姨媽要他娶德布爾小姐，而就此卻步。你們姊妹倆費盡心機籌劃了這起姻緣，能否得逞卻要取決於別人。要是達西先生既沒有義務、也不願意跟表妹結婚，那他爲什麼不能另作選擇呢？要是他選中了我，我爲什麼不能答應他呢？」

「爲了維護尊嚴、顧全體面、謹愼從事——而且從利害關係著想，都不允許這麼做。是的，貝內特小姐，從利害關係著想，如果你硬要一意孤行，那就休想他的親友會對你客氣。凡是與他沾親帶故的人，都會指責你、輕視你、厭惡你。你們的聯姻成了一樁恥辱，我們甚至誰都不願提起你的名字。」

「這眞是天大的不幸，」伊麗莎白答道。「不過，做了達西先生的太太，勢必會享受到莫大的幸福，因此，總的說來，完全用不著懊惱。」

「你這個丫頭眞是頑固不化！我都替你害臊！今年春天我那麼厚待你，你就這樣報答我？難道你對此就沒有一點感恩之心？我們還是坐下談談。你應該明白，貝內特小姐，我是抱著不達目的誓不罷休的決心來到這裏的，誰也休想勸阻我。我從不聽從任何人的怪念，我從不讓自己失望。」

「那只能使你目前的處境更加可憐，而對我卻毫無影響。」

「我說話不許你插嘴！你給我老實聽著：我女兒和我外甥是天生的一對，他們的母親出身於同一貴族世家，他們的父親家雖然沒有爵位，但都是很有地位的名門世家。他們兩家都有巨額資產，兩家親人都一致認定，他們是天造地設的一對。誰能拆散他們？你這個小妮子，一無門第，二無貴親，三無財產，卻要痴心妄想。這像什麼話！眞讓人忍無可忍。你要是有點自知之明，就不會想要背棄自己的出身。」

「我認爲，我跟你外甥結婚，並不會背棄自己的出身。他是個紳士，我是紳士的女兒，我們正是門當戶對。」

「不錯，你的確是紳士的女兒。但你媽媽是個什麼人？你舅父母和姨父母又是些什麼人？別以爲我不了解他們的底細。」

「不管我的親戚是些什麼人，」伊麗莎白說道，「只要你外甥達西先生不計較，便與你毫不相干。」

「你明言直語地告訴我，你究竟跟他訂婚了沒有？」

伊麗莎白本想不買凱薩琳夫人的帳，索性不回答這個問題，可是細想了想之後，又不得不說：「沒有。」

凱薩琳夫人顯得很高興。

「你肯答應我永遠不跟他訂婚嗎？」

「我不能答應這種事。」

「貝內特小姐，你眞讓我感到震驚，我原以爲你會通情達理一些。你可不要打錯了算盤，認爲我會退讓。你不答應我的要求，我就決不走開。」

「我決不會答應你的要求，你休想恐嚇我去幹那種荒唐透頂的事情。你想讓達西先生跟你女兒結婚，可是就算我答應了你的要求，難道就能促成他們倆的婚事嗎？要是他看中了我，就算我拒絕他，難道他會因此而去向他表妹求婚嗎？恕我直言，凱薩琳夫人，你這種異想天開的要求，實在有些荒唐，你的論點也實在無聊。你要是以爲你能拿這些話說動我，那你就完全看錯了人。你外甥是否會讓你干涉他的事，這我說不上，可你絕對沒有權利干涉我的事。因此，我請求你不要爲這件事再來糾纏我。」

「請你不要這麼性急，我還遠遠沒有說完呢。我所以堅決反對你和我外甥結婚，理由除了上面提到的那些之外，還得補充一條。別以爲我不知道你小妹妹私奔的醜事，這件事我全知道。那個年輕人跟他結婚，只是你父親和舅父收拾殘局，花錢買來的。這樣一個臭丫頭，也配作我外甥的小姨子嗎？她的丈夫是他先父管家的兒子，也配作他的連襟嗎？天哪！——你究竟打的什麼主意？彭伯利的門第能給人這樣糟蹋嗎？」

「你現在應該說完了吧，」伊麗莎白憤憤地答道。「你已經把我侮辱夠了，我可要回家去啦。」

她說著站起身來，凱薩琳夫人也站了起來，兩人扭身往回走。老夫人眞給氣壞了。

「這麼說，你毫不顧全我外甥的體面和名聲啦！你這個無情無義、自私自利的丫頭！你難道不知道，他一跟你結了婚，大家都要看不起他嗎？」

「凱薩琳夫人，我不想再講了，你已經知道我的意思了。」

「那你非要把他弄到手不可啦？」

「我沒說這種話。我只不過拿定主意，覺得怎麼做會使我幸福，我就怎麼做，你管不著，與我無關的人都管不著。」

「好啊，這麼說，你拒不答應我的要求啦。你眞不守本分、不知廉恥、忘恩負義。你非要讓他的親友看不起他，讓天下人都恥笑他。」

「目前這件事根本談不到什麼本分、廉恥和恩義，」伊麗莎白答道。「我與達西先生結婚，並不觸犯這些原則。要是說他娶我眞會引起家人厭惡他，那我也毫不在乎。至於說天下人會因此感到氣憤，我認爲世人大多數都很通情達理，不見得個個都會恥笑他。」

「這就是你的眞實思想！這就是你堅定不移的決心！好極啦，我現在可知道怎麼辦了。貝內特小姐，別以爲你的痴心妄想會得逞。我是來探探你的，我原指望你會通情達理一些。不過，你等著瞧吧，我非要達到目的不可。」

凱薩琳夫人就這樣一直喋喋不休，等走到馬車門口，又急忙掉過頭來，接著說道：

「我不向你告辭，貝內特小姐，我也不問候你母親，你們不配受到這樣的禮遇，我感到掃興透了。」

伊麗莎白沒去理她，也沒請她回屋坐坐，便隻身不聲不響地走進屋裏。她上樓的時候，聽到馬車駛走的聲音。她母親心急地待在化妝室門口迎候她，問她凱薩琳夫人爲什麼不進屋歇歇腳。

「她不願意進來，」女兒說，「她要走。」

「她是個好俊俏的女人啊！她能光臨我們這裏，眞是太客氣了！我想，她只是來告訴我們，柯林斯夫婦過得很好。她大概是到什麼地方去，路過梅里頓，心想不妨來看看你。她大概沒有特別跟你說什麼話吧，莉琪？」

伊麗莎白不得不撒了個小謊，因爲她實在沒法說出她們談話的內容。

註

❶ 原文為餐廳，可能是作者的疏忽，從後文來看，此處應為起居室。

第十五章

伊麗莎白給那位不速之客攪得心神不寧，一下子很難恢復平靜，接連好幾個鐘頭都在不斷思索這件事。看來，凱薩琳夫人這次不辭辛勞、專程從羅辛斯趕來，只是以爲伊麗莎白和達西先生已經訂婚，便特地跑來要把他們拆散。這一招倒確有來由！不過，伊麗莎白無法想像，怎麼會出現他們訂婚的傳聞。後來她才想起，達西是賓利的好朋友，而她又是珍的妹妹，如今人們都巴望著喜事一件接一件，自然要生出這種念頭。她自己也早就想到，姊姊結婚以後，她和達西先生見面的機會也就更多了。本來，她只是期待將來可能出現這種情況，不料盧卡斯一家僅憑這一點（她斷定，準是他們和柯林斯夫婦通信時說起這件事，凱薩琳夫人才聽到傳聞），就把事情看成十拿九穩，而且就在眼前。

然而，仔細想想凱薩琳夫人那一番話，她心裏不禁有些不安：如果她硬要干涉下去，不知會產生什麼後果。她說過要堅決制止他們的婚事，伊麗莎白從這話斷定，她一定會去勸說她外甥。至於達西是否也會認爲跟她結婚有那麼多害處，她就不敢說了。她不知道達西對他姨媽感情如何，也不知道他是否聽她的話，但是理所當然，他要比伊麗莎白看得起那位老夫人。可以肯定，老夫人只要向他說明他們兩家門不當戶不對，跟這樣一個人結婚定要吃盡苦頭，那就勢必擊中他的要害。在伊麗莎白看來，這些論點儘管荒唐可笑、不值一駁，但達西是個講究尊嚴的人，他也許會覺得合情合理、無懈可擊。

如果說他以前有些動搖不定的話（他似乎經常如此），那麼，經過這樣一位至親一規勸、一懇求，他就會打消一切疑慮，並且立即打定主意，要在不失尊嚴的前提下追求幸福。如果眞是這樣，他就不會再回來了。凱薩琳夫人路過城裏時可能去找他，那樣一來，他雖然和賓利有約在先，答應要回到內瑟菲爾德，現在也只好作罷。

「要是賓利幾天內接到他的來信，推托不能踐約，」她心裏又想，「我便一切都明白了，那樣我就不抱任何指望了，不再祈求他始終如一了。現在他本來可以贏得我的愛，讓我嫁給他，但他要是想要捨棄我，只是對我感到惋惜，那我馬上連惋惜也不去惋惜他。」

她家裏其他人一聽說這位貴客是何許人，都不禁大爲驚奇。不過，她們也都採用貝內特太太那樣的假想，滿足了自己的好奇心。因此，她們也沒有拿這件事去取笑伊麗莎白。

第二天早晨，伊麗莎白下樓的時候，遇見父親從書房裏走出來，手裏拿著一封信。

「莉琪，」父親說道，「我正要去找你，請到我書房裏來一下。」

她跟著父親走到房裏。她不知道父親要跟她講什麼，心想可能跟他手裏那封信有關，因此覺得越發好奇。她突然想到，那封信可能是凱薩琳夫人寫來的，於是料想又要向父親解釋一番，心裏不免有些沮喪。

她隨父親走到壁爐邊，兩人都坐下了。

父親隨即說道：「今天早上我收到一封信，使我大吃一驚，因爲信上主要是講你的事，所以你應該知道裏面寫了些什麼。在這之前，我還不知道我有兩個女兒快要結婚了。讓我恭喜你情場得意。」

伊麗莎白即刻斷定，這封信不是那位姨媽寫來的，而是她外甥寫來的，於是便脹紅了臉。她心裏狐疑不決，不知道究竟應該爲他親自寫信來解釋而感到高興，還是應該爲他沒有直接給她寫信而生氣，這時只聽父親接著說道：

「你好像心裏有數似的。年輕小姐對這種事情最有洞察力，可是就連你這麼機靈的人，我看還是猜不出你那位愛慕者姓甚名誰。告訴你，這封信是柯林斯先生寄來的。」

「柯林斯先生寄來的！他能有什麼話可說？」

「當然是有很要緊的話啦。他開頭恭喜我大女兒即將出嫁，這消息大概是盧卡斯家哪位愛說閑話的好心人告訴他的。他這些話我就不念了，免得讓你不耐煩。與你有關的在下面：『在下與內人爲尊府此次喜事竭誠道賀之後，容就另一事略綴數語。吾等從同一來源獲悉此事。據云，尊府大小姐出閣之後，二小姐伊麗莎白亦將出閣，所擇玉郎乃係天下大富大貴之人。』

「莉琪，你猜得著這指的是誰嗎？『此人年輕福洪，舉凡人間希冀之物，莫不樣樣俱全：家財雄厚、門第高貴、布施提攜、權力無邊。此生雖有這百般誘人之處，且容在下告誡先生與表妹伊麗莎白：彼若向尊府求親，切不可率爾應承，否則難免後患無窮。』

「莉琪，你知道這位貴人是誰了嗎？不過，下面就提到了。

『在下所以告誡先生，實因應及貴人之姨母凱薩琳．德布爾夫人萬難恩准此次聯姻。』

「你瞧，此人就是達西先生！莉琪，我想我的確讓你吃驚了吧。柯林斯也好，盧卡斯一家人也好，怎麼偏偏在我們的熟人當中，挑出這個人來撒謊，這豈不是太容易給人家戳穿了嗎？達西先生看女人只是爲了吹毛求疵，他也許還從沒看過你一眼呢！眞令人欽佩！」

伊麗莎白本想跟父親一起打趣，無奈只能極其勉強地微微一笑。父親的戲謔打趣從沒像今天這樣不討她喜歡。

「難道你不覺得滑稽？」

「哦！當然，請你讀下去。」

「『昨夜在下向夫人提及這門親事可能成功，夫人本其平日錯愛之忱，當即以其隱衷相告。顯而易見，蓋因表妹家門弊端太多，夫人謂此事實在有失體統，萬萬不會贊同。在下自覺責無旁貸，應將此事及早奉告表妹，以便表妹及其高貴的戀人皆能深明大體，免得未經夫人恩准，便草率成親。』柯林斯先生還說：『在下甚感欣慰，莉迪亞之可悲事件終於平息，只怕兩人婚前同居之穢聞已廣為人知。在下決不敢怠忽職守，聽說那對男女一經結婚，先生即迎入府，誠令人駭異。先生此舉實係助長傷風敗俗之惡習。設若在下為朗伯恩牧師，勢必堅決反對。先生身為基督教徒，理應寬恕為懷，然當拒見其人、拒聞其名。』這就是他所謂的基督教寬恕為懷！下面寫的都是他心愛的夏綠蒂的情況，說她快生孩子了。怎麼，莉琪，你好像不願聽似的。但願不要小姐氣十足，聽到點閑話就要裝假生氣。人生在世，除了讓人家開開玩笑，回過頭來又取笑一下別人，那還有什麼意思？」

「哦！」伊麗莎白大聲叫道，「我覺得有趣極了，不過這事眞怪呀！」

「是怪—有趣的也正是這一點。假如他們說的是另一個人，那倒也無所謂。但那位貴人完全不把你放在心上，而你對他又那樣深惡痛絕，這是多麼荒唐可笑！我雖然討厭寫信，但我說什麼也不能和柯林斯先生斷絕書信往來。唔，我每次讀到他的信，總覺得他比威克姆還要討我喜歡，儘管我很器重我那位女婿的厚顏和虛僞。請問，莉琪，凱薩琳夫人對這件事是怎麼說的？她是不是特地來表示反對的？」

女兒聽到這句問話，只是付之一笑。其實，父親問這話時，絲毫也不疑心女兒和達西之間有什麼情意。因此，他沒有重覆這個問題，再去為難女兒。伊麗莎白從來沒有像今天這麼困惑，非要心裏想一套，表面上卻要裝出另一套。她本來眞想哭，可是又不得不強顏歡笑。父親說達西先生並不把她放在心上，這話眞叫她傷心透頂。她只能奇怪父親怎麼這樣沒有眼力，或者擔心也許不是父親太不明察，而是她自己太想入非非了。

第十六章

出乎伊麗莎白的意料，賓利非但沒有接到他朋友不能踐約的道歉信，而且在凱薩琳夫人來訪後沒幾天，就帶著達西一同來到朗伯恩。兩位先生來得很早。伊麗莎白坐在那裏無時無刻不在擔心，唯恐母親向達西提起他姨媽來訪的事，幸好貝內特太太還沒來得及說這件事，賓利就提議大家出去散散步，因爲他想和珍單獨在一起。衆人都表示同意。貝內特太太沒有散步的習慣，瑪麗又總是抽不出時間，於是其餘五個人便一道出去了。賓利和珍隨即讓別人在前面，自己落在後面，讓伊麗莎白、吉蒂和達西去相互應酬。他們三人都不大說話：吉蒂很怕達西，因此不敢說話；伊麗莎白正在暗自痛下決心；達西或許也是如此。

他們朝盧卡斯家走去，因爲吉蒂想去看看瑪麗亞。伊麗莎白覺得用不著大家都去，於是等吉蒂離開他們之後，她就大著膽子跟達西繼續往前走。

現在是她拿出決心的時候了。等她一鼓起勇氣，便立即說道：「達西先生，我是個非常自私的人，只圖自己心裏痛快，也不管是否會傷害你的感情。你對我那可憐的妹妹恩深義重，我再也不能不感激你了。我自從得知這件事以後，心裏急著就想向你表示我的感激之情，假如我家人全知道這件事的話，我就不會只表示我個人的謝意了。」

「我感到很抱歉，萬分抱歉，」達西答道，聲調既驚奇又激動，「你居然知道了這件事，因爲搞不好會引起誤解，使你覺得不安。我沒想到加德納太太這麼不可信。」

「你不應該責怪我舅媽，只因莉迪亞不留意說溜了嘴，我才知道你也牽涉在這件事裏。

當然，我不打聽清楚是不會罷休的。請允許我代表我們全家，再三向你表示感謝，感謝你懷著一片慷慨、憐憫之心，不辭辛勞、受盡委屈，去尋找他們。」

「如果你非要感謝我，」達西答道，「那就只爲你自己表示謝意吧。我不想否認，我所以要那樣做，除了別的原因之外，也是爲了想要討你喜歡。你家人不用感謝我，我雖然尊敬他們，但我當時只想到你一個人。」

伊麗莎白窘得一聲不響。隔了一會，她的朋友又說道：「你是個有度量的人，不會耍弄我。要是你的態度和四月份一樣，就請你立即告訴我，我的感情和心願還依然如故。不過，你只要說一句話，我就永遠不提這件事。」

伊麗莎白一聽這話，越發感到窘迫，也越發爲他感到不安，便不得不開口說話。她雖然說得呑呑吐吐，但對方立即領會到，自從他提到的那個時候起，她的心情已經發生了巨大變化，現在聽到他如此表露心迹，她不由得非常感激、非常高興。這個回答使他感到從未有過的快樂，他當即抓住時機，向她傾訴衷曲，那個慧黠熱烈勁兒，恰似一個陷入熱戀的人。假如伊麗莎白能夠抬起頭來看看他那雙眼睛，她就會發現，他滿臉喜氣洋洋，使他顯得越發英俊。不過，她雖然看不見他的神情，卻能聽見他的聲音。他一個勁地向她傾吐衷腸，表明她在他心目中是多麼重要，使她越聽越珍惜他的一片鍾情。

兩人不管什麼方向，只顧往前走。他們有多少事情要思索，要體味，要談論，哪還有心思去注意別的事情。伊麗莎白很快就認識到，他們這次所以能取得這樣的諒解，還要歸功於達西姨媽的一番努力。原來，這位夫人回家路過倫敦的時候，果眞去找過達西，把她去朗伯恩的經過、動機，以及她與伊麗莎白的談話內容，都一五一十地告訴了他，特別著重敘說了伊麗莎白的一言一語。因爲照老夫人看來，這些言語尤其能表明伊麗莎白的狂妄任性。她以爲經她這樣一說，縱使伊麗莎白不肯答應放棄這門親事，她外甥一定會滿口答應的。不過，活該老夫人倒楣，結果卻適得其反。

「我以前簡直不敢抱有希望，」達西說道，「這一次倒覺得有了指望。我了解你的脾氣，因此相信：假如你真對我深惡痛絕，而且毫無挽回的餘地，那你一定會直言不諱地向凱薩琳夫人如實供認。」

伊麗莎白脹紅了臉，一邊笑一邊答道：「是呀，你知道我爲人直爽，因此相信我會那樣做。我既然能當著你的面把你痛罵一頓，自然也會在你親戚面前責罵你。」

「你罵我的話，哪一句不是我咎由應得？你的指責雖然站不住腳，建立在錯誤的前提下，但我當時對你的那副態度，也眞該受到最嚴厲的指責。那是不可原諒的。我一想起那件事，就悔恨不已。」

「那天晚上主要應該怪誰，我們也不要爭論了，」伊麗莎白說。「嚴格說來，雙方的態度都有問題。不過，從那以後，我覺得我們兩人都變客氣了。」

「我可不能這麼輕易地原諒自己。幾個月以來，一想起我當時說的那些話，想起我前前後後的行爲、言談和舉止，我就覺得有說不出的難過。你責怪我的話，確實說得好，叫我一輩子也忘不了：『假如你表現得有禮貌一些。』這是你的原話。你不知這話使我多麼痛苦，你簡直無法想像。不過，不瞞你說，我也是過了好久才明白過來，承認你指責得對。」

「我萬萬沒有想到，那句話會有那麼大的威力。我絲毫沒有料到，那句話竟會讓你那麼難受。」

「這我倒不難以相信。你認爲我當時沒有一丁點高尙的情感，你一定是這麼認爲的。我永遠忘不了你翻臉時的情景，你說不管我怎麼向你求婚，你也不會答應我。」

「哦！我那些話可別再提了，想起來眞不像話。告訴你吧，我早爲那件事深感難爲情了。」

達西提起了他那封信。「你一見到那封信，」他說，「是不是馬上對我改變了看法？你看完信以後，是不是相信上面寫的那些事？」

伊麗莎白解釋說，那封信對她影響很大，她以前的偏見從此便漸漸消失了。

「我知道，」達西說，「我那樣寫一定會使你感到傷心，可我實在迫不得已。但願你早把那封信毀了。信中有些話，特別是開頭那段話，我眞怕你再去看它。我記得有些話，你讀了眞該恨我。」

「如果你認爲非要燒掉那封信，才能確保我對你的愛，那我一定把它燒掉。不過，縱使你我都有理由認爲我的思想並非一成不變，可我也不會像你說的那樣容易變卦吧。」

「我當初寫那封信的時候，」達西答道，「還自以爲十分鎭定、十分冷靜呢。而事後我才明白，我是帶著一肚子怨氣寫信的。」

「那封信開頭也許有些怨氣，結尾卻並非如此，最後那句話眞是慈悲爲懷❶。不過，還是不要再去想那封信吧。無論是寫信人，還是收信人，他們的心情已和當初大不相同，因此，應該把一切不愉快的事情忘掉。你應該學點我的哲理，只去回顧那些使你愉快的往事。」

「我可不相信你有這樣的哲理。你回顧起往事來，決不會有什麼好自責的地方，你所以感到心安理得，與其說是哲理問題，不如說是問心無愧。但我的情況就不同了，我免不了要想起一些苦惱的事情，這些事情不能不想，也不該不想。我雖然不主張自私，可事實上卻自私了一輩子。小時候，大人只教我如何做人，卻不教我改正脾氣。他們教給我這樣那樣的道義，可又放任我高傲自大地去尊奉這些道義。不幸的是，我是獨生子（有好多年，我還是家裏唯一的孩子），從小給父母寵壞了。我父母雖然都是善良人（特別是我父親，非常仁慈，非常和藹），卻容許我、慫恿我、甚至教我自私自利、高傲自大，除了自家人以外，不要關心任何人，看不起天下所有的人，至少要把他們看得不如我聰明、不如我高貴。我從八歲到二十八歲，就是這樣一個人。要不是多虧了你，最親愛、最可愛的伊麗莎白，我可能到現在還是那個樣子！我眞是多虧了你！你教訓了我一頓，開頭眞有些受不了，但卻受益匪淺。你把我恰如其分地羞辱了一番。我當初向你求婚，滿以爲你一定會答應我。你使我明白過來，我既然認定有位姑娘値得我去博得她歡心，那就決不應該自命不凡地去取悅她。」

「你當時眞認爲會博得我的歡心嗎？」

「我的確是那樣認爲！你看我有多麼自負？我當時還以爲你指望我、期待我來求婚呢。」

「那一定是我的舉止有問題，不過我告訴你，我那不是故意的，我決不是有意欺騙你，不過我往往興致一來，就會犯錯誤。從那天晚上起，你一定非常恨我吧？」

「恨你！起初我也許很氣你，可是過了不久，我就知道應該氣誰了。」

「我簡直不敢問你，我們那次在彭伯利見面的時候，你究竟是怎麼看我的，你怪我不該來吧？」

「才沒有呢，我只是覺得驚奇。」

「你不可能比我更驚奇，因爲我沒料到你會待我那麼客氣。我的良心告訴我，我不配受到特別款待。說老實話，我沒有料到會受到分外的待遇。」

「我當時的用意，」達西答道，「是想盡量做到禮貌周到，向你表明我很有氣量，不計舊怨。我想讓你看出我改正了你指責我的那些缺點，以求得你的諒解，減輕你對我的偏見。

至於什麼時候又起了別的念頭，我實在說不上，不過我想是在見你大約半個鐘頭之後。」

他隨後又告訴伊麗莎白說，喬治亞娜為能結識她感到高興，不料交往突然中斷，她又覺得十分掃興。接著又自然而然地談到交往中斷的原因，伊麗莎白這才明白，他還沒離開那家旅店之前，就已下定了決心，要跟著她從德比郡出發，去尋找她妹妹。他當時所以神情憂鬱、思慮重重，並不是為了別的緣故，而是在為這件事冥思苦索。

伊麗莎白再次向他表示感謝。但這件事太令人傷心，兩人沒有再談下去。他們優閑自在地蹓躂了幾英里，因為光顧得談話，對此竟渾然不覺，最後看看錶，才發覺應該回家了。

「賓利先生和珍怎麼啦！」隨著一聲驚嘆，兩人又談起了那兩個人的事。達西為他們的訂婚感到高興，他的朋友早把這消息告訴了他。

「我要問問你，是否感到意外？」伊麗莎白說道。

「一點也不意外。我臨來的時候，便覺得事情馬上就會成功。」

「這麼說，你早就應許他了，真讓我猜著了。」

儘管達西極力分辯，伊麗莎白發覺事實確是如此。

「我去倫敦的頭天晚上，」達西說，「便向他做了坦白，其實我早該這樣做了。我把過去的事全對他說了，表明我當初阻攔他那件事，真是既荒唐又冒失。他大吃一驚，絲毫沒有想到會有這種事。我還告訴他，我從前以為你姊姊對他沒有意思，現在看來也錯了。我看得出來，他對珍依然一往情深，因此相信他們會幸福地結合在一起。」

伊麗莎白聽到他能如此輕易地指揮他的朋友，禁不住笑了。

「你跟他說我姊姊愛他，」她說，「你說這話是自己觀察的，還是春天時聽我說的？」

「是我觀察的。我最近兩次來你家，仔細觀察了她一番，發覺她對賓利一往情深。」

「我想，經你這麼一講，賓利先生也立即相信了吧。」

「是的。賓利爲人極其誠摯謙虛，他缺乏自信，遇到如此急迫的事情，自己便拿不定主意，好在他相信我的話，因此事情也就好辦了。有一件事我不得不招認，他一時聽了有些不高興，不過這也難怪他。我不能不告訴他，今年冬天你姊姊在城裏住了三個月，我當時知道這件事，卻故意瞞住了他。他聽了很氣，但我相信，他一聽說你姊姊對他仍有情意，便立即消了氣，現在他已經眞心實意地寬恕了我。」

伊麗莎白很想說，賓利是個可愛的朋友，這麼容易讓人牽著鼻子走，眞是難能可貴，但她還是沒有說出口。她記起了現在還不便跟達西開玩笑，那還爲時過早。達西繼續跟她談下去，預言著賓利會如何幸福——當然只是比不上他自己幸福。兩人談著談著，走進了家門。隨即便在走廊裏分手了。

註

❶ 指的是第二卷第十章達西寫給伊麗莎白那封信的最後一句：「我只想再加一句：願上帝保佑你。」話裏本來含有幾分怨氣，故而伊麗莎白在有意嘲弄達西。

第十七章

「親愛的莉琪，你們散步到什麼地方去了？」伊麗莎白一進屋，珍便這樣問她；等大家坐下來吃飯的時候，家裡其他人也都這樣問她。她只得回答說，他們隨便閑逛，她也不知道走到什麼地方去了。她說著說著，臉便紅了。但是，不管她神情如何，都沒引起大家懷疑到那件好事上去。

晚上平平靜靜地過去了，並沒出現什麼特別情況。那一對公開了的情人有說有笑，那對沒有公開的戀人卻不聲不響。達西性情穩重，從不喜形於色。伊麗莎白心慌意亂，只知道自己幸福，卻體會不到幸福的滋味，因爲除了眼前的彆扭之外，她還面臨著其他種種麻煩。她預料事情公開之後，家人會怎麼想。她知道，家裡人除了珍以外，誰也不喜歡達西。她甚至擔心，別人都會討厭他，任憑他再有錢有勢，也於事無補。

夜晚，她向珍傾吐了衷情。雖說貝內特小姐一向並不多疑，這次卻斷然不肯相信。

「你在開玩笑，莉琪，這不可能！跟達西先生訂婚！不，不，你休想騙我，我知道這不可能的！」

「一開頭就這麼不幸！你是我唯一可信賴的，要是你不相信我，那就沒有人會相信我了。但我眞的不是開玩笑，我說的都是實話，他仍然愛著我，我們訂婚了。」

珍拿懷疑的眼光看著她。

「哦，莉琪！這不可能，我知道你十分討厭他。」

「你一點也不了解這件事，你那話就別提了。也許我以前不像現在這樣愛他，可是這一類事切不可記得太牢，這一次之後，我要把它忘個一乾二淨。」

貝內特小姐仍然顯得十分驚異。伊麗莎白又一次更加鄭重其事地對她說，這是事實。

「天哪！眞會有這種事！不過我現在應該相信你了，」珍大聲說道。「親愛的莉琪，我想——我要恭禧你——但你肯定——請原諒我這樣問你——你十分肯定你嫁給他會幸福嗎？」

「那毫無疑問。我們兩個都認爲，我們將成爲世界上最幸福的一對。而你高興嗎，珍？你願意要這樣一位妹夫嗎？」

「非常願意。沒有比這使我和賓利更高興的事啦。不過，這件事我們以前考慮過、談論過，認爲不可能。你當眞非常愛他嗎？哦，莉琪！人怎麼都可以，沒有愛情可不能結婚。你確實覺得你應該這樣做嗎？」

「哦，是的！等我統統告訴了你之後，你就會認爲，比起我的感覺來，我做的實在還不夠呢！」

「你這是什麼意思？」

「唔，我應該承認，我愛他比愛賓利來得深切，恐怕你要生氣吧。」

「好妹妹，請你正經一些，我想正經地跟你談談，凡是可以告訴我的事，請你趕快統統告訴我。你能告訴我你愛他多久了嗎？」

「那是慢慢發展起來的，我也不知道是什麼時候開始的。不過我想，應該從我最初看到他彭伯利的美麗庭園算起。」

珍又一次懇求妹妹嚴肅些，這一次總算產生了效果，伊麗莎白馬上一本正經地對珍說，她眞愛達西。貝內特小姐對這一點置信不疑之後，便也心滿意足了。

「我感到十分高興，」她說，「因爲你會和我一樣幸福。我一向很器重他。不說別的，光憑他愛你，我也該始終敬重他。現在他既是賓利的朋友，又要做你的丈夫，因此除了賓利和你之外，我最喜愛的就是他啦。不過，莉琪，你眞狡猾，還對我保守秘密呢。你去彭伯利和蘭頓的事，一點也不對我說！我所了解的一些情形，都還全是別人告訴我的，而不是你講的啊！」

伊麗莎白把保守秘密的原因告訴了姊姊。她一直不願意提起賓利，由於心緒不定之故，又總是避而不提達西。可是現在，她不再向姊姊隱瞞達西如何爲莉迪亞的婚事奔波了。她把事情和盤托出，姊妹倆一直談到半夜。

「天哪！」第二天早晨，貝內特太太站在窗口嚷道，「那位達西先生眞討厭，又跟著親愛的賓利到這裡來了！他怎麼還這麼不知趣，老往這裡跑？我還以爲他會去打鳥，或者隨便去幹點什麼，而別來打擾我們。我們拿他怎麼辦呢？莉琪，你還得陪他出去走走，免得他妨礙賓利。」

伊麗莎白一聽這個主意，正中下懷，禁不住笑了。但是母親總說他討厭，又眞叫她感到氣惱。

兩位先生一走進門，賓利便意味深長地望著她，跟她熱烈握手，她一看便知道，他得到了確鑿消息。過了不一會，他大聲說道：「貝內特太太，附近有沒有別的曲徑小道，好讓莉琪今天再去迷迷路？」

「我建議，」貝內特太太說，「達西先生、莉琪和吉蒂今天上午都去奥克姆。這段路又長又宜人，達西先生從沒見過那裡的景色。」

「這對他們兩人是再好不過了，」賓利先生答道。「但吉蒂一定吃不消！是吧？」

吉蒂承認，她寧可待在家裡。

達西聲稱，他很想到山上觀賞景緻，伊麗莎白則默默表示同意。

她正上樓去準備，貝內特太太跟在後面說道：

「實在抱歉，莉琪，害得你單獨陪著那個討厭鬼。不過，希望你不要介意，你知道，這都是爲了珍。你犯不著跟他攀談，偶爾敷衍兩句就行了。因此，你也不要多費心思。」

散步的時候，兩人決定晚上就去請求貝內特先生同意。母親那裡則由伊麗莎白自己去說。她拿不定母親會作何反應。她有時在想：達西儘管有財有勢，也未必能消除母親對他的深惡痛絕。但是，母親對這門婚事不管是極力反對，還是欣喜若狂，她的言談舉止都不會得體，總要讓人覺得她毫無見識。讓達西先生聽見母親氣勢洶洶地表示反對，或歡天喜地表示贊成，她都覺得忍受不了。

到了晚上，貝內特先生剛回到書房，她便看見達西先生也起身跟了進去。頓時，她心裡感到萬分焦灼。她並不害怕父親反對，而是怕他給弄得不愉快。她想，她本是父親最寵愛的女兒，如果因爲選擇對象而給父親帶來痛苦，讓父親爲她的終身大事擔憂遺憾，那未免太不像話。她傷心地坐在那裡，直到達西先生又回來了，一見他面帶笑容，她才鬆了口氣。過了一會，達西走到她和吉蒂就坐的桌前，假裝欣賞她手裡的活計，輕聲說道：「快去你父親那裡，他在書房裡等你。」伊麗莎白聽了馬上去了。

她這時眞巴不得自己當初的看法能理智一些、言詞能溫和一些！那樣一來，她也就用不著無比尷尬地去解釋、去剖白了。但現在既然非得費些口舌，她只得心慌意亂地對父親說，她愛達西先生。

「換句話說，你是打定主意要嫁給他啦。他當然有的是錢，你可以比珍有更多的華貴衣服、華貴馬車，但這些東西會使你幸福嗎？」

「你除了認爲我不愛他以外，」伊麗莎白說，「還有別的反對意見嗎？」

「絲毫沒有。我們都知道他是個高傲、討人厭的傢伙。不過，只要你眞喜歡他，這也無關緊要了。」

「我喜歡他，我眞喜歡他，」伊麗莎白眼裡噙著淚水說道。「我愛他。他並不是傲慢得不合道理。他可愛極了，你不了解他的眞正爲人。因此，我求你不要用那樣的言詞談論他，免得讓我傷心。」

「莉琪，」父親說道，「我已經應允他了。像他這樣的人，只要蒙他不棄，有所要求，我當然決不敢拒絕。如果你已經決定要嫁給他，我現在也應允你了。不過，我還是勸你重新考慮一下。我了解你的脾氣，莉琪，我知道，除非你眞正敬重你的丈夫，除非你認爲他高你一籌，否則你就不會覺得幸福，也不會覺得體面，你是那樣活潑聰慧，要是嫁個不匹配的丈夫，那是極其危險的。你很難逃脫丟臉和悲慘的下場。孩子，別讓我傷心地看著你瞧不起你的終身伴侶，你可不要稀里糊塗的。」

伊麗莎白變得更加激動，回答得也非常認眞、非常嚴肅。她再三表明達西先生確實是她選擇的對象，說她是漸漸對他敬重起來的，說她確信達西對她的感情也不是一朝一夕形成的，而是經受了好多個月懸而未決的考驗，後來還津津樂道地列數了達西的種種優良品格，最後終於打消了父親的疑慮，心甘情願地贊成了這門婚事。

「好孩子，」等女兒講完了，他便說道，「我沒有意見了。如果眞是這樣，他倒配得上你。莉琪，我可不願意讓你嫁給一個與你不相配的人。」

爲了使父親對達西先生有個完滿的印象，伊麗莎白又說起了他自告奮勇搭救莉迪亞的事。父親一聽大爲驚奇。

「今天晚上眞是奇蹟迭出呀！這麼說，全靠達西鼎力相助——才捏合了這門親事，拿出錢來，替那傢伙還債，給他找了個差事！這再好也沒有了！這就省下了我好多麻煩、好多錢。假如事情是你舅舅幹的，我就一定非要還他不可。不過，這些陷入狂戀的年輕人總是自行其是。我明天就提出還他錢，他會慷慨激昂地大吹大擂，聲稱他如何愛你，這樣事情就了結了。」

他隨即記起，幾天前他念柯林斯先生的那封信時，伊麗莎白有多麼局促不安。他取笑了她一陣之後，終於放她走了，她剛要走出屋，他又說：「要是剛好又有年輕人來向瑪麗或吉蒂求婚，就讓他們進來好了，我正閑著呢！」

伊麗莎白心裡一塊大石頭，這才算落了地。她在自己房裡沉思了半個鐘頭之後，倒能比較鎭定地來到衆人之間。事情來得太突兀，一時還高興不起來，不過這個夜晚，還是平平靜靜地過去了，再也沒有什麼大不了的事情需要擔憂了，終究會產生一種安然自得、親密無間的適意感的。

晚上，母親去化妝室的時候，伊麗莎白也跟了進去，她把這條重大新聞告訴了她，效果極不尋常。貝內特太太乍聽到這條消息，只是靜靜地坐著，一句話也說不出。雖說她遇到對家裡有好處的事，或者有人來向女兒求愛之類的事，反應向來都不遲鈍，但這次硬是遲疑了半天，才聽懂了女兒的話。她最後恢復了神態，在椅子上坐立不安，時而站起來，時而又坐下，時而詫異，時而又爲自己祝福。

「天哪！老天保佑！只要想一想！天哪！達西先生！誰會想到啊！眞有這回事嗎？哦！我的心肝莉琪！你就要大富大貴了！你會有多少零用錢、多少珠寶、多少馬車啊！珍就差遠了——簡直是天上地下。我眞高興——眞快活！多麼可愛的一個人！那麼英俊！那麼魁梧！哦，親愛的莉琪！我以前那麼討厭他，請代我向他陪罪，但願他不計較。親愛的莉琪！城裡有座住宅！家裡琳瑯滿目！三個女兒出嫁啦！每年有一萬鎊的收入！哦，天哪！我會怎麼樣，我要發狂了。」

這番話足以證明，她完全贊成這門婚事。伊麗莎白慶幸的是，母親這些信口開河的話，只有她一個人聽見。

過了不久，她便走開了。但她回到自己房裡還不到三分鐘時間，母親便又趕來了。

「我的寶貝，」母親大聲叫道，「我腦子裡光想著這件事！每年有一萬鎊的收入，可能還要更多！闊得像王公一般！還有特許結婚證！你當然應該憑特許結婚證結婚❶！不過，我的寶貝，快告訴我達西先生最愛吃什麼菜，我明天就做給他吃。」

這是個不祥之兆，看來母親又要在那位先生面前出醜了。伊麗莎白覺得，她雖然確信自己已經贏得了達西的鍾愛，而且也得到了家人的同意，但事實上還有不盡人意的地方。不過，出乎她的意料，第二天進展得倒挺順利。原來，多虧貝內特太太對未來的女婿還有些敬而遠之，不敢貿然跟他說話，只能向他獻點殷勤，恭維一下他的遠見卓識。

伊麗莎白高興地發現，父親也在盡力跟達西先生親近。過了不久，貝內特先生便對她說，他越來越器重達西了。

「我非常器重我的三個女婿，」他說。「威克姆也許最受我寵愛。不過我想，你的丈夫也像珍的丈夫一樣討我喜歡。」

註

❶ 按英國當時的法律，結婚多採用結婚通告，由牧師在星期日作早讀時，讀完第二遍《聖經》經文之後當眾宣布，並連續宣布三個禮拜。其間，如果男女雙方家長或保護人有人出來反對，結婚通告便不生效。為避免這種情況，可採用特許結婚證。顯然，貝內特太太唯恐遭到凱薩琳夫人的阻擋，於是便建議女兒領取特許結婚證，盡快舉行婚禮。

第十八章

伊麗莎白精神一來，馬上又變得調皮起來了，她要達西先生講一講他當初是怎麼愛上她的。「你是怎麼開頭的？」她說。「我知道你一旦開了頭，就會一帆風順地進行下去。可是，你當初是怎麼開頭的？」

「我也說不準是在什麼時間、什麼地點，看見你的什麼神情、聽見你的什麼言語，便開始愛上了你。那是很久以前的事。我是到了不能自拔的時候，才發現愛上了你。」

「我的美貌起初並沒使你動心，至於我的舉止——我對你的態度至少不是很有禮貌，每次跟你說話總想讓你痛苦一番。請你說句老實話，你是不是喜愛我的唐突無禮？」

「我喜愛你頭腦機靈。」

「你還是稱之為唐突吧，只是唐突而已。事實上，你討厭恭恭謹謹、虔虔敬敬和殷勤多禮那一套。有些女人從說話，到神態，到思想，總想博得你的歡心，你厭惡這種女人。我引起了你的注意，打動了你的心，因為我跟她們截然不同。假如你不是實在和藹可親的話，你一定會因此而恨我。不過，儘管你想盡辦法來掩飾自己，你的情感卻總是高尚的、公正的。你從心裡憎惡那些拚命向你獻殷勤的人。瞧——我這麼一說，就省得你費神解釋了。說真的，通盤考慮一下，我覺得你這樣做完全合情合理。當然，你並不了解我有什麼實在的優點，不過人在談戀愛的時候，誰也不去考慮那個問題。」

「當初珍在內瑟菲爾德病倒了，你對她那樣溫柔體貼，這難道不是優點嗎？」

「珍實在太好了！誰能不關心她？不過，就權當這是我的一條優點吧。我的優點全靠你誇獎啦，你就盡量誇張吧。作爲報答，我要經常尋找機會嘲笑你，跟你爭論。我這就開始：請問你爲什麼總不願意直截了當地談到正題？你第一次來訪，以及後來在這兒吃飯的時候，爲什麼要躲著我？尤其是你來拜訪的那一次，爲什麼擺出那副盛氣凌人的神氣，好像全然不把我放在心上？」

「因爲你板著個臉，一言不發，我不敢貿然行事。」

「我覺得難爲情呀！」

「我也一樣。」

「你來吃飯那次，本來可以跟我多談談的。」

「假如不是那麼愛你，或許倒可以多談談。」

「眞不湊巧，你作出了一個合情合理的回答，而我偏偏又合情合理地接受了你這個回答！假如我不來理會你，說不定你要拖到哪年哪月！假如不是我問起你，不知道你什麼時候才肯開口！我決定感謝你挽救了莉迪亞，這當然產生了巨大的作用——恐怕太巨大了。如果說我們因爲違背了當初的諾言，才獲得了目前的快慰，那在道義上怎麼說得過去？我實在不該提起這件事，萬萬不該。」

「你用不著難過，道義上完全說得過去。凱薩琳夫人蠻橫無理，想要拆散我們，反而使我徹底打消了疑慮。我並非承蒙你急於想感激我，才獲得了目前的幸福。我可等不及讓你先開口。我聽姨媽一說，心裡便產生了希望，於是便打定主意，立即把事情弄個水落石出。」

「凱薩琳夫人幫了大忙，她應該爲此感到高興，因爲她就樂意幫忙。不過，請告訴我，你這次來內瑟菲爾德究竟爲什麼？難道就是爲了騎著馬到朗伯恩來難爲情一番？還是準備做點正經事？」

「我的眞正目的，是想看看你，如果可能的話，想斷定一下是否有希望使你愛上我。我對別人、對自己都聲稱說，我是來看看你姊姊是否依然愛著賓利，如果她還愛著他，那我就向賓利認錯，這一點我已經做到了。」

「你有沒有勇氣向凱薩琳夫人宣布我們這件事？」

「我需要的不是勇氣，而是時間，伊麗莎白。不過，這件事是應該做的。你要是給我一張紙，我馬上就做。」

「要不是我自己有封信要寫，我一定會像另一位年輕小姐那樣，坐在你身旁，欣賞你那工整的書法❶。可惜我也有一位舅媽，再也不能不給她回信了。」

原來，伊麗莎白不願挑明舅媽過高估計了她與達西先生的關係，因此一直沒有回覆加德納太太寫來的那封長信。現在有了這條消息告訴她，她一定會感到萬分高興。不過伊麗莎白又覺得，讓舅父母遲了三天才知道這條喜訊，眞有些不好意思，於是她馬上寫道——

親愛的舅媽，承蒙你一片好心，給我寫來那封長信，令人欣慰地說明了種種詳情細節。我本當早日回信道謝，但是說實話，我有點生氣，因此沒有回信。你當時想像得有些言過其實。可是現在，你盡可以愛怎麼想像就怎麼想像吧。張開想像的翅膀，任你怎麼異想天開，只要不認爲我已經結婚，你決不會有很大出入。你得馬上再寫封信，把他再讚美一番，而且要讚美得大大超過你上一封信。

我要多謝你沒帶我到湖區去。我怎麼那樣傻，居然想去那裡！你說要駕上兩匹小馬去進園，這個主意可眞有意思。我們可以每天繞著彭伯利莊園兜一圈。我現在成了天底下最幸福的人了，也許別人以前也說過這句話，可是誰也不像我這樣名副其實。我甚至比珍還要幸福，她只是莞爾而笑，我卻是開懷大笑，達西先生分出一部分愛我之心，向你表示問候。請你闔家到彭伯利來過聖誕節。

您的外甥女

達西先生寫給凱薩琳夫人的信，格調和這封信大為不同，而貝內特先生寫給柯林斯先生的回信，則又和這兩封信截然不同。

親愛的先生：我要煩請你再恭賀我一次。伊麗莎白馬上要做達西夫人了。請多多勸慰凱薩琳夫人。不過，假若我是你，我將站在她外甥一邊，他可以給你更多的好處。

你忠誠的……

賓利小姐祝賀哥哥即將結婚，雖說不勝親切，但卻毫無誠意。她甚至寫信給珍，表示恭喜，並把她那一套虛情假意重新傾訴了一番。珍沒有受矇騙，不過倒有些感動。她雖說並不信賴她，但還是回了她一封信，措詞十分親切，實在讓她受之有愧。

達西小姐一接到喜訊，便表示了由衷的欣喜之情，正如哥哥發出喜訊時一樣情眞意切。她寫了四頁信紙，還不足以表達她內心的喜悅，不足以表明她那多麼渴望嫂嫂會疼愛她。

貝內特先生還沒收到柯林斯先生的回信，伊麗莎白也沒接到柯林斯夫人的祝賀，但是朗伯恩這家人卻聽說，柯林斯夫婦跑到了盧卡斯家。他們所以突然趕來，原因很快就弄清楚了。原來，凱薩琳夫人接到外甥的來信，不禁勃然大怒，夏綠蒂偏偏要為這門婚事感到欣喜，因此便急火火地想躲避一下，等到這場風暴平息了再說。伊麗莎白覺得，她的朋友能在這種時候趕來，眞讓她從心坎裡感到高興，不過在會面的過程中，她有時又難免認爲，她爲這種樂趣付出了高昂的代價，因爲她眼看著柯林斯先生極盡阿諛奉承之能事，對達西先生大獻殷勤。不過，達西先生倒鎭定自若地容忍著，他甚至還能聽得進威廉．盧卡斯爵士的絮叨，只聽他恭維說，他擷取了當地最絢麗的明珠，並且大大落落地表示，希望今後能常在宮裡見面。直到威廉爵士走開之後，他才無奈地聳聳肩。

還有菲利普斯太太，她爲人粗俗，也許會叫達西更難忍受。菲利普斯太太像她姊姊一樣，見賓利和顏悅色，說起話來很隨便，但對達西敬畏備至，不敢造次，不過她每次一開口，總是俗不可耐。雖說她因爲敬重達西而顯得比較安靜，但她沒有因此而變得文雅一些。伊麗莎白千方百計不讓達西受到這兩個人的一再糾纏，總是竭力讓他跟她自己談話，跟她家裡那些不會使他難堪的人談話。雖然這些應酬使她心裡覺得不是滋味，大大減少了戀愛的樂趣，但是卻給未來增添了希望。她樂滋滋地期待著盡快離開這些討厭的人們，到彭伯利去享受他們舒適而優雅的家庭生活。

註

❶ 指賓利小姐看達西寫信那件事，見第一卷第十章。

第十九章

貝內特太太兩個最可愛的女兒出嫁的那一天，也是她做母親的心裡最快活的一天。她以後如何得意而自豪地去探訪賓利夫人，跟人家談論達西夫人，這是可想而知的。看在她一家人的份上，我倒希望順便說一句：她稱心如意地為這麼多女兒找到歸宿之後，說來可喜，她後半輩子居然變成一個通情達理、和藹可親、見多識廣的女人。不過她時而還有些神經質，而且始終笨頭笨腦，這也許倒是她丈夫的幸運，不然他就無法享受這異乎尋常的家庭樂趣了。

貝內特先生極為惦念二女兒。他很少為別的事出門，只因疼愛伊麗莎白，便經常跑去看望她。他喜歡到彭伯利去，而且專愛挑別人意料不到的時候。

賓利先生和珍在內瑟菲爾德只住了一年。儘管賓利先生脾氣隨和，珍性情溫柔，這夫婦倆也還不大願意和貝內特太太，以及梅里頓的親友們住得太近。於是賓利先生滿足了姊姊妹妹的殷切願望，在德比郡鄰近的一個郡買了一幢房子。這就為珍和伊麗莎白又增添了一條幸福的源泉：兩人相距不到三十英里。

吉蒂大部分時間都住在兩個姊姊那裡，這對她來說大有裨益。因為接觸的都是些比往常高尚的人，她本身也跟著大有長進。她生性不像莉迪亞那樣放蕩不羈，現在擺脫了莉迪亞的影響，又受到妥善的關照，她也就不像以前那樣輕狂、那樣無知、那樣寡趣，當然家裡總是小心翼翼，不讓她再去接受莉迪亞的不良影響。雖然威克姆夫人接二連三請她去住，揚言那裡有多少舞會、多少好小伙子，父親也總不許她去。

瑪麗成爲守在家裡的唯一女兒。貝內特太太一個人坐不住，自然也攪得女兒無法探求學問。瑪麗不得不和外界應酬，不過仍然能用道德觀念去解釋早晨的每次訪友接客。她再也不用因爲比不過姊妹們的美貌而自慚形穢了，於是她父親不禁懷疑，她是否心甘情願地出現這種變更。

說到威克姆和莉迪亞，他們的性格並沒有因爲兩個姊姊結婚而有所改變。威克姆心想，伊麗莎白本來並不了解他的忘恩負義和虛僞欺詐，現在卻瞭若指掌了，不過他還是處之泰然，並且指望說服達西給他找個差事。伊麗莎白結婚時接到莉迪亞的一封賀信，從信中可以看出，即使威克姆本人沒抱這種指望，至少莉迪亞也有這個意思。那封信是這樣寫的——

親愛的莉琪：

祝你幸福！要是你愛達西抵得上我愛威克姆的一半，那你一定會十分幸福了。你能這樣富有，眞讓人不勝欣慰。當你閑著無事的時候，希望能想到我們。我相信，威克姆一定很想在宮廷裡找份差事做做，要是沒有人幫幫忙的話，我們實在沒有多少錢可維持生計了。隨便什麼差事都行，只要每年能有三、四百英鎊的收入。不過，要是你不願跟達西先生講，那就不必提了。

你的……

伊麗莎白果然不願意講，便回信勸說妹妹別提這種要求、別抱這種念頭。不過，她還是盡量從自己的用項中節省一些，經常寄去接濟他們兩人。她一向看得清楚，他們只有那麼點收入，倆口子又那樣揮霍無度，只顧眼前，不顧今後，當然不夠維持生活。兩人每次搬家，總要寫信向珍或伊麗莎白求援，要求接濟他們一些錢，好去還帳。即使天下太平退伍還鄉了，他們的生活也極不安定。兩人老是東遷西徙，尋求便宜房子住，結果總要多花不少錢。威克姆不久便情淡愛弛，莉迪亞對他稍許持久一些，儘管她年輕氣盛，還是顧全了婚後應有的名聲。

達西雖然始終不讓威克姆到彭伯利來，但是看在伊麗莎白的面上，依舊幫他謀求職業。莉迪亞趁丈夫去倫敦或巴思尋歡作樂的時候，偶爾跑到彭伯利作作客。不過，這夫婦倆倒常去賓利家，而且一住下來就不想走，結果連賓利那樣好脾氣的人，也給惹得不高興，居然說起，要暗示他們快走。

賓利小姐見達西結婚了，不由得萬分傷心。但是，爲了保持到彭伯利作客的權利，她還是打消了滿腹怨恨。她比以前更喜愛喬治亞娜，對達西幾乎像以前一樣情意綿綿，並把以前對伊麗莎白的失禮之處盡加補償。

彭伯利現在成了喬治亞娜的家。姑嫂之間正如達西期待的那樣情投意合。她們甚至能完全遵照自己的意願，做到互疼互愛。喬治亞娜對伊麗莎白推崇備至，不過，起初聽見嫂嫂用那種活潑調皮的口氣跟哥哥講話，不禁大爲驚異，甚至有些驚愕。她一向敬重哥哥，其程度幾乎超出了手足之情，現在居然發現他變成公開打趣的對象。她見識到了以前聞所未聞的事情。經過伊麗莎白的誘導，她開始懂得：妻子可以對丈夫放縱，做哥哥的卻不允許一個比自己小十多歲的妹妹調皮。

凱薩琳夫人對她外甥這門婚事極爲氣憤。外甥寫信向她報喜時，她不由得眞相畢露、百無禁忌，寫了封信把達西痛罵了一頓，而對伊麗莎白罵得尤其厲害，於是雙方一度斷絕了來往。後來，達西終於讓伊麗莎白給說服了，決定寬恕姨媽的無禮，力求與她和解。姨媽稍許強拗了一下，心裡的怨恨便冰消凍釋了，這或許是由於疼愛外甥的緣故，也可能是出於好奇，想看看外甥媳婦表現如何。儘管彭伯利添了這樣一位主婦，而且主婦在城裡的舅父母也多次來訪，致使這裡的樹林受到了玷污，但凱薩琳夫人還是屈尊來探望這夫婦倆。

這夫婦倆跟加德納夫婦一直保持著極其深厚的友情，達西和伊麗莎白都眞心喜愛他們。兩人也十分感激他們，因爲正是多虧他們把伊麗莎白帶到德比郡，才促成兩人結爲伉儷。

〈全書終〉

國家圖書館出版品預行編目資料

傲慢與偏見／珍・奧斯汀／著　孫致禮／譯
-- 修訂一版-- 新北市：新潮社，2018.05
面；　公分
ISBN　978-986-316-704-4（平裝）

873.57　　107005550

傲慢與偏見

珍・奧斯汀／著
孫致禮／譯

【策　劃】林郁
【出版人】翁天培
【出　版】新潮社文化事業有限公司
電話：(02) 8666-5711
傳真：(02) 8666-5833
E-mail：service@xcsbook.com.tw

【總經銷】創智文化有限公司
新北市土城區忠承路89號6F（永寧科技園區）
電話：(02) 2268-3489
傳真：(02) 2269-6560

印前作業　東豪印刷事業有限公司

修訂一版　2018年05月
一版三刷　2021年09月